ハヤカワ・ミステリ

ZORAN DRVENKAR

謝罪代行社

SORRY

ゾラン・ドヴェンカー
小津　薫訳

TOKYO
HAYAKAWA
BOOKS

A HAYAKAWA
POCKET MYSTERY BOOK

SORRY
by
ZORAN DRVENKAR

Translated by
KAORU OZU
Published 2009 by
ULLSTEIN VERLAG
First published 2011 in Japan by
HAYAKAWA PUBLISHING, INC.
This book is published in Japan by
arrangement with
ULLSTEIN BUCHVERLAGE GmbH
through MEIKE MARX.

装幀／水戸部 功

今は亡きすべての、かけがえのない友たちへ
きみたちがいなくて、わたしは寂しい

よき謝罪は別れに似て、
二度と相手に会わないとわかっている。

謝罪代行社

おもな登場人物

クリス・マルラー……………………謝罪代行社〈SORRY〉の中心人物。元新聞記者
ヴォルフ・マルラー…………………同メンバー。クリスの弟
タマラ・ベルガー……………………同メンバー。クリスとヴォルフの友人
フラウケ・レヴィン…………………同メンバー。タマラの親友
ルトゥガー・マルラー………………クリスとヴォルフの父親
アストリット・ベルガー……………タマラの姉
ゲルト・レヴィン……………………フラウケの父親
タニヤ・レヴィン……………………フラウケの母親
ベルント・ヨスト - デーゲン………クリスの元上司
マルコ・M……………………………クリスの旧友
エリン…………………………………ヴォルフの元恋人
ヨアヒム・ベルツェン………………湖畔の家の住人
ヘレーナ・ベルツェン………………ヨアヒムの妻
ザムエル………………………………ベルツェン家の留守番
ユリア・ランベルト…………………会社員
フランク・レッフラー………………スーパーマーケットの店員
ラルス・マイバッハ…………………〈SORRY〉の依頼人
ヨナス・クロナウアー………………ラルスと同じマンションの住人
カール
ファンニ　｝……………………………ブッチを連れ去った人物
ブッチ…………………………………少年
サンダンス……………………………少年。ブッチの親友
ゲラルト………………………………刑事

あいだで起きたこと

おまえ

彼女を探し出すのは意外なほど簡単だった。おまえはそれまで深い穴にはまり込み、にっちもさっちもいかない状態だった。ますます自分を見失い、二度とふたたび光明を見出すことはないと思っていた。そのとき、もう一冊の住所録が手に入ったのだ。彼が二冊持っていたことすら、おまえは知らなかった。ほかにも彼について知らないことはたくさんあった。

一冊目の住所録は革張りだったが、二冊目は学校で使うようなB5判のノートだった。彼のナイトテーブルの引き出しに雑誌に挟まれて入っていたのを、おまえは偶然見つけた。氏名がぎっしり書き込まれ、数えてみると四十六あった。彼の筆跡を見るや、たちまちおまえはなつかしさに駆られた。右に傾斜したその書体は左利きの手で懸命に書かれたものだった。おまえは氏名、住所、電話番号の上に指をさまよわせた。これらを書いたときの彼の気持ちを感じ取ろうとするかのように。ふたつの名前に下線が引かれていた。おまえが知っていたのは、このふたつの名前のみだった。

ノートを見つけたその日、おまえの暗黒に光が射し込んできた。これらの名前こそ、おまえの待ち焦がれていた合図だった。半年待ちあぐねて、ようやく射し込んできた光だ。探し求めていたからこそ合図が得られたのだとは思わなかった。

誰もそんなことを教えてくれなかったからだ。

ふたつの住所のうちひとつはすでに無効となっていたが、たいした問題ではなかった。おまえには人探しの経験があった。この社会のシステムは主に情報から成り立っている。きょうび、それを手に入れるなど造作もないことだ。二分もあれば事足りる。

彼女はクラインマッハノヴに転居していた。地図で見ると、新しい住居は直線距離にしてちょうど三キロ南に位置している。今度の賃貸マンションも以前のものと非常によく似ていた。人間は習慣の動物だ。過去の軌跡から学び取るらしい。おまえは住人の一人が建物から出てくるまで辛抱強く待ち、それから四階まで上がっていって呼び鈴を押した。

「はい、何でしょう？」

今、四十代の終わりにさしかかっている彼女は、最終的には苦労の多い長い道のりを一人で歩んできたらしく見えた。だが外見は二の次だ。彼女がどこにいようと、態度と声でおまえには見分けがつく。しぐさまで心に留めていたとは、おまえ自身にとっても意外だった。この女と関係を持ったことは一度もないが、彼女のすべてに馴染《なじ》みがあった。身をかがめる様子、おまえを見る目つき、細めた目、怪訝《けげん》そうな眼差《まなざ》し。細部のひとつひとつがおまえの心の奥深くに焼きついていて、単なる記憶以上のものとなっていた。

「こんにちは」おまえは言う。

彼女は少しためらう。おまえが安全かどうか確信が持てなかったからだ。白昼、クラインマッハノヴの賃貸マンションなんかに、どんな危険人物が現われるのかと訊いてみたい気持ちだった。おまえはほほ笑みを浮かべた。

「お会いしたことがあったかしら？」

突然、彼女の目に興味の色が浮かんだ。おまえは驚かなかった。好奇心の強い女なのだ。どこの誰ともわからぬおまえを、まるで疑っていない様子だ。もっとも危ないのは疑い深い人間ではなく、好奇心の強い人間だ。おまえはこういう目つきを知っている。子どもの頃、おまえはアウトバーンで自動車事故を目撃した。血、破片、走りまわる消防士たち、炎、真っ黒の油煙。その後、両親とそのときの事故現場を通り過ぎるたびに、おまえのなかに興奮が沸き上がってきたものだ。

〝ここで起きたんだ。まだ何か見分けがつくだろうか？　ぜんぶ取り払われたんだろうか？〟

それに似た目つきで彼女はおまえを見つめた。

「以前、お会いしました」おまえは言うと、彼女に写真を見せた。「ちょっと、ご挨拶《あいさつ》しようかと思って」

写真を見れば彼女はパニックに襲われるだろうと、おまえは思っていた。勢いよくドアを閉めるかもしれない。会った覚えはないと否定するかもしれない。

でも彼女は、例によっておまえを唖然《あぜん》とさせた。彼女には唖然とさせる才能がある。つまり、予測がつかないということだ。

「あんただったのね！」

つぎの瞬間、彼女は両腕を開き、おまえを抱きしめた。温かく、しっかりと。

なかに入ると、彼女は六時に夫が帰ってくるが、それまでまだ少し時間があると言った。彼女が離婚し、前夫はボルンホルムの近くに住んでいることを、おまえは知っている。彼女がいかにも信頼しているかのように芝居をしているのは好都合だった。些細《ささい》な動揺も役立つからだ。おまえと彼女は居間の椅子にすわった。おまえの場所からベランダが見える。テーブルが置かれているが椅子はない。テーブルの脇に彫像が立っている。頭《こうべ》を垂れ、祈るように両手を組み合わせた少年像だ。ホームセンターに行くと、こういうのがよく目につく。本を持っている像が多く、背中に翼のついたものもある。おまえはぱっと目をそらした。くらくらしそうだった。陽射しは鈍く弱々しいのに。

「何か飲む？」

彼女はミネラルウォーターを満たしたグラスを持っ

てくると、低いテーブルの上に、おまえの持ってきた写真と並べて置いた。一台の自転車に二人の少年が乗っている。二人ともにっこり笑っている。痛々しいほど幼かった。

「あんたには二度と会わないと思ってたわ」彼女は言うと、身を乗り出しておまえの額に垂れかかる髪を撫《な》でた。親しげに、近々と。おまえは身を引きはしなかった。おまえは完璧に自制していた。

「あたしがいなくて、寂しかった?」彼女は知りたがった。

〝毎晩あんたの夢を見ていた〟そう答えかかったが、それが真実かどうか、おまえには自信がなかった。一方に夢があり片方に現実がある。おまえはその中間でふらつき、そのふたつを精一杯、区別しようとあがいていた。

彼女はほほ笑みかけた。今、その目には好奇心だけではなくかすかな欲望があった。おまえは彫像を見まいとし、彼女のほほ笑みに心ならずも応えようとした。そのとき、おまえのなかで何かが切れた。クモの糸のように音もなく。彼女の欲望におまえは我慢ならなかった。自分では自制心があると思っていた。自制できると思っていた。

「ちょっと、トイレに行ってくる」

「ねえ、こっちを見なさいよ。あたしの前で恥ずかしがるの?」彼女は訊いた。

おまえは顔を赤らめ、テーブルの下で拳を握りしめた。恥ずかしかった。

「左側の二番目のドアよ」彼女は言うと、おまえの膝をたたいた。「急いでね。でないと迎えに行くわよ」

彼女はわざとらしく、淫らな目くばせをした。〝おれはもう九歳じゃないんだ!〟そう怒鳴りつけてやりたかった。だが、おまえの心は冷たく硬直していた。何をもってしても変えることのできない硬直。おまえは立ち上がって廊下に出ていった。左側の二番目のドアを開け、後ろ手に閉めた。視線を上げて鏡を見たが、目はおまえを避けている。苦しかった。いつも新たな苦しみが襲ってくる。そのうちに変わる。その望みがおまえを支え、苦しみを和らげてくれた。

〝もうすぐ終わるんだ〟

おまえはタイルの床に膝をつき、便器の蓋《ふた》を開けた。音は立てないようにした。あえぎもうめきもしなかった。ピチャンという音だけだった。それ以上は何も出てこないので、歯磨《はみが》き用のカップから歯ブラシをとり、胃袋がすっかり空《から》になったと確信できるまで喉《のど》に押し込んだ。そのあと両手を洗い、口をすすいだ。浴室から出ていく前に歯ブラシを元に戻し、自分が触《さわ》ったと思われる場所をトイレットペーパーで丹念に拭いた。

〝もうすぐだ〟

彼女はまだ肘《ひじ》掛け椅子にすわったままタバコを吸っていた。肘を曲げ、口から煙を吐き出すときは頭を軽く後ろにのけぞらせる。このしぐさも馴染み深いものだった。記憶が何枚ものスライドのように重なり合う。過去と現在と今この瞬間が。彼女は写真を手に取って眺めていた。おまえが背後に佇《たたず》むと彼女は振り向いた。目が輝いている。おまえはその輝きに向かってガスを吹きかけた。缶がすっかり空になり、彼女がうめく塊となって床に這《は》いつくばるまで。そのあと、おまえは部屋から自分の痕跡を取り除きはじめた。水を飲み干してグラスを片づけ、彼女の手から落ちた写真を拾い上げてポケットにおさめた。おまえは慎重だった。正確だった。何をすべきかよく心得ていた。這って逃げ出そうとする彼女を、おまえは仰向《あおむ》きにさせ、その胸の上にすわった。彼女の両腕は押さえつけられて動きが取れなくなり、目は腫《は》れ上がっていた。彼女は頭をもたげ、膝を上げ、踵《かかと》で絨毯《じゅうたん》をたたいた。おまえは片手で彼女の口をしっかりとふさぎ、もう片方の手で鼻水の垂れている鼻を押さえた。あっというまだった。

おまえは彼女を小荷物にまとめた。太股《ふともも》は胸に押しあて、腕は膝裏に押し込んだ。彼女は大柄ではない。おまえはすべてを熟考した。計画に十日もの時間を費やした。彼女は百二十リットル用の黒いゴミ袋にぴったりおさまった。おまえはそれを住居から運び出した。階段で一人の老人とすれちがった。会釈すると老人も会釈を返した。ゴミを運び出すのと同じくらい簡単だった。

彼女が意識を取り戻すのは、ずっとあとになってからだろう。

最初、彼女が以前住んでいた住居に足を踏み入れたときには少々、失望した。ひどく汚れ、荒れ果てていたからだ。かつての面影はどこにもなかった。おまえはもう少しましな状態を期待していた。あのような過去を持つ場所が荒れ果てているのは許せなかった。無礼だった。人々はダッハウやアウシュヴィッツに旅し、何かが学べるとでもいうかのように強制収容所跡を見学する。その一方で、自分たちの住まいから数メートルと離れていない場所で、新たな形の酷《むご》たらしい出来事が起きていることには気づかない。

以前と同じ壁紙を見つけるのは、かなり難しかった。おまえはベルリンじゅうを駆けずりまわり、やっと五軒目の専門店で、店員に自分の探しているものを詳しく説明した。すると店員は倉庫からその壁紙を何巻も抱えて戻ってきた。

驚いたことに、店員はそれをぜんぶただでくれたのだ。

「こんなものを買う客はもういませんから」というのが彼の言葉だった。

おまえは何度も自問した。あんなに詳しく説明する必要があったのだろうかと。その答えはひとつしかない。おまえが思い出を大事にしていたからだ。これは思い出に関わること、細部に関わることなのだ。細部が重要だった。

糊《のり》を塗ったせいで壁はまだ湿っていた。かつて金属の輪が突き出ていた箇所には穴だけが残っていた。その穴に指を突っ込み、Xという目印をつけた。ちょうど目の高さの位置だ。その上から壁紙を貼っていった。

彼女を壁に押しつけると、その左足から靴が落ちた。彼女と接触しておまえは気分が悪くなった。意識を失った彼女はぐったりしていて、垂直に保つのは容易ではなかった。おまえが何時間もフィットネス・センターに通っていたことが役に立った。筋力がついたおかげで落ち着いて仕事ができた。彼女の胸とおまえの胸が合う。彼女の息は冷たい煙のにおいがする。おまえは彼女の両手を上にあげた。両足は床から数センチ離れた。おまえはハンマーを取り出して、打ちつけた。

釘は重ね合わせた彼女の両の掌《てのひら》を難なく貫いた。三回打ち込むだけで充分だった。釘の頭だけが突き出るまでになった。三回目の打ち込みで彼女は目を覚ました。目と目が合った。彼女はおまえの顔に向かって叫んだ。叫びは彼女の口をふさいだ粘着テープ越しに鈍いノックのように響き、空しく消えた。おまえたちは目を見交わす。もう二度とこんなに接近することはないだろう。彼女は痙攣《けいれん》し、身を引き離そうとするが、おまえは彼女を壁に押しつけ、その位置に留まらせた。パニックと満足感と力。またしても力がものを言う。彼女の腫《は》れた目から涙がどっと溢れ出し、おまえの顔にかかる。たっぷり見つくしたおまえは後ろに下がる。彼女は自分の体重で下へ引っぱられる。驚きの眼差し。一度動いたが、痛みのため体が小刻みに震え、そのあと全身におののきが走った。彼女は失禁した。釘は抜けず、彼女は両腕を高く上げたまま壁からぶら下がっていた。右足からかすかな音をたてて靴が落ちた。足の指が床を引っかこうとして支えを探す。もし視線に人を引き裂く力があるとしたら、今、おまえは生きていないだろう。

別れの時が来た。おまえは彼女に目のやり場を指示したが、彼女は目をそらしたがった。思ったとおりだ。わかりきったことだ。おまえは彼女に近づき二本目の釘をその額にあてた。四十センチもの長さの大きい釘で、とくべつの名で呼ばれているが、おまえは覚えていない。鉄製品を扱う店の店員はその釘の名を二度もくり返し、おまえは感謝してうなずいたのだが。釘の尖端《せんたん》が肌に触れたとき、彼女は身をこわばらせた。目が語っている。おまえにそんな真似はできまいと。やめろとその目は命じていた。だがおまえはかぶりを振った。すると彼女は目をぎゅっと閉じた。意外だった。あらためておまえを蹴ったり身を守ろうとしたり、激しく抵抗するだろうと予想していたのに。

〝彼女はあきらめたのだ〟

おまえは彼女の耳元でささやいた。

「あれは、おれじゃなかったんだ」

彼女はかっと目を見開いた。その眼差し。そこには納得の色があった。

〝今だ〟

おまえは彼女の額の骨のあいだに正確に釘を打ち込んだ。釘が後頭部を貫いて壁に突き刺さるまで、掌のときより四回も多く打ち込まなければならなかった。彼女はピクピク痙攣《けいれん》したあと全身を激しく震わせ、静かにぶら下がった。おまえがささやいた耳から鮮血がにじみ出てきた。額の傷口からは、より黒ずんだ血が目と目のあいだを通って鼻の付け根と頬へ糸状に流れ落ちていった。顔じゅうを血の糸が動いていく優雅さをおまえはじっと見つめていた。口に血の糸が届かぬうちに、おまえは粘着テープをはがした。唇の上にたまった唾《つば》が血と混じり合っていた。右目は疲れたように閉じている。おまえはそれをふたたび開けた。目は見開いたままだった。おまえは彼女の動かぬ視線をたどった。これでいい。直すところは何もない。すべて正しくやった。

第一部

以後に起きたこと

〈おまえの思考の闇のなかで、わたしは一筋の光でありたい〉

こう書いたのが誰なのかわたしは知らない。ある日、その紙切れが台所の壁に鋲《びょう》で留めてあったことしか覚えていない。

〈おまえの思考の闇……〉

誰かが懐中電灯を手に森から現われ、わたしの顔を照らしてくれればいいのに。見られるというのはきわめて重要なことかもしれない。誰からでもいいのだ。わたしはますます自分のなかに閉じこもっていく。


ことが終わった翌日。わたしは片手を冷たい金属の蓋《ふた》にあてて耳を澄ました。指先で震動が聞き取れるかのように。わたしにはもっと時間が必要だ。まだトランクを開けることができないでいる。あと百キロも走れば、いや、千キロになるかもしれない。

〈……わたしは一筋の光でありたい〉

わたしは車に乗り込み、エンジンをかけた。もし誰かがわたしのあとを追跡しようとしても道に迷うだけだろう。わたしは迷路をたどる実験用ハツカネズミさながら、ドイツじゅうを走りまわるだろうから。わたしはよろめき、おぼつかない足取りで不意に方向を変えたり、堂々めぐりしたりするだろう。でも、何があろうと立ち止まらない。立ち止まるなんて論外だ。目的もなく進んでいくとき十六時間は十六分にひとしい。知覚がバラバラに壊れはじめ、すべてのものが無意味に思えてくる。睡眠自体もその意味を失う。そんなとき、自分の思考に光が射し込んでくれないかと願った。

でも、光はなかった。ただ、思考のみが残った。

以前に起きたこと

クリス

　おまえのことを話す前に、まず、おまえが出会うことになる人々を紹介しておきたいと思う。それは八月末の、あるひんやりとした日だった。くっきりと空に浮かぶ太陽が照りつ曇りつするさまは、廊下の照明が明滅するのに似ていた。太陽に顔を向けている人々は、どうしてこうもわずかな温もりしか返ってこないのだろうと不思議に思っていた。

　ベルリンの真ん中に位置する小さな公園。すべてはここから始まった。一人の男が水辺のベンチにすわっている。彼はクリス・マルラー、二十九歳。社会と関わりを持つまいと決心してから長い歳月が経った苦行者のように見える。クリスは自分が社会の一員であることを重々承知している。大学も卒業した。好んで海までドライブし、旨《うま》い物を食べるのが好きで、何時間でも音楽の話ができる。彼は不本意かもしれないが、社会の一員である事実に間違いはない。そのことを彼はこの水曜日の朝、はっきりと感じ取ったのだ。

　公園のベンチにすわった彼は顎《あご》を前に突き出し、膝に肘をついて、今にも跳び出しそうになっていた。今日は良くない日になりそうだ。朝、起きたときから、そう思っていた。が、それについてはあとで触れる。重要なのは、彼がよりによってウルバンハーフェン公園のこのベンチを選んだことを悔やんでいる今の瞬間だ。彼は自分を取り戻すためには数分間の休憩がぜったいに必要だと思ってここに来たのだが、その考えは誤りだった。

数メートル先の草の上に一人の女性がすわっていた。夏が過ぎ去るのを信じたくないのか、袖《そで》なしのワンピースにサンダルという姿だ。まわりの草は疲れ切っているかに見え、地面は湿っていた。一人の男が彼女の前に立ち、しきりに説得していた。右手を鋭く、すばやく、力いっぱい振り下ろし、まるで斧で空気を切っているみたいだった。男に指さされるたびに女性は縮み上がった。二人とも、とくべつ声を張り上げていたわけではないが、クリスには言葉のひとつひとつが明瞭に聞き取れた。

　男は浮気をしていた。が、女は彼の言葉を信じなかった。男が浮気相手を一人一人数え上げだしたとき、嘘ではないとわかり、彼女は男をろくでなしと呼んだ。男がろくでなしであることは誰の目にも明らかだった。男は彼女を嘲笑《あざわら》った。

「どういうつもりだ？　おれがぜったいに裏切らないとでも思っていたのか？」

　男は女性の足元に唾を吐き、彼女に背を向けて立ち去っていった。彼女は泣きだした。声を殺して泣いていた。人々はとくべつ変わった反応を見せるでもなく、あらぬ方に目をやっていた。子どもたちは遊びつづけ、犬は鳩に向かって吠え立てた。無関心な太陽は見慣れぬものには目もくれなかった。

〝こういう日には雨がふさわしい〟クリスは思った。〝日が照っているときに、人と別れるなんて間違っている〟

　女性は目を上げ、ベンチにいる彼に気づいた。彼女は気恥ずかしげにほほ笑んだ。悲しみを人に見せたくないのだ。クリスはそのほほ笑みをカーテンのようだと思った。彼は一瞬だけ、その奥を覗《のぞ》き見ることが許されたのだ。〝優しく、誘うようなほほ笑み〟。彼女の無防備さにクリスは胸を打たれた。でも、その一瞬はたちまち消え去った。女性は涙を拭《ぬぐ》うと、何事もなかったかのように水面に目をやった。

クリスは彼女のかたわらにすわった。

クリスは、このとき自分はまったく無意識のうちに行動していたと弟に語ったが、それはもっとあとの話だ。ここからはすべてがすらすらと運んだ。クリスの頭のなかに、すでに言葉が用意されていたかのようだった。探す必要はなく、ただ口に出すだけでよかった。

クリスは今起きたことを女性に説明した。彼は女性を欺《あざむ》いたろくでなしの男を弁護し、男には難しい過去があったという作り話をして聞かせた。さまざまな苦労、子ども時代の不安など。クリスは言った。

「彼には別のやり方ができたかもしれない。彼はへまをやったことがわかっているんだ。好きにさせればいい。どれくらい付き合っていたの？　二カ月？　三カ月？」

女性はうなずいた。クリスはつづけた。

「好きにさせればいい。彼が戻ってくれれば、それはそれでよし。もし戻ってこなかったら、終わってよかったと思えばいいんだよ」

話しながら、クリスは自分の言葉が相手を喜ばせているのを感じた。言葉の効果が見て取れた。手でなだめているみたいだった。女性はじっと耳を傾け、いずれにしてもあの男との関係をどう考えていいのか確信が持てなかったと言った。

「彼から、わたしのことを、いろいろ聞いていました？」

クリスはかすかにためらったあと彼女にお世辞を言い、頼りなげな二十三歳の女性がいかにも聞きたがりそうなこと、つまり、それほど苦労しなくてもこの週のうちにつぎの恋人が見つかるだろうと話した。

クリスはうまい。じつに巧みだ。

「彼は決して口には出さないかもしれないが、悔やんでいることを忘れちゃいけない。心の奥では、きみに対して申しわけないと思っているんだ」最後に、そうクリスは言った。

「本当に？」

「本当に」

女性は満足げにうなずいた。

すべては嘘に始まり、お詫《わ》びに終わる――この朝、この公園でもそうだった。女性はクリス・マルラーが何者なのかを知らない。今しがた去っていったろくでなしとクリスが、どこで知り合ったのか聞こうともしない。そして、これ以外にクリスとは何の関わりもないのに、もしよかったら、いっしょに何か飲みに行きませんかと誘った。

女性の苦悩は橋のようで、同情を示した者は誰でも渡ることが許される。〝立場が逆になることだってありうる。それだけでもやりきれない〟とクリスは思った。

ワインを一杯飲むだけで気が晴れると言いながら、女性は脚を覆《おお》っているワンピースの皺《しわ》を撫《な》でつけた。まるで、クリスが迷っているのはワンピースのせいだとでも言わんばかりに。クリスは彼女の膝を、サンダルをはいた足の赤いペディキュアを見た。そして、かぶりを振った。彼女と近づきになりたくてしたことではない。純粋に本能的な行為だった。庇護《ひご》する者の月並みな原衝動だったとも言える。男は女を見る。男は女を守りたいと思う。男は女を守る、という原衝動だ。あとになってクリスは悟った。自分は天命に従ったのだと――どうしても詫びたいという切実な衝動に駆られたのだと。ひとつがふたつになり、やがて全体が形作られていった。あとになって――

クリスは自分の手を女性の手に重ねて、言った。

「悪いね、約束があるんだ」

彼女はふたたびほほ笑んだが、さっきのような苦しげなほほ笑みではなかった。彼女はクリスの言葉を理解した。彼を信頼していた。

「また、このつぎ」クリスは約束すると、立ち上がった。
女性はうなずいた。これで終わった。男との別れの痛みは消えていた。彼女は光明を見出していた。親切な男性が彼女の目を開いてくれたのだ。女性は草の上にすわったままだった。親切な男は公園を出て、職場に向かった。それは彼にとって職場で過ごす最後の日となるはずだった。親切な男クリスは上機嫌とはほど遠かった。

「理解してくれなきゃ困る」十分後、ベルント・ヨスト－デーゲンはそうクリスに言うと、デザイナージャケットのポケットに両手を突っ込んだ。彼は窓の前に立っていたので、顔のシルエットしか見えなかった。壁にはシャガールの絵とミロの絵とのあいだに、投影されたデジタル時計が秒を刻んでいた。この新聞社の上司の部屋はいつも薄暗いにちがいない。でなければ時計は見えないから。ベルント・ヨスト－デーゲンはクリスより三歳年上で、チーフと呼ばれるより、もっと気楽にボスと呼ばれたがっていた。

「どこでも合理化がおこなわれている」彼は話しつづけた。「どうにもこうにも動きが取れない状態なんだ。もはや以前と同じ仕組みではなくなった。世の中はどんどん変わっていく。以前は、よい仕事をすれば、それだけの収入が得られた。でも今は、どんなに立派な仕事をしても、見返りはわずかだ。おまけに、それをありがたく思わなければならない」

彼は笑ったが、それは、そういう人間には属していない者の笑いだった。クリスは自分の愚かさを知った。なぜもう一度、上司と話したいなどと思ったのか自分でもわからなかった。クリスの足元には紙袋がふたつ置かれていた。彼の机をすっかり片づけた掃除人から渡されたものだ。

「それが市場経済なんだ、クリス。人口過剰なんだよ。人があり余っている。そして、われわれは残念ながら資本主義社会に生きている。わたしを見るがいい。糸であやつられている人形同然だ。上の者たちは言う、ベルント、われわれには二倍の収益が必要だ、と。わたしにできることは何か？　きみたちにいちばん安いミネラルウォーターと最低のコーヒーを与え、切り詰められるかぎりのものを切り詰める。上の者たちに糸を切断されないためにだ」

「よくそんなことが言えますね」クリスは言う。「あなたはわたしをクビにした。わたしを削ったじゃないですか」

ベルント・ヨスト－デーゲンは組んだ両手を前に突き出した。

「いいか、クリス、よく見てほしい。わたしはこのとおり身動きできない状態だ。殴り殺したければ、そうしてもいい。だが、わたしにはどうすることもできない。入社年数の少ない者を解雇するしかないんだ。もちろん、きみはこれからもフリーで仕事することもできる。きみさえよければ、わたしは喜んで推薦状を書こう。当然だ。一度《ターゲスシュピーゲル》紙にあたってみてはどうかね？　あそこは今、難題を抱えている。あるいは、《タッツ》なんか、どうかね？　あそこでは……どうして、そんなふうにわたしを見つめるんだ？」

クリスは首をかしげ、思いを一点に集中させていた。どこか瞑想《めいそう》に似ていた。息を吸い込むたびにクリスは大きくなり、息を吐き出すたびに上司は少しずつ縮んでいく。

「まさか、暴力を振るう気じゃないだろうな？」ベルント・ヨスト－デーゲンは不安げに言うと、書き物机の向こうに退去した。両手をズボンのポケットに突っ込み、上半身を後ろの壁にもたせかけ、さしずめ奈落の淵に立っているかのようだ。クリスは身動きひとつせず、じっと見守っているだけだった。もし今、上司に歩み寄ったなら、その恐怖のにおいが嗅《か》ぎ取れたかもしれない。

「ほんとにすまない。よかったら……」

　上司に終わりまで言わせず、クリスは紙袋を両脇に抱えて編集部を通り抜けていった。彼は失望していた。ベルント・ヨスト＝デーゲンは正しい詫び方をまるで心得ていなかった。両手をズボンのポケットに突っ込んだまま詫びるなんて言語道断だ。こちらとしては相手がどんな武器で傷つけようとしているのか知りたいと思うものだ。かりにベルントのように嘘をつく場合でも、少なくとも一歩、前に進み出て、いかにも真実を話しているかのように振る舞うべきだ。相手に親近感を抱いているふりをしなければならない。親近感は嘘をごまかすのに役立つからだ。自分の失策を詫びられないなんて、人間として最低ではないか。

　クリスがそばを通っても、同僚は誰一人目を上げなかった。全員が黙殺の罪で今この場で窒息死してしまえばいいとクリスは思った。一年間、共に親しく働いてきたのに、誰も目を上げなかったのだ。

　クリスはエレベーターに乗ると、紙袋を床に置き、壁の鏡を見た。鏡のなかの自分も目をそむけるかと予想したが、こちらに向かってにやりと笑い返した。

〝ゼロよりましだ〟とクリスは思い、一階のボタンを押した。


　ふたつの紙袋にはここ数カ月にわたるクリスの調査やインタビューの全資料が入っていたが、本気で関心を持たれたものはひとつもなかった。一日だけ話題になり、そのあとはゴミとなり、古紙として再利用されるだけだ。クリスは〝現在のジャーナリズム〟に思いを馳《は》せ、できるものならこの紙の山に火をつけたいと思った。ドアが開き、クリスは外に出たが、紙袋はエレベーターに置きっぱなしにしておいた。ため息ひとつで紙袋はたちまち倒れてしまうだろう。最後にドアが閉まり、すべては終わった。

歩道に出たクリスは深々と息を吸った。

ここはベルリンのグナイゼナウ通り。すでに九カ月前に世界選手権大会は終わり、今ではそんなものはなかったかのように見える。クリスはそんなふうにはなりたくなかった。彼は二十代の終わりだが、十二カ月間定職についたのち失業したのだ。新しい職場を探す気にもなれず、かといって、ほかの何十万もの人々と同じく臨時雇いとなって空腹を満たすにも足りない賃金をもらい、本採用される日が来るのを待ち望みながら営々として働くというのも気に染まなかった。学生のようにアルバイトをする意思もない。彼はすでに大学を卒業しているのだ。就職市場における彼の立場は難しいものだった――物乞いするわけにもいかず、ちっぽけな仕事では彼の誇りが許さなかった。だが、あきらめるつもりはなかった。彼の頭脳はくだらぬ仕事には向いていないのだ。誰も彼が問題を抱えているとは思うまい。クリスは楽観主義者だった。ただ、彼にはふたつだけ我慢できないことがあった。嘘と不公平な行為だ。今日、彼はそれをふたつとも味わうはめになった。彼の気分はそれにふさわしいものとなっていた。もしクリス・マルラーが朝目覚めたときから、自分が新たな目標に向かって動きはじめているのを知っていたら、彼の態度も変わっていただろうし、彼は笑っていたかもしれない。でも何も知らないクリスは今日という日を呪いながら、地下鉄の駅に向かって歩きだした。彼は思案していた。誰もが傾いて立っていることに慣れきっているこの世の中を、どうすればまっすぐに直すことができるだろうかと。

タマラ

クリスが編集部を去ったのとちょうど同じ頃、タマラはベッドから跳ね起きた。頭から天井まで数センチしか離れていず、これにはいつになっても慣れそうもないと思った。まるで棺《ひつぎ》のなかで目を覚ましたみたいだ。彼女はふたたび枕に倒れ込み、頭のなかでこだまのように尾を引く夢を思い返していた。一人の男が彼女に訊いた。決心はついたかと。男の顔は見えず、ピンと張った喉《のど》の筋肉だけが見えている。彼女は男のまわりをまわっていこうとしたが、男の頭は彼女を避けるように回転し、ついには乾いた地面を思わせる毛のように細い亀裂ができた。最後に彼女はこれ以上回転しないようにと、手で男の頭を支えながらそのまわりをまわっていった。そこで目が覚めたのだ。

ここはベルリンの南部。シュテグリッツ地区の区役所から通り二本、隔てている。タマラの部屋は裏庭に面している。カーテンは閉めてあるのに一匹のスズメバチが執拗《しつよう》に窓ガラスめがけて飛んでいく。目張りした窓からどうやって入ってきたのかわからなかった。目覚まし時計は十一時十九分を指していた。タマラは信じられず、時計をぐっと目に近づけた。そして、悪態をつきながら高いベッドから下り、前夜着ていたのと同じものを身につけた。一分後、タマラは外に駆け出した。まるで家が炎に包まれているかのように。

おまえはここで問いかけるに決まっている。目覚めたあと洗顔もせず、洗いたてのものを身につけることすらできない女なんかになぜ関わり合うのかと。タマラは地下鉄の窓に映る自分の顔を眺めながら、似たようなことを自分に問いかけていた。今朝《けさ》四時に帰宅したときは疲れ切っていたので化粧も落とさなかった。目の下には溶けだしたマスカラの黒ずんだ痕《あと》が残っている。髪はカールが取れてまっすぐになり、ブラウスはくしゃくしゃ。おまけにボタンがひとつはずれていたので胸元がV字型にくっきりと見えている。〝あばずれ女みたいに見える〟タマラはそう思い、両手で顔を隠した。斜め向かいにすわっていた男が、無言で彼女にハンカチを渡した。タマラは礼を言うと、それで鼻をかんだ。一日じゅう、寝て過ごせたらいいのにと思いながら。

今はまだ、おまえには理解できないかもしれないが、このタマラ・ベルガーという女はこの物語で重要な役割を演じていることを信じてもらいたい。いつの日かおまえは彼女と対面し、決心はついたかと訊くだろう。彼女抜きでは話はつづかないのだ。


職業紹介所は閉まっていた。タマラはドアをひと蹴りしてから、その隣のパン屋へ行った。立ったままでオープンサンドイッチを食べ、淹《い》れてから三日間レンジで温めなおしていたような味のコーヒーを飲んだ。売り子は肩をすくめただけで、淹れなおす気はなかった。今あるものを先に飲んでしまわなければならないという。おまけに、ほかには苦情を言った客はいないという。タマラは質の悪いサービスに礼を言い、売り子がほかに目をやった隙に、砂糖の小袋をくすねた。ありったけ。


タマラは姉アストリットの家に住んでいる。街路に面した中古の二階建てで、美しくも醜くもない実用的なだけの家だった。二部屋は表に面しており、浴室の隣にある三つ目の部屋にタマラは住んでいる。一度も日の目を見たことのない灰色の裏庭を見るのは気が滅入った。夏にはゴミ容器から立ちのぼる悪臭のひどさに、タマラは夜中に何度も息が詰まって目を覚ました。姉に不平をこぼすと、実家に戻ったらどうか、自分としてはそれでもかまわないと言われ、タマラは口をつぐむしかなかった。そして、窓に目張りをした。

〝身内なんだから〟とタマラは思った。〝こういう場合は口をつぐんで、いつか良くなることを願うしかない〟

本気でそう思っていた。父親は三十九歳で早期退職して年金生活者となり、母親はスーパーマーケット

〈カイザー〉のレジ係として働き、夜はテレビの前で編み物をしていた。タマラにはアストリットのほかに兄が一人いるが、いつの頃だったか家を出て、オーストラリアに移住してしまった。彼らきょうだいは、人生は甘いものではなく、人は自分の持っているもので満足すべきだという典型的な中流階級の人生観で育てられてきた。

タマラが職業紹介所から帰宅すると、アストリットは店で使う緑色のクリームを台所のレンジでかきまぜていた。体育の授業のあとの更衣室のようなにおいがした。

「臭いわね」タマラは挨拶《あいさつ》代わりに言った。

「わたしは何も感じないわ」アストリットは答えると、鼻を軽くたたいた。「このなかが麻痺《まひ》してしまっているのよ」

タマラは姉の頬にキスをすると、窓を開けた。

「で、どうだった？」

タマラは何もなかったと答えたいところだった。実際、何もなかったからだ。でもアストリットが何を聞きたがっているのかは充分承知していたので、黙ったままブーツを脱ぎ、それ以上質問されないうちにその場を立ち去ろうとした。それでうまくいく日もあるのだ。

アストリットはタマラの動きを仔細に観察していた。姉妹のあいだは子どもの頃からあまり変わっていなかった。四歳の年の差はあるが、誰もそれには気づかなかった。タマラにとってそれがプラスなのかマイナスなのかは、わからない。以前は、自分のほうが年上でありたいと、いつも願っていたものだ。

「そんな不機嫌な顔をしないで」アストリットは言った。「大きい書店のどこかで、きっと採用してくれるわよ。〈ドゥスマン〉だとか。ああいったところでは年がら年中、人手を欲しがっているわ」

アストリットは口がうまい。仕事を持っている者は、どこにでも仕事が転がっているようなことを何度でも言う。アストリットは一年前にこの賃貸住宅の一階にネイルサロンを開いた。ほかにも、注文を受けてクリームやマスクも作るようになった。年末にはマッサージを専門にするつもりでいた。アストリットはネイルサロンを一人で切りまわしていた。タマラは姉の手助けをしてもいいと思っていた。何もしないでぼんやりすわっているのに比べたら、どんなことでも、それよりはましに思えた。でもアストリットはタマラにそんなことをさせるのは、もったいないと言う。

タマラはそう言われるのが嫌だった。大学入学資格試験に通ったことが伝染病に罹《かか》ったみたいに聞こえるからだ。とくべつの資格などないほうがいい。そのほうが雇用主にとっては安い給料ですむからだ。もちろん学生であればいちばんいいのだが、彼女はぜったいに大学進学はしないと心に誓ったのだ。高校を卒業したときは本当に嬉しかった。アカデミックな隠れ蓑《みの》をまとって、また勉強をくり返す必要などなかった。人生から多くを期待する気もなかった。もう少しだけ金を稼ぎ、少しだけ旅行をしたかった。とりわけ、今よりもう少しましな生活がしたいという願いは確かにあった。

「あそこに行ってみた?」

「どこに?」

「ねえ、わたしの話をちゃんと聞いていなかったの? 書店のことよ。〈グロース〉だとか〈ドゥスマン〉だとか。ああいうところではきっと、すぐまた欠員ができると思うの」

タマラはうなずきたくないままに、うなずいた。それから上着のポケットから砂糖の小袋を全部、台所のテーブルにぶちまけた。

「ほら見て、おみやげよ」

アストリットはにやにや笑った。

「また誰かのせいで、腹を立てたわけ？」

「ある従業員のせいでね」タマラは言うと、あらためて姉の頬にキスし、自分の部屋に引きこもった。

タマラは姉の家に春から住みはじめたばかりだが、ずいぶん長いあいだだったような気がしていた。自ら求めてここに来たのだが、ときには嫌なことでも良いと言ったり、成り行きにまかせているのには自分でも驚いていた。もしおまえがタマラの部屋を見まわしたら、旅行中の誰かが住んでいるのではないかと奇異の念を抱くだろう。二個の開いたままのスーツケースに衣服が溢れ、壁際には本が二列並んでいるほかには絵もポスターもなく、窓台にも小さな飾り物ひとつ置かれていなかった。〝到着したて〟の状態。それがタマラの望みだった。彼女は寄木張りの床のあるマイホームに住んで夫とのあいだに三人の子どもをもうけるといった生活を一度も夢見たことがなかった。タマラの夢は質素で力ないものだった。人生に何を望んでいいのか、わからなかったからだ。天命を自覚したこともなく、使命に心動かされたこともない。あるのはただ、どこかの一員として定着してしまうのではなく、なんとなくどこかに嵌《は》まり込みたいという願望だけだった。アウトサイダーにしては人と付き合うのが好きだったが、型にはまった小市民に比べると、やはり彼女はアウトサイダーだった。

部屋のドアを閉めると、彼女はうわべだけの静寂に耳を澄ました。浴室との隔壁越しに、最初はかすかなあえぎが、つぎに大きなうめきが聞こえてきた。

〝この家を出よう〟タマラはそう思いながら、壁をたたきたい衝動をこらえていた。またヴェルナーが便器にすわっているのだ。彼はアストリットの現在のボーイフレンドで、大きい住居がありながら、週のうち五日はアストリットのもとで暮らしている。週末、彼はアストリットには会わなかった。仲間と飲み歩いて酔いつぶれるので、迷惑をかけたくないと思っているのだ。ヴェルナーは実業中学の体育の教師だが、子どもの頃から痔《じ》を患《わずら》っており、昼間、一時間は便所でうなるのだ。タマラにはすべてが聞こえた。もちろん土曜と日曜を除いて。

彼女はベッドに上り、ヘッドフォンと、枕の横に伏せておいた歴史小説を引っつかんだ。七ページまで読んだところで天井の明かりが明滅しはじめた。タマラはヘッドフォンをはずしてベッドから下りた。部屋の入口にアストリットが立っていて、電話を手に、合図していた。

「誰から?」

「決まってるでしょう」アストリットは言うと、電話を投げてよこした。

タマラの胸はときめいた。電話の向こうから弱々しい小声が聞こえてこないかと願うことがあった。ばかげた望みだとわかっていたが、彼女はワクワクしながら受話器を耳に押しあてて聞き取ろうとした。息づかいが聞こえた。誰のものかわかって、がっかりしたが、失望を相手に悟られまいと努めた。

「助けて」親友フラウケの声だ。「もうおしまい。これ以上は無理よ」

タマラ・ベルガーとフラウケ・レヴィンは小学校からの友だちだった。二人は同じギムナジウム(九年制の中高一貫校。小学校は四年で終了し、卒業後、試験を受けて入る)に進み、同じ少年に熱を上げ、同じ教師を嫌った。ほとんど毎夕、二人は同じグループの仲間たちとリーツェン湖畔で過ごした。彼らはここで最初のキスから最初のマリファナ・タバコまで、すべてを体験した——恋の悩み、号泣、政治についての議論、いさかい、そして、はかり知れないほどの退屈を。冬は戦没者記念碑のまわりのベンチにすわっていた。寒くても平気だった。魔法瓶からグリューワインを飲み、暖を取ろうとするかのようにせかせかとタバコを吸った。つぎに寒けが襲ってくるまでどれほどの時間が経ったかタマラは覚えていない。今では早々と寒けを感じ、ぼやくことが多くなった。わけを訊かれると世界中が寒冷化してきたからじゃないかと答える。年をとったからだと答えてもいいのかもしれないが、それではあからさますぎる。それは四十歳になって人生を振り返ったときに初めて口にすることだ。二十代の終わりに人生を振り返るなんて無意味なことだ。二十代の終わりには、自分なりに異常気象を体感しても、もっと良いときが来るという希望を抱いているものだ。

フラウケは公園にそそり立つ孤独な岩を思わせる戦没者記念碑のそばで待っていた。その灰色の岩にもたれかかり、脚を組んでいた。黒ずくめだが冠婚葬祭とは無関係だ。十代の頃、ゴシック・モードに憧れていた時期があり、黒はその頃の名残だった。今日のような日、フラウケはホラー映画で出てくる、誰もが悪から守ってやろうと思っている最中に変身して牙をむき出す女を想起させた。彼女をよく見るといい。まだおまえにはわからないかもしれないが、いつの日か、この女はおまえの敵となるだろう。彼女はおまえを憎み、おまえを殺そうとするだろう。

「寒くない？」タマラは訊いた。

フラウケはまるで氷山の上にすわっているような目つきをしていた。

「夏が過ぎて、もう凍えちゃいそう。わたしがここで何をしているか、わかる？」

「これ以上は無理だというんでしょう？」タマラは言った。電話でそう聞いたからだ。

「だから、あなたが好きなのよ」フラウケは言った。

フラウケはずるずると滑り落ちるようにすわり込んだ。タマラもその隣にすわって、フラウケの差し出したタバコを一本取った。本来は吸わないのだが、フラウケにすすめられたときだけは吸った。友だちが気を悪くしないよう、お相手するためだ。自分のようなタイプを何と呼ぶのだろう？　受動喫煙者にはあてはまらない。

「今朝、よく起きられたわね？」フラウケは知りたがった。

二人は前夜ディスコで踊りつづけ、酔っていたので別れの挨拶《あいさつ》もしなかったのだ。

タマラは職業紹介所が閉まっていたことや、パン屋のコーヒーのことを話した。それからタバコを吸って、咳き込んだ。

フラウケはタマラからタバコを取り上げ、吸殻を踏み消した。

「あなたってホモみたいな吸い方をするって誰かに言われなかった？　あなたみたいな人たちはタバコを吸うべきじゃないのよ」

「それ、どういう意味？」

二人はこんな天気でもあえて公園に来るわずかな散歩者たちを眺めていた。リーツェン湖の面は氷のようにキラキラ輝いている。身ごもった女性が乳母車《うばぐるま》を停めて湖岸に佇《たたず》み、満足げに両手をお腹にあてていた。

タマラはぱっと目をそらした。

「わたしたち今、何歳だっけ？」フラウケが訊いた。

「わかってるじゃない、そんなこと」

「不安にならない？」

タマラはどう答えていいのか、わからなかった。ほかにもっと不安なことがあったから。彼女は地下鉄のなかで話しかけてきたミュージシャンと、先週、別れたばかりだった。彼の願いを聞き入れ、昼間は彼の才能を褒《ほ》めそやし、夜になって彼の仲間がジャムセッションのために立ち寄ったときには沈黙していた。タマラは一人でいるのが嫌いだった。孤独は彼女にとって耐えがたい苦痛だったのだ。

「不安にならない？　大学入学資格を取ってから十年

も経つのに、いまだに記念碑の下にすわって何も変わらないなんて。この公園の隅々《すみずみ》まで知っていて、ホームレスたちが瓶代を稼ぐためにどこで空き瓶を紙袋に隠すのか、犬たちがどこでおしっこをするのが好きなのかも知っているわ。自分が古靴みたいに思えてくるの。わたしたち、今、同窓会に行ったら、みんなから嘲笑されるに決まってるわ」

タマラは一年前の同窓会のことを思い出した。うまくいっている者は一人もいなかった。十二人は仕事がなく、四人は保険の外交でかろうじて生計を立て、三人は自営業を選んだが倒産寸前だった。ただ一人、薬剤師として成功している女子がいて大口をたたいていた。大学入学資格を持っていても、そんな程度だ。

でもフラウケが抱えている問題は別にあるにちがいないとタマラは思っていた。

「何があったの？」タマラは訊いた。

フラウケはタバコを人さし指ではじき飛ばした。たちまち一人の男が立ち止まり、足元に転がってきた吸殻に目をやった。獣を仕留めたみたいに吸殻を靴で触《さわ》ったあと、ベンチにすわっている二人を見た。

「あっちへ行って！」フラウケは男に向かって叫んだ。

男はかぶりを振って歩み去った。フラウケは鼻水をすすって、にやりと笑った。こういうとき、タマラはフラウケが相変わらず自由気ままに生きていることを実感させられた。タマラのほうは子どもの頃、たとえ一時間でも外出を許してもらうにはひと苦労したものだった。フラウケは町をほっつき歩いても、誰にも文句を言わせなかった。女の子たちは彼女をリーダーとして仰ぎ見ていたし、男の子たちのほうは彼女の威勢のいい物言いに怖気《おじけ》づいていた。フラウケはその頃から誇りと威厳を保ちつづけていた。現在はフリーでメディアの制作に携わっているが、自分の気に入った注文にしか応じないので、月初めには無一文のことがたびたびあった。

「新しい注文が欲しい」彼女は言った。「何でもいいの。わかる？ 本当に切羽《せっぱ》詰《つ》まってるの。父はまた新しい女を作ったわ。その女ったら、いいかげんに自分の足で立つことを覚えろなんて言うのよ。十四歳の女の子じゃあるまいし。父は小切手を送ってよこさなくなったわ。あっさりと。父がどんな自堕落女たちを相手にしているか、わかる？ みんな一度、わたしを訪ねてくれればいいのよ。言ってやりたいことが山ほどあるんだから」

その光景が目に見えるようだとタマラは思った。フラウケの父親コンプレックスに適したラテン語の名称があるのかどうかは不明だが、いずれにしても、父親と関係を持った女は猛り狂ったフリア（復讐の女神）のような娘を相手にまわすことになるのだ。タマラは一、二度、その現場に居合わせたことがあるが、あまりいい思い出ではなかった。タマラは、問題があるのは女たちのほうではなく父親のほうだと見ていたが、その思いは自分一人の胸にしまっておいた。

「で、これからは？」フラウケは突然、弱気になった。「これからどうしたらいい？」

「誰かを襲ってみようか？」タマラは提案し、さいぜん、タバコの吸殻の前で立ち止まった男のほうに顎《あご》をしゃくった。

「貧乏すぎるわ」

「書店を開くっていうのはどう？」

「タマラ、それには莫大な資本が要るのよ。大金が。わかる？」

「もちろん」

いつもお決まりの対話だ。タマラはフラウケに活気づけられるのを期待していた。

「職業紹介所に行けなんて言わないでよ」フラウケはトントンと箱をたたいて新たにタバコを引き抜いた。タマラも一本すすめられたが、彼女はかぶりを振った。フラウケは箱をしまってタバコに火をつけた。

「わたしには誇りがあるわ」ひと口吸ってからフラウケは言った。「職業紹介所に行くくらいなら、道で物乞いしたほうがましよ」

タマラはフラウケの性格を自分にも少し分けてほしいと思った。できるものなら自分ももっと選り好みしたかった。男も仕事も、自分の決断も。誇りも欲しかったが、誇るべきものが何もない場合、それも難しいことだった。

〝わたしにはフラウケがいる〟タマラは思った。

「あなたなら、そうするでしょうね」

フラウケはため息をつくと空を見上げたが、その首は長く、白鳥のそれのように白かった。

「下を向いてくれない？」タマラは頼んだ。

フラウケは頭《こうべ》を垂れた。

「どうして？」

「人が空を見上げていると、目がくらくらするの」

「何ですって？」

「本当よ。気分が悪くなるの。もしかしたら神経の病気かもね」

「きっとそうよ」フラウケは言うと、にやりと笑った。

フラウケの言うとおりだ。彼女から見ると、タマラはすでに神経症患者だった。


十五分後、二人は職業紹介所の食堂でフライドポテトを分け合って食べた。そのあと、ツォー行きの一四八番のバスを待った。フラウケの気分は上向きになっていた。彼女はときどき、どこもかしこも雷雲しか見えないことがあると言った。タマラがあまり医薬品に頼らないほうがいいのではないかと助言すると、フラウケはぎゅっと口をゆがめて言った。「わたしにじゃなく、母にそう言ってよ」

ヴィルマースドルフ通りでバスを降りると、二人は〈ウールワース〉の向かい側にあるアジア・マーケットに行った。フラウケは野菜と麺《めん》を買いたがった。

「あなたも、たまには健康的なものを食べたほうがいいわよ」フラウケは言う。

タマラはアジア・マーケットの店のなかに立ちこめるにおいが好きではなかった。小便臭い建物の入口や、インターレールパス（ヨーロッパの三十一カ国の鉄道が利用できる周遊券。ヨーロッパ在住者しか利用できない）を使っての旅行中に月経が始まって二日間体を洗えなかったときのことを思い出させるからだ。とりわけ不快なのは、一分もすれば干し魚のにおいに慣れるにもかかわらず、空気中にそれが漂っているのを知っていることだ。

フラウケはまったく気にしなかった。彼女は籠《かご》に白菜、茄子《なす》、葱《ねぎ》を入れ、大豆をひと握り秤にかけ、めざす麺が見つかるまで探した。そのあと突然、野菜売り場に駆け戻り、生姜《しょうが》とコリアンダーも籠に入れた。でも、コリアンダーが気に入らなかったので、新鮮なものが欲しいと売り子とかけ合ったが、売り子はかぶりを振った。フラウケはコリアンダーを取り上げて「死んでる」と言い、それから、自分の胸を軽くたたいて「生きてる」と言った。売り子は一分間ほどじっとフラウケの目を見つめたあと、倉庫に姿を消し、コリアンダーの新しい束を持って戻ってきた。タマラにはその束もさっきの束とどこひとつ違わないように見えたが黙っていた。フラウケが満足していたからだ。フラウケは会釈らしきものをして売り子に礼を言い、タマラといっしょに勢いよくレジに向かった。レジ係のベトナム人はスカートの下を探りたがるタイプのように愛想がよかった。フラウケが、そんなに笑顔をつくる必要はないと言うと、彼は口を一文字に引き結んだ。フラウケとタマラは店からさっさと逃げ出した。

「プランB」フラウケは言うと、電話ボックスにタマラを引っぱり込んだ。フラウケはプランBをありとあらゆることに使ったが、多くの場合、単にプランAが存在しないというだけのことだった。

フラウケが電話しているあいだに、タマラはコーヒー店〈チボー〉の店先に集う人々を眺めていた。空は曇っていたが、人々は競ってパラソルの蔭に置かれたテーブルの前に立ち、買い物袋を脚のあいだに挟んでいた。片手にタバコ、もう片方の手にコーヒーカップという老女たち、黙ってテーブルを見守っている、家から追い出されてきたかに見える老人たち。そのあいだに二人の土木作業員がいて、歩道にケーキの屑を落とすまいとしてか、テーブルに身をかがめて食べている。ミルクコーヒーとケーキが今日のおすすめ品だった。タマラは三十年後にフラウケとここに立っているさまを想像してみた。ベージュ色の健康にいい靴をはいて美容院から出てきたばかり。ビニールの買い物袋は古着でいっぱい。口の端には口紅がこびりついているという姿を。

「何カ月ぶりかしら」フラウケは電話に向かって言っている。「あなたが、どんな顔だったかも忘れてしまったわ。それに、わたしのところの台所は狭すぎるのよ。あそこで料理するのが嫌なの。その意味がわかる？」

フラウケはタマラを見て、親指を上げた。

「ええ、何？　どうして？　いつ？」フラウケはふたたび電話に向かって言った。「もちろん今よ」

タマラはフラウケといっしょに耳を受話器に押しあて、クリスが話しているのを聞いた。電話をもらったのは嬉しいが、今は時間がない、頭が混乱している、またあとでかけてほしいと彼は言っている。

「あとじゃだめよ」フラウケはおかまいなしに言った。

「アジアの野菜を食べたくない？」クリスは今現在、アジアの野菜にはまったく気が向かないと認めた。そのうちきっと連絡すると彼は約束した。

「事後処理のあとで」クリスは言うと、電話を切った。

「事後処理って何のこと？」タマラは知りたがった。

「こらこら、タマラ」フラウケが言うと、タマラを電話ボックスから押し出した。

クリスのことを思うと、タマラは以前に水族館で見たある魚を思い出さずにはいられなかった。それは彼女の二十歳の誕生日のことだった。フラウケはその頃付き合っていたボーイフレンドからマリファナを手に入れた。彼女たちはマリファナに酔った状態で水族館の魚を見物するという計画を立てた。

「最高ね」タマラは言った。突然、彼女は魚という生き物の本質を理解した。

彼女たちはくすくす笑いながら部屋から部屋へと歩いていったが、その最中に棒チョコレートが食べたくなり、売店で買い求めてから、大きい水槽のある部屋に入っていった。少数の観光客が集まっていた。どこかの学校の生徒たちがあくびしながら、ふたつある水槽の前にすわっていた。タマラはチョコレートをほおばったまま前に進んで、魚を見た。

その魚は泳いではいなかった。水中のほかのすべての魚のあいだを漂いながら見物客たちを凝視していた。客たちは興奮して見返していた。なかにはしかめ面をする者や、水槽のガラスをたたく者もいた。そうすれば魚は驚いて逃げていくだろうと。でも魚は平然としていた。据わった目で、見物客たちを通して向こうを見ていた。誰もそこに存在していないかのように。この魚は誰にも左右されないだろうとタマラはそのとき、思ったものだ。そして、まさにクリスがそうだった。彼は誰にも左右されない男だった。

当時、彼らはみな同じグループに属していた。クリス、タマラ、フラウケ。それにゲーロ、トールステン、レンツ、ミーケ。ほかにも名前は忘れたが何人もいた。彼らは無敵艦隊のホルモンたっぷりの船員のように九〇年代を横断した。彼らにはただひとつの目標しか眼中になかった――いつか卒業という岸に到着し、もう二度と海には戻らないという目標だ。高校卒業後、彼らは疎遠になった。何年か経って偶然、再会した際、彼らはこうも無駄に時が流れていくものかと驚いた。彼らはもはや船員でもなければ遭難者でもなく、浜沿いに走りながら漂着物を拾い集めている人々を思い起こさせた。

「どうしたの？」フラウケはいまだに電話ボックスのそばに佇《たたず》んでいるタマラのほうを向いた。「何を待ってるの？」

「クリスは本当に、わたしたちに会う気があるの？」

「なんてことを訊くの？　もちろん、会いたがってるわよ」

タマラが最後にクリスと言葉を交わしたのは前年の大晦日《おおみそか》だった。クリスは彼女のことを無責任で世渡り下手《べた》だと言った。タマラは確かに無責任で、ときには世渡り下手でもあったが、だからといって、そこまで厳しいことを言われるいわれはなかった。そんなくだらぬおしゃべりを、今あらためて聞かされるのはまっぴらだった。

「今日は、彼が編集部で過ごす最後の日なのよ」フラウケは言った。「ヴォルフからメールが来たわ。クリスは誰かに会いたいのよ。でないと、まいってしまうから」

「そうヴォルフが言ったの？」

「わたしが言ってるのよ」

タマラはかぶりを振った。

「クリスは誰かに会いたがってるかもしれないけど、ぜったいに、わたしじゃないわ」

「彼はそんなこと思ってないわよ」

「じゃあ、どう思ってるの？」

「彼は……心配してるのよ。あなたのことを。それにチビちゃんのことも。もちろん」

フラウケは意識的に名前を言わなかった。チビちゃん。それに反してクリスはいつも名前を口にした。タマラはやめてほしいと頼んだのに。心が痛むからだ。イェニーのことは黙っていてほしい。イェニーは彼女にとって出血の止まらない傷口だった。

タマラは週に二度、イェニーに会おうとした。彼女と話すことは許されていなかった。面と向かって会うことも。とくべつ寂しい夜はベルリン南部をうろつきまわり、最後にイェニーの住む家の前に佇んでいた。誰かを待つかのようにいつも巧みに身を隠し、イェニーの部屋に明かりがともっているかどうか眺めていた。電話は一度もかけたことがない。娘にとってタマラは存在していなかった。ダフィットとそう取り決めたのだ。

イェニーの父親ダフィットはここ二年間せっせと働き、今現在はダーレム地区で書店主となっている。タマラはライプツィッヒの書籍出版学校で彼と知り合い、彼女の人生において最初の堅実で目標を持つ男性との付き合いが始まった。一年間の交際で彼女は妊娠した。ピルを服用していたにもかかわらず。フラウケはその原因はホルモンをおいてほかにはないと言った。

「ホルモンが狂いだすと、ピルなんて何の役にも立たないわ」

子どもはタマラにとって予定外だった。たとえホルモンがそれを否定しようと、二十代の半ばで母親にはなりたくなかった。彼女は妊娠中絶を望んだ。それを聞いたダフィットは卒倒した。彼は強い愛、共通の未来、それがどれほど素晴らしいかを語った。彼を信頼するようにとダフィットは言った。

「お互いを信頼しようよ」

果てしない議論の末、タマラは折れた。ダフィットを愛していたわけではなかった。誰かに惚《ほ》れることと誰かを愛することとは、タマラにとってはふたつの異なる駅のようなものだった。毎週のように誰かに惚れることはできるが、愛するのはただ一人だと彼女は思っていた。ダフィットは彼女の心を芯《しん》から燃え上がらせる男ではなかった。親切だったし、何物にも代えがたく彼女を崇拝していた。でも、それだけでは真実の愛には足りなかった。タマラがダフィットといっしょにいたのは彼が目標を持ち、進路を指し示したからだ。

イェニーが生まれてきたことは失敗だった。子どもを試しに産むなんてありえないことだとタマラは悟ったが、もはや手遅れだった。子どもを産むことは壁紙の種類を決めたり、間違った駅で降りたり、あるいは、交際を始めたりするのとはまったく異なることだった。壁紙ならまた取り替えることもできる。つぎの列車はかならず来る。どんな交際も終わらせることは可能だ——でも、子どもにそれは通用しない。子どもは厳然として存在しつづける。

さらに悪いことに、ダフィットは決して苛立たず、子どものためにたっぷり時間を割《さ》く理想の父親を演じはじめたのだ。タマラのほうは頭がおかしくなりそうだった。

彼女は七カ月間辛抱したあと、無駄だとあきらめた。去っていくのは悪いこと、卑怯なことだとわかっていたが、それしか道はなかった。彼女はイェニーにほとんど愛情を感じず、自分は情のないあばずれ女になっていくのではないかと怖かった。この種の女に育てられた子どもは生涯、セラピストのもとに通い、自分には母親の愛情が不足していたと話しつづけるだろう。タマラは逃げることにした。でも、タマラが何も感じていなかったかといえばそれは嘘になる。彼女は徐々にゆっくりと自らに距離を置くようにした。自分が日ごとに小さくなり、イェニーの居場所がますます大きくなっていくのが感じられた。タマラは自分を見失いたくなかったので、夫と娘を見殺しにしたのだ。

ダフィットは落胆し、激怒した。でも、タマラの気持ちは理解できると言い、その決心を受け入れた。彼はイェニーの扶養を引き受けたが、それには条件があった。再出発のチャンスが欲しいというのだ。中途半端なことが嫌いな男だった。彼はタマラのすべてが欲しかった。でなければ、彼の人生から完全に消えてほしいというのだった。

そんなわけで、タマラは幽霊のような存在となった。

ダフィットはその年のうちにほかの女性と再婚して家庭を築き、イェニーには新しい母親ができた。タマラにとって一年間は無事に過ぎた。二年目に入ると、友人たちや家族から警告されていたとおりのことが一挙に起きた。イェニーが恋しくて恋しくてたまらなくなったのだ。タマラは自分の決心に疑念を抱きはじめた。娘に思い焦がれた。

ダフィットはタマラの変化について聞く耳を持たなかった。扉は閉ざされ、これからも閉ざされたままだと彼は言う。

こんな事情があったので、タマラはイェニーのことが話題にのぼるのが苦痛だった。だからクリスを避けていたのだ。クリスはタマラに対決を勧めた。彼はイェニーは母親の側に属していると考えていた。たとえダフィットが何と言おうと。

「互いにどんな取り決めをしたにせよ、そんなものは無価値だ」クリスは大晦日にそう断言した。「きみがイェニーの母親である事実に変わりはない。きみが悩みながらこのあたりを駆けまわっているのかと思うと、おれはイライラする。くそっ。元気を出せよ。誰にでも失敗はある。娘の側につくのはきみだ。これには、〝もし〟も〝しかし〟もない」

〝誰にでも失敗はある〟

タマラは充分わかっていた、あちらからもこちらからも処理しきれないほどの助言をもらった。それでもなお彼女は娘の前に姿を見せようとはしなかった。いつの日かまた、この気持ちが冷えたらどうするのだ？　二日間娘のそばにいたら、もう二度と逃げ出したりしないと誰かが言ったけれど、そんな保証はどこにもない。少しでも保証があるのなら、タマラはすべてを与えただろうが。

これが、おおよその事情だ。おまえはこれで全員のことを知ったわけだ。クリス、フラウケ、タマラ。グループには四人目がいる。彼の名はヴォルフ。彼がおまえと直《じか》に出会うのはほんの短い時間にすぎない。残念なことだ。彼はおまえとよく似ているからだ。互いによく理解し合えたかもしれない。ヴォルフもおまえも負い目を背負って生きている。大きい違いは、ヴォルフが自分の負い目を不当だと感じているのに対し、おまえのほうは自分の責任を十二分に自覚し、そのためしだいに精神のバランスを失っていったことだ。

ヴォルフはこの瞬間、フラウケやタマラから十メートルと離れていない場所にいた。両腕いっぱいに本を抱えて。本人は認めたがらないかもしれないが、彼は人と付き合うのが、それほど嫌いではなかった。

さあ、ではお待ちかねの彼の話をしよう。

ヴォルフ

ヴォルフはしばらくのあいだライトバンで配達の仕事をしていた。朝早く出て大市場まで行き、そのあと果物店や場末の小型スーパーマーケットに配達するのだ。その後、いくつかのレコード会社で警備員をしたり宣伝用のCDを配ったりしていた時期もある。でもそれらは間に合わせの仕事でしかなかった。それに比べて大学の前で自分の読み終えた本を金に代えることは気に入っていた。親切な女子学生たちが値切りつつも買ってくれたり、コーヒーを付き合ってくれたりした。また、新鮮な空気に触れ、客の来ないときには読書もできた。ほとんどの本は〈フーゲンドゥーベル〉か〈ヴォールタート〉で購入していた。今現在はもっぱら〈ウールワース〉を使っていた。

ヴォルフは作家志望だが、いざ書く段になると臆病だった。経験を積む必要があると彼は言うが、じつは、何を語ればいいのか確信が持てないことへの口実だった。最初の長篇小説が生まれるのはまだまだ先のこと。短篇小説や詩はその夢に近づくための橋渡しだった。

今朝《けさ》は起床したときから頭のなかに登場人物たちの交わす素晴らしい対話が生まれていた。あとはただ、小脇に抱えている本を買い求め、カフェにすわって言葉を整理しさえすればよかった。まさか自分のたどるべき道が、すでに前もって決められているとは知る由《よし》もなかった。

レジに行く途中で、フラウケの姿が見えた。

ヴォルフは身をかがめようとした。フラウケが嫌いなのではない。それどころか彼女のことは大好きだった。メールを交換し電話をかけ合ってもいた。だが、過去のある出来事を無視するわけにはいかなかった。そのためヴォルフはフラウケに会いたくない時期があった。過去は水車小屋の石臼《いしうす》にも似て、都合の悪い瞬間にこちらを巻き込むのだ。

今がそれだった。

男というものは自分の失敗を放置しておくことができない。出来の悪い映画を見るように何度も最初から見直し、挫折の苦さをごちそうか何かのようにゆっくりと味わうのだ。フラウケとの日々を振り返ろうとしても、ヴォルフの頭に浮かんでくるのはフラウケではなかった。彼はフラウケとの思い出を消し去ってしまったある女のことを思っていた。その瞬間、歯車に砂がはさまったかのように彼の思考は停止した。

女の名はエリン。二週間のあいだ、ヴォルフとエリンは片時も離れずいっしょにいた。〝この感じが愛なんだ〟とヴォルフはそのとき、思っていた。何もかもが一点に集束し、くっきりと鮮明に見えた。感覚は研ぎ澄まされ、胃袋はつねに飢餓《きが》状態だった。トイレに行くあいだも、ヴォルフは彼女の話が聞きたくてドアを開けておいた。じっくりと話を聞く約束だった。まったく信じられないほど話上手な女だった。彼女の話す何もかもがヴォルフには偽りのない素晴らしいものに思われた。もちろんくだらないこともたくさんしゃべった。でも、この短期間に、ヴォルフはそれを少しも不快には感じなかった。くだらない話も、彼の頭のなかで名言に変わっていた。ヴォルフは完全に彼女のとりこになっていた。

　エリンのほうからヴォルフを誘ったのだ。それは二年前の夏、夜間バスのなかで起きた。ヴォルフはコンサートからの帰りだった。エリンは彼と並んで立ち、「はーい」と言い、エリンだと名乗った。問いかけの響きがあった。彼のほうもヴォルフだと名乗った。答えのような響きをこめて。エリンは彼の手を取った。バスが停まり二人は降りた。停留所から数メートル離れたところにある人けのない児童遊園地で、二人は交わった。性急だった。言葉はなかった。ヴォルフはたちまち絶頂に達した。

「このときを待っていたの」エリンはあとで言った。

「ぼくも」ヴォルフは言ったが、彼女がすぐにも姿を消し、二度と会えなくなるのではないかと思った。自分が残りの人生を悲嘆に暮れながらこのあたりを駆けまわる姿が目に映った。ヴォルフには最初からその予感があったのだ。

　二人は瞬時も離れなかった。時は二人のためにのみ存在していた。ヴォルフは五キロも痩《や》せた。食事の入り込む余地がなかったからだ。彼の生活は日の出から日の入りまで、ウォッカ、テレビ、麻薬、宅配のピッツァ、セックス、タバコ、ワセリン、音楽、甘い菓子、おしゃべりに次ぐおしゃべり、笑い、人生最良の熟睡、そしてもちろん百パーセント、エリンから成り立っていた。

　十四日目、彼女の携帯電話が鳴った。その時点まで彼女がそれを持っていることすらヴォルフは知らなかった。午前三時だった。ヴォルフは言った。

「出なくてもいいんじゃないの」

エリンは電話に応じた。少し聞いて、すぐに切った。こんな時間にかけてくるなんて何者だろう? でもエリンはヴォルフに訊く暇を与えず、くるっと腹這いになり、腰を高く上げた。

「さあ、もう一度——」

ヴォルフは彼女のショーツを下ろすのさえもどかしく、体を押しつけていった。彼女がいつどんなときでも潤っていて、彼を進んで迎え入れる状態にあることがヴォルフには不思議だった。

これが最後となる定めだった。

エリンはそのあとシャワーを浴び、ヴォルフは便器にすわってマリファナ・タバコを巻きながら彼女のたてる水音に耳を澄ましていた。

「ぼくのほうは、永久にこのままでもかまわない」

しばらく間《ま》を置いてから彼はそう言った。

「どういう意味?」

エリンはシャワー室のカーテンを開けた。水がヴォルフにはねかかり、ゆるやかに浴室の床に拡がっていった。ヴォルフは笑って答えなかった。エリンはすべてを知る必要はないのだ。エリンは水を止め、タオルを手に取ると、今、飢餓状態だと言った。彼女があまりにも頻繁に飢餓という言葉を口にするので、言葉の本来の意味が失われてしまった。エリンは服を着てヴォルフの手を取った。二人は朝食に出かけた。

ドイツでは夜間も活気を帯びている都市はベルリンだけである。二人は西から東まで自転車を走らせ、ハッケッシュ市場のカフェにすわった。今、同じ市場を通ると、ヴォルフは観光客たちから見つめられているような、自分がここで失敗したことを誰もが知っているような落ち着かない気分になる。

あの朝、市場にはほとんど人影がなかった。道路清掃車があたりを一周し、前夜のゴミを押し出していた。ヴォルフには曜日の感覚がなかった。彼の目はロマンティックなヴェールに覆《おお》われていた。すべてがエリンと一致していた――好みも、ユーモアも、どんな感動も完璧に分かち合っていた。言葉もぴったり。意思表示するのもほとんど同時だった。ヴォルフは理想の女を見つけたと思っていた。〝彼女はぼくのもの。ぼくだけのものだ!〟できるものなら大声でそう歌いたかった。

早々と職場に向かう人々がカフェのそばを通り過ぎていくなかで、エリンは彼にぴったり寄り添って、言った。

「あなたとわたし。あなたとわたし」

「きみとぼく」ヴォルフは彼女に合わせた。

「そうじゃないのよ」エリンは反対した。「あなた、そして、わたし。あなた、そして、わたし」

彼女は笑うと立ち上がり、急用で幼い女の子のところに行かなければいけないと言った。ヴォルフはあとを追わなかった。彼はすわったままビールのコースターをもてあそんでいた。五分が経過した。すぐに彼女を追うべきだった。そうすべきだった。そうあるべきだった。罪の意識が生まれた。エリンは二度と戻ってこなかった。

その後、ヴォルフは道や売店や交通信号機のそばで待っているエリンを見かけることがあった。ときには地下鉄のなかで隣り合ってすわることもあったが、彼にはエリンを見つめる勇気がなかった。今朝、ヴォルフは〈ウールワース〉へ行く途中、公園のベンチにすわっている彼女を見かけた。脚を組み、携帯電話を耳にあてていた。もちろん彼がいることには気づいていない。彼もエリンと話すために立ち止まりはしなかった。彼は甘んじて受け入れていた。エリンがどこか気に入った場所に身を落ち着けたのだろうと。〝彼女は細かな部分に分かれているのだ。まとまった全体だったことはないのだ〟そう認めるようになって以来、ヴォルフは見知らぬ女性とはいっさい話をしないことにした。

ヴォルフは相変わらずヴォルフだった。少し弱々しくなり、やや自分を見失っていたが、ヴォルフであることに変わりはなかった——生涯の恋人はいつも身近にいるのだと信じている男だった。彼女がどれほど細かく分かれていても、彼は見つけた。彼女の心は少しも休まる暇がなく、彼に見つけてもらいたがっているように思えた。

ヴォルフはエリンがトイレの個室にいるところを見つけた。頭をぐっと後ろに反《そ》らせ、半眼に見開いた目はそこに何か見るべきものがあるかのように天井を凝視していた。ヴォルフは自分がどれほどのあいだ、動かないエリンの前にしゃがみ込んで彼女を眺めていたのか覚えていない。やがて彼は身をかがめて彼女の目を閉じ、その腕からそっと注射針を引き抜いた。そのあとウエイトレスに救急車を呼ぶように頼んだ。トイレの個室に戻ってみると、エリンの左目がふたたび開いていた。〝自動的なものだ〟と思いつつもヴォルフは一縷《いちる》の望みを抱いた。でも彼女は息をせず脈も停止していた。彼はテーブルに戻り、警察が来るまですわって待っていた。彼らにどう説明していいのかわからなかった。わかりたいとも思わなかった。でも立ち去ることはできなかった。カフェのトイレに彼女を放置したままにしておくことはできなかった。独りぼっちの彼女を。

こういう事情から、ヴォルフには友人たちを避けている日々があった。そのあいだに自分の存在を消してしまいたかったし、自分のことなど忘れてほしいと思っていた。たわごとに聞こえることはわかっていた。でも、自分から逃げようとするのは愚かだった。ヴォルフはただ機械的に動いているつもりだった。罪悪感とメランコリーを胸に秘めて。問題は、どれほどのあいだ、自分を愚かだと思わずにその状態でいられるかということだった。

「やあ」ヴォルフは〈ウールワース〉店内の向こう側に声をかけた。

フラウケは驚いて振り向いた。「フラウケじゃないか！」ヴォルフは胸が締めつけられる思いだった。

〝何という喜びだろう〟

「あら」フラウケは叫び返した。「ヴォルフじゃない！」

ギムナジウムに通っていた頃、ヴォルフは兄の二年下だった。才気煥発《かんぱつ》で賑《にぎ》やかで存在感のある兄クリスとチビのヴォルフはずいぶん違っていた。ヴォルフはクリスのグループの者たちからマスコット扱いを受けていた。彼らはヴォルフを連れてパーティに出かけ、彼が踊ったり、女の子たちとバカ話にふけったり、建物の裏側で草むらに嘔吐《おうと》したりする様子を見ていた。グループが学校を卒業すると、ヴォルフはまだ群れから成長していない犬ころのように放置された。大学入学資格試験に合格するまでの二年間は、苦痛でしかなかった。ヴォルフは同学年の者には興味がなく、音楽の好みも違い、言葉づかいも異なっていた。彼は我慢できず、父親の金をくすねて夜ごとに酔いつぶれたり、殴り合いの喧嘩《けんか》を引き起こしたり、フラウケによく似た少女に失恋したりもした。この時期に、メランコリーが潜伏感染のようにヴォルフの内面に拡がっていった。

ヴォルフはからくも大学入学資格試験に合格し、旅に出た。北欧諸国を見てまわり、一カ月間、ノルウェー最北部の掘っ立て小屋で過ごし、六週間、誰にも会わなかった。そのあと貨物船でカナダに渡り、そこで樹木の伐採や車寄せの雪かきなどのアルバイトに従事した。夏になると森で眠り、文明から遠ざかっていた。所持品はすべてリュックサックにおさまっていた。

六年後、ヴォルフはベルリンに帰る決心をした。作家になるためだった。到着した彼を空港に出迎える者はいなかった。彼が帰国したことを誰も知らなかったからだ。半年間はこれで済んだが、ある日、道で偶然、兄のクリスに出会った。

「おまえがトロントにいたとき、どうして電話に出ないんだろうと訝しく思っていたんだ」クリスは挨拶《あいさつ》代わりにそう言った。二人は見つめ合ったが、それ以上は近寄らなかった。何かが欠けていた。何かが兄弟を他人にしていた。ヴォルフはもはやチビのヴォルフではなかった。クリスの前に立っているのは見知らぬ男だった。周囲が自分と同じテンポで変化していないと厄介なものだ。ヴォルフは以前より体格が頑丈になり、髪を肩まで垂らし、人を寄せつけない雰囲気があった。だが、クリスはクリスのままだった。

「ここで何をしている?」

「生活」

それ以上をヴォルフから引き出すことはできなかった。できれば気のきいた言葉のひとつも残したかったし、この瞬間を笑いとばしたかった。でもヴォルフはこわばったままだった。

「そうか、じゃあ、その生活をつづけるんだな」最後にクリスは言うと、ヴォルフを残して立ち去った。

クリスにはそれができた。クリスはけりをつけ、何事もなかったかのように生きつづけることができる。ヴォルフにとって、それはとてもつらいことだった。

兄弟はその後も疎遠のままだった。もしこの年、エリンの死がヴォルフの世界を百八十度転換させていなかったら、おそらく同じ状態がつづいていただろう。

ヴォルフはフラウケを抱きしめた。ベチベル草の香りが立ちのぼった。暖かくて自然で土の香りを含んでいた。首筋に彼女の息を感じたとき、ヴォルフはたとえ一瞬であっても自分が逃げ出そうとしたことを不思議に思った。

「ここで何をしているの？」

「ちょっと左を見て」フラウケは言った。

通路ふたつ隔てた向こうの売り場で、タマラが積み上げたソックスを掘り返していた。フラウケが親指と人さし指を口に突っ込み、ピーッと鳴らすと、タマラは目を上げた。ヴォルフは手で合図した。フラウケが言う。

「こんな偶然ってある？」

ヴォルフはかすかながら、ぎくりとした。偶然というのは人生で何も始められない人間の発明だと彼は思っていた。何かがうまくいかなくなると、そういう人間は無力になり、うまくいくと、なぜそうなったのか説明を探そうとする。彼らに欠けているのは、〝自分がこうなったのは、自分が自分らしくあったからだ〟と言い切るだけの気骨だ。偶然というのはヴォルフの最大の弱点だった。エリンが死んでからというもの、彼は〝もしも、ああだったらどうなっていただろう？もしも、そうしていたらどうなっていただろう？〟という問いに対する答えを見つけようとしたが、答えはなかった。ありもしない偶然が彼に打撃を与え、ヴォルフはそれに報復したいと願っていたのだ。

クリスはタマラとフラウケに挨拶のキスをした。彼は明らかにみんなの訪問を喜んでいた。なかに入ると、クリスとヴォルフは抱き合った。

「どんな具合？」ヴォルフは訊いた。

「まあまあだ。上司がきちんとした謝罪ができなかったんだ。おれはそういうのが大嫌いでね。知ってるだろう？　彼はおれに《タッ》に電話したらなんて言うんだ。おれがあんな新聞社なんかに電話すると思うか？」

ヴォルフはかぶりを振った。

「わかってくれて嬉しいよ」クリスは言った。全員、クリスの住居に入っていった。

タマラとフラウケは台所に行った。フラウケは野菜を洗い、タマラは冷蔵庫をかきまわし、ヨーグルト、トーフ、ソースを取り出した。まるで〝家族〟みたいだとヴォルフは思いながら、本を入れた紙袋を床に置いた。クリスはヴォルフの肩に手をまわして何か言った。それを聞いたフラウケは笑いだし、タマラは小ぶりの茄子《なす》をクリスに投げて、ヴォルフに当たった。彼らも笑った。彼らは心に何の重荷もないかのように見えた。ヴォルフは本当にそうであってくれればいいのにと思っていた。

これからまもなく始まるのだ。準備を整えたおまえは、行く手を横切るのは誰なのかを知るだろう。ここ数日中におまえはフラウケ、タマラ、ヴォルフについて、より多くのことを知るだろう。その一方、クリスはおまえにとって謎のままだろう。近づいたとしても、おまえには手の届かないところに留まっているだろう。彼の動機や背景を明らかにしようといくら努力しても、失敗に終わるだろう。クリスとの距離は、最後の最後まで縮まることはない。だが、それはさておき——

あと数分で、すべてが始まる。

真夜中。

四人の男女がすわっている。大いにしゃべり、飲みかつ食らい、久しぶりの邂逅《かいこう》を楽しんでいる。スピーカーからトーマス・ディブダールの歌が流れ、道路からは救急車の悲鳴のようなサイレンが聞こえてきたかと思うと、また静かになった。ベルリンは呼吸しつづけていた。安らかに、そして、確実に。

四人の友人たちがすわっている。彼らは成功よりも失敗について話した。彼らはそれぞれの気質に適《かな》った暮らしをし、真実の愛を望み、ディスカウントショップ〈アルディ〉で買い物をしていた。〈アルディ〉なんて大嫌いなのに。四人ともこの時点まで、自分たちがどこに向かっていくのか何も知らなかった。タマラが電話に出ず、今なおベッドで本を読んでいるという偶然もありえただろう。フラウケが欲求不満を抱えたまま、三人の恋人の誰かのところに行き着く偶然があったかもしれない。ヴォルフが昼間は大学の前で過ごし、夜はクリスと映画を見に行くという偶然があったかもしれない。四人の身に何も起きないという偶然も。

だが、この日、そういう偶然は起きなかった。

「ちょっと失礼」クリスは言うと、トイレに消えた。

ヴォルフはタマラにまたマリファナ・タバコを渡したが、タマラはかぶりを振り、目が乾くのでもう吸えないと言い、CDを別のものに取り替えるために腹這いで進んでいった。ヴォルフは彼女の尻をたたこうとしたが、あと五十センチのところで失敗した。フラウケは彼の膝枕で横になっていた。タマラはCDを載せた。ガイ・ガーヴェイが歌っている。何日か眠っていないので、自分のようじゃない、というような内容だ。ヴォルフはこの男は状況をよく理解していると感じた。タマラは最後に性的興奮を覚えたときは花のにおいがしたと言ったが、それは一人でシャワーを浴びながらある俳優のことを思っているときだったとは言わなかった。ヴォルフもそう正確に知りたがっているわけではなかった。彼は太股《ふともも》にフラウケの息がかかるのを感じ、たかぶりを抑えようと努めていた。水洗の音が響き、クリスが戻ってきて戸口に佇《たたず》んでいた。彼は何日も会っていなかったかのように友人たちを眺めて、言った。

「外の連中に何が欠けていると思う?」

「あなたに何が欠けているかは、わかってるわ」タマラは言った。

「いや、真面目な話、連中には何が欠けていると思う?」

「どの連中?」

「たとえばビジネスマンたちさ。彼らの欠点は何だろう?」

「趣味の良さか!」ヴォルフがまぜかえした。

「おいっ。おれの話を本気で聞いてくれよ、みんな。一分間でいいから。な?」

「わかった。話してちょうだい」フラウケが求めた。

「彼らに欠けているのは何?」

フラウケにはこういう真似ができる。一瞬にして切り換えることが。だがヴォルフにはもう少し時間がかかる。反対に、タマラは何の反応も見せなかった。転がりながら、最後に性的興奮を覚えたときに花のにおいがしたことを思い出し、突然、笑いだした。フラウケは彼女を突っついた。タマラは笑うのをやめ、クリスはいさめるように人さし指を上げた。骨の髄《ずい》まで指導者だ。

「上役どもや、やり手の連中が願っていながら、うまく処理しきれていないことがひとつある。それは彼らの人生に暗い影を落とし、毎日飲むミルクコーヒーを小便みたいな味にする。どれほど裕福でも、それを防げず、寄付行為をしたところで何の役にも立たない。社員や従業員のためにグリーンピースの雑誌を購読しても無駄だ。このほんの些細《ささい》なことが彼らの人生をいかに難しくしているかは、彼らの顔にはっきりと書かれている」

クリスはみんなの顔をつぎつぎに見つめた。何の話なのか、どうやら誰にもわからないようだ。そこでクリスは三人に向かって右手を伸ばした。何かを与えようとするように、掌《てのひら》を上にして。

「彼らは謝罪ということができないんだ」クリスは言う。「まさにそれを、おれたちが提供してはどうかと思うんだ。溢れんばかりの謝罪を、ほどほどの価格で」

フラウケ

クリスはウルバンハーフェン公園で女性に謝罪した午前の出来事を話した。彼には女性の心の動きが手に取るように読めたという。

「おまけに、彼女はおれを信じたんだ。何のためらいもなく、おれの謝罪を受け入れた。何ひとつ疑わなかった」

「相手がわたしだったら、そうはいかないわよ」フラウケは言った。

「わたしなら信じるわ」タマラが言った。

彼らは議論したが、つぎからつぎへとアイディアが浮かび、相手の言葉を聞いているのも、もどかしかった。波のまにまに、ふらふらと動いているようで、フラウケは床より上の空間を漂っているような感じがしてならなかった。

〝マリファナのせいだ〟彼女は思った。〝みんな、ほんのちょっと羽目をはずしている　けど、それだけのこと〟

でもそれはマリファナのせいでもワインのせいでもなく、特定の人々を特定のときにその場に導いた運命のなせる業《わざ》だった。

翌朝三時、立ち上がったヴォルフが、これからバターつきパンを用意すると告げた。

「死ぬほど腹が減っているんだ。きみたちは？」

みんなは彼が出ていくのを見ていたが、タマラは息をはずませながら言った。

「彼にバターつきパンが本当に用意できると思う？」

「あったりまえさ。ぼくはパンを用意してる！」台所から声が聞こえた。

彼らは涙が出るほど笑いこけ、激しくあえいだ。これ以前に、ヒステリーにかかったみたいに興奮したのは卒業式のあとだった。送別会に出席するためギムナジウムの上級三学年全員がトイフェルス山に車で登ったときのことだ。クリスは背広に身を包み、フラウケとタマラは黒に白をあしらったドレスを着ていた。誰もが自分を非の打ちどころがないと思っていた。フラウケは自分がタマラにささやいた言葉を今でも覚えている。「わたしは不滅よ。あなたはどう?」タマラはにやっと笑い、自分も同じだと言った。「もちろん同じよ。わたしがあなたを見殺しにするとでも思ってるの?」

彼らは確信していた。全世界が自分たちに開かれていると。まず大学で学び、つぎに立派な職業に就く。そして最後には金をがっぽり儲《もう》けるのだと。とくに最後の点については全員が同意した。二、三年後には再会し、それぞれの成功をしかるべく祝おうと願っていた。フラウケは当時の自分がなぜそんなに幼稚だったのか、いまだに理解できずにいた。彼らは外国が自宅の玄関先にあって、自分たちを待っているかのように話していた。イギリス、スペイン、オーストラリア、中国。至るところに行くつもりだった。〝自分たちを妨害できる者などいない。手に入れる価値のあるものなら、どんなものでも手に入れられるのだ……〟

「フラウケ、まだそこにいるの?」

タマラがフラウケの顔の前で指をパチンと鳴らした。

「ほかのどこにいるって言うの?」フラウケは聞き返した。自分がどれくらいのあいだ、トイフェルス山での送別会に思いを馳《は》せていたのか、まるで覚えがなかった。もう誰も笑っていなかった。クリスはつぎのマリファナ・タバコを巻き、ヴォルフは今なお台所でせっせと働いていた。そしてタマラは身をかがめ、ボールペンでノートに何かを書いている。

「あと一分」彼女は言った。

フラウケは何が自分とタマラを結びつけているのか、なぜ長いあいだ二人の友情がつづいているのか考えた。ギムナジウム時代、一度だけ絶交したことがある。タマラは新しい女子グループと知り合いになったが、フラウケにはぜんぜん向かないグループだった。険悪な雰囲気のまま一カ月が過ぎたが、ある日、休み時間に突然タマラが現われ、ふたたびフラウケの隣にすわると、絶交したのは大間違いだったと言った。フラウケは安堵《あんど》のあまり泣きそうになったが、タマラには黙っていた。タマラという親友がいなくては自分が完全だとは思えなかった。タマラ抜きの人生がどんなものかフラウケにはわかっていた。それは二度と太陽が昇ってこない、永遠につづく冬のようなものだった。

「これでよし」

タマラはノートをフラウケに差し出した。それを読んだフラウケの顔からにやにや笑いが消えた。

「どうしたんだ？」

クリスが来て、彼女たちのそばにしゃがみ込んだ。フラウケも彼もじっとノートを見つめた。ヴォルフはパンを持って台所から出てきた。

「きみたち、どうしたの？」

タマラは顔を赤らめた。

「べつに何も。クリスが話していた例のことよ」タマラは説明し、ノートを脇に置こうとしたが、クリスがそれを引っつかんだ。

「今、書いていたのはこれか？」クリスは訊いた。

タマラは肩をすくめた。

「別の書き方をしてもいいのよ。もしあなたたちが……」

それ以上言ういとまもなかった。クリスがノートをヴォルフに渡し、タマラの頬を撫《な》でたのだ。

「まったくきみは天才だよ」そう言うと、彼はタマラにキスをした。

早朝四時半に帰宅したフラウケは、留守番電話が明滅しているのに気づいた。三回かかってきていたが、いずれも同じ声だった。

〈元気にしてるか？〉

〈何をしているんだ？〉

〈つぎはいつ会えるんだね？〉

フラウケは最後まで聞かずに消してしまった。そして、パソコンの横にあるコルクの壁にタマラの書いた文案をピンで留めた。クリスは時間をかけて作るようにと言った。ヴォルフは自分が作りたいと言っていた。タマラには何の意見もなかった。床で寝入ってしまったからだ。

フラウケはすぐに文案のデザインに取りかかった。朝までに間に合わせると約束したからだ。でも彼女は落ち着かず、寝られるかどうかわからない状態だった。気持ちを楽にしようとシャワーを浴びに行った。

あいだに浮かんでは消えていったさまざまな思いのせいで頭がくらくらしていた。不滅の青春を取り戻すために、みんなでいっしょに過去への旅に出ていたような感じも少しあった。

〝わたしは不滅よ。あなたはどう？〟

〝わたしは疲れてなんかいない〟そう思ったフラウケはシャワー室から出て、パソコンを起動した。

二時間半後、フラウケは机からぱっと立ち上がった。タマラの書いた文案を広告文に書き換える作業が終わったのだ。上機嫌の彼女はじっとすわっていることができなかった。仕事が覚醒剤のはたらきをしていた。筋肉がぴんと張り、思考は明るい炎のようだった。数分後、彼女はジョギング用のいでたちで外に出ていった。

ティアガルテン公園はこの時間人けがなく、朝の光

夜の

は雨の日に水中で撮った写真を思わせ、色がなく冷ややかだ。フラウケは小さな湖のまわりを三周した。身体はリズミカルに動き、呼吸と走るテンポがぴったり合致していた。〝まるで時間にブレーキをかけているみたいだ。分という単位がバラバラに壊れ、時計の針がゆっくりと動いている〟フラウケはこの考えが気に入った。速く走れば走るほど時間は進むのに難儀する。時間は物質だ。この物質は伸ばしたり縮めたりバラバラに壊したりできるのだ。フラウケはたびたび時間をバラバラに壊してきたので、いまなお時間が存在していることすら不思議に思えることが何度もあった。

　ジョギングから戻ってくると、父親が住居の前で待っていた。彼がどうやって階段室まで入ってこられるのか、フラウケにはいつも謎だった。賃貸人たちは猜《さい》疑《ぎ》心《しん》が強く、小包配達人を宣伝のビラ配りではないかと疑い、インターフォン越しに口論になったことすらあるのに。

　父親はドアを背にしゃがみ、顎を引き、両手を膝の上で組んでいた。この姿勢でいるところを隣人に見つかり、救急車が呼ばれたこともある。眠っていないのはわかっていた。まどろんでいるか、彼の言葉を借りれば、〝大半は待ちの状態で〟いたのだろう。フラウケは彼の肩を揺すった。彼は身動きすると目を開け、にっこり笑った。

「やあ、おまえか」

「こんなことしないでよ」

「おまえの意見には従えんよ。電話を返してこないからだ」

　フラウケは彼を助け起こした。気が進まないときでも助けた。立ち上がった彼はうめき、ため息をついた。それから彼女を抱きしめようとしたが、フラウケは後ずさりした。

「なかへ入って」彼女は言った。

フラウケの住居は広くはない。父親が入ると、空間も時間も半分に縮まる。すべてが父親に関わりを持つようになる。

「また走ってきたのか？」

「見ればわかるでしょう」

彼は靴を脱ぎ、当然だというように、居間に入っていった。彼はあらためてため息をついたが、そのあとは静かになった。彼がコーヒーを飲みたがっていることはわかっていたが、フラウケはハーブティーを淹《い》れるために湯を沸かした。干し草の香りがするそのハーブティーは、健康に問題がありそうなときに、飲むことにしていた。

「これは何だ？」フラウケがトレーを居間に運んでくると、父親がプリントアウトの一枚を手に持っていた。白地に黒の文字。フラウケはトレーを置くと、彼の手から紙を奪い取った。

「いつから死亡広告の仕事をするようになったんだ？」

宛て名を明示していなかったのは幸いだった。でないと今、父親の問いに答えるはめになっていただろう。答えたくない問いに。彼女はプリントアウトを机に戻した。自分の人生のことだ。彼には関わりない。

「新しい仕事か？」

「新しいガールフレンドができたって？」フラウケは切り返した。

「まずコーヒーを飲んでからだ」父親は話をそらし、トレーのほうへ行った。彼は一瞬、ティーポットとカップを凝視した。何のために置かれているのか理解できないかのように。フラウケは父親の背中に不快感が滲《にじ》み出ているのを感じた。肩を少しすぼめたその姿は哀れっぽかった。道で出会う五十過ぎの父親たちと同類だった。こっけいで、老け込んでいる。

「これは何なんだ？」父親は知りたがり、ハーブティーのにおいを嗅《か》いだ。「雌牛のしょんべんでも入れたのか？」

　フラウケは彼を押しのけ、カップのひとつを手に取ってソファにすわった。彼女は思わずにやりと笑った。父親はあらためてハーブティーのにおいを嗅いだが、カップには触れなかった。

「なあ、おまえ」父親は言うとフラウケに近づき、彼女の膝枕で横になると、満足げに目を閉じた。いつもと同じ戦術。自分の人生行路は一本しかないかのように、しぐさも言葉も同じだった。

「おまえたちがいなくて寂しい」彼はつぶやいた。

　フラウケは大声で泣きたい気分だった。これは彼女が十年前に実家を出て以来の儀式だった。そして彼女は判で押したような返事をする。好むと好まざるとにかかわらず、彼女はこの儀式の一部だったからだ。

「自分が悪いのよ」フラウケは言った。でも、彼が悪いのでないことはわかっていた。

　フラウケがハーブティーを飲んでいるあいだも父親は重い頭を彼女の膝に載せていた。時間はふたたび、のろのろと過ぎていった。


　父親のゲルト・レヴィンは建設会社のほか、ベルリン北部に若干の土地を所有している。そこには賃貸住宅がいくつも建っている。また、ふたつの大きいホテルの株主でもある。そして半年に一度、ガールフレンドを取り替えた。彼女たちはフラウケの母親に取って代わりたがっていたが、それはできない相談だった。

　二週間に一度、病院への訪問日がある。

　フラウケはその日は高速鉄道でポツダムまで行き、病院の前で待っていた。父親のほうは待ち時間にタバコを最後の一本まで吸い、始終イライラして目を道路に向けていた。まるで病院の存在を最後の瞬間にようやく受け入れたかのようだった。吸殻を歩道に捨て、靴で踏んづけたとき、初めて公園と壮麗な入口を備えた煉瓦《れんが》造りの病院が、父親にとって現実のものとなるのだ。フラウケもタバコが吸いたかったが、我慢した。父親のようにはなりたくなかったからだ。

母親のタニヤ・レヴィンは十四年前から私立病院に入院していた。そこでの彼女の生活は家にいた頃とほとんど変わらなかった。外目にはすべて正常に見えた。ときどき本気で壁を這《は》い登ろうとしたり、食べ物を吐いたり、タンスのなかに隠れたりさえしなければ。こんなとき、タニヤには四方八方に悪魔の姿が見えるのだ。

人に訊かれると、父親はこうなることは当然予想しているべきだったと、たびたびぼやいていた。建設業の不振も、ガールフレンドに性病をうつされたことも、悪天候も、そしてもちろん、娘とのあいだの感情の行き違いも。

フラウケの母親は四十三歳の誕生日に初めて家から逃走した。警察はニュルンベルクの手前で彼女を捕まえた。タニヤはガソリンスタンドのトイレに籠《こ》もり、自分の名前を執拗《しつよう》に叫んでいた。あとになって訊いても、何があったのかタニヤはまったく覚えていなかった。ベルリンから消えようという不意の衝動に駆られたのだという。そのあと突然、記憶が失せて、ガソリンスタンドのトイレで正気に返ったのだ——喉《のど》が張り裂けんばかりに叫びつづけていた彼女を、男が二人がかりで救急車に運んでいった。

タニヤは二カ月間、精神病院で治療を受けた。二度目の記憶喪失は退院後まもなく起きた。ベルリンに留まってはいたが、家具店のベッド売り場で捕まった。彼女が記憶していたのは、ノルレンドルフ広場でバスを待っていたことだけだった。誰かが彼女にバスはとうぶん来ないと言った。つぎの瞬間、バスの停留所はかき消え、彼女は裸で家具店のベッド売り場にいた。枕を抱え込み、彼女の寝室で人々が何をなくしたのかを知りたがっていた。

家具店にいたとき、初めて彼女は悪魔を見た。悪魔は警官の姿をしていて、人々に立ち去るように促《うなが》していた。彼は床からタニヤの衣服を拾い集め、彼女をベッドの毛布の下に隠そうとした。彼は親切だった。タニヤが服を着おえたとき、彼は言った。〝これからずっとおまえのそばにいる。わたしはいろんな顔でおまえに近づくが、おまえにはいつでも、わたしだとわかるだろう〟

タニヤはその言葉を決して忘れなかった。医師たちはタニヤ・レヴィンの症例を詳細に調べた。彼女に質問し、薬を与え、夫のゲルトにタニヤを入院させるようにと勧めた。薬は効くだろうが、やはり四六時中の看護が必要だと医師たちは言った。

一週間後、ゲルト・レヴィンは書類にサインし、妻をポツダムにある高級な私立病院に入院させた。同じ日、ゲルトは不眠症にかかった。彼は夜ごとにベッドで天井をにらんでいた。ふたたび日常が戻ってくるのを待ちわびるかのように。驚くべきことに彼はそれ以後も職務を果たし、家に金をもたらし、妻と娘の生活を支えるべく、懸命に努力した。だが、目が秘密を漏らしていた——それは暗い、火の燃えつきた穴だった。フラウケは不安だった。ほぼ半年間、ゲルトはこの状態のまま過ごした。そしてある日、フラウケの枕元に立ったのだ。

「タニヤ、わたしのタニヤ」彼は言った。

フラウケは父親が自分をタニヤと取り違えたのか、それともタニヤを求めて呼びかけたのかわからなかった。彼女は父親を寝室に連れ戻し、布団をかけたあと出ていこうとしたが、父親は彼女の手を握ろうとした。

「ここにいてくれ」

「わたしはママじゃないわ」

「わかってる。よくわかってる」

父親に引っぱり上げられ、フラウケはベッドの、母親が寝ていた側に倒れ込んだ。

「お眠り」そう言うと、彼はその場で寝入ってしまった。

それは彼にとって七カ月と十六日ぶりの睡眠だった。翌朝、父親はフラウケの隣で目を覚まし、周囲を驚いたように見まわして泣きだした。大声で泣き叫んだので、鼻からも口からも鼻水が流れてきた。

このようにして父と娘とのあいだに最初の儀式が成立した。ゲルト・レヴィンは一人では寝入ることができなかったので、つづく何年間か、娘のかたわらで眠った。

フラウケが自分の住居を持つようになってから、父親はふたたび不眠症にかかった。そして、ときどき彼女のもとに現われた。フラウケから与えられる安らぎのおかげで、また、妻がふたたびそばにいてくれるという儚《はかな》い幻想のおかげで、彼は眠ることができた。愛とはときに残酷なものだ。愛は人の自由を奪い、昼も夜も注目されようとする。ゲルト・レヴィンはこのテーマで本が書けるだろう。

フラウケは父親の頭の下に枕を押し込んで立ち上がった。疲れ果て、頭がぼんやりしていた。それでも少しだけパソコンに向かい、広告文をメールでクリスに送った。これでよし。仕事は終わった。眠ろう。

フラウケが十時間後に目を覚ましたとき、父親はソファから姿を消していた。そしてクリスが留守番電話にメッセージを残していた。

「素晴らしい！　あとでみんなで会おう！　祝おうじゃないか！」

フラウケはそのメッセージを四回聞いた。そのあいだ興奮してふらついたり、笑いだしたりしないように自分を抑えていた。幸福だった。心から幸福だった。

一週間後、広告は《ツァイト》紙と《ターゲスシュ

ピーゲル》紙に掲載された。国のお偉方の逝去《せいきょ》を知らせる品のある死亡広告のような体裁を取っていた。目を惹《ひ》いた。広告文は夜のあいだにタマラが書いたものと一字一句違わなかった。クリスのアイディアを完璧に体現していた。

〈SORRY〉

わたくしたちは、あなたがこれ以上悩まれないようにお取り計らいいたします。

過失、誤解、解約告知、
揉《も》め事、そして、失敗について。

わたくしたちは、あなたがどうお話しになりたいか、
相手方が何を聞きたがっておいでかを、心得ています。

こちらはプロです。秘密は厳守いたします。

広告文の下にはホームページのURLもメールアドレスも書いてなかった。全員一致でそう取り決めた。ただ、クリスの電話番号だけは記載されていた。冗談と言ってもよかった。誰が申し込んでくるのか、そもそも、申し込んでくる者がいるのか、もしあったら、どんなことを言うのか知りたかったのだ。

一日目は、何も起きなかった。
二日目も何も起きなかった。
三日目、四人が電話をかけてきた。
週末までに、十九人になった。
この成り行きに目を白黒させているうちに、彼らの商売は始まった。

第二部

以後に起きたこと

給水栓がまわされるときのカチャッという音に目が覚めた。わたしは車の屋根に手を置いたまま、前かがみになって寝入ってしまったらしい。ふくらはぎが震えている。倒れてしまわなかったのが不思議なくらいだ。

わたしはガソリンスタンドの店内に入り、自動販売機でコーヒーを買った。午前十一時だった。これで二日目だ。自分が自動式ピンボールマシーンから大音響とともにつぎからつぎへと突き動かされてくる玉のように感じられ、一瞬の安らぎもなかった。一時間前にミュンヘンを通り過ぎ、ニュルンベルクへのコースをとった。町から町へと行くつもりだが、ニュルンベルクのあとはどこに向かえばいいのか、わからなかった。ただ、ベルリンだけは論外だった。それ以外ならドイツのどこでもよかった。アウトバーンからの最初の出口が見えたら、ウィンカーをつけてアウトバーンから出て、目的地を探そう。生活は基本的なことだけに切り詰めた。ガソリンの給油、飲酒、睡眠、食事、排尿、そして走行。まさに走行のくり返しだった。

「ほかに何かお望みは?」

レジ係の付けまつげが頬にくっついている。わたしが指摘すると、彼女は笑いながらそれを取った。彼女ならあれこれ希望があっても不思議ではないだろう。でも、希望が叶うと信じているようには見えなかった。彼女は釣り銭をよこした。外を見ると、青いつなぎ服をはき、手にバケツを持った男が、わたしの車の前に佇《たたず》んでいた。彼はバケツを下ろすと、車のフロントガーをのぞくと、リアウインドウが茶色になっていた。コーヒーを屋根に載せたまま忘れていたのだ。わたしは笑いだし、数分間、車にすわったまま自分を落ち着かせようとしていた。両手の震えは止まらない。ついさっきトイレに行ったばかりなのに、またも膀胱《ぼうこう》が圧迫されるように感じた。

「万事うまくいく」わたしは言うと、鏡のなかの自分に向かってうなずいた。それから降りて、リアウインドウからコーヒーを拭き取った。

「万事うまくいく」わたしはくり返しながら、片手をトランクの蓋《ふた》にあてて、なかが静かであることに満足していた。


ラスを拭きはじめた。

「待って、あなたのコーヒーが！」

わたしはすでに外に向かいかけていたが、振り向くとレジ係がコーヒーのカップを掲げていた。わたしはコーヒーを受け取り、礼を述べた。ガソリンスタンドの店を出たときには、男はフロントガラスを拭きおえ、リアウインドウのほうに向かった。

「拭かないでいいから」わたしは声をかけた。

「無料ですよ」男は言うと、バケツを下ろした。

「それでも……」

わたしはコーヒーを車の屋根に置くと、ズボンのポケットから小銭をつかみだし、男の手に二ユーロを押しつけた。

「気を悪くしないで」わたしは言い、男が立ち去るのを待っていた。それから車に乗り込み、出発した。ガソリンスタンドから五十メートル離れると、わたしは駐車場に車を停めた。両手が震えている。バックミラ

以前に起きたこと

タマラ

「タマラ、こんなこと面白くも何ともないわ」

「びっくりさせたいことがあるの」

「びっくりするなんて嫌よ。びっくりするにしては寒すぎるわ」

「毛布を掛けたら?」

「この毛布が役に立つと思うの? いったい材質は何? ウールじゃなくて、鉄条網みたいじゃない!」

その日は灰色で雲が低く垂れ込めていた。タマラは姉のアストリットをロンネビー遊歩道に接した小桟橋まで迎えにいったのだ。タマラが湖のほうから現われたのを見て、アストリットは驚きのあまり心臓のあたりをぎゅっとつかんだ。

「迎えに来ると思っていたのに」

「だから、迎えに来たじゃないの」

「タマラ、今は冬よ。これはボートじゃないの!」

タマラは向かい側の座席を指さした。毛布とクッションがすでに用意されていた。

「さあ、乗って」タマラは言うと、クッションを軽くたたいた。「化粧くずれしないうちに乗って」

「この寒さに化粧くずれなんてしないわよ。念のために言っておくけど」アストリットは答えてボートに乗り込んだ。タマラの向かい側にすわると、彼女は毛布を肩からかぶった。こうして二人は湖上に出たが、アストリットの機嫌は少しもよくならなかった。

「わたしは海も川も嫌いなの」

「これはヴァン湖よ。海じゃないわ」

「それでも」

ボートはヴァン湖の橋の下をくぐり抜けた。雨が降りそうな気配だった。久しぶりの穏やかな冬だ。タマラはオールで水を掻《か》き分けるときの手の感触が好きだった。彼女はいとも満足げに見えた。

「えらく満足そうだけど、どうしてなの？」

「あなたに会えて嬉しいからよ」

「あいだにちょっと連絡してくれれば、いつでも会えたのに。わたしはあなたの姉よ。何だと思っているの？　わたしがあなたに何か心配をかけたことがあったかしら？」

「電話しようとは思っていたんだけど――」

「でも、かけてこなかった。六カ月ものあいだ行方をくらませて、どこに行ったのか誰も知らなかった。そして今になって、これが……」

アストリットは湖を指さした。まるで湖がタマラのものであるかのように。タマラは漕ぎつづけながら、にやにや笑っていた。アストリットにとっては面白いどころの騒ぎではなかった。彼女はタマラの脚を蹴った。

「うっ！」

「痛かった？」

「もちろん痛かったわよ」

「それで結構。いったい何を始めたのよ？」

「することが山ほどあったの」

「そう、猫の手も借りたいほど忙しかったってわけ？」

「そう言ってもいいわね」

アストリットはタバコに火をつけ、目を薄く開いてタマラを見つめた。ボートは高速鉄道の操車場のそばを通り、明々《あかあか》と明かりのともった病院に近づいていった。

「無理やりに聞き出さなきゃならないの？」

「働いていたのよ」

「ああ、そう」

「稼いだのよ、アストリット。大金を」

アストリットは口を開いた。

「まさか銀行強盗だとか、そういった真似をしたんじゃないでしょうね？」

「そんなことはしないわ」タマラは言うと、オールの動きを抑え、ボートを停止させた。それから、湖岸を指さした。

「見て、あそこを」

その家は蔦《つた》に覆《おお》われていて、難攻不落の印象を与えた。庭は植物学の実験現場を思わせたが、それは第一印象にすぎなかった。じっくり眺めると、その背後にある道や地形も見分けがついた。庭は細部まで考えつくされており、テラス自体もその一部だった。木のテーブルに二脚の椅子が置かれ、ビニールの防水シートが掛けられていた。

「あそこにはベルツェン夫妻が住んでいるのよ」タマラは話しつづけた。「二人とも七十歳くらいで、とっても感じのいい人たち。週に一度、夫婦で湖岸の遊歩道を散歩して、フェリーボートでプファウエン島へ行ってコーヒーを飲んでくるのよ。わたしもあれくらいの歳になったら、同じことをやりたいわ」

アストリットは首をかしげた。

「タマラ、それってどういう意味？」

タマラは対岸を指さした。

「そして、わたしたち、あそこに住んでいるの」

対岸まで約五十メートル離れていた。びっしりと立ち並ぶ木立を通して、古いヴィラ（田舎や郊外に建つ堂堂たる邸宅や別荘）が見えた。三階建てで、左側には塔が立っている。三つの窓に明かりがともっていた。

もし今、花火が打ち上げられたら、まさにお誂《あつら》え向きだとタマラは思った。ヴィラを眺めていると、冬の初めの頃が何度も思い出されてくる。夜遅く、湖岸まで下りていき、ヴィラを振り仰いだときのことが。すべては夢にすぎず、ヴィラは今にもかき消えてしまうかもしれない。でもタマラには到達したという深く、確かな思いがあった。

「冗談でしょう?」

「岸に上がる?」

アストリットはタマラが漕ぎ進むのを妨げるかのように、その腕を押さえた。

「冗談だと言って」

「冗談なんか言ってないわ」

「誰かをうまく引っかけたってわけ?」

「誰も」

「どこの誰ともわからぬ金持ち? もうたくさん!」

「違うの。本当の話なのよ」タマラは言ったが、その声には、彼女自身まだよく理解できていないという気持ちが滲《にじ》み出ていた。彼らが謝罪代行社を立ち上げてから、半年が経っていた。でも、ここまで成功するとは、いまだに信じがたいことだった。

「クリスのアイディアなの」タマラは何があったのかを、姉に話しはじめた。

最初のうちは、内部に問題を抱えた会社だけが連絡してきた。そのうち、他社に謝罪したいと思っている会社からも話が来た。個人的な問い合わせもあったが、それらはすぐに除外した。代行社は結婚生活の修復や、うっかりして車が猫にぶつかったお詫《わ》びなどには興味がなかった。当初はベルリンだけに限定していたが、日が経つにつれ、ドイツの南部や西部からの問い合わせが増えてくると、クリスは言った。

「ベルリンの外まで出ていかないと、ほかの誰かに仕事を取られるだろう」

そこでヴォルフも謝罪の仕事を引き受け、ドイツじゅうを旅行するようになった。彼は気晴らしが好きだったし、無名のままでいられること——毎晩、違ったホテル、毎日、違った町——も気に入っていた。

謝罪はクリスとヴォルフの兄弟が受け持った。タマラも試みたが失敗した。彼女はどんなことにでも個人的感情をあらわにしたし、正直言って気に入らない者に対して詫びるのを好まなかった。そのことについてクリスは言った。

「味方を作るんじゃなくて、与えられた役割をこなすんだ。それでこそこの仕事は機能するんだよ」

機能させるために、タマラは謝罪の役割を放棄した。フラウケも謝罪にはまったく向いていなかった。彼女は事務の仕事を引き受けた。時間表を作成したり、委託の調整をしたり、請求書を書いたり、そういった仕事だ。これはフラウケの得意とするところだった。一方、タマラは電話番をつとめた。彼女には問い合わせに答える責任があった。タマラと理解し合えない場合、代行社は客と無縁になってしまうからだ。

「どうしてその話をしてくれなかったの？」アストリットは聞きたがった。

「ほかの人たちに漏れると困るからよ。ともかく自分たちの道を進みたかったの。結果については何も考えていなかったわ」

この仕組みは何の手も加えることなく始動した。ふたつの大新聞に広告を掲載したほかには何の宣伝もおこなわなかった。フラウケは宣伝なんて品がないと言った。彼らは口コミで目的を達した。会社は人伝てに聞いて反応した。心に疚《やま》しいところのある会社の経営幹部がしつこく尋ねてきたり、第三者を装ったマネージャーが抱えている問題を説明したり、秘書たちが上司からせっつかれて、仕事の内容について問い合わせてきたりした。

ときとして電話はやたらに長引き、打ち明け話にやりきれない思いをさせられることもあった。でも、なかには電話で話すのを好まず、自分の考えを手紙に書いてくる客も、いた。タマラはそんな客がもっとも好きだった。彼らは事務的かつ冷静に、代行社の助けを求めてきた。真面目な件と冷やかしの件を識別するのもタマラの役割だった。十件のうち、三件はいいかげんな問い合わせだった。

もちろん、なかには苦情もあった。代行社の仕事のしかたがよくわからない客たちだ。代行社の仕事はいきすぎていて想像がつかないというのだ。クリスは決していきすぎではないと言い張った。

「もしお客が理解できないようだったら、こう言えばいい。許しに限りはないと。これはどんな場合でも好感を与える」クリスはそうタマラに説明した。

多くの者はこの句を聖書からの引用だと思ったようだ。フラウケはこれをモットーとして採用し、便箋《びんせん》に印刷させた。

〈許しに限りはない〉

しばらくのあいだは模倣《もほう》する者も現われたが、心配はいらなかった。アイディアの点でも哲学の点でも。

クリスはあっというまに、謝罪の名人になった。彼の哲学が、会社を動かすエンジンだった。

「おれたちのアイディアを模倣するやつらもいるだろうが、彼らにとっておれたちの仕事術は謎のままだろう」

誰かに仕事術について尋ねられると、彼ら四人はいわくありげな態度を示した。実のところ、どんな仕事術なのか知らなかったからだ。クリスはヴォルフを徹底的に指導した——適切な言葉づかい、適切なしぐさ、いつ沈黙し、いつ話すべきか。あとは経験に委《ゆだ》ねた。それゆえ、模倣者たちが撤退してしまうのも無理はなかった。模倣者たちには筋の通った仕事術がなかったからだ。

「どうしてベルリンに留まっていなかったの？」

「アストリット、ここはベルリンよ」

「ヴァン湖はベルリンはベルリンでも東部でしょう」

アストリットは吸殻を湖水に投げた。自分がヴァンゼー湖をどう思っているかを妹に見せつけるかのように。タマラはヴァン湖はベルリン西部にあると訂正しようとはしなかった。アストリットが地理に明るかったためしはない。タマラはその代わりに言った。

「狭すぎたのよ。依頼が殺到してきたのに、クリスのところのひと部屋ですべてを調整しなけりゃならなかったのよ。ある晩、ヴォルフがもうたくさんだと言いだしたの」

「いつまでもクリスのところに居すわっているのは、うんざりだ」ヴォルフは言った。「若者たちの生活共同体を渡り歩く歳でもないし。そろそろ素人《しろうと》っぽい生き方はやめにしないか。ひとつの依頼が入るごとに、これまで四人が半年稼いだ分以上の金が稼げるんだ。その金をもっと有効に使えないか？」

その月のうちに彼らはクライナー・ヴァン湖の畔《ほとり》に老朽化したヴィラを見つけた。こんな家がまだあることがタマラには信じられなかった。映画でお目にかかる以外は。数分おきに背後で高速鉄道の音がかすかに聞こえてくる。朝食のときにはガラス張りの屋内庭園からクライナー・ヴァン湖の岸辺が眺められた。当然のことながら、いくつかの疑問が呈された。二十代の終わりにベルリンのはずれに引っ越してきて、ヴィラを修復させるなんて、いったい何者か？　両親の遺産を相続した時代後れのヒッピーか、儲《もう》けた金を投資したいという日に焼けた溌剌《はつらつ》たるプロデューサーならいざ知らず、よりによって彼らが？

四人にとってそんなことは問題ではなかった。ヴィラは夢の館《やかた》だった。やや古びてはいたが。すべてがあれよあれよというまに進行し、タマラはいまだに呆然としていた。仲介業者は利益を得、銀行は彼らに誘いかけ、ヴィラは彼らの所有物となった。フラウケの父親は作業員たちを引き連れてやってきた。彼らはいっしょに壁を取り壊し、古い壁紙をはがし、床を修理し、新たに配線、配管をおこなった。おかげでヴィラは、一月初めには入居可能となった。

最初の一週間、彼らはそわそわと部屋から部屋へ歩きまわった。一点のムラもない板張りの床、塗りたての壁。ヴィラは光に溢れていた。青春時代の重苦しい雰囲気は過去のものとなった。何もかもが一夜にして趣《おもむき》のある本物となったのだ。一夜にして彼らは大人になったと感じていた。

一階は居間と図書室と台所、二階はフラウケとタマラの仕事部屋兼寝室だった。その上の階はクリスとヴォルフが住むことになった。

完璧だった。あまりにも好調な滑り出しだったので、タマラはこの組み合わせのまま生涯を過ごせるかもしれないと感じていた。クライナー・ヴァン湖に出て、水面に目をやりながら小さな桟橋に近づいていく。彼女なりの楽園だった。

「とにかく、理屈抜きで完璧なの」タマラはそう締めくくった。これですべてだった。これ以上、つけ加えることはなかった。

アストリットが感想を述べようとしたそのとき、背後で呼び声が聞こえた。

「あーら、タマラじゃない！」

姉妹は振り向いた。ヘレーナ・ベルツェンが岸に立って合図を送っていた。彼女は七十四歳だ。セーターを着込んだ姿はミシュランの商標にある小男を思わせた。腰にも首にもそれぞれマフラーのようなものを巻き、頭には毛糸の帽子をかぶっているのだ。右手にはシャベル、左手にはバケツを持っている。

「ヘレーナ、姉のアストリットよ」タマラは紹介した。

「はじめまして」ヘレーナは言うと、シャベルでボートを指した。「湖に漕ぎ出すには少し寒すぎるんじゃありません？」

「妹にそう言ってやってください」アストリットは言った。

「お二人ともお元気？」タマラは訊いた。

「ヨアヒムはまたラジオの分解をしているわ。わたしは庭いじりがやめられないの」ヘレナは答え、バケツを振り動かした。「わたしは一日じゅうでも土を掘り返していられるのよ。日曜日には会えるかしら？」

「ケーキを持っていきます」

「素敵！」

ヘレーナは別れの合図を送り、庭の茂みに姿を消した。

「あの年寄りとコーヒーを飲みながら世間話をするつもり？」アストリットは小声で言った。

「これまでに四度も招かれたけど、なんだか悪くて。それに、ベルツェン夫妻のことが好きなのよ。まあ、何か言いたかったらご主人を見てからにして。あの二人は理想の夫婦だから。わたしたちが引っ越してきた日、二人は小さなボートをここに横づけして、袋に入った塩と焼きたてのパンを持ってきてくれたの」

「両親もいるっていうのに」アストリットはきっぱりとした口調で言うと、ふたたびヴィラに目をやった。

「わたしにはまだ信じられないわ。もしあなたが妹でなかったら、湖に突き落としてやりたいところよ。この気持ちがわかる？　あーあ、どうしてわたしにはこういうことが起きないんだろう？　わたしが何人の男を連れ込んだか、あなたにわかる？　なかにはこういうのを買ってくれるような大金持ちがいるかもしれないと、淡い望みを抱いたわよ。あなたが憎らしい。わかる？」

「わかるわよ」

「じゃあ、どうしてそんなふうに、にやにや笑ってるの？」

「たぶん、寒すぎるからじゃない？」

「冗談きついわよ、タマラ」

姉妹はにやにやしながら互いに見交わした。

「とりあえず、なかも見せてもらえる? 自分のみすぼらしい暮らしに戻っていく前に」

タマラはオールを水中に下ろし、ヴィラに向かっていった。

クリス

彼らはユリア・ランベルトを捜し出すのに半日を要した。

職業紹介所はだんまりを決め込み、何も教えてくれなかったので、クリスは間接的な手段で彼女の新しい職場を見つけた。フラウケの助けをかりて。彼女はパソコンを使い十五分かけて職業紹介所の情報を見つけ出した。

「違法ではないのかな?」クリスは知りたがった。

フラウケは親指と人さし指とのあいだに一ミリほどの隙間を作って見せた。つまり、スレスレということだ。

ユリア・ランベルトは一週間前から新しい会社で働きはじめた。駐車場に面したオフィスは休憩所のような印象を与えた。隅には段ボール箱、臨時に敷設された電線。窓辺には埃《ほこり》をかぶった植物の鉢。おそらくユリア・ランベルトは自分がいる価値がこの職場にあるのかどうか理解していないようだ。彼女のためらいは、壁に貼られた四枚の複製写真のうちの一枚のようだった。それだけは斜めに傾いていたのだ。

「ヘスマンがあなたをよこしたなんて、信じられません」彼女は言いながら、脚を組んだ。右手に持った謝罪代行社の名刺を、指のあいだでまわしている。

「わたしたちがどうやって別れたか、お聞きになったでしょう?」

クリスはうなずいた。ヘスマンの秘書が何もかも彼に話してくれたのだ。その際、上司のヘスマン自身は何の意見も述べなかった。

「あなたがこの件を告訴されなかったのは、驚きです」クリスは言った。

ユリア・ランベルトはかすかに声をたてて笑った。

「ヘスマンみたいな男にどうやって攻撃をしかけるんですか？　彼は社員の数より多くの弁護士を抱えているんですよ。それに誰がわたしの言うことを信じます？　わたしにどんな証拠があると言うんです？　オフィスに放火してやろうかと思ったこともありますよ。でも、その結果、わたしがどんな道をたどるかは、おわかりですわね？」

〝刑務所だ〟クリスは思い、彼女の取った行動は正しかったと認めた。

「わたくしがこちらにうかがいましたのは、謝罪するためなのです」彼は言った。

「あなたが？」

「わたくしが」

「どうして、あなたが？」

「わたくしどもがヘスマン氏の代行をするからです。依頼を受けた直後から、依頼人の犯した過ちは、わたくし自身の問題となるわけです。つまり、わたくしは依頼人の良心なのです。そして、ヘスマン氏のような人でも、純粋な良心をお持ちであることは断言いたします」

彼女はそれには反応せず、あらためて名刺を見た。

「だから〈ＳＯＲＲＹ〉っていうのね？」

「謝罪するからです」

「誰かに代わって？」

「誰かに代わって。そうです。できれば、何が起きたのか、あなたの言葉でわたくしにお話しいただけませんか？」

「そんなことはできません」

「本当に？」

ユリア・ランベルトはうなずくと、両手を組み合わせた。名刺は目の前の机の上に置かれている。今はせっつくときではないとクリスは思った。彼女の身振りの意味するところは明らかだ。でも、名刺が上向きに置かれているのは良い兆候だった。クリスには〈SORRY〉というロゴが見えた。彼はこのロゴにきわめて満足していた。彼らは目を見交わした。ユリア・ランベルトが口を開くまでクリスは黙っているつもりだった。彼女にはクリスの言葉について考える時間が必要なのだ。

彼女の例は典型的なものだった。〈SORRY〉が最初の依頼を受けてこのかた、この種の話はいくつもあった。上司と彼女は男女関係にあったが、上司がもっと若い肉体に欲望を感じたために、彼女とは別れることになった。彼女の昇進の道も、それによって閉ざされたと言える。もちろん、秘書はそれを別の言葉で言い表わしたが。

ユリア・ランベルトは失敗から教訓を得たように見える。彼女なら自分の足でふたたび立ち上がるだろうとクリスは思った。でも今はまだ、屈辱感が心を占めているようにも見えた。男の言葉に身を委《ゆだ》ね、自分を守ることができなかったという思い。最初は上司であったが、つぎに愛人となり、またふたたび上司に戻った男の言葉に。

〝感情の問題では、誰でも遅かれ早かれ譲歩するものだ〟クリスは思った。この考えを自分が失わずにいることを嬉しく思っていた。

「あなたは謝る必要などありません」一分後、ユリア・ランベルトはそう言った。

「必要、不必要の問題ではないのです」クリスは答えた。「ヘスマン氏は過ちを犯したと自覚しておられるのです。でも、ご存じのように、彼はそれをあなたに面と向かって告白するような人じゃありません。ヘスマンのような男は軽い気分でやってしまうのです。毎日ネクタイを取り替えるのと同じようなテンポで女性も取り替える」

彼女は眉をひそめた。クリスは思わず口をつぐんだ。〝なんておれはバカなんだ？　いったいここで何をやってるんだ？　ビールを飲みながらのおしゃべりじゃあるまいし〟ユリア・ランベルトの問題を一般化しすぎたのは失敗だった。

「申しわけありません。今の例は不適切でした」

「どうぞ、遠慮なく話してください」

「わたくしがうかがいましたのは、お金で解決するためではありません」クリスは言った。本当はそのためにこそ、ここに来たのだが。「お金で解決するのは楽かもしれません。でも、あなたはそういう安易な道を求めてはおられないと、わたくしは思っています」

図星だった。彼女はうなずきもせず、かぶりを振りもしなかった。右手で名刺をあらためて取り上げ、指のあいだでまわしていた。そう、彼女はそれ以上のことを期待している。「ご存じのように、ヘスマン氏はコネの多い人です。業界での彼の発言力は絶大です。拝見したところ、職業紹介所では、こんなところをあなたに……」

クリスは手の動きで、彼女のオフィスの品定めをした。

「思うに、あなたの収入はもっと多かった」

「そう思われますか？」

「はい」

「でも、ここが気に入っているのです」

「そうではないでしょう。気に入ってはおられないと思います」

ユリア・ランベルトは名刺をまわすのをやめた。彼女はクリスの言葉に反対はしなかった。〝やれやれ〟

「どこで働きたいと希望しておられますか？」

「そんなに簡単なんですか？」彼女は聞き返した。

「ええ、簡単です。ほかの会社でもっといい地位をご用意させていただきます。その代わりにヘスマン氏の謝罪を受け入れて、怒りや屈辱感を水に流していただきたい。これが、わたくしからの提案です」

クリスにはわかっていた。怒りや屈辱感をそう簡単に水に流すことはできないと。でもユリア・ランベルトはそういう可能性や、より良い仕事がお返しとして提供されるという話に耳を傾けるべきだと彼は思っていた。

電話が鳴った。ユリア・ランベルトは鳴らしたまま、ふたつのボタンを押した。呼び出し音は鳴りやみ、ふたたび静かになった。

「いつからですか？」彼女は訊いた。

「ヘスマン氏からは全権を与えられています。つまり、いつでも、あなたのご都合の良いときからで結構です。誰も罪を背負って生きていきたくはありません。ヘスマン氏もそうです」

ユリア・ランベルトは笑った。これで二度目だ。控えめな笑いではあったが、心の底からの笑いであることに変わりはなかった。

〝これでよし〟

「でも彼はこの半年間、のうのうとして生きてきました。あの人に夜、眠れないなんてことがあるのでしょうか？」

皮肉たっぷりだった。クリスはまだ安全圏には達していなかった。ユリア・ランベルトは緊張し、不信感を抱いてすわっている。

〝このすべてが、とんだお笑いかもしれない〟

「いかがでしょう」クリスは立ち上がった。「あなたを食事にご招待させてください。食事のあいだに、どういう仕事、どういう地位に興味がおありか、あるいは、どれくらいの給料をお望みかを聞かせていただきたいと思います」

クリスは両手を拡げた。隠しているものは何もなく、自分は彼女の味方だと示すためだ。ごまかしではない。

「いかがでしょう?」

彼女は小鼻をふくらませ、口をわずかに開いた。言葉はひと言も発しなかった。皮肉は終わった。彼女は興奮している。納得したのだ。ユリア・ランベルトが彼の申し出を重視しているのが見て取れた。もうすぐだ。彼女はクリスの手中にあった。


「何をしたって?」ヴォルフが訊いた。夕方、二人でヴィラの屋内庭園にすわっているときだ。

「彼女と食事に行った」

「そうじゃない、そんなことじゃないよ。全権を与えられているって話……」

ヴォルフは身を乗り出し、クリスの額を二度、軽くたたいた。

「……どういうつもりなの?」

「それが適切だと思ったからさ」

「で、ヘスマンは何て言ったの?」

「彼が何て言ったと思う?」


「きみが何をしたって?」

ヘスマンは金切り声で訊いた。つぎにカチャッという低い音がした。誰かがスイッチを切り替えたのだろう。十分前、クリスはユリア・ランベルトに別れを告げ、翌日連絡すると約束した。そのあとで彼はヘスマンに車から電話したのだ。

「どういう考えなんだ?」

ヘスマンがパニックに陥っているのがその声から聞き取れた。パニックは良くない。パニックに陥ると、発作的行動に走りがちだからだ。だがクリスはヘスマン一人に話しているのではないので安心していた。電話の向こうでいっしょに聞いているのが何者かはわからないが、ヘスマンはそれによって抑制される。クリスは咳払いすると、どうすれば問題が解決されるか、自分の意見を述べた。

「あなたには彼女が希望するふたつの会社のうちのひとつに職を用意していただきたいのです。あなたならお出来になるでしょう？　それでランベルトさんとあなたは貸し借りなしです。仲なおりです」

ふたたびカチャッという低い音が聞こえた。クリスはそれにつづく静寂に耳を傾けた。数秒間の中断があったあと、荒い息づかいが聞こえた。ヘスマンは感謝し、あなたのところと仕事ができて良かったと答えた。

「ちゃんと実行されるという確信があるの？　ヘスマンのようなタイプの男は人を手玉に取るのを何とも思っちゃいないよ。彼の言葉を聞いてどう思ったの？」

クリスはヴォルフの反応に驚いた。

「おれはリスクは冒していない」彼は答えた。「それに、ヘスマンが多少犠牲を払ったところで、かまわないと思う」

ヴォルフはしばし考え込んだ。

「この謝罪の仕事ぜんたいが、兄さんにとって、だんだん個人的なものになってきているんじゃないのかな？」

「少しぐらい個人的であっても、かまわないさ」クリスは認めた。「真面目な話、これは罪の問題だけでなく理解の問題でもあるんだ。かりにおまえが誰かに謝るとして、もし本気で謝っているのではないと相手が感じたら、どうする？」

「理解と言ったけど、じつは共感の意味じゃないの？」

「いや、違う。共感というのはあまりにも私的すぎる。おれたちは、それには距離を置くことを選んだ。共感では仕事にならない。その証拠に、タマラは謝罪する仕事には向いていない。おまえのほうが適している。おまえには、どちらかといえば感情に乏しい、いいかげんなところがあるからな」

「ふん、実際的だな」

「おれの言いたいことはわかるだろう?」

ヴォルフはうなずいた。クリスにはこんなことを言われても許せた。

「つまり、理解するという点に固執するんだな?」

「多少、同情の色を帯びた理解と言えるだろう」

ヴォルフはうなじを撫《な》でた。

「ぼくにとっては依然としてきつい仕事だ。後ろから魔物が追いかけてくるんだ。仕事の前にも後にも。ときには何時間も」

クリスは考え込んだ。自分の場合はどうだろう、と。彼には魔物など見えなかった。正直言って、仕事はその場で終了した。でも弟をその話で刺激しようとは思わなかった。

「他人に代わって謝罪するのが容易だとは誰も思っていない。もし容易だったら、もっと以前に、誰かが思いついていただろう。思うに、そのうち教会はおれたちを弾劾するかもしれない。おれたちは罪を許し、暗い心を抱いた人々に光明をもたらすのだからな」

「そして、ぼくたちはそれ以上の犠牲を払う」

「ああ、おれたちはそれ以上の犠牲を払う。しかし、だからといってその人たちが夜、跪《ひざまず》いて、おれたちに感謝する必要はない。考えてもみろ、これまでにどれくらいの数の人たちを幸福にしてきたかを。どちらの側もだ。罪を犯した者もその被害者もだ。おれたちは良いことをしているんだ。依頼者リストを見てみろ。おれたちが良いことをしているのでなかったら、何カ月も先まで予約でいっぱいになることなどないはずだ。罪が人々の全身から抜けていくんだ。ヴォルフ、おれたちは新しい形の許しを実行しているんだ。宗教のことは忘れろ。おれたちは罪と悔い改めの仲介業者だ。おれたちは良いことをしている。賭けてもいい」

ヘスマンの依頼から四日目、ユリア・ランベルトは新しい仕事を得た。そしてクリスに感謝のカードを送ってきた。その翌週、ヘスマンからの小切手が郵便受けに入っていた。料金のほかにボーナスが追加されていた。ヴォルフがあまりにも頻繁《ひんぱん》に小切手にキスをするので、フラウケはいいかげんにそれをやめないと、銀行は受け取らなくなるわよと言った。

ここで少し、ヴォルフとフラウケからも、ソファに寝ころがりながら読書しているタマラからも、一階上でシャワーを浴びているクリスからも離れることにする。この物語におまえが登場する潮時だ。裏口から登場する。床から立ち上がってしだいに舞台を独り占めにする幽霊のように。

ようこそ。

おまえ

おまえは昼食の最中に、初めて謝罪代行社のことを耳にした。おまえは上司と三人の同僚といっしょにポツダム広場のレストランにいた。おまえ好みのレストランではなかった。あまりにも騒がしく、また、シックでありすぎる。上司は一週間に一回、部下たちと昼食を共にする計画を立てた。おまえたちが少しぐらい食文化を享受してもいいのではないかという彼の変わった思いつきからだった。

おまえがちょうど注文を終えたとき、上司は代行社のことを口にした。数秒間、おまえの耳のなかで高い音が鳴り響いた。現実世界がわななき、一瞬、ぴくっと動いたあと、けたたましい音をたてて硬直したような感じに襲われた。おまえは周囲の凍りついたような顔を眺め、もし今、心臓が停止して死んだらどうなるのかと思った。本当に命がなくなり、現実世界から消えてしまうのだろうか？　つぎの瞬間、誰かが笑いながらばかげた話だと言った。おまえは現実に立ち返った。同僚たちとテーブルに向かい、水のグラスを口元まで運んだ。空っぽだというのに。同僚たちは何も気づいていなかった。おまえはすばやくグラスを置いた。ウエイターが身をかがめ、水を注ぎ足してくれた。おまえはそれを無視し、同僚たちに合わせて笑った。冗談のように聞こえた。謝罪を代行する商売なんて。おまえも口を開いた。

「まさか、冗談でしょう」

「いや、冗談なんかじゃない」上司は断言し、おまえにパンの入ったバスケットを渡した。「これは最近、人気の商売なんだ。すでにいくつもの大会社がここと取り引きしている。当事者から直接聞いた話だ。われわれだって、いつ、そこを利用しても不思議ではない」

おまえたちは信じられないというようにかぶりを振った。ばかげた考えだ。想像もつかない。よくまあ、そんなことを思いつくものだ。おまえはパンにバターを塗りながら静かにすわっていた。バターを塗ることだけに専念しているように見えた。だが内心では猛り狂っていた。〝もしそれが事実だったら、どうだろう?〟おまえは自問する。〝そのときはどうする?〟意外にも、上司はおまえの顔つきからそれを読んだらしい。彼は言った。

「インターネットを覗いてみろ。ホームページもあるぞ」

グーグルで検索すると、千二百八十八の書き込みがあった。代行社の名称は〈SORRY〉。ホームページはたった一ページのみで、短い文章とメールアドレスと電話番号が記されていた。おまえは代行社に対するコメントをざっと読んだが、クリックしてそれらを呼び出すのはやめた。第三者の意見などなくてもいいのだ。

〝謝罪の代行社……〟

これまでのすべての歳月、すべての時間が秒刻みでおまえの首に重くのしかかっていた。やっとの思いではねのけてきた。何度、あきらめようと思ったことか。いつも抵抗し、いつも逆らってきた。おまえが疲れ切っているのもうなずける。ほかの者でも疲れてしまっただろう。あきらめてしまう者のほうが多いだろう。でも、おまえは粘り強く、自分の罪から解き放たれるために、まっしぐらに突き進んできた。おまえは道を見つけた。ごく最近になってどうすればいいかを知った。よりによってその同じ日にレストランで、金を払えば謝罪してくれる会社のことを聞いたのだ。これは皮肉だろうか？　偶然かそれとも運命の定めか？　おまえは運命の原理について議論を始めたいのか？

否である。

電話番号をプッシュしたとき、おまえの指は震えていた。おまえは代行社の存在を認めるまでに四日間を要した。その四日間、おまえは胃痛に苦しんだ。周囲の壁を拳《こぶし》でたたこうと思った。あまりにも神経がたかぶっていたので、最初の呼び出し音を聞いたあとすぐに受話器を置いた。おまえは笑った。自分が過剰反応していることはわかっていた。おまえは十六歳ではない。生涯の恋人に電話をかけるのでもない。気持ちを落ち着けてから再ダイヤルボタンを押した。

「〈SORRY〉のタマラ・ベルガーです。どのようなご依頼でしょうか？」

「ラルス・マイバッハという者です。どういうふうに仕事をされるのか、正確にうかがいたいのですが」おまえはそう言うと、片手で口を押さえた。興奮のあまりくすくす笑いが漏れたりしないように。

「手続きはいたって簡単です」タマラ・ベルガーは答えた。「どなたに、どういう理由で謝罪なさりたいのか、また、何をおっしゃりたいのかをお尋ねします。それらの点について詳しいお話をうかがったあとで、こちらのスタッフを向かわせます。彼はご依頼の件を解決し、そして……」

「依頼の件を、スタッフの方が、こちらが満足できるように解決したかどうか、どうしてわかるのですか？」おまえはさえぎった。

「信頼です」彼女はためらわず答えた。「もちろん、報告書を請求なさってもかまいません。その際は、相手との会話を書面にしたためてお届けします」

「興味深い話ですね。難点はありますか？」

「唯一の難点は、わたしどもでは個人的なご依頼には応じられないということです。あなたさまの場合、個人的な問題でしょうか、それとも仕事上の問題でしょうか？」

「仕事上のものです」おまえは嘘をつく。「純粋に仕事上の問題です」

「それは素晴らしい。よろしければメールで書類をお送りしましょうか？」

おまえも、そこまでの心構えはできていなかった。早い展開だ。

早すぎる。

〝電話を切らないのか？〟

おまえは受話器をもう片方の手に持ちかえて深呼吸すると、ふたたび訊いた。

「代行社の方々は全員、あなたのように親切なんですか？」

「いいえ、残念ながらわたしだけです。もしほかの者たちから話を聞きたいとおっしゃるのでしたら、これっきりにしてください」

彼女は笑った。おまえはその笑いが気に入った。

「ベルガーさん……」

「タマラです」彼女は言った。

「わかりました、タマラ。わたしは急を要する問題を抱えているのですが、本当に助けてもらえるのかどうか確信が持てないのです。どれくらい時間がかかりますか？」

「どの程度、急を要するのですか？」

「非常に急いでいます」

「では、こちらも大急ぎで処理いたします」タマラは約束した。

　数分後、おまえは送られてきた書類をプリントアウトして読んだ。おまえはパソコンで銀行に指示し、代行社の口座に料金を前払いした。息もつかせぬテンポだった。依頼の件が解決される期日は十日後と決まった。どうしたらそんなに早く処理できるのかおまえはいまだに理解できなかった。

〈あなたの問題を、手短に説明してください〉

　これに専念するために、おまえはまずベランダのテーブルに向かってすわり、深々と呼吸した。おまえは居間に掛かっている鏡のことを考えた。自分の目が見られなくなってから、どれくらい経つだろうと考えた。二カ月二十六日と十一時間だ。

　おまえはペンを手に取り、用紙に記入しはじめた。

　言葉は事実と合っていなくてはならない。

　ひとつひとつの言葉が重要だった。

ヴォルフ

　男の部屋は廊下の突きあたりにあった。ドアには木工細工の多色のアルファベットが並んでいる。フランク。彼の名前だ。彼は母親の住まいに同居している。住まいの壁という壁には守護天使の写真が掛けられている。頭《こうべ》を垂れて祈っているふとっちょの天使や、光に包まれて疾駆してくる天使。いずれもぼやけた感じの俗悪なものだった。居間には空気清浄剤のにおいがする。カーテンはすべて閉じられており、ひとつだけあるちっぽけな鳥籠《とりかご》からセキセイインコがこちらを見ていた。

母親はスカートをつまんで整えた。彼女はヴォルフの目を見ようとしなかった。フランクは三十六歳の独身。期待にそぐわない息子だった。育て方をどこで間違ったのか彼女にはわからなかった。コーヒーを注ぐ彼女の手は少し震えていた。花柄で金縁のカップだ。ひとつのカップは縁が欠け、欠けたところに黒ずんだ口紅の痕《あと》が見えた。自分に出されたほうのカップではないので、ヴォルフはほっとした。母親は粉ミルクの入ったガラスの容器をヴォルフのほうに押しやったが、彼は押し戻した。ようやく母親は語りはじめた。息子は現在、スーパーマーケットで棚の整理を担当している。年内にはレジの仕事をしてもよいと認められた。ヴォルフにとってはべつに新しい情報ではなかった。居間に、息子の写真はなかった。

「以前はこんなふうではなかったんです」母親は言いながら、手の甲でガラス製のコーヒーポットを触《さわ》った。コーヒーが充分に熱いかどうか確かめようとしたのだ。

ヴォルフはつづきを聞いた。息子はあっというまに転落の道をたどった。世の中にはいまだにインターネットで誰にも知られず猥褻《わいせつ》画像を呼び出すことができると思っている愚か者たちがいる。それどころか昼休みに児童ポルノを検索しようとする者さえいる。会社はフランク・レッフラーを何の躊躇《ちゅうちょ》もなく解雇した。九月までの彼の月給は総計三千三百七十七ユーロだったが、一週間後、フランクは時給九ユーロでスーパーマーケットの棚を整理していた。

「息子は八時まで働くことになっていますが、まもなく休憩時間に入ると思います」

戸口で母親はヴォルフの腕をちょっとのまだが、つかんで放さなかった。

「幸いなことにスキャンダルにはなりませんでした。

もしスキャンダルになっていたら、わたしはとても生きてはいられません」

フランク・レッフラーは想像どおりの男だった。禿《は》げ上がった額、ベルトからはみ出した腹、油染みた髪。視線に落ち着きがなく、握手も力なかった。ヴォルフが自己紹介すると、フランクはあと二十分したら休憩時間になるので、外で会えないかと訊いた。「お客と話をするのを店長が好まないもので」

「あそこで待っています」ヴォルフは道を渡ってコインランドリーまで行った。彼はコインランドリーが好きだった。ここで待つ人々は旅行しないのに駅の待合室にすわっている人々を想起させる。ヴォルフは自動販売機でココアを選んだ。周囲の至るところで洗濯機がまわっている。一人の女性が椅子を二脚使って眠っていた。窮屈そうに見えた。何か読む物を持ってくればよかったとヴォルフは思った。最後にこういう店に来たのはいつだっただろう。一度、仲間といっしょにカイザーダムにあるコインランドリーで、自動販売機を無理やりこじ開けようとしたことがある。ねじまわしと、かな梃子《てこ》を使って。でも十五分後にはあきらめた。ねじまわしが引っかかって抜けなくなったからだ。二人はココアを分け合って飲んだあと、退散した。それから十六年後の今、彼はコインランドリーのすわり心地の悪いプラスチックの椅子に腰をかけて携帯電話のメールをチェックしている。彼の人生は疑問の余地なく好調だった。

フランク・レッフラーは一分の遅れもなく現われた。彼はスーパーマーケットから出て、道の左右を見まわしていた。つぎに打つべき手を思いつかないかのように。なぜ彼が解雇されたのかヴォルフには理解できた。フランク・レッフラーは生まれながらの犠牲者だった。

彼らはそのブロックをまわって児童遊園地のそばを通っていった。子どもたちがキャッキャッと叫びながら、犬めがけて砂を投げつけていた。レッフラーはそっちのほうを見ないようにしていた。彼は脅迫状を受け取った話から始めた。夜には車のフロントガラスめがけて石が投げ込まれた。隣人たちは何も見ていなかったが、当然の報いだと言った。

「わたしたち親子が住んでいるのは真面目で品のいい人たちの住む地域なんです」レッフラーは説明した。問題をなす人々の反応も理解できると言いたげだった。

お厄介にしているのは、彼が無実だということだった。

「わたしはあなた関連の公《おおやけ》の文書が処分されることを伝えに来ました。もちろんこの会話もなかったことになります。あなたは白です。清らかです。あるいは別の言いまわしを望まれるかもしれませんが」

レッフラーは何の反応も見せなかった。あるいはヴォルフの話がよく理解できなかったのかもしれない。ヴォルフは彼を揺さぶりたくなった。

「あなたはまた自由に仕事を見つけることができるのですよ」代わりに彼は言った。まるでレッフラーが去年は刑務所で過ごしていたかのように。

レッフラーはしばらく落ち着きのない目をし、何かを取り出すかのようにポケットのなかで手を動かしていた。ヴォルフはレッフラーのほうから質問するまで待っていた。一分間は経っただろうか、レッフラーは咳払いをし、そして訊いた。

「何があったのですか？」

レッフラーが解雇されてから四カ月後、ほかの社員たちのパソコンにもまったく同じ映像がダウンロードされているのが見つかったのだ。犯人の正体は不明のままだった。抜け目のないその男は、昼休みに同僚の席にすわって好きなだけインターネットをいじっていたからだ。会社は有害サイトをブロックするほかには、どうすることもできなかった。フランク・レッフラーの名を口にする者はいなかった。存在していない人間であるかのようだった。上司は、レッフラーを不当に解雇し警察に届け出た事実を、半年間黙認し、遅まきながら良心の呵責《かしやく》に耐えられなくなったのだ。彼は警察への届け出を取り下げたあと、〈SORRY〉に依頼してきた。

「それで、誰の仕業《しわざ》かはわからないのですか?」レッフラーは訊いた。

「あなたの同僚の一人です。それ以上は見つけられなかったのです」

「まあ、誰であっても同じことですが」

ヴォルフはそのとおりだと言った。

「金額はどれくらいなんですか?」フランク・レッフラーは知りたがった。

「八万ユーロです」

レッフラーは立ちつくしていた。

「慰謝料として?」

「慰謝料として」

彼らはスーパーマーケットの入口から数メートル離れたところにいた。ヴォルフは今、フランク・レッフラーが何を考えているのか想像がついた。レッフラーは裁判所に行くべきかどうかを考えているのだ。もし訊かれたら、ヴォルフは思い止《とど》まるようにと忠告するつもりだった。ここはアメリカではない。会社は失敗を認めて謝罪するだろう。大衆新聞の《ビルト・ツァイトゥンク》はでかでかと書きたてるかもしれないが、誰もうんざりして読みたがらないだろう。誰にだって失敗はある。そもそも、フランク・レッフラーが失敗のない人間だと言えるのだろうか?

「母にはぜったいに知らせないでください」レッフラーは懇願すると、突然、壁にもたれかかり、たった今、水から浮かび上がったみたいに大きくあえいだ。「お願いです。母にはひと言も話さないでください。おわかりですか?」

ヴォルフには、なぜ母親が知ってはいけないのか、わけがわからなかった。もしかして彼は母親に罰を与えるつもりなのかもしれない。ヴォルフは話さないと約束した。

レッフラーは胸をつかんで深呼吸すると、初めてヴォルフをまともに見た。

「あなたは、どなたなんですか？」

「良い天使です」ヴォルフはそう言ったが、答えたことを後悔した。とたんに、目の前にあの俗悪な天使の絵が浮かび上がってきた。

「いや、本当の話、あなたは誰なんですか？」レッフラーはさえぎるように聞き返した。「あの会社の人ではないでしょう。どう見ても？」

ヴォルフは彼に代行社のことを話し、名刺を見せた。

「良いことをしているのです」

フランク・レッフラーは名刺をじっと見つめた。

「他人に代わって謝罪するというのですか？」

声が少し上ずっている。〝もし話が倫理に及んだら、平手打ちをくらわせるしかない〟ヴォルフはそう思いながら、名刺をもとに戻した。

「倫理に反することだとは思わないのですか？」フランク・レッフラーは知りたがった。「見方しだいです。教会には教会のやり方があり、テレビにはテレビのやり方がある。われわれにも、それなりのやり方があるのです」

レッフラーは不意に笑いだした。悪くない。レッフラーはヴォルフや代行社を笑ったのではない。人生を笑ったのだ。ヴォルフはこの笑いを知っている。酔っぱらいやヒステリーを起こした子どもの笑いと同種のものだ。冗談を聞かされて自制できなくなった者の笑いだ。フランク・レッフラーは打ちのめされていた。彼はそれ以上、ひと言も発することなく、ヴォルフをそこに残したまま立ち去った。彼はスーパーマーケットをやりすごしてから道を渡った。ひとつだけ確かなことがある。彼は二度とこの店には戻らないだろうということだ。まさか彼にそんな真似ができるとはヴォルフには予想外だった。でも、フランク・レッフラーのような人間にしては、じつに見事な立ち去り方だった。


五分後、ヴォルフは依頼主である会社の上司に電話し、レッフラーが申し出を断わり、訴訟を起こすと息まいたと伝えた。

「ですが……」

上司は黙っていた。ヴォルフにはまだ言うべきことがあるらしいと感じたからだ。こういう間の置きかたは、クリスから教わったものだ。まず依頼人に言うべきことを伝え、それから間を置く。緊張を高めて相手を焦《じ》らすのだ。

「長いあいだ議論しました」ヴォルフはつづけた。「レッフラー氏は慰謝料をもっと引き上げれば満足するとのことです。氏は分割払いを希望しておられます。当方の銀行口座はご存じですね？」

「ええ、知っています」上司は答えた。ヴォルフが金額を伝えると上司は咳払いをした。ヴォルフはほほ笑んだ。すべての依頼がこのようであればいいのにと思いながら。天使であることは、まことに好都合だった。


つぎの約束まで一時間ほどあったので、ヴォルフはシュレジッシェ門のそばのインド料理店に行った。椅子には米粒がいくつか転がっていたので、それを払いのけてからすわった。空腹ではなかったが、人々の近くにいたかった。それには料理店が最適だった。

昼食時の混雑は過ぎており、ふさがっていたのは五つのテーブルだけだった。どの窓の前にも蠟燭《ろうそく》が立てられ、その炎が暖房でチラチラ揺れていた。ヴォルフはスープと茶とグラス一杯の水を注文した。つぎの時間にそなえて携帯電話は切り、両手をテーブルに載せた。

静かだった。

一度目は、鳥の群れが空中で向きを変えたとき、二度目は一人の女性客がスプーンでカップの縁をたたいたとき、ヴォルフはエリンの目を思い出した。世界は感情を呼び覚ますものに満ち満ちている。思い出の小さなゆらめき。静寂の瞬間、ヴォルフは細かくそれを拾い集めた。

お茶が来た。ウエイターはパパダム（インドのスナック菓子）を載せた皿をテーブルに置き、天気について何か言った。ヴォルフは礼を言い、ウエイターが行ってしまうまで待っていた。彼は香りを嗅《か》いでから味わった。カルダモンの風味と蜂蜜の甘さにため息をついた。

〝エリン〟

ヴォルフは、思い出はすり減り、歳月とともに変化し、しまいには、それが思い出なのか思い込みなのか、もはやわからなくなってしまうものだと知っていた。知っていたからこそ、どんなに取るに足りないことであっても、エリンに結びつくものすべてに、しがみついた。

この日二番目に会う約束をしている人物は、ゲリッツァー公園に面したヴィーナー通りのマンションに住んでいる。入口には呼び鈴《りん》のついた表札はなかった。ドアは軽く閉まっているだけで、一日に少なくとも十回は出入りされているように見えた。ドアの脇から裏手の棟に向かう門があった。その門も開いていた。

ヴォルフは自転車やゴミ容器や、石の上で眠っている猫のそばを通っていった。彼は腕時計に目をやった。約束の時間は四時なので、あと二、三分の余裕があった。彼はタバコを取り出して、トントンとたたいた。

「おまえも吸うか？」彼は猫に訊いた。

猫の腹は上下に波打っていた。安全間違いなしと思い込んでいるらしい。ヴォルフはそういう確信が欲しかった。見上げると、頭上に四角く切り取られたような空が揺れている。雲ひとつなかった。車の騒音からは遠くかけ離れている。どこかのドアがばたんと閉まり、誰かが咳をした。この瞬間、ヴォルフはほかのどの町へも行きたくなかった。これほどタバコがおいしいのはベルリンだけだった。

裏手の棟の空気はむっとするようだった。炒《いた》めたタマネギや煮込んだ肉のにおい。ヴォルフは叔母の一人がいつもこしらえていたアスピック料理（肉や魚を煮込んでゼリーで固めた料理）のにおいを思い出した。彼女の自慢料理だった。その手のにおいは、この裏手の棟のにおいにそっくりだった。ヴォルフは叔母の名前を思い出そうとした。そのとき、頭にスカーフを巻いた女性がこちらにやってきた。

「こんにちは」彼は言った。

女性は目を伏せ壁に身を押しつけて、彼が通れるようにした。彼女が階段を下りていく足音はほとんど聞こえなかった。ヴォルフは階段を上っていった。四階まで来ると息が切れ、脇の下は汗で湿っていた。急いでシャワーを浴びて、タバコに火をつけたくなった。

表札はなかった。でも、この階は、ここにしかドアがないのでヴォルフは迷わなかった。彼はベルを押してから待った。ノックもした。ドアは内側に向かってパッと開いた。

〝これはまずい。非常にまずい〟

廊下には明かりがともっていた。音楽が聞こえてくる。劣悪な映画はすべて、まさにこうした音楽で始まるのだ。

「こんにちは、ハネッフさん？」

ヴォルフは居間のドアを少しだけ押し開けた。

「こんにちは、謝罪代行社からまいりました。昨日、メールでお約束しましたので」

何の答えもなかった。

〝さっき、階段を下りていった女性がハネッフ夫人だ

としたら、その場合は……〃
ヴォルフはこのまま立ち去ろうかと思った。
〃ひょっとして、フラウケは約束の日を取り違えたのかもしれない〃
「もしもし」
廊下の床は汚れていた。壁紙にはこすれた跡が横に走り、ひとつの壁には水で濡れた跡がクリスマスツリーの形になって残っていた。ヴォルフはクロイツベルク地区に無駄足を運んだとは思いたくなかった。
「ちょっと、なかに入りますが、いいですか?」彼は言うと、なかに入った。

修復の予定があるように見えたのは廊下だけではなかった。梯子《はしご》や工具が置かれた部屋があり、ビール瓶を後ろ手に隠してニヤニヤ笑っている修理工がいるのではないかとヴォルフは予想した。

最初の部屋は台所だった。中央にカビの生えたレンジがあるだけで、ほかに家具はなかった。窓は汚れ、ゴミのにおいが空中に漂っている。場違いな人間がいるとしたら、それはほかならぬヴォルフだった。

「ハネッフさん?」

音楽をたどっていくと、その部屋に夫人はいた。ラジオもそこに置かれていた。ひとつの壁全体が風景写真の壁紙で覆《おお》われていた。貼りたてらしく見える。濡れて光っている上に、片隅がはがれていた。風景写真の壁紙は背景が山で、前景は湖と森の秋景色を示している。湖岸には鹿がいて水を飲んでいる。ハネッフ夫人は湖水の上で揺れていた。昇天しかかっているみたいだ。上に伸ばした両腕は組み合わされ、両足は床から数センチのところにぶら下がっている。開かれた目は反対側の壁を凝視している。額からは釘の頭が突き出ている。二本目の釘は頭上でまとめられた両手を支えている。足の下には血だまりができていた。彼女の靴はきちんとラジオの脇に置かれていた。夫人の左足の指先からは、なおも血がポタポタと滴《したた》り落ちているのが見えた。もしラジオを止めたら、血だまりのなかに落ちていく滴りの音が聞こえたかもしれない。

ヴォルフはまず思った。〝こんなに長い釘をどこで手に入れたのだろう？〟二番目に思ったのは〝本当のことじゃない。これは……〟三番目には何も思わなかった。吐き気をもよおしたからだ。彼は息を詰まらせながら部屋から走り出た。


何分間かあと、ヴォルフは汚れた廊下の壁にもたれてタバコを吸った。タバコを持つ指が震えている。ときどき、開いたドアの向こうに目をやった。ラジオは性懲《しょうこ》りもなく鳴りつづけている。ヴォルフの頭のなかは混沌《こんとん》としていた。廊下の天井をにらみながら集中しようとしていた。水の染みはほかにもあった。手の震えは止まりそうにない。〝くそっ、頼むから止まってくれ〟今にも、ズボンのなかに粗相《そそう》しそうな気がした。

それから考えはじめた。ようやく。

〝クリスだ。クリスに連絡しなければ……〟

〝いや違う。警察に通報しなければならない。警察に……〟

〝消えよう。なるべく早くここから姿を消し、それからクリスに電話をする。それから……〟

ヴォルフはぎくっとした。携帯電話が鳴ったのだ。

〝もしクリスだったら、そのときは……〟

「もしもし？」

「彼女はどんな様子かね？」

「何だって？」

「彼女はどんな様子かね？ 滑り落ちていないだろうな？ 釘ははずれていないだろうな？」

ヴォルフは顔が引きつるのを感じ、画面を見た。

非通知だ。

ヴォルフはふたたび、電話を耳にあてた。

「まだ聞いているか？」声が訊いた。

「聞いている」

「それならよし」

ヴォルフは立ち直った。彼はよろめき、衝動にまかせて咳をした。震える足で台所じゅうを歩きまわり、窓まで行った。食道を苦い胆汁の味が上ってくる。ふたたび息が詰まりそうになるのを抑えながら、窓から裏庭を見下ろした。

〝やつはどこにいるんだ？　どこに隠れているんだ？〟

「あんたは誰なんだ？」ヴォルフは訊いた。

「お門《かど》違いの質問だ」声は答えた。「おまえが仕事をしたかどうか、それを訊きたい」

「どの仕事だ？」

「おまえはバカじゃないのか？」

ヴォルフは黙っていた。電話の向こうで男が息をするのが聞こえる。表側の建物の窓にも誰の姿も見えなかった。

「何のために、おまえたちに金を払ったと思っているんだ？　おまえの仕事をしろ。きちんとな」

そこで電話は切れた。ヴォルフはまだ電話を耳にあてたままだった。表側のマンションの階段を下りていく者はいなかった。すべてが静寂そのものだった。

〝おまえの仕事をしろ〟

ヴォルフは入口のドアまで走っていった。

〝ここを出なくては。早く。地獄の口が突然開き、警察が現われないうちに。クリスに電話しなければ。クリスならどうすればいいか、わかるだろう……〟

ドアの前に紙袋が置かれていた。

ヴォルフは入口に身じろぎもせず立っていた。そして、紙袋をじっと見た。

〝それを飛び越えて逃げろ。さあ、早く〟

紙袋のなかをちらっと見たヴォルフは、ドアを内側から閉めて、クリスに電話した。

フラウケ

クリスからすぐに会わなければならないと電話があったので、フラウケとタマラはクロイツベルク地区までやってきた。裏庭を横切って裏手の棟に入り、四階まで上がっていった。そして今、居間の入口に佇《たたず》み、室内に入るのをためらっていた。床にはラジオが置かれ、アメリカの歌が流れてくる。釘で磔《はりつけ》にされた女性は、反対側の壁を凝視していた。

「死んでいるの？」タマラは訊いた。

「もちろん、死んでいるとも」ヴォルフは言う。

「調べてみたのか？」クリスは知りたがった。

ヴォルフはかぶりを振った。クリスは部屋に入ってラジオを切ると、女性の前に立ち、腕を伸ばして彼女の首を触《さわ》った。一分間、そのまま立っていたが、それから腕を下ろした。四人とも同時に顔をそむけた。

タマラは台所の窓辺で壁にもたれていた。支えがないと立っていられないかもしれないと彼女は言った。フラウケがタバコを差し出したが、タマラはかぶりを振った。ヴォルフは電話がかかってきたこと、男が何と言ったかを話し、それから戸口に置かれている紙袋を指さした。

「みんながどう考えるか知らないが、ここから逃げたほうがいいと思う。それも、なるべく早く」

クリスはかぶりを振った。

「これがどういうゲームなのかを知るまでは、誰も逃げちゃいけない」

「どういう意味なんだ？」ヴォルフは怒鳴り、廊下の向こうを手で示した。「あれがゲームに見えるのか？」

「落ち着け、ヴォルフ」

「落ち着く気なんてないね。ぼくはここから逃げる!」

「ヴォルフの言うとおりよ」フラウケが言った。「警察を呼んだほうがいいわ」

「警察のことなんか言ってない!」

クリスはフラウケのほうを向いた。

「本気で警察を呼ぼうというのか? そうしたら、どういうことになると思う? 警察は死体を壁からはずし、おれたちに握手し、もう行ってもいいですよと言うだろうか?」

「関係ないわ。警察が何をしようと」

「関係ないではすまないんだ、フラウケ」クリスは言うと、ふたたびヴォルフを見つめた。「で、おまえの考えでは、おれたちはここから消えさえすればいいというんだな。おれたちが出入りしているのを誰にも見られていないという希望的観測のもとに」

クリスは紙袋を取り上げた。

「これをどう説明するんだ? これも同じく忘れてしまえというのか?」

紙袋のなかには三枚の写真、MD《ミニディスク》レコーダー、パソコンからプリントアウトされた紙が一枚入っていた。紙にはつぎのようなメッセージが書かれていた。


おまえたちがどこに住んでいるのか、何者なのか、おれは知っている。

おれはおまえたちに非常に感謝している。

おまえたちは、すべてを可能にしてくれた。

おまえたちはパニックに陥ってはいけない。

おまえたちは、これまで同様に生きていけばいい。

そうしないなら、おれはおまえたちの家族のところへ行く。

友だちのところへも、おまえたちのところへも。


一枚の写真には、クリス、ヴォルフ兄弟の父親ルトゥガー・マルラーが写っている。ちょうど車にガソリンを補給しているところだ。片手をポケットに突っ込んだまま計量給油器を見ている。二枚目にはフラウケの母親タニヤ・レヴィンが写っている。ベッドに横になり、カメラに向かってほほ笑んでいる。フラウケはその背景に見覚えがあった。殺人犯は病院にいる母親のところに行ったのだ。三枚目にはタマラの生き別れの娘イェニーが写っている。彼女が靴紐《くつひも》を結んでいるところが。

タマラはその写真を手に取って言った。

「いったい犯人は、どうやってイェニーのことを知ったのかしら?」

彼らはタマラを見つめた。彼女がみんなの前で娘の名前を口にしたのは、ここ三年で初めてのことだった。

〝卒倒したりしないでよ〟フラウケは思った。

「わたしたちのことを、どうやって知ったのかしら?」タマラはつづけた。

みんなは黙り込んだ。誰も思いつかなかった。

「すぐにわかるさ」クリスは言うと、フラウケのほうを向いた。「きみはファイルのことを考えただろう?」

フラウケはリュックサックを肩から下ろし、床の一部をきれいに拭《ぬぐ》った。彼女はファイルを開いてしばらく探していた。そして、問題の書類を引き抜いた。

「彼の名前はラルス・マイバッハよ。申し込みは十日前。そして……」

タマラが叫び声を上げた。みんなは彼女を見つめた。

「わたしよ。ああ、なんてことかしら、わたしなのよ」

「あなたがどうしたって?」

「彼は……彼はわたしに申し込みをしたのよ。とても急ぐ仕事だと言って、そして……」

鈍い音が聞こえた。ヴォルフが拳《こぶし》で壁をたたいたのだ。そして自分の右手を驚いたように眺めた。そこに独自の命が宿っているかのように。指の関節のすり傷から、床に血が滴《したた》り落ちた。

「賢明だとは言えないな。だが、それで気がすむなら……」クリスは言った。

タマラが自分のショールを包帯代わりにしてヴォルフの手に巻いているあいだに、クリスとフラウケはマイバッハの書類を調べた。書かれていることはわずかだった。書面による申し込みだったが、状況を手短に要約しているだけのことだった。彼はイェンズ・ハネッフの同僚だという。会社はハネッフが出張中に飛行機の墜落によって事故死したことに鑑《かんが》みて、彼の未亡人に謝罪したいというのだ。

「彼は受難物語を餌にして、わたしたちをおびき寄せたのよ。飛行機墜落、未亡人、罪悪感」フラウケは言った。

「よくわからないな。彼はわれわれに何を求めているんだろう?」クリスは言った。

「そいつが何を求めていようが、ぼくには無関係だ」ヴォルフは言った。「とにかく、ここから消えよう」

クリスはうなずいた。ヴォルフの言葉に同調したかのように。それから携帯電話を取り出した。

「何をするつもり?」フラウケが訊いた。

「やつに電話するんだ」クリスは答えると、彼女に書類を差し出した。「ラルス・マイバッハはご親切にも、携帯電話の番号をここに書き残している」

クリス

電話の向こうで着信音が鳴っている。クリスは電話をもう一方の耳にあてなおした。口がカラカラに渇き、脇の下に冷や汗が滲《にじ》み出てきた。四回鳴ったあとで、相手が出た。

「問題でも?」

「問題はない」クリスは言った。「ひとつだけ質問がある。いったい、どういうことなんだ？」

「ああ、兄のほうのクリス・マルラーのようだな。話ができて嬉しいよ。おまえが代行社の原動力になっているらしいな」

「おれたちは四人で——」

「ああ、だが一人はリーダーのはずだ。四人が同等ということはありえない。一人が引っぱっていかなくては」

　クリスは黙っていた。

「彼女を片づけたのはおれだ」マイバッハはつづけた。「血と唾《つば》でせっかくのシーンをめちゃめちゃにしそうだった。しかも彼女にとっては清潔がいつも重要だった。だから、おれはそういう伝統を壊したくなかったんだ。おまえたち、彼女をじっくり見たか？　どこを探しても、答えはあの目のなかにしかない。ゆっくり時間をかけて眺めたらすべてがわかる。愚かなことに、人はめったにじっくり見ようとしない。だが、一度でもきちんと見れば、いかに真実を見逃してきたかに気づいて驚くだろう」

　クリスには何の話なのか、まったく理解できなかった。

「そのこととおれたちと、どういう関係があるんだ？」彼は訊いた。

　マイバッハは彼らとどういう関係があるのかを話した。一度話したあと、もう一度くり返した。クリスが頭の弱い人間であるかのように。クリスは携帯電話が汗で滑り落ちないように、握る手に力をこめた。最後にカチャッと音がして電話は切れた。クリスはそのあとも、あえて電話を耳にあてつづけていた。今、はずしたら、床に投げつけるだろう。

　〝ヴォルフが拳で壁をたたいたのも当然だ〟たっぷり一分間、彼は窓から外を見ていた。マイバッハがまだ電話の向こうにいるかのように。彼は振り向きたくなかった。

〝みんなにどう話せばいいのか？〟

クリスの喉《のど》は乾ききっていた。彼は携帯電話を切って振り向いた。みんなは何も訊かず、ただ彼を見つめているだけだった。

「彼はおれたちに仕事をしろと言った」

ヴォルフは口を拭《ぬぐ》い、顔をそむけた。タマラは何が起きているのかわけがわからないとでも言いたげに、額に皺《しわ》を寄せた。フラウケだけが反応を示した。

「忘れてよ。わたし抜きでやって」そう言うと、彼女は台所から駆け出した。廊下に足音が響き、つぎにドアがガチャンと閉まる音がした。

予想外の事態だった。

「彼は正確には何て言ったの？」タマラは知ろうとした。「ねえ、正確には何て言ったのよ、クリス？」

「彼に代わって謝罪しろと言った」クリスは答え、肩越しに親指で居間のほうを指した。彼らはクリスを見つめた。今しがた部屋に入ってきたばかりの人間みたいに。フラウケもいてくれたらよかったのにとクリスは思った。タマラは背中が壁につくまで後ずさりしていった。ヴォルフはその場に立ちつくし、痙攣《けいれん》を起こしたみたいに傷ついた手を開いたり閉じたりしていた。

「もう一度、言ってくれ」彼はクリスに頼んだ。

「彼に代わって彼女に謝罪しろと言った。その謝罪を録音するようにと求めている。データとしてその録音が欲しいと言うんだ。だからMDレコーダーがここに置いてあるんだ。そのためにおれたちを雇ったのだそうだ。それによって、われわれは……」クリスは急に黙り込んだ。

「それによって、われわれは、何？」タマラはさえぎり、聞き返した。

「彼の罪を引き受けるのだと……」

「でも……これはそういう性質の仕事じゃないわよ」

タマラが口をはさんだ。

「そんなことは、おれがいちばんよく知っている！」クリスは言った。

ヴォルフは拳を目に押しあてた。手に巻かれたショールがこっけいに見えた。週末ごとに蛮声を張り上げながら道を走っていくサッカーファンを思わせた。

「これはぼくの担当だ」ヴォルフは言うと、ふたたび手を下ろした。「だから、あの部屋にはぼくが入っていく。でも、そのブタ野郎のためにするんじゃない。いいね？」

「よし、わかった」クリスは言った。

「何て言えばいいんだ？」

クリスは夫人のズボンのポケットにメモが入っているらしいと話した。彼は紙袋からMDレコーダーを取り出して、ヴォルフに渡した。

「あとで話し合おう」ヴォルフは言うと、居間に入っていった。

タマラとクリスは身じろぎもしなかった。ヴォルフの足音が響く。彼の足元の汚れた床がたてるギシギシという音、カサカサという紙の音、咳払い。そのあといったん、静かになり、やがて、

「わたしは許しを求めている。どうか、わたしがやむにやまれずおこなったことを許してほしい」最後にヴォルフは言った。「苦しみと怒りは、今、贖《あがな》われた。これで……」

静寂。タマラはクリスを見つめた。クリスは途方に暮れたように肩をすくめた。

「これで終わりだ。過去も現在も清められた。あんたたちの……」

ヴォルフはそこで中断した。タマラは彼のほうへ行こうとした。クリスは彼女を引き止めようとしたが、タマラはそれを振り切った。彼女の足音が廊下に響いた。

「そこで待っててくれ！」居間から声がした。

タマラは立ち止まった。ヴォルフはつづきを読みは

じめた。

「過去も現在も清められた。あんたたちのせいで、わたしはこうなったのだ。だから、わたしは、あんたたちがわたしから奪ったものを、あんたたちから奪うのだ。ラルス・マイバッハ。追伸　もちろん、おまえたちが……」

長い沈黙がつづいたあと、ヴォルフは居間から出てきた。彼はタマラとクリスに声明書のようなその手紙を差し出した。ページの最後に、追伸がつけ加えられていた。

もちろん、おまえたちが死体の始末もつけてくれるだろうという
前提に立って、おれは仕事を依頼した。

突然、タマラが笑いだした。甲高《かんだか》い声でヒステリックに笑ったあと、彼女は下唇を嚙《か》んで黙り込んだ。ヴォルフとクリスは互いに見交わした。タマラは小声で言った。

「まさか、そこまではやらないわよね？」

「もちろんさ。やるもんか」ヴォルフは言うと、メモをくしゃくしゃにした。「ここから消えよう。そしてフラウケを見つけて、それから……どうしたの？　どうして、そんなふうにおれを見つめるんだ？」

クリスは紙袋のなかの写真のことを考えていた。彼の頭を去らないのは、イェニーがかがんで靴紐を結んでいるあどけない姿だった。〝マイバッハはどこまで彼女に近づいたのだろう？〟クリスは自分の父親のこと、フラウケの母親のことを考えた。さらに、自分たちがここに残した多くの痕跡のことも。ヴォルフの手の傷から滴《したた》り落ちた血や指紋。

〝おれたちは簡単にここから消えることはできない。マイバッハはおれたちが誰なのかを知っているのだ〟

「クリス、何か言ってよ」タマラが求めた。

クリスは自分の考えを話した。

現場にいなかった男

ここに来るのがどれほど危険なことかはよくわかっていた。にもかかわらず、彼はマンションに足を踏み入れた。裏庭を横切り、つかのま、上に目をやった。頭上には四角い形に空が輝いている。無に開いた窓のようだ。ふたたび視線を落とした。彼の目には落ち着きがなかった。ここに来るのがどれほど危険なことか充分わかっていた。それでも階段を上がっていく。せかせかと。彼は急いでいた。どの一段にも馴染《なじ》みがあった。階段のすり減った木の手すりに手を滑らせていく。最上階まで来るとドアの前で立ち止まった。ドアが閉まっていたら、もう一度下りてくるしかない。よけいなことは何もしないで下りてくる……

ドアは開いていた。

彼はなかに入り、廊下を歩いていった。台所をのぞいた。この台所に何度立ったことだろう。〝荒れ果てている。何もかも荒れ果てている〟彼は廊下の先まで歩いていき、居間に入った。彼はその場に立ちつくした。彼女が見えたのだ。壁に。彼はどっと涙を流した。歩み寄って彼女の顔を触《さわ》った。〝手遅れだった〟彼は苦しんだ。痛みを覚えた。彼女の顔から手を離すことができなかった。心臓が痙攣《けいれん》し、一瞬、停止したあと、また鼓動しはじめた。彼は顔をそむけて深呼吸し、ふたたび彼女を見た。そこにぶら下がっている彼女を。凝視しているその目を。あの目を閉じてやろう。閉じてやらなければならない。彼は一歩、踏み出して手を伸ばした。彼女の瞼《まぶた》は羊皮紙のような感触だった。

彼は住居から立ち去った。自分が老いさらばえたように感じた。裏庭を戻り、表側のマンションの前で立ち止まった。老いさらばえ、燃えつきていた。彼は道路を渡った。周囲で車がすいすいと流れていく。彼にはクラクションが聞こえなかった。危険も目に入らなかった。このあと何をすべきかを考えた。このまま、ただ放置しておくわけにはいかない。そんなわけにはいかない。責任があるからだ。彼は待つことに決めた。彼らが戻ってくるまで。戻ってくると、どうしてわかったのか？　ただなんとなくわかったのだ。彼らがまだやりとげていないように感じたのだ。だから彼は待って、答えを見つけたいと思った。どんな疑問にも答えはある。これまでもそうだった。これからもそうだろう。

第三部

以後に起きたこと

彼はわたしと話をしようとした。弁明しようとした。

わたしはときどきウィンカーを点滅させてサービスエリアに入り、そこが無人のときには車を停めた。わたしはトランクを開け、彼がそこに横たわっているのを見た。彼にはわたしが見えない。粘着テープで目をふさいであるからだ。目も口も。わたしは彼に見られたくなかった。声も聞きたくなかった。トランクのなかは焼け焦げた皮膚と尿と汗のにおいがする。それらが混じり合って反吐《へど》が出そうだ。でも、わたしは耐えている。いくらでも耐えられる。

彼には水しか与えない。ルールはすでに話してある。最初のうち彼は言うことを聞かなかった。わたしがテープを口からはがすと、彼はたちまちわめきだした。自分がどのあたりにいるのか彼には知ることができない。十秒おきにトラックが轟音を響かせながら通過していくことも。誰にも彼のわめき声は聞こえない。それでもわたしは脅しを実行し、彼の口をテープでふさぎ、トランクを閉じ、車を走らせつづけた。つづく三時間、彼は喉《のど》を渇かしたままだった。

つぎに停まったとき、彼は静かだった。わたしは彼の口中に水を注ぎ込んだ。彼は咳き込んだが静かだった。そのあと、わたしと話をしたがった。わたしはさらに水を注ぎ込み、ふたたび彼の口をテープでふさいだ。彼は動こうとしたが、動く余地がなかった。枕と毛布とのあいだに挟まって身動きできなくなっているからだ。両足もテープで縛られている。両膝、両腕とも。テープでぐるぐる巻きにされた小包だ。頭すら動かすことができない。彼はもはや実在していないに等しかった。

以前に起きたこと

タマラ

ヴォルフは両手をハンドルにかけていた。顎《あご》の筋肉がピンと張り、目は道路を見据えている。クリスは何度も振り向いて、後部座席のタマラを見た。彼女がまだそこにいるのを確かめるかのように。タマラはそれを無視して窓外に目をやっていたが、本当は何も見ていなかった。あのマンションから出てきたとき、フラウケは下の戸口でタバコを吸いながら、彼らが出てくるのを今か今かと待っているにちがいないと思っていた。でもフラウケはいなかった。それどころか、彼女の車も駐車場から消えていた。

〝いったい、どこへ行ったの？〟

彼らは何度も携帯電話で彼女に連絡を取ろうとしたが、いつも留守番電話になっていて何の成果も得られなかった。タマラは頭がぼうっとしていて、物音がフィルターにかけられたように聞こえ、逆に、昼光はどぎついほど鮮明だった。彼女は目を閉じて漂っていた。クリスが彼女の側のドアを開けたとき、タマラは驚いて飛び上がった。

「着いたよ」

ホームセンターで、彼らはバケツ、掃除道具、ペンチ、ゴミ袋、へら、そして黒いビニールの防水シートを買った。ショッピングカートには懐中電灯一個のほか、シャベルを三本入れたので、把手《とって》が杭のように突き出ていた。お互いにひと言も交わさず、いっしょにホームセンターをうろつきまわる他人同士みたいに見えた。最後にクリスは寝袋をひとつ、カートに入れた。何のためのものか誰も訊かなかった。

彼らはさっきのマンションに戻ってきた。四階に上がり、ドアを開け、廊下を突っ切っていった。女性は相変わらず壁からぶら下がっていた。何もかもそのままだった。

〝戻ってきたら、何をするの……〟

タマラはしくしく泣きだした。

「タマラ、しっかりするんだ」クリスは言った。

「この人、目を閉じている」ヴォルフは言った。

つかのま、三人は死体の瞼《まぶた》が閉じられているのを、まじまじと見つめた。

「かまうことはない。さあ、始めよう」クリスは言った。

彼らは手から始めた。ヴォルフは女性の腰まわりを抱えて少し持ち上げた。それによって彼女の手にかかる重みが多少とも軽減されるからだ。クリスは背伸びして所定の箇所にペンチをあてた。兄弟とも蒼白でぼんやりしていて、心ここにあらずの状態だった。

〝わたしも手伝わなければ〟とタマラは思ったが、掃除機で吸い込まれるような音をたてて釘が掌《てのひら》から引き抜かれたときには、ぎくっとして身をすくませた。

クリスはバランスを失い、悪態をついた。釘はカチャカチャと音をたてて落下し、転げながら床を半周した。死体の両腕はだらりと垂れ、ヴォルフの背中にかかった。

「もっと急いで」ヴォルフは言い、死体の重みによろめいた。

二本目の釘が引き抜かれたときは、ワインの瓶からコルク栓がまわし抜かれるような音がした。死者の頭は前に折れ、顎は胸まで垂れた。

「これでよし」クリスは言うと、一歩、後ろに下がった。

ヴォルフは死体を下に滑らせ、壁を背にすわらせた。

「タマラ、ちょっと手を貸してくれないか？」

彼らは女性を寝袋に寝かせて閉じようとしたが、ファスナーが二度までも引っかかった。タマラが換気用に少し開けておこうかと考えているとと、クリスは何をしているのかと訊いた。

「べつに」タマラはファスナーを上まできちんと閉じた。

彼らは寝袋を持ち上げた。ガサガサと音がするので、タマラはまたラジオをつけたくなった。廊下まで運んでいくと、邪魔にならないように壁際に置いた。クリスとヴォルフは居間にとって返し、ビニールの防水シートを拡げた。それから、へらを使って壁紙をはがしはじめた。タマラは台所を受け持った。床に落ちたヴォルフの血を拭き取り、ドアの把手《とって》と彼らが触《さわ》った場所を残らず磨《みが》いた。途中、何度か手を休め、何か音がしたかのように廊下のほうに目をやった。

どれほどの時間が経ったのか、タマラは気づかなかった。もう夜になっていた。脚が突っぱり、うなじは痙攣《けいれん》を起こしていた。両手は痛むだけでなく、水で雑《ぞう》巾《きん》がけをしたせいで皺《しわ》だらけになっていた。

兄弟は寝袋を下まで運んでいった。タマラはヴォルフの車を裏庭まで乗り入れた。誰かに見られているかもしれないとは考えもしなかった。ただしなければいけないことをしているだけだった。寝袋がトランクにおさまると、クリスとヴォルフはゴミと掃除道具を住居から運び出して分類し、大型ゴミ容器に入れた。

「さあ、消えようぜ」クリスは言った。

ヴォルフは裏庭から車を出しながら何か質問した。クリスは答えた。ヴォルフはまた質問し、クリスは答えた。タマラは今度も後部座席にすわっていたので、二人の応酬はまるで理解できなかった。言葉は聞こえたが、意味不明だった。こめかみの奥がズキズキと脈打ち、兄弟にしゃべるのはやめてと怒鳴りつけたかった。タマラは額を窓ガラスに押しあてて目を閉じた。彼女の思いはくり返しひとつのことに戻っていった。

〝イェニー〟。写真はズボンのポケットにしまってある。ダフィットに電話しようと思った。パニックを引き起こそうとは思っていなかった。タマラ自身、パニックの固まりだった。

「大丈夫か？」クリスが訊いた。

タマラはよくわかっていると言いたげに、うなずいた。

彼らはアウトバーンを北に向かい、ベルリン環状道路の外に出た。十分後、行きあたりばったりの出口から出て、そこから森の道に向かった。ヴォルフはライトを消し、徐行運転で進んでいった。タマラは窓を開けた。アウトバーンからの遠い唸《うな》りが車内を満たした。ヴォルフは森の空き地に車を停めた。カチカチというエンジン音がした。クリスの車はクロイツベルク地区の駐車場に停めたままなので、帰りに取りにいくつもりだった。万事、充分に考え抜いたと彼らは思っていた。十分が経過した。当然ながら、誰かが合図しないかぎり何も始まらない。

「よし、じゃあ始めよう」クリスが言った。

三人とも車から降り、トランクまで行った。彼らは寝袋をじっと見つめていた。

「わたしはやりたくないわ」タマラは言った。

「やりたいやつがいるものか」クリスはうんざりしたように言い切ると、シャベルを一本、引っぱり出した。彼は車から数メートル離れた場所の地面を掘りはじめた。ヴォルフはタマラに懐中電灯を渡した。

「これをどうするの？」

「誰かが照らしてくれないと困る」ヴォルフは言い、自分もシャベルを取った。「それも嫌なのか？」

クリス

墓穴を掘っている最中に、突然、ヴォルフが、こんなことをするのは間違いだと言いだした。クリスと彼は背を向け合って掘っていた。土は飽き飽きするほど多く、そして重かった。二人は汗びっしょりだった。こんなに汗をかいたのは初めてだった。

「こんなことをするのは間違いだ」

一瞬、ヴォルフが、墓穴の縁にしゃがんで懐中電灯で照らしているタマラに言っているのかとクリスは思った。ヴォルフは掘るのをやめた。クリスは振り向いて、ヴォルフの顔が光っているのを見た。汗まみれの肌に土の汚れがへばりついている。クリスは何秒間か、弟の瞳に恐怖の色を見たように思った。ヴォルフは空いた手を上げて光線をさえぎり、懐中電灯を下げてくれとタマラに頼んだ。タマラは光を穴のほうに向けた。ヴォルフはシャベルの柄をじっと見つめながら、こんなことをするのは間違いだとくり返した。

一面ではクリスもヴォルフの言い分が理解できた。でも反面、そういうことはいっさい聞きたくない気持ちだった。今さら、そんなことを言われても手遅れなのは明らかだからだ。すでに一時間以上も彼らは地面を掘り返し、穴は首まで隠れるほどの深さに達していた。少なくとも二メートルは掘らないと、においを嗅《か》ぎつけた動物が死体を掘り返さないともかぎらないからと、クリスが主張したからだ。

〝そうやすやすと、途中で放棄できるものじゃない〟クリスは思った。

「現実問題として、手遅れなんじゃないか？」

「でもまだ、死体を埋めたわけじゃない」ヴォルフはきっぱりと言った。

クリスは弟に一発、平手打ちをくらわせてやりたいと本気で思った。ヴォルフはそれを感じたらしく、早口でつづけた。

「ぼくたちはこの女性が何者なのか、どうして死ななければならなかったのか何も知らない。正直なところ、ここでやっていることだって、ぼくたちには何もわかっていないんだ。彼女を今ここに埋めたとしたら、そうしたら……」

ヴォルフは途方に暮れたように両手で空を切った。

「そうしたら、彼女はあっさり消えてしまうんだ。そんなのは間違っている」

「わたしはべつにかまわないわ」タマラは言った。

「イェニーを危険にさらすわけにはいかないから」

「兄さんはどう思ってるの？」ヴォルフは訊いた。

クリスは少しも良心の呵責《かしやく》を感じなかった。一人の女性が死んだ。自分たちは誰一人、彼女を知らない。彼女の死は自分たちが招いたものではない。自分たちが代行社を立ち上げたせいで彼女が死んだのでもないだろう。そんな考えはばかげている。森のなかの墓は彼らの人生を台なしにしかねなかった問題を解決する策なのだ。死体が消えてしまうと同時に、この問題も彼らの人生から消えてしまうだろう。クリスは少なくともそう願っていた。

「こんなことをしてはいけない」ヴォルフは言うと、車のほうに目をやった。トランクに横たわっている死体が一部始終を聞いているかのように。「倫理に反するよ」

クリスは弟に近づいた。

「ヴォルフ、この殺人犯はおやじの写真を撮ったんだぞ」

「わかってる」

「イェニーの写真も撮った。そばまで行ったわけだ。いいか？　それに、フラウケのお母さんのこともある。やつは脅迫している。そのことを考えなかったのか？」

「考えたさ。でも……」

「ヴォルフ、おれたちが何をしようと死体は死んだままだ。それにひきかえ、おれたちはまだ生きている。脅されているのは、おれたちなんだ。やつの命じたとおりにしなければ、ほかの人たちを危険にさらすことになる。そういう単純な話なんだ。おれたちは、ただ、反応しているだけなんだ」

「そのとおりだよ」ヴォルフは言った。「でも、ぼくたちの反応は間違っている」

「じゃあ、おまえの考えでは、どう反応すべきだったんだ？」

ヴォルフはシャベルを二度、土に突き刺した。

「少なくともこういうふうにではない」

死体がトランクに横たわっている今、掘ったばかりの墓穴に立って、こんなふうにではないと答えるだけでは不充分だった。クリスは、ここにいるのが自分と弟だけでないことを、ありがたく思った。タマラは緩衝装置の役目を果たしてくれている。

「協力してくれよ、ヴォルフ」クリスは言った。「勇気を出して、終わりまでやってしまおう。家に帰ったら何を話してもいい。だが今は、おまえの愚痴《ぐち》を聞いている場合じゃないんだ」

ヴォルフは何の反応も示さず、ただクリスを見つめただけだった。タマラが割って入った。

「ヴォルフ？」彼女はささやくように言った。自分の声でヴォルフを驚かしてはいけないと思ったみたいに。

「ねえ、ヴォルフ、死んだあの女性は誰なの？」

「知らない。知るわけがない」

「あの人をよく見た？」

「もちろん見たよ。どうしてそんなことを訊くの？」

「誰かを思い出さない？」

「タマラ、やめろよ、そんなこと」

「ただ訊いているだけよ」

「お願いだ、やめてくれ」

「じゃあ、答えなさいよ」

「意味がない」

「意味がなくても、あなたの口から聞きたいのよ」

「彼女はエリンではない。いいか、そんなことはわかってる」

「それでもやっぱり倫理を重んじて、彼女をここに埋めてはいけないというの？」

ヴォルフはじっとタマラに視線を注いでいた。しまいにタマラは目をそらした。

クリスは弟が修辞的な問いをどれほど嫌っているか、よく知っていた。とくに、それがタマラから発せられた場合は。そこにはヴォルフに対するタマラの理解と信頼が表われていた。

「きみが何を聞きたがっているのかは知らないが」ヴォルフは言った。「でも、ここで起きていることとエリンとは何の関係もないんだ」

この言葉と同時に、ヴォルフは穴の縁にシャベルを立てかけ、穴から出た。クリスには信じられなかった。彼はシャベルを握ったまま休息している愚か者みたいに置き去りにされた。ヴォルフは車のなかにすわった。一瞬、車内灯に照らし出されたあと、運転席のドアを閉めた。彼の顔はふたたび闇に沈んだ。

「なんてバカな」タマラは言った。

クリスはシャベルを握る手にいっそう力をこめた。握りすぎだった。自分の怒りをどこに向けていいのかわからなかった。そんなものは払いのけて、墓穴から外へ放り出したかった。もちろん、そんなわけにはいかず、彼は穴をよじ登り、ヴォルフを追って車に向かった。運転席のドアを一気に開けると、ヴォルフの驚愕した顔が見えた。クリスは弟のTシャツをつかみ、言うことをきかない犬みたいに外に引きずり出した。彼は無意識のうちに殴っていた。抑えがきかなかった。正直言って抑えたいとも思わなかった。腕が上下に動いていた。ヴォルフにはさえぎる暇がなかった。なんとか立っていようとしたが、よろめき、落ち葉で足が滑って倒れた。クリスは猛然とつかみかかり、後ろ手にヴォルフを墓穴まで引きずっていった。

不気味なのは、その間、兄弟がまったく言葉を交わさなかったことだ。すべては恐ろしいほどの沈黙のなかで起きた。時とともに音声が消えてしまった追憶を再演しているかのようだ。少なくともクリスにはそう感じられた。彼にはあえぎも鈍い殴打の音も聞こえなかった。すべては綿にくるまれているようだった。あとになってクリスは知った。ヴォルフが殴られながらも話しかけようとしていたことや、タマラがやめなさいと大声で叱りつけていたことを。

そのときでなく、あとになって。

クリスは弟を穴まで引きずっていった。彼に仕事を続行させようとして。それ以上のことは念頭になかった。怒り心頭に発していたので、人影に気づいたときはもう手遅れだった。シャベルで後頭部を打たれたのだ。爆発的な力を加えられ、眩《まばゆ》い光のなかで意識を失った。

タマラ

彼らの車がヴィラの車寄せに戻ってきたのは、真夜中の数分前だった。クリスはまだ足がふらついていたので、タマラとヴォルフが彼の降りるのを助け、階段を上るのを支えた。ヴォルフの鼻血は止まっていたが、左目は腫《は》れ上がり、ほとんどふさがっていた。Tシャツの胸には黒ずんだ染みができていた。

フラウケの車は所定の場所に停まっており、一階には明かりが見えた。タマラは親友に対して激怒していたが、車があるのを見てほっとしたのは事実だった。

クリスは口に出して言った。

「ともかく、彼女の所在はわかったわけだ」

フラウケは居間のソファにすわっていたが、彼らが入ってくると目を上げた。タマラは彼女の視線をとらえたが、あの強気の友はどこへ消えてしまったのだろうと愕然《がくぜん》とした。フラウケは小さく弱々しげに見えたのだ。でも声と話し方は、いつもと変わらず明晰《めいせき》で高飛車だった。

「あなたたち、どこへ行っていたの？」

　タマラも同じことを訊こうとしたが、そのとき、フラウケが一人ではないことに気づいた。その向かい側に男がすわっていたのだ。

「こちらはゲラルト」フラウケは言った。「刑事よ」

　それだけ聞けば充分だった。ほんの二、三滴でしかないが太股《ふともも》を冷や汗が流れ落ちた。〝警察〟。タマラはトイレに行ってくると、押しつぶされたような声で急いで言った。誰かが反対するいとまもなく、彼女は二階に姿を消した。トイレなら一階にもあるのに。

「何だって？」

　ダフィットの声は数千キロの彼方からのように聞こえた。かつては誰よりも近くにいた者が、これほど遠くに離れられるなんて不思議だとタマラは思った。

「だから……」

「聞こえたよ。今、どこにいるの？」

　タマラは自分が浴室に閉じこもっているとは言いたくなかった。暗闇で便器の蓋《ふた》に腰かけ、胸を膝頭《ひざがしら》に押しあて、腕で足のまわりを押さえていることも言いたくなかった。

「家にいるわ」

「タマラ、ぼくたちの取り決めでは……」

「わたしはただ、イェニーが元気でいるかどうかを訊きたかっただけよ」

「元気だよ。もちろん元気だとも、何を考えてるんだ？」

「ちょっと見てきて。お願い」

「何だって？」

「ほんのちょっとでいいの、ダフィット。二階に上がって、イェニーが本当に元気でいるか見てきてほしいの。お願い。わたしは待ってるから」

ダフィットは黙り込んだ。彼の呼吸が聞こえた。そのあと、ガサガサと音がし、足音が遠ざかっていった。タマラは待っていた。洗面台の上に掛かっている鏡を見た。その黒い影がこちらを見返していた。

〝そっと近づいて鏡のなかを覗《のぞ》いたら、便器にすわって電話を耳にあてているわたしが見えるかもしれない。もしかしたら、わたしはそのタマラをここに残して、どこか別の場所で新規にやり直すことができるかもしれない〟

「イェニーは眠ってる」電話の向こうでダフィットが言った。

「ありがと、ありがと、ありがとう」

タマラはほっと息をついた。目に涙が溢れてきた。

「タマラ、いったい、どういうことなんだ?」

「あなたたち、しばらくのあいだ、旅行に出かけない?」

「どういうつもり?」

「しばらく旅行に出てちょうだい。二、三週間ほどでいいの。お天気もいいことだし、それに……」

「タマラ、天気は最悪だ。二月の半ばだよ。薬でも飲んでるんじゃないか?」

涙が流れ出した。タマラはすすり上げた。ダフィットは彼女をなだめようとした。タマラは彼に泣き声を聞かれたくなかった。彼女は鼻水をすすりながら、自分を落ち着かせようとした。

「不安」やっと、彼女は押し出すように言った。

「何?」

「わたし、不安なの。ダフィット」

「何が?」

「外の世界は、悪に満ちているわ」

「タマラ……」

「約束して。ここしばらく、イェニーにはとくに気を配ってほしいの。そうすると約束して」

「約束する」ダフィットは言った。そのあと間があった。タマラはそこに思慕《しぼ》と期待を聞き取った。でもダフィットは元気を出せと励ますことで、その一瞬を壊してしまった。

「聞いてるの?」ダフィットは聞き返した。

「聞いてるわ」タマラは答えながら、ダフィットの家の明かりを想像しようとした。明かりとにおいと、いつもそこに誰かがいるという思い。彼女はダフィットが何を考え、何を感じているのかを訊こうとしたが、その前に電話は切れた。

ヴォルフ

ヴォルフは気分が悪かった。鼻が痛み、右目はほとんどふさがっている。クリスの状態はさらにひどかった。兄弟とも、やっとの思いで立っていた。フラウケが刑事を家に引っぱってきていたとは、間が悪いにもほどがあった。

「いったい何というざま?」フラウケは訊いた。

クリスはこの際、そんなことはどうでもいいと言った。

「それよりも、警察の誰かがこのヴィラでうろうろしていることのほうが、おれにはずっと興味がある」

フラウケとゲラルトは一瞬、目を見交わした。口裏を合わせようとしているかに見えた。ゲラルトは、フラウケが迎えにきたのだと言った。

「わたしは非番だから、気を楽にしてくれていいんだ」

ゲラルトが何を想像してそう言っているのか、ヴォルフは聞き返したいところだった。気を楽にできるわけがないではないか? 死体を犯行現場から運び去ったあとで帰宅してみたら、刑事が居間のソファにすわっているというのに。ヴォルフは逃げるべきか、攻撃すべきか決心がつきかねていた。刑事につかみかかったらどうなるのか、見当もつかなかった。でも、尻尾《しっぽ》を巻いて逃げ出すよりは、まだましだろう。それにしても、警官がこうも無造作に家のなかに入ってきて、質問してもいいのだろうか？　おまけに非番なのに。

ヴォルフが問いを発するより前に、フラウケが言った。「ゲラルトとわたしはプログラミングのセミナーで知り合ったの。二年前にわたしが教えていたセミナーよ」

「ささやかな趣味でね」ゲラルトは答えると、キーボードをたたくように指をヒラヒラと動かした。

クリスはそんな話を聞くつもりはなかった。

「おれは少々、呑み込みが悪いほうでね、フラウケ」彼は言った。「ゲラルトは正確には、ここで何をしようとしているんだ？」

「ヴィラに来てほしいって、わたしから頼んだのよ」

「何のために？」

「何のためか、よくわかっているじゃない」

ゲラルトは後頭部を撫《な》でた。自分が矢面《やおもて》に立たされて、気まずい思いを味わっているように見えた。

「あなたたちの口から何があったのかを聞かせてもらうのはどうかな？」ゲラルトは、それが質問に聞こえないように言った。

誰もそれには答えなかった。フラウケは自分の手元を見つめ、クリスは上着を脱いだ。彼はそれを椅子の背もたれに掛けたあと、腰を下ろした。ヴォルフは兄の冷静さに感嘆した。クリスは疲れ切っているはずだった。シャツの背中が汗びっしょりになっていることからも察しがついた。〝どうしたら、こんなに自制できるのだろう？〟二階からは、水を流す音が聞こえてきた。そのあと、タマラがふたたび階段を下りてきた。彼女が居間に入ってきて口を開く前に、何らかの反応を示さなければならないとヴォルフは思った。

「フラウケ、二人だけでちょっと話せないか？」

ヴォルフの口調はきっぱりとして、落ち着いていた。

答えがわかっているように聞こえた。でも彼はフラウケに何を話していいのか皆目見当《かいもく》がつかなかった。フラウケはためらっていた。その視線は、ヴォルフがその場にいないかのようにゲラルトからクリスへとさまよっていた。

「お願いだ。ちょっとだけ」ヴォルフはつけ加えた。

〝彼女には理解できないだろう。死んだ女性の話をするだろうが、そのときはどうするのだ？　刑事はおれたちがなぜ痕跡を消したのか理解しないだろうし、理解するいわれもない。彼はおれたちに嫌疑をかけ、そして……〟

フラウケは立ち上がると、ヴォルフのそばを通り抜けて外に出ていった。あまりの意外さに、ヴォルフはつかのま、ただ、呆気《あっけ》にとられて彼女を見送っていたが、あとからついていってもべつにおかしくはないだろうと、結局は納得した。

フラウケはベランダで彼を待っていた。タバコに火をつけ、車寄せのほうを見ていた。ヴォルフは並んで立った。フラウケがいつまでたっても彼に目をやらないのは不安だった「どうして、こっちを見ないんだ？」

フラウケはタバコの煙を鼻から吐き出した。彼女はヴォルフを見つめた〝ようやく〟。でもまた目をそらした。ヴォルフは彼女の肩をつかんで、こちらを向かせた。タバコが彼女の指から落ちてベランダを転がっていった。ヴォルフはフラウケの温かい息が顔にかかるのを感じた。タバコとミントのにおい。〝ミントは何のものだろう？〟ヴォルフはもう長いあいだ、こんなにフラウケに近づいたことはなかった。違う状況だったらよかったのに。彼はフラウケを抱きたかった。抱くことによって、彼女を取り巻くすべてを消し去ってしまいたかった。セックスを薬にして。

「よくもまあ、刑事を家に連れてこられたもんだな？」

「ヴォルフ、落ち着いてよ。ゲラルトは友だちで……」

「きみにとっては友だちかもしれないが、ぼくたちにとっては刑事だ。彼を帰してほしい。そうしないのなら、ぼくの手で彼を放り出す」

フラウヶは口をへの字に曲げた。

「何だい、その顔は？」ヴォルフは知りたがった。

「やりたくても、あなたにはできないわ」

「やりたくてもって、何を？」

「ヴォルフ、あなたは自分の足で立っていることもできないのよ。それなのにゲラルトをやっつけるって？いかれてしまったんじゃない？　彼はあなたをぶちのめすわよ。それを貸してちょうだい」

フラウヶは彼の手からハンカチを取ると、ヴォルフの上唇を軽くたたき、滲《にじ》み出てきた血を拭《ぬぐ》った。

「あなたたち、何をやったの？」


ヴォルフが後ずさりしたので、フラウヶの手は急に宙を泳いだ。疲労のあまり、彼にはどんな動作も苦痛だった。彼はフラウヶにどう答えていいのか迷っていた。

「喧嘩《けんか》したんだ」しまいに彼はそう言うと、落ちたタバコを床から拾い上げ、一服吸った。そして、ヴィラのほうを振り向いた。「でも、問題はそんなことじゃない。きみはなんてことをしてくれたんだ？　きみが刑事を呼んだことを殺人犯が知ったら、そうしたら……」

そうしたらどうなるのか、彼にもわからなかった。彼はタバコに目を落としていた。

「どうして、きみは逃げたんだ？」

「あの写真をよく見たの？」フラウヶは問い返した。

「バカにするなよ。もちろんよく見たさ」

「どの写真も戸外で撮られていることに気づいた？あなたたちのお父さん、それにイェニーも。ただ一人、わたしの母だけは病院で撮られてる。殺人犯は母のところに行ったのよ。わかる？　そいつは母を訪ねていって、面と向かって会ったのよ。わたしが過剰反応をしたのは悪いと思ってるわ。でも、わたしには耐えられなかった」

ヴォルフはうなずいた。よく理解できた。もし自分が彼女の立場だったら、どういう反応を示したかはわからない。でも、理解できた。それでもやはり、〝きみはお母さんを危険にさらしたんだ〟と言いたかった。だが、その代わりに言った。

「ぼくたち、話し合ってもよかったのに」

「話し合いなんてしたくなかった」フラウケは言った。「話し合った結果、どうなるというの？　ここで何が起きているのかわからないの？　わたしたちにはどうすることもできないのがわからない？　頭に銃が突きつけられているのも同然よ。それに対抗するだけの力はわたしたちにはないわ。だから、ゲラルトにすべてを話す必要があるのよ」

フラウケは彼に歩み寄ると、その手をヴォルフの胸にあてた。親密なその一瞬、ヴォルフの胸は高鳴った。

〝こんなに近い〟

「ねえ、ヴォルフ、なかに入って、みんなにこれがいちばんいい方法だと説得してくれないかしら？」

「そうするには、もう遅すぎる」

「そんなことはないわ。ゲラルトはいまここにいるんだから……」

「フラウケ、本当にもう遅すぎるんだよ。ぼくたち全員が破滅するのを望まないんだったら、あの刑事と話をつけて、帰ってもらうんだね。そのあと、ぼくたちで話し合おう」

ヴォルフはフラウケをベランダに一人残して、踵《きびす》を返した。

タマラはクリスの隣の椅子の背もたれに腰かけてい

た。クリスは彼女に赤ワインの入ったグラスを渡し、ゲラルトのグラスには注ぎ足した。打ち解けた雰囲気だった。ヴォルフにはどうしてそんなことができるのか、見当もつかなかった。彼は兄の指関節がどれも腫《は》れているのを見て、無意識のうちに自分の目を触《さわ》った。クリスが手を捻挫《ねんざ》していることは、あとになってわかった。

クリスはヴォルフにもワインを飲むかと訊いた。ヴォルフはうなずいた。ゲラルトはここはとても素晴らしいところだと言った。彼は時計に目をやり、脚を組むと、自分の顔を指さした。

「きみたち、このわたしのことを怒っているのか?」

「内輪もめですよ」クリスは言った。

「ははあん」ゲラルトは言った。

ヴォルフはワインを飲んだが、何の味もしなかった。ようやくフラウケが入ってきた。ヴォルフは振り向かなかった。フラウケは彼のそばに佇《たたず》んだまま、残念だが、ゲラルトにはお詫《わ》びしなければならないと言った。

フラウケ

ゲラルトの車はヴィラの敷地の前に停められていた。彼とフラウケは門の前にじっと佇んでいた。今現在、家のなかで何が起きているのか、ゲラルトには知る由《よし》もなかった。ただ、こんなに簡単に立ち去ることになろうとは思ってもみなかった。彼は沈黙の意味を解いたり、あらぬ方を眺めながらひと言もしゃべらない面倒な女性と向き合うのは以前から苦手だった。フラウケはその種の厄介な女ではなかっただけに、彼女の沈黙には驚かされた。

「これでいいんだね、わたしが……」

「これでいいのよ」フラウケはさえぎった。

ゲラルトはヴィラのほうに目をやった。

「彼の顔つきが気になる」

「ヴォルフなら大丈夫。ただ、とても感じやすいのよ」

フラウケは爪先立ちになってゲラルトの頬にキスをした。〝わたしたち女は、別れ際にハッキリと示すのに〟と彼女は思っていた。ゲラルトは彼女の気持ちを理解したかのように、うなずいたが、その目にはフラウケが望んでいる以上のものが浮かんでいた。彼とは三度寝たが、そのつど、あまりいいことではないと二人とも心には思っていた。結局、フラウケは彼との関係を終わりにした。ゲラルトがもっと確かな関係を築きたがるようになったからだ。それからは会うことも少なくなったが、二人が友人同士であることに変わりはなかった。すべては決まったことだった。たとえゲラルトの目に明らかに、それ以上のものが表われているとしても。

「いつでも連絡して。いいね？」

「わかったわ」

ゲラルトは門のそばにフラウケを立たせたまま車に乗り込み、最後に手で合図を送った。車は走り去っていった。フラウケはほっと息をついたが、その場から動こうとしなかった。ふたたびヴィラに入っていくのが怖かった。クロイツベルク地区のあの住居から早々と姿を消したのは、あまり褒《ほ》めたことでなかった。あのときは三人について行こうかと迷いながら、しばらく道路に佇んでいた。でも結局はゲラルトのところまで車を走らせたのだ。

フラウケは門を閉めてヴィラのほうを振り向いた。すると意外にも、クリスがベランダの階段の最上段にすわっていた。そばにタマラもいて階段の手すりにもたれかかっていた。ヴォルフはタマラの肩に手をまわしていた。

〝みんな、ゲラルトが本当に行ってしまったかどうか、見たかっただけなんだ〟

〝でも、もしかしたら、わたしがヴィラに戻るかどうか、確かめたい気持ちもあるのかもしれない〟

フラウケは決心して、彼らのほうに向かっていった。

「どうやって彼を追っ払ったんだ？」それがクリスの第一声だった。フラウケはヴォルフのほうに顎《あご》をしゃくった。

「ヴォルフに殴られたと話したのよ」

「それは嘘だ」ヴォルフは言った。

「ほかにどう言えばよかったの？　ベランダで、あんなにあからさまに頼まれたあとで。もっとましなことを言おうにも、何も思いつかなかった。そろそろわたしにも、あなたたちが何をしたのか聞かせてくれない？」

「要求されたとおりのことをしたまでよ。あなたも当然、いっしょにやるべきだったわ」タマラは答えた。

「でも、あなたは逃げ出して、わたしたちみんなを危険にさらした。わたしたちばかりでなく、イェニーも」

フラウケは誰かに脚を蹴られたように感じた。どんな非難も覚悟していたが、タマラがこれほど落ち込んでいるとは意外だった。彼女はそれに答えて弁明しようと思った。そのとき、遅まきながら、タマラの最初の言葉に気がついた。

「それってどういう意味？　わたしもいっしょにやるべきだったって、何のこと？」

「犯人は、おれたちに死体を消してしまえと要求したんだ」クリスは言った。

「何ですって？」

「彼がそう要求したんだ、やつが……」

「クリス、彼は恐るべき殺人犯よ。なぜ殺人犯の要求を聞かなくちゃならないの？」

三人はフラウケを黙って見つめた。みんな疲れて乾ききった目をしている。誰も答えないのでフラウケはつづけた。

「こんなことは今すぐ終わりにして警察に話すべきよ。どうなの？　犯人がつぎの犠牲者を狙わないうちに、わたしたちで阻止しなくては」

「で、警察には何て話すつもりなんだ？」

「何が起きたかをよ」

「で、何が起きたというんだ、フラウケ？　ヴォルフが人けのない住居にずかずかと入っていって、壁に釘で磔《はりつけ》にされている女性に謝罪したと話すのか？　警察に証拠を提出するつもりか？　どんな証拠を？　手紙とメールアドレスと、おそらくもう使われていない携帯電話の番号をか？　きみの友だちの刑事は何て言うだろう？　彼がすぐに電話をかけたら、犯人が〝おお、連絡してくれて、嬉しいよ〟とでも言うのか？　やつがおれたちを見張っているかもしれないとは微塵《みじん》も思わなかったのか？」

フラウケはどうすることもできず、笑いだした。みんなが学校時代から知っている、わざとらしい笑いだった。ヒステリックなその笑いのおかげで、一瞬の気まずさをなんとか切り抜けたものだった。

「あなたたち映画の見すぎよ。その変態のために、まさか本当に謝罪したなんて言うんじゃないでしょうね？　つぎは何をするの？　つぎは彼のために値引きしてやるとでも？　何なら新たに広告文を作ってもいいわよ。〈あなたの隣人、友人、敵を殺しなさい。当方はそれに適した謝罪のしかたを見つけます〉。信じられないわ。あなたたち完全にいかれてる。女性が一人壁に釘で磔《はりつけ》にされていた。そして、わたしはとんでもない話を聞かされた。あなたたち、いったい何をしたの？　死体をバラバラに切り刻んでトイレに流したの？」

クリスは目をそむけ、タマラは床に目を落とした。ヴォルフだけはフラウケから目を離さなかった。

「ヴォルフ、死体はどうしたの？」

ヴォルフはズボンのポケットに手を突っ込み、また出した。そしてフラウケを見つめたあと彼女にキーを投げた。フラウケが受け取ろうとすると、キーは空中できらめき、カチャカチャと鳴った。どういうことなのかフラウケにはまったくわからなかった。ヴォルフは頭《こうべ》をめぐらせて、フラウケの車の隣に停められている自分の車を示した。彼は言った。

「死体はトランクに入っている」

フラウケのなかで何かがぷっつり切れた。どこか安《あん》堵《ど》に近いものだった。今の今まで彼女を支え直立させていた紐《ひも》が切れたのだ。胃袋の痙攣《けいれん》は消えた。フラウケは身をかがめて砂利道に吐いた。

クリス

彼らはもうヴィラの前に立ってはいなかった。台所ですわっていた。午前一時だ。クリスは割れるような頭痛を抱え、タマラは毛布にくるまり、暖房が効いていないかのように震えていた。ヴォルフのそばには水の入った鉢が置かれ、彼はときどきそれに布巾《ふきん》を浸して目の腫《は》れにあてていた。フラウケだけはすわらず、壁にもたれて立っていた。彼女は三人の話に耳を傾けていた。一度もさえぎらずに。クリスはフラウケの気持ちがわかりすぎるほどわかった。彼女はゲラルトを送り返したことを悔やんでいるのだ。

「じゃあ、その女性を埋めなかったのは、あなたの考えだったのね？」彼女はヴォルフのほうを向いた。

「ぼくの考えとまでは言えないだろうけど。もしきみが森までいっしょに来ていたら、きっと同じことをしただろうな。でも、きみはあっさり逃げていった」

「言ったでしょう、すまなかったって。パニックに襲われたのよ」

ヴォルフは親指を上げた。

「けっこうなアリバイだよ。おれたち三人は幸いにも

「みんな、落ち着け。そんな話をしたって何も……」

クリスは言った。

「あなたは口を出さないで」フラウケは言うと、テーブルに両手をつき、身を乗り出した。もっとヴォルフに近づいて言う必要があるかのように。

「今、責任のことで何か言ったわね？」

「聞いていたんだろう？」

「もしかして、代行社がなかったら殺人は起きていなかったかもしれないという意味じゃないわよね？」

ヴォルフは後ろにもたれ、胸の前で腕を組んだ。

「それがくだらない考えだということは自分でもわかってるんでしょ？」フラウケは話しながら、クリスとタマラを見つめた。「お願いだから、誰か、ヴォルフにそう言ってくれない？」

「彼はわかってるよ」クリスは言った。

「でも、わかってないような印象を受けたわ」

「そう思いながら生きていくことだね」ヴォルフは言いで、そのあいだじゅう、陽気に笑っていた」


パニックに襲われなかった。いや、おれたちはくつろいで、そのあいだじゅう、陽気に笑っていた」

「あなたはまったく、くそったれよ」

「ヴォルフはくそったれなんかじゃないわ」タマラが割り込んだ。

「じゃあ、ほかに何て呼ぶの？　わたしは謝ったのに、彼は冗談を言っている。これを何て言ったらいいの？」

「彼はそんなつもりで言ったんじゃないわ」

彼らはヴォルフを見つめた。彼がそのつもりで言ったのは明らかだった。クリスは弟がすぐまたバカなことを言いだすのではないかと思っていた。ヴォルフはけりをつけることができない。そういうセンスがないのだ。

「ぼくたちの一人一人に責任の一端があるとは思わないのか？」ヴォルフは訊いた。

「何のことを話しているの？」

った。

「ありがとう、ヴォルフ」

「どういたしまして、フラウケ」

クリスはこの二人は寝てはいけなかったのだと以前から思っていた。ヴォルフはフラウケに対して劣勢に立ち、何か衝突が起きるたびに、そのことを嫌というほど感じさせられるだろう。

「あなたたち三人で考え抜いたようだけど」フラウケは言った。「この先はどうなるの?」

「きみの提案に耳を傾けようかと考えていたんだ」ヴォルフは言った。「どうやらきみは、ぼくと同様、いい考えをいっぱい持っているらしい。きみと警察、ぼくと倫理。ぼくたち協力したほうがよさそうだ」

〝昨日だったら二人はそのことを笑っただろう。互いに見交わして爆笑したかもしれない〟クリスはそう思いながら言った。

「おれたちはマイバッハに謝罪の録音を送って、この件を終わりにするんだ」

「それでおしまい?」

「それでおしまいだ」

「素敵なプランね」フラウケは言った。「死体のことは忘れるわけね? 彼女がどこにいるのか誰も思い出さなくなるまでトランクに入れっぱなしにしておくのね?」

「冗談じゃないわ」タマラは言った。

「タマラ、わたしだって冗談なんか言いたくない。泣き叫んでいいのか、笑っていいのかわからないのよ。その区別がつかないときはベッドに入るまでよ。トランクの死人のことも含めて本当にまともなプランが出来上がったら、喜んで話し合いに応じるわ。それまでは休ませてちょうだい。今日のところはもう、うんざりよ」

フラウケの最後の視線はヴォルフに向けられていた。もしかしたら彼が反対するのを期待していたのかもしれない。

「おやすみなさい」ヴォルフはひとかけらの皮肉も交えずに言った。

「おやすみ」フラウケは言うと、二階へと上がっていった。

ふたたび訪れた静寂には心を和《なご》ませるものがあった。三人とも台所にすわっていたが、みんな疲れ切っていて、しばらくのあいだ、ただぼんやりと前を見つめ、静寂を味わっていた。

「あなたたち、具合が悪そうね」そのうちタマラが言った。

クリスは右手を丸めて拳《こぶし》を作ろうとしたが、うまくいかなかった。指の関節が腫《は》れ上がっていたからだ。タマラは浴室から軟膏《なんこう》を取ってきて患部に塗った。クリスはため息をついた。

「いい気持ちだ」彼は言った。


「頭の具合はどう？」

クリスは肩をすくめながら、顔をしかめた。

「喜べ。脳震盪《のうしんとう》は起こしていない」

タマラは顔を赤らめた。ヴォルフは、クリスのような頭の持ち主は脳震盪なんか起こさないと言った。クリスはありがとうと言った。

「そんなに強く打つつもりじゃなかったのよ」タマラは言った。

「ただの冗談だよ」クリスはなだめるように言った。「鋼《はがね》でできた頭だから、心配いらないよ」

ヴォルフは自分の目を指さした。

「ぼくにも、何かいいことしてくれない？」

タマラは冷凍庫からアイスキューブを取ってきて、台所の布巾で包み、その上から少しのあいだ水を流した。ヴォルフは感謝し、それを腫れの上に押しあてた。

タマラはレンジにもたれかかって、あくびをした。

「疲れた顔をしているよ」クリスは言った。「横になったらどう。また明日、落ち着いて話をしよう」

「でも、あなたたちを放っておくわけにはいかないわ」タマラは言った。その様子を見たクリスは立ち上がって彼女を抱きしめたくなった。唯一、彼女だけが冷静さを保っているようにクリスは感じた。〝おれたちの繊細なタマラにライオンの心があったなんて、誰が思っただろう〟錯覚なのか、疲労のために実際にはないものが見えるのかどうかはわからなかった。彼の目にはタマラは危なげなく、きっぱりとしているように見えた。

「遠慮しないで横になったほうがいい」ヴォルフも言った。「ぼくたちで何か考え出すから」

「まさに、そのことが心配なのかもしれないわ」タマラは体に巻いていた毛布をまとめた。彼女はまずクリス、つぎにヴォルフの頬にキスをした。ほんの一瞬、彼女はヴォルフの傷《いた》んでいないほうの目を見た。そのとき、何かが起きた。それが何なのかクリスには見抜けなかったとしても、ヴォルフとタマラとのあいだに何かが起きたのだ。

「簡単に死体の始末をつけたがらなかったことで、あなたが嫌いになったかもしれないけれど」タマラはヴォルフに言った。「でも、あなたの決断は正しかったと思うわ」

「ありがとう」

兄弟の耳に、二階へ上っていくタマラの足音が聞こえた。おなじみの廊下のきしむ音、彼女の部屋のドアが閉まる音がした。

「まったく、彼女は素晴らしい」ヴォルフは言った。

「おまえを認めてくれたから、そんなことを言うんだろう」

二人は黙っていた。互いに見交わすこともなかった。

「すまなかったな」しばらくしてクリスが言った。

「おまえを殴ったりして」

「いいんだよ。ぼくが悪かったんだ」

「こんなくだらないことのために、悪いも何もあったもんじゃない」

「そうだね」

ヴォルフはにやにや笑った。

「で、このあと何をするの、兄さん？」

クリスは腫れ上がった手を見下ろした。

「家族会議を開くべきだったのかもな」

「さっき言っただろう。それはもういいんだって」

「いや、よくない。おれはカッとなったんだ。あそこにもしタマラがいなかったら……」

「その話をやめないんだったら、ぼくはベッドにもぐるよ。そうしたらこの素敵な夜に、何もできないことがわかるだろう」

クリスはとんでもないというふうに片手を上げた。

「わかった。もう何も言わない」

「よかった。どっちみち、もう今夜は眠れそうもないからな」

「提案はあるか？」

「酔っぱらえば、それほど痛みは感じなくなる」

クリスは笑った。

「正直なところ、兄さんは頭痛がひどいし、ぼくは眠くて目が落っこちそうになっている。酒以上の良薬があるだろうか？」

クリスはかぶりを振った。いや、それ以上の良薬はないだろう。

兄弟は屋内庭園にすわり、クライナー・ヴァン湖を眺めていた。外は風が強くなり、ときどき月光が敷地をさまよい、灌木《かんぼく》の茂みに引っかかり、木々の樹皮をこすっていった。そのあと雲がふたたび閉じて、庭は闇のなかに消えていった。卓上にはウォッカとテキーラが置かれ、そのあいだに光源として二、三本の蝋燭《ろうそく》がともされ、兄弟はさながら洞窟にいるような気分を味わっていた。二人は飲みながらふたつの大問題について、あれこれ検討していた。ひとつはトランクに横たわっている死体のこと。もうひとつは謝罪の録音が送られてくるのを待っている気の狂った男のことだ。

「おまえがさっき言ったことが正しいのかもしれない」クリスは言った。

「ぼくは今日、たびたび正しいと言われた。もっと正確に言ってもらわないと」

「マイバッハはメモにおれたちに感謝すると書いていた。そして、あらゆることを可能にしてくれたとも。本当だろうか？　おれたちが謝罪の代行業を立ち上げたために、彼が殺人を犯したとしたら、どうする？」

「そんなバカな。気の狂った男をぼくたちがおびきよせたなんて信じないね。こちらはきっかけを作ったのかもしれない。でも、どんなものでも、きっかけになりうるんだ。どういう理由で彼があの女性を殺したのかは知らないが、ぼくたちに関係があるとは思わないね」

「じゃあ、どうして、おれたちにも責任があると言ったんだ？」

「フラウケを怒らせるためさ」

「なんてくだらないやつなんだ」

「どうも。光栄だよ」

ヴォルフは目にあてるためのアイスキューブを取りに、家のなかに入っていった。

「ポテトチップスかナチョス（とうもろこし粉でできた、チーズ味のチップス）も！」クリスは後ろから叫んだ。

ヴォルフはアイスキューブのほか、ナチョスの入った袋も持って戻ってきた。

「マイバッハは行方をくらませると思う？」

「そうであればいいが」

「でも、もしそうでなかったら？」

クリスは反応を示さなかった。

「ぼくたち、リスクを冒すことになるんだろうか？」

「どんなリスク？」

「うん、たとえば二週間ごとに彼から依頼を受けるとか」

「冗談じゃない、やめてくれ」

「ただ、ちょっとそう思っただけだよ」

クリスは空っぽのグラスのなかを覗き込んだ。

「おれはずっと疑問に思ってきたんだが、彼は何を期待しているんだろう？　おれたちが彼に代わって謝罪したというだけで、すべてが償《つぐな》えると思っているんだろうか？」

「わからない」ヴォルフは言いながら二人のグラスに注ぎ足した。彼らはグラスを打ち合わせたあと、飲みながらナチョスの袋を開けた。一人が口を開くまでしばらく間があった。「で、彼女のことはどうする？」

クリスは訊いた。

「どうしたものかな」

ヴォルフはタバコに火をつけ、二服吸うあいだじゅう赤く燃える先端を見つめていた。

「地下室に隠せるかもしれない」

「忘れろよ、そんなことは」

「少なくとも、あそこは冷たいからな」

「ああ、お見事。だが、どれくらいのあいだ置いておくんだ？」

「もっといい考えを思いつくまで」

クリスはその考えには賛成しなかった。フラウケがかならず逆上すると思ったからだ。「森に埋めておきゃよかったんだ」クリスは言った。

「倫理はどうなる？」

「くだらん」クリスは言った。

「眠れそうもないわ」タマラが言った。

兄弟はぎょっとした。ウォッカがグラスからピチャンとこぼれた。二人とも顔を赤くした。まるで毛布の下にポルノ雑誌を隠していた少年が捕まったみたいに見えた。どうしてバツが悪いのか、クリスにはわからなかった。

「あの女性のことが頭から消えないの」タマラは言った。「トランクに寝かせたままでは、あまりにも悪くて」

「きみだけじゃないよ」

ヴォルフは彼女に自分のグラスを渡した。タマラはちびりちびりと飲んだあと、急いで飲み干した。クリスには彼女の腕全体に鳥肌が拡がっていくのが見えた。タマラは目をこすった。

「このあと、どうするの？」彼女は訊いた。その問いは、多少とも円が閉じるはたらきをしたかのようだった。誰にも分別のある答えはなかった。ヴォルフは膝をたたき、タマラはすわって彼の肩にもたれかかった。穏やかな光景だった。彼らは暗い庭と、湖を眺めていた。湖はこちらを見返し、夜は静寂に包まれていた。そうやって五分が経過した。すると、軽いいびきが聞こえてきた。

「ヴォルフか？」

「ぼくはまだ起きている」

「彼女をよこせ」

クリスはタマラを抱きかかえた。その息が彼のうなじをかすめた。タマラは羽毛のように軽かった。二階の彼女の部屋まで運んでいくのは、クリスにとってたやすいことだった。彼はタマラをベッドに寝かせ、彼女の体を毛布でしっかりと包み込んだ。〝今日、もし彼女がいてくれなかったら、おれはヴォルフに何をしていたか、わからない〟クリスは身をかがめ、タマラの頬にキスをした。彼女は目を開け、クリスの顔が数センチしか離れていないのを見てもギクリとはしなかった。驚いた様子も見せなかった。

「どうも」彼女はささやくような声で言った。

「やあ」

「わたし、どうやってベッドに入ったの？」

「おれがここまで運んできた」

「悲しそうな顔をしているわね」

彼女は毛布の下から手を出して、クリスの頬に触れた。

「大丈夫だよ。さあ、お眠り」

タマラはふたたび目を閉じた。クリスはほんのしばらく、そばにすわっていたが、弟のメランコリーが移ったらしいとの思いは消えなかった。

ふたたび階下に戻ってくると、ヴォルフはもう屋内庭園にはいなかった。彼は台所で頭を水道の蛇口の下にあてがっていた。クリスはそばまで行って彼を引っぱり、蛇口を閉めた。

「いい気持ちだった」ヴォルフは言った。

クリスは弟に布巾《ふきん》を渡した。ヴォルフはそれでよく拭《ぬぐ》ったあと、腫《は》れた目を触《さわ》ったが、その手をすばやく引っ込め、布巾を見ながら言った。

「やってしまおう。今すぐ」

「忘れろ。地下室に死体を隠すなんておれは反対だ」

「地下室じゃないよ」

ヴォルフは窓外に目をやった。

「理想的だし、安全でもある」

クリスは弟の視線をたどった。外は夜、向こうは湖、そして……

「まさかヴァン湖に投げ入れるつもりじゃないだろうな？　それのどこが安全なんだ、このバカ！」

「誰が湖の話をしてる？　ぼくたちは彼女を近くに置いておくんだ。そのほうが尊厳が保てるし……」

ヴォルフは黙り込み、静寂が拡がった。その静寂のなかで、台所の時計が鮮明に時を刻む音が、にわかにクリスの耳に聞こえてきた。この音が長いあいだ彼につきまとうだろうとは思わなかった。あとになって彼がこの夜のことを思い出すと、抜け目のない乾いたその音がくり返し鳴り響いてくるのだった。クリスは笑いだした。笑いながら冷蔵庫まで行った。不意につめたく冷えた牛乳が飲みたくなった。静寂は壊れかけていた。時計が彼の頭のなかでズキズキと音を刻んでいた。

「酔っぱらいの思いつきだろう。本気ではなく」クリスはひと口飲んだあとで、言った。

ヴォルフは黙っていた。ヴォルフは兄から視線をそらさずにたび口にあてた。クリスは牛乳の容器をふた言った。フラウケとタマラは知らなくてもいいのだと。


兄弟は二本目のウォッカを開け、ふたたび屋内庭園にすわって議論をつづけた。二時間も。いつのまにか二人はヴィラの前に立っていたが、どうやってそこまで来たのか、わからなかった。風は身を切るように冷たく、彼らを敏活《びんかつ》にしていた。〃酔っぱらって元気なのは、ただ酔っぱらっているより始末が悪い〃クリスは思いながら、弟の肩にしっかりとつかまっていた。彼らはまぎれもなく酔っぱらい、しかも敏活で決然としていた。ヴォルフの車の前に立った二人はトランクの蓋《ふた》が音もなく開くのを魅入られたように眺めていた。


「技術の力だ」ヴォルフは言うと、キーを誇らしげに高く上げた。

目の前に寝袋が横たわっている。もはや言い逃れはできなかった。二人は誰もこんな終わり方をしてはいけないという点で一致していた。誰も。ヴォルフがキーに付いているボタンを押すと、トランクの蓋はふたたび閉まった。彼らは満足げにうなずき、蓋にもたれて冷静であろうと努めた。寒かった。ひどい寒さだった。

「久しぶりに穏やかな冬になると思っていたのに」クリスは言った。

「気象情報なんか、くそくらえだ!」

「くそ天気め!」クリスも同意した。

二人とも黙り込んだ。しばらくは寒さを無視していたが、またその議論を蒸し返した。


早朝、四時半、二人は作業に取りかかり、ヴィラと湖岸のあいだに立つ納屋から数メートル離れたところに墓穴を掘った。庭の道路側は、人の身長ほどの高さの塀でさえぎられている。隣人たちが彼らを見るには、梯子《はしご》をかけなければならないだろう。庭の地表は森よりも乾いていたので作業は難航した。地面にシャベルを激しく突き刺し、深いところまでシャベルを押し込みながら二人は死に対して激怒していた。星は厚い雲の層の奥に隠れていた。二日前にはすべてが違っていた。空は夜祭りのようだった。彼らはテラスで毛布にくるまってすわり、夜空を見上げていた。フラウケは初めて流れ星を見たのだった。

〝二年か二十年か、それよりもっと前に思える二日間〟

穴の縁から向こうの景色が見えなくなると、二人はトランクから死体を運んできた。寝袋から取り出すことは考えなかった。疲れ果て、消耗し、いまだに酔いの残っている彼らは重さによろめきながら死体を墓穴まで運んでいった。寝袋はガサガサとうめきながら深い穴に落ちていった。彼らは満足げにそれを見下ろしていた。だが数秒後には、死体を寝袋から出さなかったことを悔やんでいた。ナイロン生地の上に土が落ちていく音がするのだ。耳なんてなければいいのにと彼らは思い、土を投げ入れる速度を速めた。シャベルの柄は汗ですべり、両手にできた肉刺《まめ》はつぶれていた。ようやく音がしなくなったが、彼らは土を投げ入れつづけた。彼らはこの作業を片づけて忘れてしまいたいと思わないよう努めていた。もし今、誰かが進み出て、何をやっているのか本当にわかっているのかと訊いたら、彼らは間違いなく、わかっていると正直に答えただろう。アリバイも言い逃れもなかった。アルコールの影響もなく、彼らの計画は完璧だった。朝食の際には、死体をまた森まで運んだと話せばいい。クリスは言うだろう。〝弟は倫理の問題について、考えを変えたのだ〟と。すると、弟はばつが悪そうに、にやりと笑い、くだらないことを言って悪かったとフラウケとタマラに詫《わ》びるだろう。

墓の上の土を平らにならしたところで最初の雨粒が落ちてきた。最良の瞬間に降ってきた。二人は空を見上げてほほ笑んだ。数分後には、そこに墓がある痕跡は皆無となった。泥がはね上がり、深みのある雷鳴が明け初めた朝を貫いてゆっくりと轟《とどろ》き渡った。

二人は納屋から手押し車を出してきて、余分な土を湖岸まで運んでいった。二杯分たっぷりクライナー・ヴァン湖に空けながら、向こう岸にたびたび視線を投げた。老人は睡眠が短いと言われている。でも、かりにベルツェン夫妻が目を覚ましていたとしても、この激しい雨を通して何かを識別するのは難しいだろう。いや、二人は安全だった。

最後まで残っていた土を湖に空けてしまうと、シャベルや手押し車を水辺でよく洗い、納屋にしまった。二人は肩を並べてヴィラに戻っていった。ずぶ濡れだったが、もう酔ってはいなかった。ただ疲れているだけだった。汗と雨と筋肉の痙攣と掌の傷が残っていた。そして寒さと。それは周囲の寒さとは無関係だった。彼らの内面の深いところに潜んでいる寒さだった。体じゅうに影響を与える痛みのようなものだった。

二人は入口のドアのすぐ後ろで濡れたものを脱ぎ、そのまま放置しておいた。ヴィラじゅうに汚れを引きずっていきたくなかったからだ。何も話はしなかった。話すことなど何もないからだ。彼らは裸のまま二階へ駆け上がり、めいめいの部屋に姿を消した。疲れ果てていたのでシャワーも浴びなかった。ヴォルフはベッドに着くが早いか、毛布の下にもぐり込み、深い眠りに落ちた。クリスはもう少し時間がかかった。彼は体に毛布をからめ、ただただ疲れ切って横になっていた。そして雨音に耳を澄まし、稲妻が音もなく部屋の天井でピカッと光るのを見ていた。そのあと突風が窓を揺さぶる音を聞いて、やっと終わったと思っていた。

〝やっと〟おまえ

風。雷雨。地平線上に細い雲の一列。雷鳴が轟き、そっと雨が降ってきた。おまえは開いた窓辺に佇《たたず》んでいる。稲妻がおまえの顔を照らし、おまえに少年たちのことを思い出させた。『明日に向って撃て！』、このアメリカ映画を初めて見たのは二人が九歳のときだった。二人のどちらがブッチになり、どちらがサンダンスになるのか言い争いは起きなかった。この映画は八回も見たので、二人はしぐさも台詞《せりふ》も覚えてしまった。

つづく何カ月間か、二人は栄誉ある名前にふさわしく、邪魔になるすべての銀行から金を強奪したり、弾丸を避け、疾走してくる列車に飛び乗ったり、馬に鞭《むち》をあてて疾駆させたり、卑劣な罠にはまったときは、メキシコ警察の目を逃れて運動場近くの建設用地に隠れたりして遊んだ。ここまでは誰も探しに来ないと、わかっているからだ。

日曜日だった。建設作業員の姿はなかった。敷地は二人だけのものだった。それは夏休み最後の日でもあり、黄金期に別れを告げなければならないときだった。二人の少年は建設用地を探索し、コンクリート管の前に佇んでいた。管は二人の隠れ家である。それも今は二人だけのものだった。二人は親友で、すべてを分かち合っていた。つまりブッチとサンダンスだ。二人は片時も離れず、多くのことを計画し、敵の弾丸が雨あられと降り注いできても、共に立ち向かおうと思っていた。〝いっしょに〟おまえは今も覚えている。二人の顔がどんなに輝いていたかを。頭のなかに光源があるのか、あるいはまた、友情がとくべつのエネルギーを与えているかのようだった。

コンクリート管の片端に一人、反対側の片端に一人がすわり、互いにひそひそ声で話していた。声はこだまして不気味に響いた。

「やつらが忍び寄ってきたら、合図をくれよ」

「あったりまえよ。合図するとも」

「弾はまだ充分あるか？」

「おれのリヴォルヴァーが空《から》になったら、石を投げるまでだ」

「ブッチ、石なんかで何ができるってんだ？」

「待て、サンダンス。待つんだ」

不意に雨になった。雲ひとつないのに雨はいきなり降ってきた。ベルリンの夏の雷雨は少年たちにとって、いつも小さな奇跡だった。二人はしばし、ただ空を見上げているばかりで、とても信じることができなかった。彼らは管から出てくると、肩を寄せ合って笑った。雨はささやくような音をたてながら彼らの上に降ってきた。服が体に繭《まゆ》のようにへばりつき、それを通して彼らの骨ばった手足が透けて光っていた。おまえは今でも目を閉じると、あの温かい雨を感じることができる。夏の雨。予期していなかった穏やかな雨。そのなかに、笑いながら腕を伸ばしている二人の少年がいた。

二人はまた管のなかに避難し、片端でいっしょにすわっていた。濡れた運動靴を管の壁に押しつけ、雨のなかに唾《つば》を吐いた。彼らは本当に無邪気だった。世界は自分たちのためにのみまわっていると思っていた。

最初にエンジン音を聞いたのはブッチだった。その直後、タイヤが泥のなかでピチャピチャと音をたてるのが聞こえた。車は建設用地の板囲いの前で停まった。少年たちは管のなかで身を押しつけ合っていた。たぶん警備員の誰かで、彼らのことを見ていたのだろう。だが、警備員ではなかった。車のなかに男と女がすわっていた。男はタバコをくわえ、女はバックミラーを下に向けて化粧をしていた。土砂降りのなかで彼らの姿はおぼろにしか見えなかった。しばらくすると男が車から降り、板囲いの前で小便をした。

それを見てブッチが笑いだした。笑いは管のなかで反響した。誰かが急にあわただしく拍手したような音だった。サンダンスはシーッと言って注意し、二人は管の奥のほうへ身を隠したが無駄だった。ブッチは抑制がきかなくなっていた。

「おい、そこにいるのは誰？」

男が管の入口から覗いていた。雲の層を破って現われた月みたいだった。少年たちは逃げなかった。まだ幼くて無邪気だったので、男が彼らに危害を加えるだろうとは思わなかった。二人いっしょなんだ。それに、管にはもうひとつ出口がある。少年たちは管の真ん中でじっとしていた。そこなら安全だから。

「出てきたくないのか？」男は訊いた。

サンダンスはうなずいた。ブッチはできるものなら走って逃げたかった。彼は笑ったことを後悔していた。おまえは今でも思い出す。ブッチが両手を管の壁に押しあてているのを。そうやって管を壊し、そこから逃げていきたがっているようだった。

「さあ、出ておいで」男は言った。

ノックする音が聞こえ、少年たちは身をすくめた。振り向くとふたつ目の月が現われた。反対側の出口から女の顔が覗いていたのだ。

「そこにいるのは誰？」女は言った。サンダンスは彼女が男と同じことを言ったのを、おかしく思った。

「おかしくないか？」彼はブッチにささやいた。

「いったい何が？」ブッチはささやき返した。

「あの二人」

「二匹の犬ころ」女は言うと、ふたたび姿を消した。

男は元の場所にいて、少年たちの名前を訊いた。年齢や、ここで何をするつもりか、出てくる気はないのかとも訊いた。

「おまえたちが出てこないのなら、こっちから入っていかなくちゃならんな」男は身をかがめ、管のなかに入ろうとした。

少年たちは反対側の口から逃げ出そうとしたが、そこで立ち止まった。降り注ぐ雨のなかに女の影が見えたからだ。女は彼らが出てくるのを待っていた。

「こっちへ来ない?」二人は女の声を聞いた。

「それとも、こっちへ?」男の声が管を通して響いてきた。

少年たちは互いに見交わした。二人は心を決めて女のほうへ行った。彼女のほうがまだしも信用できた。二人は野原に生えている、まだ草刈り機など見たこともない草の茎みたいだった。

「一人は帰ってもいいけど、一人は残るのよ。帰りたいのはどっち?」

簡単だった。問いと答え。それ以上は何もなかった。少年たちは顔を見合わせた。二人とも泣いていたが、雨が涙を消してしまった。彼らは男と女に自分たちの名前を告げた。本名を。そうすれば何かが変わるかもしれない。二人が列車を襲撃したり、金庫を爆破したりする無法者でないとわかったら、現実は突然、正気に立ち返るかもしれない。少年たちはここへただ遊びに来ていただけだと説明し、家に帰りたいと言った。それに対して男は、そう簡単にはいかないと言った。

「どうだ、ファンニ?」

女は自分の名はもちろんファンニではなく、フランツィスカだけど、そんな名前で呼んでほしくないのだと言った。男はカールだと言った。ただカールというだけだと。

そのとき、ブッチは女の脇を走り去ろうとした。女のそばから逃げるほうが簡単だと思ったからだ。だが、女は彼の脚を蹴った。何が起きたのかブッチにはわからないほどの早さだった。突然、彼は泥のなかに顔を伏せて倒れた。彼は引きずり起こされ、ふたたびサンダンスのそばに立たされた。膝が震え、鼻血が流れ、顔は泥まみれになっていた。

「血が出ている」サンダンスはブッチにささやきかけた。

ブッチは手の甲で血を拭《ぬぐ》おうとしたが、女のほうが早かった。蛇を思わせる腕だった。彼女はブッチの顎をつかんで言った。

「目を閉じるのよ、犬ころ」

ブッチは目を閉じて全身を震わせていた。身動きもならず、見ることも存在することもままならず、じっと立っている彼の鼻から血と洟《はな》が流れてきた。女は指でブッチの顔の汚れを拭ったあと、血を舐《な》めた。それから彼の震える唇にキスし、舌で頬から涙を舐め取った。

サンダンスは女をどやしつけてやりたかった。二挺拳銃を引き抜き、左の銃で女を、右の銃で男を撃ち殺してやりたかった。だが彼の口は閉じられたままだった。拳銃は遠いメキシコにあるのだ。

女はふたたび身を起こして言った。一人は帰ってもいいが、一人は残るのだと。

「帰りたいのはどっち？」

少年たちは互いに見交わした。帰りたい、どうしても帰りたいと一人が言う前に、もう一人がそう言った。ほんの何秒か早かっただけだが、身をひるがえして立ち去った。小さな裏切りだったが、いずれにせよ少年たちがこの場を無事に切り抜けるのは困難であっただろう。一人は去り一人は残る。そういうことだった。彼はでもサンダンスは本当に帰ったのではなかった。彼は積み上げられた煉瓦《れんが》の後ろに隠れていた。彼はブッチに悪いことをしたと思っていた。その場にいよう。そうすれば何が起きても彼は目撃者になる。その場にいよう。ともかく、しばらくのあいだは。そのあとで助けを呼びに行こう。そのあとで。

おまえはすべてを覚えている。どのようにしてブッチが犬ころになったか、どうやって彼が犬に変身したか、男が彼に何をし、女が彼に何をしたかを。服を脱がされたブッチが雨のなかで犬ころのように四つん這いにさせられたことも、身を震わせているブッチの、雨音をつんざいて聞こえてきた悲鳴。見放されて独りぼっちの弱々しいその声も。そして、サンダンスが不安と無力感から吐いたことも。

男と女が立ち去ると、ブッチはふたたび人間になり、雨のなかで倒れていた。立ち上がろうとしたが、またすぐに倒れた。弱りきっていたのだ。この苦痛は誰にも言い表わすことのできないもの、言い表わすべきでないものだった。それにふさわしい言葉をどれほどおまえが探しても。

タマラ

雷鳴が轟《とどろ》いている。タマラはベッドではっと起き上がった。口に綿を詰め込まれたような感じがした。一度、これと同じようなパニックに襲われて目を覚ましたことがあった。もうずっと以前、姉の家にいた頃だ。あのとき、彼女はフラウケと一晩踊り明かし、翌朝、職業紹介所に行かなければならなかった。今度はこれまでの人生で最悪の一日を過ごしたあとの夜だった。グラス一杯のウォッカでやっと休むことができたのだ。

時計の針は九時半を指していた。窓ガラスを打つ雨音が聞こえる。稲妻が空で真横にぴかっと光り、風にひるがえる旗にも似た黒雲の前面を、明るく照らし出している。

タマラは何秒かあとにまた雷鳴が轟くのだろうかと、待っていた。

一階に下りていくと、玄関のドアの内側に服が脱ぎ捨てられているのが見えた。ふた山ある。ほかに泥の跡と汚れた靴も。タマラは服の山のひとつを足で触《さわ》った。濡れている。クリスとヴォルフがその場で身を縮め、しなびてしまったかのように見えた。

タマラは服の山をそのままにして台所に入っていった。立ちこめるにおいに、カクテルがこぼれ灰皿が吸殻であふれているパーティを想起した。タマラはあくびした。起きたのは失敗だった。ほかの者たちより先に起きるのは嫌いだった。〝こんな日に一番乗りしたいと思う者がいるだろうか？〟

彼女はエスプレッソマシーンのスイッチを入れ、器械が暖まるまでのあいだ、水を一杯飲み、外のクライナー・ヴァン湖に目をやった。風に追いたてられた雨が湖面に溝をうがっている。小桟橋の脇に記された目印から、水位が上昇してきているのがわかった。タマラは対岸のベルツェン夫妻のヴィラにひとつも明かりがともっていないのを見て、意外に思った。この瞬間、妻のヘレーナと夫のヨアヒムが朝食をとっている姿がカーヴした幅の広い窓越しに見えるものと思っていた。毎朝、同じ場所で。それが決まりであり、昔からつづけてきた彼らの暮らしなのだ。夫妻はタマラに向かって手を振り、タマラも手を振り返す。今日もいつもと変わらぬ日であるはずだった。

〝きっと、もう朝食をすませたんだろう〟

タマラは風通しをよくするため、隣家の敷地に面した台所の窓を開けた。冷たい空気が流れ込み、身震いした。彼女は雨のなかに顔を突き出した。納屋と、隣家の屋根が見える。雨は空中に銀色の軌跡を残している。ガラスをこすった跡みたいだとタマラは思った。窓をまた閉めようとしたそのとき、タマラは地面の上で明るく光るものがあるのに気がついた。窓から身を乗り出し、じっと動かずに見つめていた。また光るかもしれないと待っていたのだ。髪が濡れて寒けを覚えた。彼女は目から雨を拭《ぬぐ》いとった。長く待つ必要はなかった。突風が敷地の上を疾駆していき、ふたたび光が見えた。それが何なのかタマラには今、はっきりとわかった。泥のなかから何か白いものが、こちらに向かって合図を送っているのだ。

「ヴォルフ、あなたたち、何をしたの？」

「何って？」

「ヴォルフ、いったいぜんたい、あなたたち何をやらかしたの？」

タマラはヴォルフから毛布を引きはがした。

「何の話をしているの？」

「どうして庭に花があるの？」

「たぶん庭だからだろう？」

タマラは平手で彼の背中をたたいた。

「ヴォルフ、起きて。起きるのよ！」

ヴォルフはぐるっと回転し、脚をベッドから振り出した。勃起しているのがタマラには見えた。

「どんな花？」

「白い花よ。庭の真ん中に。あなたたち、いったい何をしたの？」

ヴォルフは顔をさすった。

「何の話だか、さっぱりわからない。誓ってもいい」

タマラはクリスを起こしに行った。

五分後、三人は台所の窓から身を乗り出し、雨のなかで目を凝らした。そして、泥土の上で花が風に吹かれて揺れているのをじっと見つめていた。

「百合《ゆり》だ」クリスは言った。「たぶん百合だと思う」

「それって、どういうこと？」タマラは訊いた。

クリスとヴォルフは一瞬、互いに見交わした。タマラは二人をよく知っている。彼らが目を見交わすのは罪の告白に等しいものだった。二人とも血走った目をし、両手が汚れている。タマラは廊下に置かれていた濡れた服のことを思った。今朝《けさ》の彼女は頭の回転が遅かったが、それでも充分、速かった。

「あなたたち、いったい何をやったの？」

「酔っぱらっていたんだ」クリスは言った。

「においでわかるわよ。それ以外に何をやったの？」

兄弟は答える代わりにふたたび窓から眺めた。二階から足音が聞こえてきた。階段を下りてくる足音。タマラは振り向いた。フラウケが台所に入ってきた。

〞やっと〞タマラは思った。〞やっと、わたし一人だけで彼らと向き合わなくてもよくなった〞

クリス

考えるのに頭痛は邪魔だった。クリスは誰かに十秒おきに後頭部を殴られているように感じていた。このあと何が起きるか彼にはわかっていた。阻止することのできない瞬間もあるのだ。

フラウケは冷蔵庫には向かわず、カップをエスプレッソマシーンの下にあてがうこともなかった。彼女は三人に目をやって、言った。

「ここで何をしているの？」

クリスは自分が裸足で水たまりに立っていることを、今になって気づいた。

「庭に百合の花が置かれてるのよ」タマラは言った。

フラウケは彼らと並んだ。ヴォルフは場所をゆずり、タマラは外を指さした。

「見える？」

フラウケはタマラより呑み込みが早かった。彼女はヴォルフからクリスへと視線を移した。一瞬、クリスは自分の考えを彼女に読まれているのではないかと恐怖に駆られた。

〞早く、何かほかのことを考えないと、早く……〞

「あなたたち、彼女を埋めたの？」フラウケは訊いた。

「ここの地面に？」

質問のように聞こえたものの、それは断言だった。

〞ここの地面に〞という部分にアクセントが置かれて

いた。最大の侮辱はそのことであって、埋めたという事実ではないかのごとく聞こえた。

ヴォルフは肩をすくめた。

「地下室に隠すよりは、まだしもましだと思ったんだ」

フラウケはヴォルフの胸に向かって両手を突き出した。彼は後ろによろめいた。

「あなたたちって変態？　それとも何なの？」

「おれから説明しよう」クリスがその場を引き受けた。何を説明していいのかわからぬままに。ヴォルフは驚いたようにクリスを見つめた。クリスは思った。〝いったい、何を説明すればいいいんだ？　また森へ行ったという話をでっち上げるにはもはや手遅れではないか？〟クリスはヴォルフの驚いた顔を見てにやりと笑った。ヒステリーの発作が起きそうになっていた。

〝こんなときに、笑うなんてどういうことだ？〟口角が痙攣《けいれん》し、頭はズキズキ痛む。どんな自己弁護の言葉を吐けばいいのか、わからなかった。

「面白がってるの？」フラウケは訊いた。

「いや、違う。おれは……」

「どうして、そんなにバカみたいににやにやしているの？」

「頼む。落ち着いてくれ」

「バカ。わたしは落ち着いてるわよ」

「また掘り返してもいいいんだけど」ヴォルフは弱々しく言った。

フラウケはふたたびヴォルフを注視した。〝どうしてヴォルフはおとなしく口をつぐんでいられないんだろう？〟クリスはそう思いつつ、ふたたび割って入ろうとした。だがそのとき、思いがけない事態となった。誰かがプラグを引き抜いたみたいにフラウケはヴォルフにかまうのをやめて、何も言わずに台所から立ち去ったのだ。玄関のドアがどーんと壁にぶつかり、ふたたび大音響とともに閉まった。三人が待っていると、フラウケが庭を歩きまわるのが見えた。舗装された道から離れて庭を横切っていくとき、泥を踏む彼女の裸足が白く光って見えた。彼女はパンティとTシャツ姿だったが、雨のために、あっというまにずぶ濡れになった。雷鳴がし、それにつづいて稲妻がぼんやりと光った。フラウケはつかのまネガフィルムのなかの像になった。

「彼女、頭がおかしくならなきゃいいけど」ヴォルフは言った。

　フラウケは立ち止まった。足元に花束が置かれていた。白い花は泥まみれになっている。百合は風に吹かれてトランプのカードのように扇状に拡がっていた。フラウケはかがみ込んで花を集めた。

「あなたたち、どうしてあんな真似をしたの？」タマラは言った。

「知らせないでおこうと思ったんだ」ヴォルフは言った。「ぼくたちはこう言うつもりだった。もう一度森まで女性を運んで、そして……」

「バカね、花のことを話しているのよ」タマラはさえぎった。「花を墓の上に置いたなんて、どういうつもりなの？　誰もそこまで酔っぱらったりしないわ」

「おれたちが置いたんじゃないよ」クリスは言った。

「きっと、彼女を埋めてもいないと言うんでしょう？」

「待ってくれ、タマラ。あれはおれたちじゃないんだ」クリスはくり返し、何もかも映画であってくれたらよかったのにと思った。もしこれが映画だったら、主要登場人物たちは互いに驚いたように見交わし、カメラはふたたび庭を写し、幸せに満ちたつぎのシーンへと移行していくだろう。ヴォルフもこんなことは言わずにすんだだろう。

「もしかしたらマイバッハはおれたちを見張っていて、最初は森へ、そのあと、ここまで尾《つ》けてきたんじゃないだろうか？　だから、ここに花が置いてあるんだ。

花はまるで……」

「……名刺みたいなもの？」タマラが彼の代わりに締めくくった。

彼らは黙ったまま、フラウケが百合の花束をゴミ容器に突っ込むのを見守っていた。彼女がふたたびヴィラへと戻ってくるのを見て、三人は急いで窓から離れた。彼らが見ていたことをフラウケに悟られたくなかったからだ。


四人はふたたび前夜のようにテーブルに向かっていた。しまいにフラウケが何か話すだろうと三人は待っていた。でもフラウケは彼らを無視しつづけた。彼女の髪の先端から雨の滴《しずく》が落ちてきた。薄手のTシャツを通して、乳房がくっきりと見えている。フラウケは冷蔵庫からミネラルウォーターを出してきて瓶から飲んだ。足元には水たまりができている。

「フラウケ？」やっとタマラが口を開いた。

フラウケは瓶を冷蔵庫にしまいに行った。話しだしたとき、その声から怒りが消えていた。危険な状況になろうとしていた。

「あなたたちのことが、もうわからなくなった」フラウケは言った。「わたしには無縁の人たちよ。あなたたちが、どうしてこんなことをしたのか知りたくもないわ。花を墓の上に置いたことにも興味はないわ」

「ぼくたち花なんか……」

「どうでもいいの、ヴォルフ。もう、あなたたちから説明なんか聞きたくないわ。説明はたくさんよ。わたしは荷物をまとめて、ここから出ていくわ。一刻も早くあなたたちから距離を置きたいの。あんなことはぜったいに起きてはいけなかったのよ」

そういうことだった。フラウケは台所から出ていった。この二十四時間以内にフラウケが彼らを置き去りにしたのは、これで三度目だ。ヴォルフは小声で罵《ののし》り、タバコを灰皿でもみ消した。タマラはまったく何の反応も見せなかった。フラウケが今にも戻ってくるのではないかと、ドアのほうに目をやっただけで。

「追いかけていこうかしら?」しまいに、彼女は申し出た。

「そうしてもらえると、ありがたい」クリスは言った。

タマラ

タマラに勝ち目はなかった。彼女は戸口に佇《たたず》んでいた。自分の部屋を探していて、間違ったドアを開けてしまったみたいな気分だった。

「ばかげてるわ。そんなに簡単に逃げていくなんてできないはずよ」タマラは言った。

「わたしにはできるわ。思ったとおりのことが。よく見て。わたしは荷造りして出ていくの。行ってしまうのよ」

フラウケはリュックサックをかついで親友に近づいていった。あまりにも接近したので、タマラは後ずさりしないように堪えなければならなかった。

「タマラ、もう終わりにするのよ。終止符を打つのよ。クリスとヴォルフは自分たちが何をやっているのか、わからなくなってる。あなたがブレーキをかけなきゃ、もっとひどいことになるわよ。ゲラルトを連れてきたのに、そのことで、わたしは侮辱を受けたのよ。もうここから出ていくしかないわ」

フラウケはタマラを押しのけて部屋から出ていった。タマラは泣きわめきたかった。

〝終止符を打つ〟できればそうしたい。でもその結果、どうなるのかタマラにはわかっていた。彼女は親友に失望した。窓に駆け寄り、フラウケの後ろから呼ぼうとした。でも、窓を開けることすらできなかった。

〝何て言えばいいの? すべてを言いつくしたあとで〟タマラはフラウケが門を開けて車に乗り込み、走り去っていくのをただ茫然《ぼうぜん》と見送っているしかなかった。門は開いたままだった。今日という日はタマラが目覚めたときからつづいている。でもタマラには何ひとつ達成できなかった。〝こんな状況で、どうしたら終止符が打てるの？〟彼女は見捨てられた気持ちだった。放心した目をしていた。〝挫折感とパニック。わたしは挫折感とパニックのせいで目が見えなくなっている〟タマラは涙を拭《ぬぐ》った。〝フラウケの言うとおりだ。わたしにはブレーキをかける役目がある。でも、そのブレーキとやらが、そもそもどこにあるのかも、わたしにはわからない〟

タマラの思考が止まった。突然、悟ったのだ。直観的なひらめきだったがブレーキがどこにあるのかが、わかったのだ。

十五分後、タマラが台所に入っていくと、ヴォルフは自分の小型コンピューターに向かっていた。クリスはそばに立ってアイスキューブの入った袋を後頭部にあてていた。

「あなたたち、何をしているの？」

「すわれよ。話がある」クリスは言った。

タマラは向かい側にすわった。

「マイバッハは厳密には、どうやって接触してきたの？」クリスは知りたがった。

「ほかにもっと大事な問題があると思うけど」

「フラウケはまた戻ってくるさ。心配はいらない」

「わたしには、そうは思えないわ」

「タマラ、お願いだから話をそらさないでくれよ。マイバッハはどうやって接触してきたんだ？」

「電話をかけてきて、こちらの仕事内容について質問したわ。依頼は書面によるものだった。あなたたちも読んだでしょう？　彼はドロテア・ハネッフという女性に、メールで会う約束を取りつけてほしいと依頼してきた。わたしはすぐに彼女にメールを送り、その日のうちに返事をもらったわ」

「ドロテア・ハネッフ自身と話をしたのか？」

タマラはかぶりを振った。

「彼女はメールで都合のいい日時を知らせてきたの。ヴォルフの携帯電話の番号も聞いてきたわ。その日に何らかの事情で身動きが取れなくなった場合にそなえて。それ以上の接触はなかったわ」

「少なくともこれで、やつがぼくの電話番号を知った経緯がわかったわけだ」ヴォルフは言った。

タマラには依然として彼らが何の話をしているのかつかめなかった。クリスが説明した。「おれたちはマイバッハについて、思った以上に多くの情報をつかんでいる。ヴォルフもおれもそう考えている。メールアドレスに加えて携帯電話の番号も知っている。ともかく、昨日の時点ではまだ使われていた」

「それで？」

「タマラ、これはなぞなぞ遊びじゃないんだ。おれたちは殺人犯にひと泡ふかせてやりたい。これはその相談なんだ」

「何をしたいって？」

タマラは立ち上がった。

「あなたたち、完全にいかれてるわ」

兄弟は本気のようだった。〝罪悪感だ。彼らは自分たちがしでかしたへまを償うために、攻撃に転じようとしている。でも、わたしはブレーキをかけなければ〟タマラは努めて冷静に言った。

「見つかるようなヒントを彼が残したと本気で思ってるの？　よくも、そんな考えができるわね。あなたたち二人とも腕を振りまわすだけで何も実のあることは言わないほら吹きみたい。フラウケの言うとおりよ。あなたたちは何もつかんでいないわ。よく考えてみてよ。メールアドレスなんて、あっというまに作ったり消したりできるものよ。プリペイドの携帯電話を手に入れるのはもっと簡単よ」

兄弟とも、彼女をじっと見つめた。

「二人のほら吹きというのはあたりだな」ヴォルフは言った。

「バカ」タマラは言いながら、心ならずも笑った。

「かりに新しいメールアドレスを作ったり、プリペイドの携帯電話を買うことができたとしても」クリスは言った。「マイバッハが身を隠す必要を感じていないとしたらどうだろう？　彼の正体をおれたちが知ったとしても、彼がそんなことはどうでもいいと思っているとしたら、どうだろう？」

タマラはそこから何が導き出されるのか、見当もつかなかった。

「やつは愚か者か、それとも、おれたちに何の不安も抱いていないか、そのいずれかだ」クリスはつづけた。「やつにはいったい、恐れるものがあるのだろうか？　おれたちはやつの痕跡を消し、死体の始末をつけてやった。だから、おれたちでドロテア・ハネッフとは何者なのかを探り出してみようじゃないか。おれの言う意味がわかるか？　彼女の過去を掘り返すんだ。犠牲者の過去から犯人が見つかるのが常道だ。その過程でおれたちはマイバッハに突きあたる。あるいは本名は別にあるのかもしれないが。ドロテア・ハネッフの人生のなかに、彼にたどり着く何かが隠されている。マイバッハは電話で言った。伝統を壊す意思はないと。彼は死者のことをよく知っているような口ぶりだった」

兄弟は期待をこめてタマラを見つめた。

「それで？」彼女は言った。「それで何かが変わるわけ？　たぶん、あなたたちには危険が理解できていないのよ。わたしは犯人にぞっとするような恐怖を感じたわ」

「つまりそれは」ヴォルフは意外そうに言った。「彼を見逃すということ？」

「ヴォルフ、よく考えて。わたしたちは友だち同士で代行業を立ち上げただけなのよ。警官でも秘密情報部員でもないわ。偶然、頭のおかしい男に出くわしたごく普通の人間でしかないのよ。警察に任せる？　それはできない相談よ。できるなんて思いたくないわ。わたしは危険を避けたいの」

「もしきみがイェニーのことを心配しているのだったら……」

「もちろんイェニーのことは心配よ」タマラは苛立たしげに言った。「たとえ立場上は母親でなくても、自分の娘なんだから心配するのは当然よ。わかってもらえた？」

「じゃあ、きみにはどんな提案があるんだ？」クリスは知りたがった。「きみもフラウケと同じように逃げ出すのか、それとも、殺人犯がまた連絡をよこして、つぎに何をすればいいのか指示するまで待つつもりか？」

「どちらでもないわ。わかってるでしょう」タマラは答えた。

「じゃあ、どうするんだ？」クリスは聞き返した。

タマラは台所に来たらすぐさま二人に自分の決意を話すつもりだったが、自分が裏切り者になったように思えたのだ。

〝この人たちはぜったいに理解しない〟

タマラは気を取り直して二人に話した。ひと言、話すごとに、その声からはっきりと罪悪感が聞き取れた。

兄弟は異口同音に答えた。

「何をやったって？」

クリスは氷の入った袋を流しに投げ入れ、台所から走り出た。彼が廊下でガタガタ音をたてているのが聞こえた。その直後、彼はふたたび台所に現われた。

「MDレコーダーはどこ？」

「二階よ。今、言ったじゃない。録音はもう彼に送ったって」

「よくも、そんなことができたな？」

「誰かが終止符を打たなきゃ」

〝誰かがブレーキをかけなければならない〟

ヴォルフはテーブルの前から立ち上がった。

「きみがタマラでなかったら、平手打ちをくらわせてやりたいところだ」

彼はタマラのそばを通り過ぎて、ドアに向かった。

「どこへ行く？」クリスは訊いた。

ヴォルフは答えず、外に出ていった。タマラは自分の手を見下ろしていた。

「そのことは、みんなと相談してもよかったのに」クリスは言った。

「どこに死体を埋めようかと相談したみたいに？」

クリスはすわり直すと、うなじをさすった。彼が身をすくませているのを見たタマラは背後に立ち、首を下に曲げるようにと言った。彼の後頭部の腫《は》れは紫色をしており、鶏卵ほどの大きさがあった。

「救急病院に行ったほうがいいんじゃない？　医者に診《み》てもらわないといけないわ」

クリスは手を振って拒否した。

「くだらない。こんなもの、ただの瘤《こぶ》じゃないか」

タマラは流しから袋を取り上げてアイスキューブを追加した。それから、ふたたび向かい合ってすわり、ヴォルフが戻ってくるのを待っていた。タマラは何も達成できなかったという思いでいっぱいだった。

ヴォルフ

ヴォルフは後ろ手に納屋の扉を閉め、つかのま、それにもたれていた。それから両手を丸めてぐるっと回転した。薪《まき》と小型タンクが宙を飛んだ。手押し車は何度も蹴られ、デコボコになって横転した。タマラの自転車の後輪のタイヤがはずれた。

〝こんなことで、しくじってたまるか？〟

ほぼ十五分間、ヴォルフは怒りをぶちまけたあと両腕に薪を抱えて納屋を離れた。彼は息を切らしていたが、気分はむしろよくなっていた。台所に入ると、クリスが一人でテーブルに向かっていた。

「タマラはどこ？」

「居間にいるよ。インターネットでマイバッハとハネッフを調べている」

「どうやって説得したの？」

「静かに話をしただけさ。それ以上は必要なかった」

ヴォルフはすわった。

「ぼくたち、へまをやったね？」

「そうだな」

「もう一度、掘り返してもいいけど……」

「それからどうするんだ？」

クリスはかぶりを振ってつづけた。

「忘れろ。そのままにしておいて、タマラが何を探り出すかを待っているんだ」

「フラウケのことはどうするの？　彼女が心配だ」

「フラウケはフラウケだ。そのうち冷静さを取り戻す。彼女のことは知っているだろう？　あっというまに逃げ出すけれど、戻ってくるのも同じくらい早い」

〝ぼくはそれとは違う体験をしている〟ヴォルフは思った。

「彼女は冷静そのものだった。それにリュックサックまで背負っていた」

「それに、さよならも言わなかった」

兄弟は互いに見交わした。

「彼女はまた戻ってくる。おれを信じろよ」クリスは自信たっぷりに言った。

ヴォルフはうなずき、兄を信じた。まもなくクリスがその自信を後悔することになろうとは、この瞬間、誰に予想ができただろう？

兄弟が居間に入っていくと、タマラはソファにすわっていた。

「マイバッハから、メールで連絡してきたか？」クリスは訊いた。

タマラはかぶりを振った。

「ふたつの名前を検索したの。ラルス・マイバッハにはあたらなかったけれど、代わりにドロテア・ハネッフが何者かはわかったわ。彼女は未亡人なんかじゃなかったわ。だって結婚したことがないんだから。ベルリンに住んでいたこともないし。彼女の同級生の誰かがホームページに同級生全員の経歴を書きつらねていたのよ。ドロテア・ハネッフはハノーヴァーで生まれ、そこの学校を卒業し、建築会社で働いていた」

「それだけあれば充分じゃないか。彼女の背景を調べよう。過去のどこかにマイバッハが潜んでいるはずだ」

「そうは思わないわ」タマラは言った。

「どうして？」

「だって、ドロテア・ハネッフは三年前に脳腫瘍《のうしゅよう》で死んだからよ」

「何だって？」

ヴォルフはソファをぐるっとまわって、画面を覗き込んだ。

「ハネッフはほかにもいるんじゃないの？」

「ヴォルフ、お願いだからやめて。ざらにある苗字では……」

「じゃあ、やつはどうして違った名前を教えたんだろう？」

「そもそも彼はどうして、わたしたちに何かを依頼する必要があったのかしら？」タマラは疑問をぶつけた。

三人は互いに見つめ合った。兄弟の立てた説は引っくり返り、新たな疑問が生まれた。ついにタマラはそれを口にした。

「庭に埋まっている女性は何者？」

おまえ

　おまえは彼女の本名を明かそうと思ったことは一度もない。恐れからではない。おまえには恐れる理由などなかった。彼女はこの世に実在しなかったかのごとく名無しのまま死んでいけばいい。その考えが根底にあるのだ。おまえは彼女を現実から抹殺し、代わりにドロテア・ハネッフをだしに使うことにした。もしおまえの父親がそれを知ったら、さぞ不快に感じただろう。ドロテア・ハネッフは父親の初恋の女性だった。三年前、彼はドロテアの葬式に出席するため、わざわざベルリンからミュンヘンまで六百キロ以上も車をとばしていった。青春時代、肘鉄をくわされた女に別れを告げるために。じつに悲壮な話だ。

　謝罪代行社からのメールは午前十一時に届いた。報告文と添付データが。おまえはダウンロードして聴いた。最初は何も聞こえなかった。つぎにカサカサという紙の音がし、ヴォルフ・マルラーの声が聞こえてきた。真面目さに加えて怒りが感じ取れた。おまえは笑いをこらえ、そのあとデータを消した。

　部外者の立場から見れば、おまえの行為は単なるゲームにすぎないかもしれない。でもおまえは自覚している。自分はゲーム好きなのではなく罪を背負っているのだと。そして、ゲームでない以上、規則もない。どんなことでも可能なのだ。これは人生の話だ。少し比喩的ではあるが、おまえの考えにぴったり合っている。規則がないとわかっていれば、大きく前進することができる。そのことを、おまえはごく早い時期から知っていた。でも、自分の人生ではそれをうまく役立てることはできなかった。失敗したり、間違った決断を下したりしてきた。間違った決断を下すのは避けられないことだった。二十六歳という年齢では。とりわけ、九歳のときにあのような体験をしたあと、雨のなかを家まで走って帰ったとすれば。

サンダンスはブッチを泥のなかから救い出した。自分のTシャツを脱ぎ、それでブッチの体の汚れを拭いた。血と精液と土。雨が助けてくれた。そのあいだブッチは麻痺《まひ》したように何もかもされるがままになっていた。彼は身じろぎもせず佇《たたず》み、息をし、目をパチパチさせ、そこにいながら遠く隔たったところにいた。サンダンスは泥のなかから衣服を拾い集め、水たまりできれいに洗い、ブッチが着るのを助けた。

家に帰る途中、彼らはひと言もしゃべらなかった。二人のあいだには一メートルの距離があった。町は彼らをまったく無視して息づき、いつもと変わらぬ騒音に満ちていた。雨が舗道に降りかかる音、水たまりを打つ音、走りすぎていく車の轟音とその眩《まばゆ》いライト。このリズムは何があろうと破られることはなかった。

ブッチの家まで来ると、サンダンスは友がドアの向こうに姿を消すまで待っていた。そのあと、自分の家まで走っていった。その夜、彼はベッドの下に、いつでも受信できる状態で置かれている無線の音で目を覚ました。

「はい?」

パチパチと音がし、ブッチの息づかいが聞こえてきた。道路を四筋隔てた向こうの家にいるのに、まるで、すぐ横にいるかのように聞こえた。

「彼らが来てる」ブッチは言った。

サンダンスは一瞬のためらいもなく服を着て、家をこっそり抜け出した。彼は道を渡り、庭から庭へと最短の近道を通った。ブッチは待ちかねていた。二階の自室の窓辺で、ガラスの向こうに幽霊のように立っていた。サンダンスは手で合図した。ブッチは窓から離れた。その直後、テラスのドアがぱっと開いた。

「彼らはどこにいるの?」サンダンスはささやいた。

「家の前に」

「確かなのか？」

「彼らはまた来ると言ってた。脅しをかけてるんだ。ぼくに告げ口させないように」

ブッチの言葉は習い覚えたかのように聞こえた。悪を追い払おうとする少年のマントラだ。サンダンスは訊いた。彼らはブッチの家をどうやって捜しあてたのかと。

むしろ、訊かないほうがよかった。

「知ってるんだよ！」ブッチは不満げに歯をこすり合わせた。彼はサンダンスを台所まで引っぱっていった。二人は流し台の下の収納スペースにもぐり込み、その後、窓の外を見ようと、おそるおそる身を起こした。道の反対側に車が停まっている。サンダンスはほかの車かもしれないと思い、そのことを口に出そうとしたとき、車内でタバコの先端が赤く燃えているのが見えた。人影がふたつ。サンダンスは口をつぐんだ。家のなかで時計が真夜中の十二時を打った。車のドアが開き、女と男が下りてきた。

「真夜中だ」ブッチは聞き取れないほどの小声で言った。「彼らは……」

彼の息づかいがせわしくなった。

「……言ったんだ。来るって……ちょうど……もしぼくが告げ口したら……彼らは……」ブッチはあえぎながら、サンダンスの腕を引っぱった。

「……言ったんだ……おまえの両親の腹を裂くって……そして、ぼくにそれを見せるって。そして……そして訊いたんだ。その証拠を見せようかって……言ったんだ。信じろって……そう断言した。本当だよ！　それから、それから彼らが……何て言ったと……思う？」

サンダンスはふたたび外を見た。男と女は道路の真ん中に立って、家のほうを眺めていた。顔は焦点がぼやけたみたいに、ぼんやりとして見えた。雨は何時間も前にやんでいたが、彼らの足元の道路はまだ濡れていた。

「……言ったんだ。真夜中にって」ブッチはつっかえつっかえ話しつづけた。「そして、見ろよ。今、ここにやってきた」

ブッチは泣いた。頭《こうべ》を垂れて。サンダンスは下唇を噛《か》んで涙をこらえた。

「逃げよう」サンダンスは早口で言うと、ブッチを床に引きずり下ろした。「すぐに逃げ出そう。わかったか？　そうしたら、彼らはぼくたちを探す。ぼくたちが見つからなかったら、彼らはおまえの父さんと母さんには近づかない」

ブッチは驚いたようにサンダンスを見つめた。友の言葉にブッチの顔は輝いた。希望が湧いてきた。今、当時のことを振り返ると、おまえは二人の少年の無邪気さにほほ笑まずにはいられない。少年たちは人生は公正なものだと信じていた。バランスが存在し、最後には善が勝利をおさめ、悪は深く恥じ入って無条件降伏するものと信じていた。

おまえは人生がバランスとはほど遠いものであることを、すでに知っている。人生は　正真正銘のカオスだ。どの扉の奥にも暗黒が潜み、どの窓の向こうにも影が息づいているのだ。

「逃げるの？」ブッチは訊いた。

「逃げるんだ」サンダンスは言った。本気でそう思っていた。

彼らは静寂に耳を澄ました。車のエンジンが始動した。ブッチとサンダンスはふたたび身を起こし、道路の反対側に停まっていた車が消えているのを見た。少年たちはヒステリーの発作を起こしたみたいに笑いだした。手を口に押しあてて笑った。互いに体をぶつけ合い、自分たちの決心で悪魔たちを追い払うことができたんだと思い、この魔法を信じた。こんなに簡単だったのだ。

「彼らはこっそり、行っちゃった」ブッチは言った。

〝性的虐待〟

たった一度、ブッチが発した言葉がある。それは今なおおまえのなかで高く不快な音で鳴り響き、記憶をことごとく呼び覚ますのだ。ブッチの口から出たささやきにすぎなかったとはいえ、どんな叫びよりも激しい力がこもっていた。

「ぼくはもう二度と犬にはなりたくない」

一年後、例の男女を最初に目にしたのはブッチだった。車は校門の向かい側の車寄せに停まっていた。フロントガラスの奥にすわって待っている彼らの様子は、一年前と少しも変わらなかった。

ブッチは彼らに気づいた。彼らのほうもブッチに気づいた。

ブッチはまわれ右をし、ふたたび学校に戻っていった。彼は飲み物の自動販売機のそばの地面に腰を下ろし、サンダンスが体育の授業を終えて出てくるのを待

った。

「本当に行っちゃったね」サンダンスはブッチに同意した。

彼らはほっとした。本気で家から逃げ出そうと企てていたわけではなかった。あの二人の悪魔が自分たちの人生から消えてくれますようにと心の底から願ったので、悪魔たちはその希望を叶えて姿を消した。行ってしまったのだ。

一年後、ちょうど同じ日に、悪魔たちは戻ってきた。

ブッチとサンダンスは性的虐待についてはひと言も話さなかった。もしおまえがもう一度、このときに戻ったとしたら、おまえは二人の耳にその言葉をそっとささやいただろう。二人の学校のノートにも書き記しただろう。教室から教室へと移動し、黒板をこの言葉で埋め尽くしたことだろう。

っていた。ブッチは二時間たっぷり身じろぎもせず、ただ地べたにすわっていた。男女が学校にまで足を踏み入れるはずはないとわかっていた。自分は安全だと確信しながら出口のほうを見つめていた。瞬《まばた》きすらしなかった。目を開けつづけていれば、きっと男女は行ってしまうだろう。

サンダンスは危うくそばを通り過ぎてしまうところだった。

「おい、こんなところで何をしてる?」

ブッチは答えることができなかった。目は乾き、口はカチリと締まったまま二度と開かない罠みたいに感じられた。〝彼らはまたやってきた!〟そう叫びたかった。〝ぼくは彼らを見たんだ!〟でも、ひと言も出てこなかった。サンダンスに足を引っぱられて初めて罠が突然開き、一年間、昼の光を拝んだことのなかった囚人みたいに、口から言葉がよろめくように出てきた。

「また始まった」

それ以上、言う必要はなかった。

同じ日、二人は逃亡を企てた。

当時、人生には規則があるように見えた。少年たちは朝に目覚め、夜には眠りについた。一日に何度か食事をし、両親の言いつけを守った。学校では先生の言うことを注意深く聞き、信号が赤のときには止まって待った。こうした規則のある世界は、あの性的虐待の日に崩壊した。

少年たちはあの建設用地での出来事を、誰にも話そうとは思わなかった。話したことをファンニとカールが知ったら、どんな罰が与えられるかと恐れおののいていたからだ。もちろん、後ろ指をさされることへの恐怖もあった。二人はそれぞれに罪は自分にあると思っていた。〝どこで間違えたのだろう? ほかに、どうにかできなかったんだろうか?〟おまえはごくわずかな細部にいたるまで追体験することができる。加害者が被害者に対して振るう力。このテーマについて書かれた本は多い。子どもたちは、いとも簡単に操作される。彼らが知っているのは、もっとも簡単な規則だけだ。人からボールを投げられたら、子どもたちはそれを受け取るだろう。光ではなく闇に関わりを持ったが最後、何もかも一変してしまうのだ。

ブッチとサンダンスは二日がかりですべての準備を整えた。気づかれたくなかった。二日間、あの車を見張っていた。学校の前でもバスの停留所のそばでも交差点でも、何度も見かけた。一度、車内に男が一人ですわっていることがあった。ブッチとサンダンスは女が突然、背後から現われるのではないかというパニックに陥り、間違ったバスに乗った。とにかく動いていたかった。おかげで停留所を六つも通過してしまった。

二日目の晩、二人はブッチの家に泊まることに決めた。その夜のうちに逃げ出すつもりだった。二人は逃げる場所を二ヵ所、用意していた。ひとつはボッフムにいるブッチの叔父さんの住所だ。サンダンスは叔父さんならいいだろう、何でも話ができると言った。ふたつ目はサンダンスの姉さんの住所だった。彼女はシュトゥットガルトに住んでいる。いざというときは、そこへも行くことができる。それが二人の計画だった。

おまえは二人の少年がブッチの両親におやすみなさいを言った際、頭皮から立ちのぼってきた不安のにおいを思い出す。二人は元どおりに身繕《みづくろ》いしてベッドに横になり、家じゅうの明かりが消えるまで待っていた。ゴミ容器の後ろにリュックサックを隠しておいたし、自転車はガレージの脇に用意ができていた。両親の財布から現金を抜き取ることも忘れなかった。始発列車の時間も調べておいた。

夜中の二時まで、二人は暗闇のなかで汗をかきながら不安な思いで横になり、不意に両親が様子を見にきたときにそなえて眠ったふりをしていた。二時ちょうどに、ブッチの枕の下で目覚まし時計が鳴った。彼らは起き上がり、靴下のまま階下へ忍び足で下りていった。しんとしていた。家はじっと息をひそめて、二人の一挙手一投足を見守っているように感じられた。

居間で女が二人を待っていた。肘掛け椅子のひとつに脚を折ってすわっていたので、一瞬、宙に浮かんでいるかに見えた。彼女は多くある影のなかのひとつだった。彼女を目にしたサンダンスは、階段の最後の踊り場で立ち止まった。ブッチは彼にぶつかり、悪態をつこうとしたが、彼もまた女に気づいた。ブッチの呼吸はにわかに速まった。それが合図となったかのように、出し抜けに何かがきしみ、動きだした。居間は突然、物音で充満した——壁の時計はチクタクと時を刻み、床はミシミシときしみ、台所では冷蔵庫のモーターが唸《うな》りはじめた。女は人さし指を唇にあて、蛇みたいに言った。

「シーッ」

ブッチは尿を漏らし、歯をガチガチさせた。その場で死んでしまいそうだった。今でもその音がおまえの耳に聞こえてくる。歯と歯の擦《す》れ合う音。おまえがどこにいても、とくべつ静かな瞬間には至るところにこの音が潜んでいた。サンダンスのほうは震えていなかった。声を上げさえしなかった。ただ、涙だけが頰を伝って流れ落ちた。

「あんたたち、カールが今、どこに隠れていると思ってるの？」ファンニは訊いた。

少年たちは答えなかった。ファンニは上を指さした。

「彼は全員が寝入ったかどうか確かめてるのよ。あんたたちは、どうして寝ないの？」

サンダンスは嘘だと思った。カールが彼らのそばをこっそり通り抜けるなんて、できるはずがないではないか？　二階になんてぜったいにいるわけがない。だがブッチのほうは女の言葉をすべて信じた。信じようとしていた。そうすれば、すべてがうまくいくだろうと思っていたのだ。

「お願いだから」ブッチはしくしく泣いた。

「シーッ」ファンニは言った。「静かにしないと、あんたの両親が目を覚ますわよ。あんたがおしっこを漏らしたのを見られたくないでしょう？」

サンダンスはそのときになって温かい尿のにおいに気づいた。彼はブッチには目をやらなかった。この場をなんとか切り抜けてベランダのドアまで行けないだろうかと考えていた。「一年ぶりに会うのに、あんたたち旅行しようとしていたの？　ずいぶん失礼な話ね」ファンニは言った。

ブッチは否定しようとしたが、女はかぶりを振り、弁明を聞きたがらなかった。

「あんたたち、リュックサックをゴミ容器の後ろに隠したじゃない。自転車の用意もできているし、いったいどこへ行くつもり？」

彼らの背後で階段を下りてくる足音が聞こえた。ブッチはすんでのことで笑いだしそうになった。両親が目を覚まして下りてきたのだ。もし下まで来たら、そのときは……

「おまえたちは、おれたちのところへ来るつもりだったんだろう？」カールが言った。

ブッチとサンダンスは振り向いた。世界は引っくり返り、ありとあらゆる規則は消え失せた。

何年もあとになってから、おまえは真剣に考えた。どうしてあんなことになってしまったのかと。本からも統計からも、おまえはありとあらゆることを学んだ。子どもの行動についても、方々《ほうぼう》を移動しながら人殺しをする二人連れの男女についても。アメリカの話だ。アメリカだからそんなことが起きたのだ。でも、このドイツでそんなことが起きるだろうか？　おまえは子どもたちがどれほど見破られやすい存在であるかを知らなかった。ブッチとサンダンスが秘密にしているつもりでも、その計画は目の前にネオンサインを掲げているようなものだった。よく観察すれば、誰の目にも明らかだった。ファンニとカールは、よく観察していたのだった。

男と女はブッチを連れていくと言った。

彼が好みに合っていると言った。

「あんたが好きよ」ファンニは言った。

ブッチは泣きわめいた。声をたてずに。そしてサンダンスを見つめた。サンダンスは勇気を出して小声で言った。「ブッチを離してやって」

〝お願いだ〟

「ぼくを連れていって」

ファンニとカールは少し考えたあと、かぶりを振り、サンダンスよりもブッチのほうが気に入っていると言った。間違いなくそう言った。

「おまえの友だちのほうが好みに合っている。そのことはあらかじめ、考えておくべきだったな。建設用地にいたとき、おまえにもチャンスはあったんだ」

カールはサンダンスの頭を撫《な》でた。

「もしかしたら、いつか、おまえの望みを叶えるために戻ってくるかもしれん」

ブッチはすすり泣いた。一度だけ大声で。カールはすぐさま、ベルトからナイフを引き抜いた。ブッチは黙った。カールはナイフの先でブッチの鼻を軽くたたき、頰をそれで撫で下ろし、刃で涙を拭《ぬぐ》い取った。

「おれは急いでおまえの両親のところへ行って、くそ心臓を切り取ってくる。それでもいいのか？」カールはやんわりと訊いた。「それでもいいのか？」

ブッチはふたたび呼吸困難に陥った。目眩《めまい》がし、ふらつき、倒れそうになった。ファンニは肘掛け椅子から跳び上がり、ブッチを受け止めた。ファンニはブッチを胸に抱きしめ、彼の耳にささやいた。

「そう、そう、それでいいのよ。息をおし、坊や、息をおし」

カールはサンダンスに、リュックサックを外から取ってくるようにと命じた。そのあとは二階に行って寝るようにと。

「もし、おれたちの言うことを聞かなかったら、おまえの頭を切り開いて、なかに脳味噌が詰まっているかどうか見てやる。ほら、これを見ろ」

カールはサンダンスに近づき、左の耳から顎《あご》まで走っている傷痕を見せた。

「おれはそれでも生き延びた」カールは言った。「おまえも生き延びられるかどうかは、誰にもわからん。おまえの友だちのことは安心しろ。また戻してやるから。おれの言うことを信じるか?」

カールは微笑を浮かべていた。彼は黙らせようとしてか、人さし指をサンダンスの唇にあてた。サンダンスは黙っていた。彼は沈黙には長《た》けていた。

「おれを信じるなら、この指を舐《な》めろ」カールは言った。

サンダンスは舐めた。塩辛く、渋かった。カールはふたたび手を下ろし、濡れたその指を自分の口に入れた。

「ムムム」

そして、彼らは立ち去った。ブッチはファンニの腕に抱かれ、ベランダのドアから夜へと出ていった。サンダンスは留まっていた。震えながら静かに。十分間、ただそうやって居間に立っていた。それから口を拭った。何度も何度も。そして唾《つば》を吐くだけ吐いてから、こっそり浴室に行き、石鹼《せっけん》のにおいに吐き気をもよおすまで口を洗いに洗った。そのあとカールに命じられたとおりリュックサックをなかに入れ、ブッチの部屋に運んでいった。でも、彼は寝る代わりに、もう一度、階下へ下りていった。床にすわり、ブッチがドアから入ってくるのを待っていた。サンダンスはおとなしく言いつけを守るタイプではないし、そのことを自覚してもいた。彼は自分と闘ったが、やはりどうにもならなかった。どうしてもブッチを待ちたかった。彼は何度もあのナイフのことを考えた。〝ぼくは生き延びる。ぼくは生き延びる。ぼくは待って、ブッチが帰ってきたら、いっしょに生き延びる。ぼくは生き延びる。いっしょに生き延びるんだ。ぼくたちは……〟

最初は影だけが見えた。

サンダンスは目覚めた鳥の声を聞いた。庭の上空を覆《おお》っていた灰色はためらいがちに消え、鈍い青色になりつつあった。サンダンスは肘掛け椅子にもたれていた。お尻が痛かった。床に敷かれた絨毯《じゅうたん》はコンクリートのように硬かった。サンダンスは背骨が曲がってしまったように感じていた。

するとそのとき、影がさした。

サンダンスは目をこすって眠気を払い、もっとよく見えるようにと何度も瞬《まばた》きした。影は芝生の上に落ちていた。盛り土か、見つかるのを恐れている獣のように見えた。

サンダンスはベランダのドアから外に出た。草は朝露に濡れていた。ブッチはまるで丸めた拳《こぶし》のように見えた。頭を膝に押しあて、脚は体に引き寄せ、腕で抱え込んでいた。ブッチの息が聞こえた。重くせわしなかった。サンダンスはブッチの背中に手を置いた。たちまちブッチは震えだした。

「彼らは行ってしまった」サンダンスは言った。

少しずつながら、しだいにブッチの硬直は解けていった。彼の顔は涙で光り、髪は汗でぐっしょり濡れていた。一羽の鳥が少年たちのほうへ騒がしく降りてきた。新しい一日が始まったのだ。サンダンスはブッチを助け起こした。家に入り、階段を上っていくあいだもブッチを支えていた。ブッチは自分の部屋ではなく浴室に行きたがった。サンダンスが浴室まで連れていくと、ブッチは一人で閉じこもった。サンダンスはドアの前に佇《たたず》み、シャワーの音を聞いていた。何をしていいのかわからなかった。五分待ってもシャワーの音はやまなかった。サンダンスはさらに五分待った。彼は騒がしく降りてきた鳥のことを思った。石を投げればよかった。サンダンスはかすかにドアをノックしたが、シャワーの音はなおもつづいていた。ブッチの両親がベッドで動きだしたのをきっかけに、サンダンスは自分のリュックサックを持って階段を下り、家まで走って帰った。

おまえは今でも疑問に思っている。親友が、あのように簡単に疎遠になれるものだろうかと。この世界に神聖なものはひとつも存在しないのだろうか？　当時のブッチとサンダンスは兄弟のようだった。幼稚園では片時も離れなかった。運命によって定められた者同士のようだった。建設用地での性的虐待のあと、二人はしばらくのあいだ、これまで以上に親密になっていた。でも、二人で家から逃げ出そうとしたあの夜、失敗に終わったあの夜、二人のあいだに亀裂が生まれた。

ブッチが二度までも裏切られたと感じたためか、それともサンダンスが無力感をうまく処理できなかったためかはわからない。原因が何であれ、今となってはそれを探るには遅すぎる。あのときは結果だけが重要だった。そして、その結果たるや破滅的なものだった。

ブッチはつぎの週、学校を欠席した。サンダンスはブッチの家に立ち寄ったり電話をかけたりする勇気がなかった。毎晩、無線のスイッチを入れておいたが、ブッチは連絡してこなかった。

九日目、サンダンスはブッチを訪ねていった。ブッチの両親から追い払われるものと覚悟していた。あらゆることを予想していたが、まさかブッチ自身がドアを開けてくれるだろうとは思いもよらなかった。

「おまえ、大丈夫か?」サンダンスは訊いた。前日に会ったばかりのように。

「大丈夫だよ」ブッチは言った。

左目が一度、ピクピク動いた。そのあと彼はサンダンスを無視して向こうを見た。誰かを待っているかのように。

「おまえ、病気なのか?」サンダンスは訊いた。

「ちょっとだけ」ブッチはつぶやいた。

サンダンスは身をかがめた。どうしても訊かずにはいられなかった。

「彼ら、おまえに何をしたんだ?」

サンダンスはブッチが誰のことを話しているのかわからないと言い逃れをするか、あるいは泣きだすか、何をするかわからないと覚悟していた。でも、ブッチはただ答えただけだった。

「彼らは消えてなくなった。永久に」

サンダンスは危うく、笑いだすところだった。

「まさか、そんな」サンダンスは言った。

「本当だよ」

「でも……」

「またなかに入らなきゃ」ブッチは言った。「ぼくを信じたほうがいい。彼らは消えてしまったんだ。ぼくはそう信じている。信じていれば、そうすれば……」

ブッチは急に黙り込み、サンダンスを驚いたように見つめた。誰かが彼の口から言葉を盗んだかのように。

サンダンスは不安になった。

「ぼくたち、まだ友だちだよね? 違うか?」彼は言った。

「もちろん、ぼくたち、まだ友だちだよ」ブッチは答えると、ドアを閉めた。

タマラ

フラウケがリュックサックを背負ってヴィラを立ち去った日の午後、二台のパトカーが敷地に停まった。一台目からは三人の警官が飛び降りて車の脇に立っていた。二台目の車はしばらく停まったままだったが、やがてドアが開き、ゲラルト刑事が降りてきた。「嫌になるな」ゲラルトは誰にともなく言うと、ヴィラに向かった。

タマラはこうした動きを何も知らなかった。二階で電話をかけていたからだ。そこへヴォルフから、下りてくるようにと呼び出された。彼女は階下で二人の警官に会った。若いほうの警官は彼女にすわるようにと勧めた。親切そうではあったが、緊張を隠しおおせていなかった。タマラには何が起きたのか想像もつかなかった。それに、自分よりも年若い警官の言葉を真面目に受け取る気にもなれなかった。

「立っているほうがいいので」彼女は言うと、何があったのか知っているのかとヴォルフに訊いた。

「窓から見てごらん」

タマラは警官の脇を通って窓辺に立った。敷地にパトカーが停まっており、そのそばにフラウケがいて、ゲラルトと話しながら湖面を指さしているのが見えた。

「すわってもらえませんか？」若い警官はあらためて言った。

タマラは立ったままだった。外では二人の警官が、今まさにシャベルで墓穴を掘り返しているところだった。三人目の警官はシェパードを連れていた。犬は彼の足元で舌を垂らしてすわっていた。タマラは身を切るように冷たい空気のなかで、犬の息をはっきりと感じた。ヴォルフが彼女のそばに来た。

「フラウケは本気らしい」彼は言った。

タマラにはどう答えていいのか、わからなかった。でも、〝今朝も同じように窓辺に立って外を見ていた。

こちらに何も起きないうちに、外の世界は変わったのだ〟タマラはそう思ったが、それは嘘だった。壁に磔《はりつけ》にされたあの女性を見つけたときから、認めたくないほど多くのことが彼らの身に降りかかってきたのだ。〝何もかも壊れていく。何もかもがその価値を失っていく〟

「クリスはどこ？」タマラは訊いた。

「彼はきみの言うことを聞いて、十五分前にインマヌエル病院へ行った。あのみっともない瘤《こぶ》の治療を受けに」

ゲラルトが上着からタバコを取り出し、フラウケに一本、渡すのが見えた。フラウケは火をつけてもらい、目を上げて窓辺に佇《たたず》んでいるヴォルフとタマラを見た。

タマラには手を上げる気力がなかった。ヴォルフは顔をそむけた。

三十分後、警官たちは黙って墓穴の周囲に立ちつくしていた。フラウケとゲラルトがそばに並んでいた。彼らはヴィラに目をやり、ふたたび墓穴に目をやった。タマラは窓から離れることができなかった。何か貴重なものが自分の手から落ち、その壊れた部分を元どおりにつなぎ合わせられる者は、一人もいないかのように思えた。

〝もしわたしが目をそむけたら、すべてが過ぎていってしまう。フラウケとわたしをもう一度、つなぎ合わせる瞬間を逃してしまう。なぜ彼女はわたしたちを、こんなふうに裏切ったのだろう？　いったいなぜだろう？〟

二人の警官が墓穴に下りた。彼らが寝袋を持ち上げて、顔をそむけるのが、タマラには見えた。

〝もう、たくさん〟

タマラは、フラウケがゲラルトといっしょにヴィラに突進してくるのを見ていなかった。台所で、一人の警官が彼らの行く手をさえぎったが、二人は彼を押しのけてヴォルフに狙いをつけた。

「彼女をどうしたの？」

　ヴォルフはただフラウケを見つめただけだった。

「彼女をどうしたの、ヴォルフ？　いったいぜんたい彼女は今、どこなの？」

「誰の話をしているんだ？」

「誰のことだか、よくよく知っているじゃない。いったい死体はどこへ行ったの？」

　タマラはフラウケがあの死者の名を覚えていないことを意外に思った。〝きっと、声に出して言いたくないからだ。なぜって……〟

　その瞬間、たった今フラウケの言ったことの意味がタマラに襲いかかってきた。

「何の話か、さっぱりわからない」ヴォルフは言った。「でも、きみの顔をとうぶん、見たくないことだけは確かだ」

　ゲラルトは咳払いし、二人の警官を外に追いやった。

　ゲラルトの声が、警察の仲間たちや、このあと二日間、家庭訪問しなければならない者に対しては優しいことに、タマラは気づいた。

「墓穴にあったのは寝袋だけだった。フラウケは死体があるものと予想していたが……」ゲラルトは言った。

「予想じゃないわ」フラウケは彼をさえぎった。「死体は確かにあったのよ」

　ゲラルトは話しつづけようとしたが、フラウケは彼を無視した。

「どこに彼女を隠したの？」フラウケはヴォルフから訊き出そうとした。「お願いだから言ってよ。そうしたら、ここは終わりにするから」

「きみは、いったいどうしたの？」ヴォルフは落ち着いていた。「昨夜の口論といい、今のことといい。ぼくがきみを殴ったなんて、よくもゲラルトに言えたもんだ」

　フラウケは顔を赤らめた。つぎに何が起きるかタマラには予想できた。今朝の遠雷と、それにつづく稲妻を不安な気持ちで待っていたときと似ていた。〝ここから逃げ出したい〟タマラは思った。でも、もう手遅れだった。すでにフラウケは振り向いて、タマラをじっと見つめた。

「そんなふうに見つめないでよ」タマラは言った。「それにしても、いったい、どうしたの？　わたしにはわけがわからないわ」

フラウケはぱっと口を開いた。そのすばやい反応にタマラはほっとし、今すぐフラウケに謝ろうと思った。そのとき、ゲラルトが言った。

「ヴィラの家宅捜索をおこないたい。異論がなければ」

「どうぞご随意に」ヴォルフは言った。「フラウケが案内するだろう。彼女なら勝手がわかっているから」

一時間後、二台のパトカーは去っていった。警官たちはどの階も残らず汚していった。彼らはヴォルフの部屋で、古風なココアの缶に入ったマリファナを見つけたが、それについてはひと言も触れなかった。ゲラルトだけはあとまで残り、書類に署名するように求めた。家と敷地の捜索に対する承諾書だ。

「で、もし署名しなかったら？」ヴォルフは訊いた。

「そのときは、怒るだろうね」ゲラルトは正直に答えた。

彼らは署名した。

ヴォルフはフラウケと二人だけで話がしたいと言ったが、ゲラルトはそれはあまりいい考えではないと言った。ヴォルフは口汚く罵倒《ばとう》し、携帯電話でクリスに連絡を取ろうとした。タマラのほうはゲラルトを玄関まで送っていった。フラウケはタバコを吸いながら、門の前に立っていた。みじめに見えた。ゲラルトは砂利道を踏んで彼女に近づいていった。〝悲しい映画の最後のシーンみたい〟タマラは思い、フラウケが自分に視線を投げるのを無意識のうちに待ち望んでいた。

ゲラルトとフラウケは道路に出て、そのまま立ち去っていった。

タマラは疲れたように目を閉じた。自分がベッドで目覚め、もう一度この日をやり直せたらいいのにと願った。ふたたび目を開けると、雪がひらひらと顔に舞い落ちてきた。最初の雪片は繊細で軽かったが、つづいて落ちてきたのは厚くて重かった。二月の終わりだが、これがこの冬最初の雪だった。タマラはしばらく空を見上げていた。微笑もあれば、わずかながら涙もあった。タマラはドアを閉め、ヴォルフが待っている台所へ行った。

「もしかして雪？」ヴォルフは言うと、タマラの髪を撫《な》でた。

「今、降りはじめたばかりよ」

ヴォルフは彼女に自分の紅茶のカップを渡した。二人は並んで台所の窓辺に立っていた。ほかに適当な場所がないかのように。タマラは降りしきる雪と、荒らされた庭を眺めていた。二人の腕が触れ合った。タマラは紅茶を少しすすってヴォルフに返した。彼らはまだ憤慨してはいなかった。フラウケが何をしたのか、きちんと把握するまでに至っていなかったからだ。

「あなたたちが、やったわけじゃないわ」タマラは言い切った。

「ぼくたちじゃない」ヴォルフは請け合った。

タマラはヴォルフの肩にもたれかかった。彼女はベルッツェン夫妻のことを思っていた。彼らが毎朝、いかに早起きであるかを。〝もしかしたら夫妻は何かを見たかもしれない。対岸から、誰が死体を掘り返したかを見ていたかもしれない〟タマラはその思いを自分の胸にしまっておいた。正直なところ、誰が掘り返したのか、もう知りたいとは思わなかったからだ。

「クリスは頭にくるだろうな？」ヴォルフは言った。

二階で、電話の一台が鳴った。彼らは動かなかった。

もう少しこのままでいたかった。雪は掘り返された地面を、ついさっきまで墓であった地面を覆いつくした。彼らはすべての痕跡が白一色に消されてしまうまで、窓辺に立っていた。

「なんという変態だ。死体を掘り返して、百合の花を置いておくなんて」ヴォルフは言った。

タマラは何の反応も見せなかった。彼女の心はそこにはなかった。もしつぎにフラウケに会ったら、自分はどんな態度を取るだろうかと自問していたのだ。

〝彼女はあっさり謝り、すべて元どおりになるだろうか？〟そうは願いつつも、タマラはそれを信じてはいなかった。

現場にいなかった男

彼には何が起きているのかわからなかった。時が間違ったテンポで進んでいくように感じられた。リズムの予測がつかず、誤った休止符が挿入されたかのようだった。彼は調子が狂い、ぶざまに、おぼつかなく足を引きずっていった。いつかこういう日が来るだろうという予感はあった。自分の人生を制御できない者は、すべてが手に負えなくなり、何の成果も得られぬままに終わるのだ。

彼らが何者なのかは知らなかった。どこから着手すればいいのかもわからなかった。かつてはすべての人間の弱点をあばき、自分のために利用するのが彼の才能だった。それがどの程度まで残っているかは不明だった。もう長い歳月が経っているからだ。わかっているのは一刻も早くこの硬直から目覚めなければならないということだった。真夜中にベッドで起き上がり、夢は夢にすぎず、自分は現実世界に属しているのだと喜ぶ人間のように。

彼らがあの賃貸マンションを立ち去るまで二時間以上も待ち、あとから車で尾《つ》けていった。ベルリンを抜けてアウトバーンを走っていった。彼らの車が森の道へと曲がったとき、彼はライトを消し、彼らの車のテールランプのあとを追った。男が二人で穴を掘り、女が一人、懐中電灯で照らしていた。そのあと口論になり、女は男の一人を殴打した。彼には何も理解できなかった。五分後、三人は死体を穴に埋めることもなく車で走り去った。彼はあとを尾けていった。

そして今ここに来て、閉ざされた門を眺めている。真夜中を少し過ぎた頃、一人の男と一人の女がヴィラから出てきた。初めて見る顔だ。男は別れを告げて車で走り去り、女はヴィラに戻っていった。

〝あと何人いるのだろう?〟彼は疑問を抱きつつ、なおも待っていた。寒くなってきたので近所を偵察しようと路地を徒歩でめぐった。周辺をよく知るのは重要なことだ。道路は市街地図でじっくり見ておいた。ヴィラの敷地をそれ以上知ることができず不満だった。周辺の家々を眺めているうちに、緩慢《かんまん》ながらも彼は本領を発揮しはじめた。狩人の勘だ。ずいぶん長い歳月が経っていて、自分が素人《しろうと》のように感じられるのは癪《しゃく》だった。

徒歩では何も達成できないといち早く察知し、車でビスマルク通りを越えて、ケーニッヒ通りへと戻っていった。彼はクライナー・ヴァン湖の、ヴィラの対岸に車を停めて、仕事に取りかかった。

最初の選択は失敗だった。ドアの呼び鈴を鳴らすが早いか、彼はそれを悟った。敷地を外側から眺めるのはほとんど不可能だった。以前の彼なら、百パーセント確実だとわかってから初めて呼び鈴を鳴らしたものだ。

一人の女がドアを開けた。猫を抱いている。彼は夜遅くにお邪魔して悪かったと詫《わ》び、それ以上の説明をすることなく立ち去った。二軒向こうでは、男がドアを開けた。ここなら大丈夫だと彼の勘が告げていた。だが、確かめる必要があった。

「夜分遅くにお邪魔して申しわけありません。車が立ち往生してしまったのです。すぐ先の道路に停まっているのですが、牽引してもらうために、急いでドイツ自動車連盟《ADAC》に電話をかけたいのです」

「携帯電話の嫌いな方は、わたしの友だちです」ヨアヒム・ベルツェンはそう答えると、彼を家のなかに招じ入れた。

母親は彼がまだ子どもの頃から、その才能に夢中になっていた。どんなときでも、ぴったりの言葉を見つけ、その場にふさわしい微笑を浮かべることができたからだ。

「素晴らしいお住まいですね」彼は言った。

ヨアヒム・ベルツェンは妻を呼んだ。彼女は二階から下りてきた。頑丈で小さい手をしている。彼女もまた、露ほども疑念を抱いていなかった。彼はどのように振る舞っても、いつも善良な人間に見られるのだ。

「まあ、すっかり凍えていらっしゃる」ヘレーナ・ベルツェンは言った。

彼は腕をさすりながら肩をすくめた。つぎの瞬間、ヘレーナは紅茶を用意するため台所に消えた。そのあいだに、彼は電話をかけた。気象庁に。駐車票を見ながらいいかげんな顧客番号を読み上げ、迅速なサービスに礼を述べた。

「ＡＤＡＣは四十五分以内に来るそうです」彼は言いながら、テラスの窓越しに庭を見た。そして、対岸のヴィラの窓に明かりがともっているのに気づいた。

「もっと時間がかかるものと、いつも思っていました」彼はつけ加えた。

「夜間は、ADACも暇なんですよ」ヨアヒム・ベルツェンは言うと、すわるようにと客人に促した。ヘレーナは紅茶を持って戻ってきた。彼女は、この寒さに戸外でADACを待つのはやめたほうがいいと言った。これをきっかけに、ベルツェン夫妻は話しはじめた。彼は四つの質問に答えただけで、すぐに本題に入った。彼は素晴らしく美しい敷地を褒《ほ》めたあと、さりげなく、対岸に立つあの豪壮なヴィラには、いったいどんな人が住んでいるのかと訊いた。

夫妻は何もかも教えてくれた。ヴィラの持ち主がいかに感じのいい人たちであるか、何という名前か、どんな仕事で成功したのか、を。

「つまり、代理業をしているわけですね?」最後に彼は言った。

「何か保険関係ではないでしょうか」ヘレーナは言った。ヴィラの持ち主たちは、実際は、そうは見えないのだが。

「いずれにせよ、あの人たちは不労所得があるんですよ」ヨアヒムは口をはさんだ。そこに含まれる微妙なニュアンスに、三人とも笑った。

ベルツェン夫妻は、自分たちの家の話をした。これを得るまでの長い苦労の年月のことを。夫妻は彼に家のなかを案内した。ここを訪れる客はほとんどいないのではないかという彼の疑念は証明された。この人たちは、どちらかに先立たれたあとは、生きる意欲を早々と喪失してしまうような類の夫婦なのだ。

「もう一杯、紅茶をいかがですか?」ヘレーナはすすめた。

彼は腕時計に目をやり、かぶりを振った。「もうおいとまする時間です。レッカー車もきっと待っていることでしょうし」彼は温かいもてなしと、電話を使わせてもらったことへの礼を述べた。ベルツェン夫妻は戸口まで見送った。彼は二人と握手した。つかのまの体の触れ合いを、彼はいつも重んじていた。彼が今まさに向きを変えようとしたその瞬間、コートのポケットのなかで携帯電話が鳴った。

十五分後、彼は客用トイレで両手を洗い、ベルツェン家の暗いテラスにすわっていた。携帯電話を切っておくべきだった。もっとも重要なことを忘れるなんて、よくもまあそんなヘマができたものだ。彼には納得できなかった。

「カールか？」彼は言った。「今なら話が……」

「彼女はどこにいるんだろう？」相手はさえぎった。

「二日経つのに……」

「カール、落ち着け」

カールの声には焦《あせ》りがあった。これはよくない。焦ったことがない男なのに。

「でも、彼女はいつも電話してくるはず……」

「わたしが落ち着けと言ったら、落ち着くんだ。わかったか？」

それは命令だった。カールはたちまち静かになった。ほかに選択肢はなかった。

「おれは落ち着いてるよ」二、三秒後、カールは小声で言った。それを聞いて彼は心に温もりを感じた。温もりのあとには悲しみが生まれた。〝わたしは、ファンニがどこにいるのかを知っている、カール〟それをカールにどう伝えればいいのか、彼は自問していた。

〝彼らはまるで兄妹のようだった。わたしの子どもたち〟

「わたしはファンニがどこにいるのか知っている。カール」彼は用心深く言うと、話しはじめた。やがて、カールの泣き声だけが聞こえてきた。彼はカールをなだめようとは思わなかった。かといって、このような悲嘆の声を聞きたいとも思わなかった。

「カール、元気を出せ」

彼はファンニを殺したのが何者であれ、そいつはカールをも狙っている可能性があると指摘し、警告を与えた。
「おまえは危険にさらされている、カール。用心しろよ」
そう告げただけで、あとはカールに任せた。恐怖と不安でいっぱいのカールに。なぜなら、恐怖と不安を感じた者は、同時に、自分の周囲の危険に対して敏感になるからだ。そうであるようにと子どもたちに求めてきた。少なくともその要望に応えることが、彼の愛に対する子どもたちからのお返しだと思っていた。

テラスは理想的な場所だった。彼は椅子からプラスチックの防水シートを取りはずし、風の来ない蔭にすわった。家のなかの暗闇を背にして。あのヴィラは目の前にある。ほかにも納屋や車寄せの一部も見渡せた。

彼はただ待つことによってのみ先へ進めることを知っていた。〝正しい行動は忍耐から生まれる。忍耐は待つことから成り立っている。待つことのできない者は忍耐を示すことができず、正しい行動の機会を逸する〟これが何からの引用なのか、彼には思い浮かばなかった。たぶんカレンダーにあった言葉を読んだのだろう。本にはもうとっくに興味を失っていた。人生は他人の思考がなくても、充分、複雑なのだ。

寒かった。彼は家のなかから毛布を取ってきた。昔はこんなに寒がらなかった。すべてが違っていた。最近の何年間かは、自分の意思で隠遁《いんとん》生活を送っていた。ベルリン西部の家での無名の暮らしは、彼を小さく取るに足りない存在にしていた。でも、自ら決めたことだった。もう誰とも連絡は取らなかった。心臓が衰弱していた。手術を受け、何週間も何カ月も病院で過ごした末に、自分の人生を変えて姿をくらませたのだ。自分の意思で、長い長い眠りについたメルヘンのなかの人物となっていた。彼女の電話で目覚めるまでは。

「信じないだろうけど、今、誰がうちのトイレに入っていると思う？」それがファンニからの電話の言葉だった。

彼は沈黙で応じた。彼女が電話してくるのは予想外だった。郵便による連絡はあったが、それは一方的なものだった。彼は子どもたちのために存在するのを、もう望んでいなかった。彼らは親の手を離れたのだ。子どもたちは知らず知らずのうちに、自らの存在によって、そのことを彼にはっきりとわからせたのだ。そうやって彼は人生から拒否された。彼は黙ったままファンニの息づかいを聞いていた。戦慄が体じゅうを駆け抜けた。まるで性的興奮を抑えているかのようだった。でも、うまくいかなかった。体が震えていた。感謝の気持ち、幸福感、安堵《あんど》の思いで。〝ファンニ〟。彼女は家族なんだ。表には決して見せないだろうが、彼は家族に会いたくてたまらなかった。

「彼はずいぶん大きくなったわ」ファンニは言った。

「誰が？」彼はやっと口に出した。

「ラルス坊やよ。わたしたちの小さいラルスが戻ってきたのよ。彼は……」

彼は電話を切った。あまりにも神経がたかぶっていたので少し失禁したのだ。尿は脚を伝って流れた。長いあいだの沈黙の末、今になってこの報せ。息子の一人が戻ってきたのだ。〝ラルス〟。なぜ自分が健康なうちに、そうならなかったのだろう？　なぜ今になって？　今の彼は過去そのものだった。

彼は無意識のうちに反応し、ファンニの家まで車を走らせた。彼女の新住所も知っていた。子どもたち全員の住所を知っていた。道々、自分の欲求の強さに驚いた。すべての決意を捨てさせるほどの強さだった。彼は笑った。ふたたび若く大胆不敵になったように感じていた。〝わたしたちの小さいラルスが戻ってきたのよ〟ジグソーパズルの一片がピッタリ合わさったかのようだった。彼もまた、その一片だった。

〝そうなんだ〟

でも、彼の到着は遅すぎた。何分間かの差だった。この日初めて、彼は時がバラバラに壊れるのを実感した。以前の彼は決して遅れることはなかったし、このような不注意を厳しく罰したことだろうに。

建物の玄関ホールで一人の男に出会った。黒いゴミ袋を持って階段を下りてきて、彼に礼儀正しく道をゆずった。彼らは互いに会釈した。彼には関連がわからなかった。あまりにもたかぶり、欲求が強かったためだ。溢れるほどの感情と追憶が彼のなかで猛り狂っていた。ファンニの住居のドアの前に立ち、四度ベルを鳴らしたとき、初めて彼は理解した。直感がはたらいたのだ。彼は急いで階段を下りて道路に出た。もちろん、男はとっくにいなくなっていた。彼はそこに佇《たたず》んで拳《こぶし》を丸めた。気持ちを集中した。〝どこへ行ったのだろう？〟そして、一秒また一秒と過ぎていくにつれ、彼はまたも、かつての彼に戻りはじめた。

彼はファンニからの電話を頭のなかで何度もくり返し再生した。カフェに入り、じっくり考えた。パズルの一片が合わなかった。〝ラルスはファンニに何の用があったのだろう？〟四年ぶりにコーヒーを飲んだ。体がその味を受けつけなかった。胃袋がゴロゴロ鳴り、ガスが出た。彼は急いでトイレに行った。ふたたびテーブルに戻ってくると、大きいカップのカプッチーノを頼んだ。肉体に負けたくはなかった。しかもコーヒーは思考を助けてくれる。彼はあれこれ考える必要があった。結局、彼はもう一度、ファンニの住居まで行った。ドアの鍵をこじ開けるのに何分もかからなかった。推測どおりファンニは姿を消していた。

ソファのカバーは二カ所で色が変わっていた。ソファ自体の位置も変わっている。ソファの脚が元はどこに立っていたのかは一目瞭然だった。ファンニはこんなふうに位置を変えたままにはしておかない。ファンニは躾《しつ》けのいい娘だった。ほかならぬ彼が彼女を教育したのだ。彼は身をかがめ、ソファの変色した部分のにおいをかいだ。馴染《なじ》みのあるにおいだ。苦くて鋭い。催涙ガスのCSガスだ。そして、よくよく見ると、ヒントは至るところにあった。テーブルの下の絨毯《じゅうたん》には燃えてできた穴があり、その横に灰の残りが見つかった。絨毯のウールの繊維に火がついて燃える可能性もあったが、誰かがタバコの吸殻を踏み消して灰皿に入れたのだ。タバコのフィルターにはまだウールの繊維が何本か付着していた。ファンニならすぐさま灰皿を空けて、洗ったはずだ。

彼は、今はもう成人男子になっている小さなラルスの立場に身を置いてみた。目に浮かんできた。ラルス・マイバッハが。彼は閉鎖された泉から板張りの蓋《ふた》をむりやり取り去るように、記憶の扉を開けた。静寂と冷気が足元から立ちのぼってきた。彼は笑った。勘に身を委《ゆだ》ねれば、こんなにも簡単に答えが見つかるのだ。

彼のファンニをラルスが運んでいった場所は、ただ一カ所しかない。

彼はクロイツベルク地区まで車を走らせた。道路をはさんで反対側に駐車場があった。彼は車から下り、車の流れがとぎれたら道路を渡るつもりだった。その間に、彼らが建物から出てくるのが見えた。男が二人と女が一人。彼らの顔の表情を見て、彼はなぜか歩道で立ち止まり、携帯電話をコートから取り出してメールを読むふりをした。彼らは道路を横切り、彼のそばを通っていった。女は彼の肩を軽くかすめて行った。三人は車に乗り込み、駐車場から走り去った。彼が三人の顔から読み取ったもの。それは〝死との遭遇〟だった。彼はためらわず道路を渡った。クラクションが鳴らされたが、かまわず建物の入口まで突進し、裏庭を通り抜けて階段を上っていった。

だが、今度もまた手遅れだった。

それから何時間か経って、ベルツェン家のテラスにすわった彼は、対岸にいる男たちを見守っていた。あのとき、道路で出会ったばかりでなく、森で墓穴を掘っていた男たちだ。今では彼らの名前も、彼らが兄弟であることも知っている。クリスとヴォルフ。姓のほうはベルツェン夫妻も知らなかった。兄弟は屋内庭園にすわって酔っぱらっていた。何も知らず、何も感じていないのだ。彼は一秒たりとも彼らから目を離さなかった。眺めれば眺めるほど謎は深まった。〝彼らの人生とファンニの人生とに、どんな関わりがあるのか？　接点は何か？〟その謎は、壁で窓をふさがれ、ひとつしかないドアも閉じられた家のようだった。この家に到達する道はただひとつだ。その鍵がラルス・マイバッハであることは明らかだった。

早朝四時、兄弟がふたたび墓穴を掘っているのが見えた。今度は喧嘩《けんか》しなかった。彼らはファンニの死体を穴に入れた。雨が降りだした。氷雨だった。雷鳴を伴い、音をたてて降ってきた。兄弟は土を手押し車に載せて水辺まで運び、クライナー・ヴァン湖に捨てた。彼はもはやおとなしくすわっていることができず、雨にはかまわず湖岸に立った。ヴィラまでの距離は五十メートルあるが、兄弟のあえぎが雨を通して聞こえてきた。彼らは一度、目を上げたが、彼の姿は見えなかった。彼のほうも見られるつもりはなかった。長いあいだ使っていなかったとはいえ、習得したことをすべて忘れたわけではない。彼は物陰に隠れていたのだ。もし彼が呼びかけたとしても、兄弟には彼の姿は見えないだろう。

〝ここだ。わたしはここにいる〟

兄弟はヴィラに戻っていった。明かりが消えた。彼は身じろぎもせずそこに立ち、静寂に耳を傾けていた。風が吹いているのに寒さは感じなかった。内面の火が暖めてくれていた。魂が炎に包まれていた。聞こえるものは雨の音のみだった。雨と風。その真っ只中に彼がいた。心臓にリズムが生まれていた。彼はそれを感じながら息をしていた。

ベルツェン夫妻はボートの話をしていた。夏になると、それを漕いでプファウエン島まで行くのだと。ボートは家の裏側に繋留《けいりゆう》されていた。彼は覆《おお》いの防水シートを引きはがした。オールはボートの側面にしっかり差し込まれていた。彼は家のなかに取って返し、防水性のジャケットを見つけ、濡れた服の上から着込んだ。野球帽も見つけたので、それもかぶった。作業中に雨が目のなかに流れ込まないように。今まさに外に出ていこうとしたとき、玄関ホールに生けてある花が目に入った。白くて、とても美しく清らかだった。純粋な命を感じさせた。彼はその百合の花束をつかんで持っていった。

ボートを水に浮かべたとき、かかりつけの医師の気づかわしげな眼差《まなざ》しが思い浮かんだ。五分間、胸のなかを不穏なゆらめきがつづいた。でもそれは、オールを漕ぐごとに弱まっていった。水流はほとんど感じられなかった。対岸までの五十メートルを難なく突破し、ロープを小桟橋に巻きつけて陸に上がった。兄弟がどこに手押し車とシャベルをしまったかはわかっている。彼はシャベルを一本取ってきて、仕事を片づけた。

彼は夜明けにベルツェン夫妻の家に戻ってきた。寝袋だけ穴のなかに残し、墓穴はふたたび閉じておいた。ファンニをソファに寝かせたあと、ボートを陸に引き上げ、元の置場に戻しておいた。彼は疲れていたが、高揚感のほうが強かった。防水ジャケットはコート掛けに吊るし、野球帽はその横の棚に置いた。

すべて、元どおりとなった。

彼は自分の体を見下ろした。服は汚れ返り、ズボンは至るところに泥がべったり付着していた。彼は着衣を脱いで洗濯機に放り込み、高速洗浄のボタンを押したあと、下着姿で地下室に下りていった。内面の火は鎮まっていたが、彼は凍えるつもりはなかった。地下室は長い作業台のある広い仕事室になっていた。紐《ひも》に吊るされたいくつもの模型飛行機もあれば、スプリングの壊れた肘掛け椅子や、ガタガタ音をたてている冷蔵庫もあった。片隅には古いフリッパー・ピンボールが置かれていた。暖房用のボイラーは階段のすぐ下にあった。温度を二十五度に設定したあと、彼は一本の支柱の脇に革ケースに入った双眼鏡を見つけた。

彼はシャワーを浴びながら、ファンニを自分の身にぴったり押しつけて悲嘆に暮れた。再統一のようだった。彼はファンニの体を洗い、額の傷にキスをした。彼女がどう変わったかをじっくり吟味した。彼のファンニ。彼女は老けて見えた。彼はファンニの唇に触れ、乳房を持ち上げ、また垂らした。彼女の両手の傷から血をこすり落とすと、清潔な傷口だけが見えてきた。彼女の髪を洗っているうちに性的興奮を覚えたが、彼のペニスは重くしっかりと太股に留まっていた。彼は髪のシャンプーの泡をすすいでよく拭いたあと、彼女を二階に運び、控えの間のソファに横たえた。ベルツェン夫妻と同じ部屋に寝かせるにはしのびなかったからだ。ファンニはとくべつの存在なのだ。彼女を横たえ、毛布を掛けて、一人にしておいた。

夜は居間で、ヴィラを眺めながら過ごした。アラームが聞こえると、洗濯機から洗濯物を取り出し、そばにある乾燥機に入れた。まもなく、温もりの残る服を身につけ、心地よい気分に浸った。疲労は消し飛んでいた。

コーヒーを沸かしてカップに注ぎ、居間にすわった。透きとおるように薄いカーテンのおかげで、身は守られながらも、思う存分、ヴィラを眺めることができた。

こうして朝を過ごしながら、ヴィラに警察がやってきて墓穴を掘り起こすのを見ていた。誰が警察を呼んだのか、ヴィラで何がおこなわれているのかは不明だった。でも、彼らが寝袋だけを引き上げ、困りきっている様子を見たときは、思わずにんまりした。そのとき、あの男が見えた。まさかと思った。信じられなかった。彼は椅子にすわり直し、双眼鏡を目にあてた。目が痛くなるほど。彼には抜群の記憶力がある。背広を着ていなくても、ゴミ袋を抱えていなくても、あの男であることはすぐに識別できた。

〝おまえはここに来ていたのだな〟彼は思い、小声で言った。

「ラルス、おまえはいったい何をしているんだ？　いったい何を？」

警察がヴィラの敷地を去ってから、ようやく彼は双眼鏡を下ろし、途方に暮れて後ろにもたれかかった。いったいここで何が起きているのか？　だが、しだいにその謎を解くのが楽しくなってきた。彼は興奮した。呼吸が速まり、血圧が上がり、ゆらめきが電撃療法を受けたときのように胸のなかを駆けめぐった。立ち上がろうとしたが、刺すような痛みが左腕を上下に走り抜けた。全身の筋肉が突然、ピーンと緊張し、立ち上がる暇もなく心臓が引きつった。彼は横ざまに倒れ、呼吸が停止した。もうおしまいだった。

第四部

以後に起きたこと

わたしはトントンという鈍い音に目を覚ましたが、一瞬、完全に位置の感覚を失っていた。周囲のすべてが灰色で、車のライトが不規則に暗闇を貫き、霧を引き裂く。記憶が一挙によみがえり、わたしは目をつぶって深呼吸しなければならなかった。意識喪失の時間がますます長くなってきた。十二時間ぶっ通しの睡眠を取らなければならないようだ。とにかく、短い休憩だけでは足りなかった。

トントンという音がまた聞こえてきた。

霧のなかから一人の男が現われた。黄色い鳥打ち帽に緑色のアーミージャケット、それに赤に黄色を配したトレーニングズボンを身につけ、青に白を配した水泳用のサンダルをつっかけている。彼はゴミバケツに袋を放り込むと、わずかしか生えていない草の上に放尿した。そばに、わたしの乗った車があるというのに。わたしが眠っていると思ったのだろうか、あるいは、それすらどうでもいいことだったのかもしれない。男は腰を掻《か》いたあと、ふたたび霧のなかに消えていった。

わたしはこわばった手をイグニションキーから離した。わたしはすべてを覚悟していた。闇のなかでふたつのテールライトが赤く輝き、休憩所からバンが遠ざかっていった。ふたたび車のトランクからトントンとたたく音が聞こえてきた。ぴったり二十四秒つづき、また静まった。わたしは車から下りて調べた。

彼は額から出血していた。苦心の末、頭から接着テープをはがしたのだろう。わたしは数分間、トランクを開けたままにして臭気を逃したあと、多量の接着テープを使い、その場で彼の頭を固定した。今日で三日目だ。彼には一滴の水も飲ませていない。それに値しないからだ。

以前に起きたこと

フラウケ

警察がヴィラの庭で空っぽの墓穴を掘ってから、一日が経った。この短いあいだに、ずっと身をひそめていた冬が這い出して全土に押し寄せてきた。気温は数時間のうちに氷点下にまで下がり、雪はサラサラとささやく布のように大地を覆い、奇異なまでの静寂をもたらした——交通の騒音は消え、鳥の声も聞こえなくなり、人々は互いに小声で話をした。

ドイツ南部ではめったに起きない状況が生まれていた。鉄道が運行を停止し、すべての飛行機が欠航し、学校も休校となったのだ。北部と西部ではハリケーンと呼べそうな嵐が吹きまくり、東部では新たな氷河期が到来していた。ベルリンは一夜にして息詰まるような白一色の夢と化していた。電車や車は手負いの獣さながら、町じゅうを這うようにして進んでいき、道路はもの寂しく、あえて戸外に出ようとする人はいなかった。早朝の街灯は鈍い光を放つ黄色の斑点《はんてん》でしかなく、夜明けの薄暗がりには対抗できなかった。

フラウケはこうした自然災害にあまり興味がなかった。彼女は凍えながら木の切り株に新聞紙を敷いてすわっていた。目の前に凍ったクルメ・ランケ湖が雪の層に覆われて横たわっている。何の痕跡も見えなかった。この雪景色で唯一、動いているのは枝から枝へと音もなく飛び移る鴉《からす》たちだけだった。

フラウケにはこの天候が自分の心を映し出しているように感じられた。彼女はタバコを指ではじき飛ばし、吸殻を数回、足で押しつぶした。時計は九時四十五分を指している。フラウケはしだいに不安になってきた。

〝わたしはただ家に帰りたいだけなのかもしれない〟

自分を偽り、もう一本、箱からタバコを抜いた。前夜、彼女はホテルで過ごした。ゲラルトから自分のところに泊まっていかないかと勧められたが、彼女は感謝しながらも断わった。そうでなくても厄介事を背負いこんでいるのに、ゲラルトのことまでつけ加えたくなかった。

土曜日の昼、警察がヴィラの敷地から引き上げたあと、ゲラルトはフラウケの願いを入れて、彼女とカフェに行った。フラウケは彼の苛立ちを感じていた。前の晩、彼女は混乱しきった状態でゲラルトの住居に現われ、ヴィラまで来てほしいと懇願した。でも何時間かあとには、友人たちの面前で彼をヴィラから追い出すはめになり、翌朝ふたたび彼の執務室にやってきて打ち明けたのだ——壁に磔《はりつけ》にされていた死者のこと、金で謝罪を買った殺人犯のことを。

「きみたちに何を求めたって？」

「彼に代わって死者に謝罪しろと」

「それから？」

「それから、痕跡を消すようにと要求したのよ」

「きみは昨晩、そのことを何も話さなかったけど？」

「全員から聞いてもらいたかったのよ。あなたと知り合いになれば、みんなも話しやすくなると思ってた。でも、そうはならなかったわ」

「わかってる。ぼくもその場にいたから」

「クリスとヴォルフが死体をヴィラの庭に埋めたことを知っていたら、そうしたら……」

「彼らが何をしたって？」

「死体は今、ヴィラの庭に埋められているの。だからここに来たのよ」

ゲラルトはそれは彼らに重い罪を着せることになると彼女に教えた。フラウケは拒否するように手を上げた。

「わたしたちは殺人と何の関わりもないわ。そうでしょう、ゲラルト？　犯人はわたしたち全員を脅迫したのよ。わたしたち、どうすればよかったの？」

ゲラルトは身を乗り出した。

「フラウケ、何もかも少々……」

「……常軌を逸しているように聞こえる？」フラウケは話しつづけた。「わかってるわ。でも、あなたになら、全部、見せてもいいわ」

ゲラルトはフラウケとともに、ヴォルフが死んだ女性を見つけたと称しているクロイツベルク地区の住居を見に行った。ゲラルトは〝称している〟とは言わなかったが、言葉の端々から彼がそう解釈しているのが感じられた。住居は人けがなく、床には汚れひとつなかった。壁には風景写真の壁紙も貼られていなかった。フラウケが壁の穴に注意を促しても、ゲラルトはとくべつな印象を受けたようでもなく、これだけでは何も始められないと言った。ゲラルトは表面的には関心を示したものの、じつは苛立っているように見えた。

〝きっと彼は、わたしが母のことを話したので、それが念頭を去らないのだろう。彼はわたしにもそういう発作を起こす傾向があるのではないかと疑っているのだ〟

「ここには何もない」ゲラルトは断言した。「ただ、人けのない住居があるだけで。これ以上のものがなくては」

「死んだ女性は今、ヴィラの庭に横たわっているわ。それでも不充分？」フラウケはいらいらして言い返した。

彼女は充分、承知していた。もしこれがフラウケでなくほかの者だったら、ゲラルトはもうとっくに手で拒絶の意思を示し、次回はあまりヤクを飲んでこないようにと注意を与えていただろう。ゲラルトにとって、フラウケはとくべつの存在だった。

「ぼくに何をしてもらいたいの？」ゲラルトは知りた

がった。

「死体を掘り返してほしいの」

「正式な通報がなくては、そんなことはできないよ、フラウケ」

「じゃあ、わたし通報するわ。よければ、自分自身のことを通報してもいいわ」

ゲラルトはため息をついた。彼は人けのない住居の内部を見まわした。

「本当に、間違いないんだろうね？」

「間違いないわ」

ゲラルトは二台のパトカーを大急ぎで召集した。通報のほうは断念した。通常の法的手段に訴えるとしたら、担当の捜査判事に話をしなければならない。家屋および敷地の捜索に関する裁判所の指令を得るためだ。長い時間を要するだろう。ゲラルトはこの一件をなるべく早く終わらせたかった。そのため、あえて、他の部署から応援してもらうことはせずに、自分のチームだけを参加させることにした。その場合は、何も彼らに説明する必要はないからだ。彼らはゲラルトに疑問を差しはさむことはなかった。

墓穴に寝袋しかないことが判明したあと、ヴォルフが家宅捜索の令状にためらわず署名してくれたので、ゲラルトはほっとした。フラウケの友人たちは百パーセント合法的にゲラルトの責任を追及することもできたはずだからだ。

「あなたにお詫《わ》びをしなければならないわ」三十分後、カフェでフラウケはゲラルトに言った。「女性は確かに穴に埋められていたのよ」

「きみの友だちも、そのことを確信しているように感じられたけど」

「ゲラルト、彼らは嘘をついているのよ」

「あるいはね。でも、彼らはきみの友だちだろう？」

フラウケはぎゅっと唇を結んだ。自分に沈黙を強いるかのように。彼女はゲラルトの視線を避けた。彼をどうやって説得すればいいのか見当もつかなかった。

〝何を説得するの？　あそこには何もなかったのに〟頭のなかで、声がささやいた。

雪は横なぐりの突風にあおられて吹きつけてきた。音をたてて降りかかるそのさまは、ガラスをたたくちっぽけな指を思わせた。フラウケには何も見えず、何も聞こえなかった。さまざまな思いが押し寄せてきたからだ。〝気持ちを集中して、彼を説得しなければ〟彼女はヴォルフの車のトランクをよく見てみたらどうかとゲラルトに提案しようと思っていた。〝でも、寝袋の一件は？　なぜゲラルトはあれを残しておいたのだろう？〟フラウケはあとになって、多くの細かいことに気がついた。

〝あの壁の穴を探ったら血痕が見つかるかもしれない……〟

〝嘘発見器で調べられるかもしれない……〟

「わからないことだらけ」彼女は小声で言った。「何が何だかさっぱりわからないわ」

「きみが望むなら、もう一度、友だちと話をしてもいいけれど」

「いいえ、もういいの」

「ぼくは本気で……」

「わたしの言うことを信じていないんでしょう、ゲラルト？　正直なところ」

ゲラルトはコーヒーをじっと見つめて黙っていた。フラウケはバッグのなかから一枚の写真をつかみ出してテーブルに置いた。今の今までそうしないようにしてきた。母親をかつぎ出したくはなかったからだ。

〝母を守らなければ〟

「わたしには、これしかないの」彼女は言った。

「これは誰？」

「母よ。紙袋には三枚の写真が入っていたの。一枚はタマラの娘が幼稚園の前の階段にすわっている写真。二枚目はクリスとヴォルフのお父さんのルトゥガーを撮ったもので、彼が車にガソリンを入れているところ。

そして、これは……」

フラウケは写真を軽くたたいた。

「……殺人犯が母を自宅で撮ったものよ」

「お母さんはシュパンダウにある病院で暮らしているんじゃなかったの？」

「ポツダムよ。病院のなかに居間付きの病室を持っているの。わたしが何を言おうとしているかわかる？　マイバッハは母と対面したのよ。話もしたにちがいないわ。その場にいたのよ」

ゲラルトは写真を手に取らなかった。ただ人さし指で触れただけで、それ以上のことはしなかった。

「彼はどうして、お父さんの写真を送ってこなかったんだろう？」ゲラルトは訊いた。

フラウケは彼を見つめた。彼が冗談でも言ったかのように。

「からかってるの？」

「いや、いや、真面目な話、どうして彼はわざわざお母さんを訪ねていったんだろう？」

「わたしにわかるわけがないわ」

ゲラルトは彼女のほうに写真を押しやった。何でもないしぐさだった。でも、フラウケは驚いて飛びのきそうになった。〝彼とは二年前に知り合ったばかりだが、まるで本を読むように彼の心のなかが読める〟彼のしぐさがすべてを明かしていた。

〝ゲラルトは誰にでも写真は撮れたと思っている。わたしにも撮れたと〟

「マイバッハの顔を知っているのは母だけよ」フラウケは言ったが、声に怒りがこもるのは避けられなかった。「母は殺人犯の真正面にすわっていたのよ、ゲラルト。母は覚えていると思うの。母と話をして似顔絵を描けば、そうしたら……」

ゲラルトはいきなり掌《てのひら》でテーブルをたたいた。

フラウケはすぐに黙った。

「よく聞いて」彼は小声で言った。「お互いに理解し合うためだ。ぼくはきみが大好きだ。百パーセントきみの味方だ。でも、ぼくはすでに目立つことをやりすぎている。ぼくの立場はかなり難しいものになるかもしれない。ぼくはきみたちのヴィラまで行ったが、追い返された。きみといっしょに人けのないあの住居も見に行ったし、家宅捜索令状もないのに部下たちに庭じゅうを走りまわらせ、あんな意味のない穴を掘り返させた。そして今度は、もう十年以上も精神に障害があって入院している女性に質問しろと言うのか？」

二人の周囲が突然、静かになった。ゲラルトはしまいに大声を上げていたことに気づいていなかった。彼は感情的になるつもりはなかった。フラウケの眼差しがすべてを語っていた。ゲラルトは彼女を失ったのだ。カフェの客たちはふたたび会話をつづけた。フラウケはテーブルから写真を取り、バッグにしまった。

「フラウケ、ぼくはそんなつもりでは……」

「あなたの言うとおりよ」彼女は言うと、椅子から立ち上がった。「あなたはもう充分に目立ってしまったわよね」

「バカなことを言わないで。どこへ行くの？」

「どこへ行くと思うの？　精神に障害のある母のところへ行って、この写真がどのようにして撮られたかを訊くのよ」フラウケは答えると、コートのボタンをかけ、カフェから出ていった。

十時十五分過ぎになった。寒さで脚が麻痺《まひ》している。足元の地面はタバコの吸殻で溢れている。あと一本吸ったら、胸がムカムカするに決まっている。一羽の鴉が数メートル先でクルンメ・ランケ湖に積もった雪のかたまりの上に着地した。鴉は二度、くちばしで氷をつついたあと、ひょいと身をかがめ、ふたたび飛び去っていった。フラウケは鴉が湖の上空へ消えていくのを見送っていた。風景はまたも動きのない静かなものとなった。

子どもの頃、フラウケは鴉のことを隠れ蓑《みの》を着た守護天使だと思っていた。今になってよく考えると、どうしてそんなふうに思ったのか、わからない。でも、その思い込みのせいで気持ちが明るくなったものだ。鴉を見るたびに庇護《ひご》されているという安心感を覚えたからだ。

彼女はコートのポケットのなかで、木製の柄を強く握りすぎていたので、右手が痛くなった。今朝早く、シュロス通りの家庭用品店でそのナイフを買ったのだ。両刃のもので、手にうまくおさまった。〝今日は鴉も守ってくれないだろう。自分の身は自分で守るしかない〟フラウケはあらためて時計に目をやった。遠方から車の轟音が響いてくる。砂を撒《ま》いたり、除雪したりする冬季サービスの車が走行中なのだ。まもなく、そばを通るだろう。フラウケはタバコの箱をコートのポケットから出した。一服吸うと息が詰まりそうになったが、二服目からは、ましになった。〝もう一本よけいに吸ったからといって、害にはならないだろう〟そう思いながら彼女は氷上に目を凝らしていた。あまりにも集中していたので風景がとろけて、霧に包まれた夢のように目の前でゆらゆらと揺れた。


フラウケはゲラルトをカフェに置き去りにしたあと、雪の降りしきるなかをポツダムまで車を走らせ、訪問客だと告げて、病院裏手の翼棟まで行った。そこに母親の病室があるのだ。白昼夢を見ているような気分だった。何年ものあいだ一度も一人で来たことはなかったのだ。一人では、道に迷ったと感じていただろう。

「お父さまはご一緒ではないんですか？」

後ろからサンダース夫人の声が聞こえ、フラウケはぎくっとした。でも振り向きはしなかった。サンダース夫人が自分の病室の入口に立っている姿——爪先立ちになり、でも、目に見えない一線を越えないように注意している——をありありと思い浮かべた。

「今日は来ないんです」フラウケは言った。

「ああ、でも、お母さまのところには人が出たり入ったりして、まるで売春宿みたい。お母さま、また妊娠なさったんじゃないんですか？　あそこでは明かりをつけるわけにいきませんわね。頭は真っ暗なままでしょう」

フラウケはサンダース夫人を無視して、母親の病室の前に立った。十七号室だ。耳を木製のドアにあてた。不安だった。でも、誰だって母親と十二年間も話をしたことのない人なら、不安になって当然だろう。

タニヤ・レヴィンは私立病院に入れられたあと、娘のなかに悪を見るようになった。ある日——フラウケと父親は訪問時間に庭にいた。父親はトイレに行くと言って、しばらく座をはずした——タニヤ・レヴィンは十五歳の娘を脇に連れていって、言った。

「おまえが誰なのか、わかってるのよ。おまえの顔の後ろに誰が隠れているのか、そして、おまえが何をしたかもね。わたしを見てごらん。それとも、見るのがそんなにつらいの？　おまえのせいで、わたしはここに入っているのよ。何もかも、おまえのせいで起きたのよ」

それが始まりだった。

夜になると電話が鳴り、フラウケの父親が受話器を取ると電話は切れた。フラウケが出たときだけ母親は彼女の耳にささやいた。

「元気にしてるの、娼婦の子？　わたしがここに閉じ込められているあいだに、おまえは自分の父親と同じベッドで寝ているのね？　どれだけわたしを憎んだら、そんな真似ができるのかしら？」

母親の担当医はくり返しフラウケに質問した。どんな気分か、母親の病気とどう折り合いをつけていくのか、と。フラウケは母親が彼女を非難していたかどうかを知りたかった。そして、何度も説明した。母親は混乱心神喪失のため自分の行動に責任がないことや、混乱のあまり人や状況を取り違えるのだと。〝もしそうなら、どうして母はわたしばかりを咎《とが》めて、父を咎めないのだろう？〟フラウケはそう言いたくてたまらなかった。でも医師にも父親にも口をつぐんでいた。彼女は母親から脅されていることを誰にも知られたくなかった。医師が薬の量をふやしたり、それ以上の害を与えるのではないかと心配だったからだ。フラウケの心の奥には、誰もが母親を正常だと思うようになったら、母親はまもなく元の生活を取り戻すだろうという希望が潜んでいた。

そのためフラウケは訪問時間のあいだじゅう、あまり目立たないようにし、母親を見つめるのも避けていた。最悪なのは、母親には意識の明晰《めいせき》な瞬間もあり、そんなときには温かく、優しくなり、フラウケをそばに呼び寄せるのだ。母親が冷たかったり温かかったりするせいで、フラウケの心はなおいっそう、ズタズタに引き裂かれていった。

大きい亀裂はフラウケが大学入学資格試験に合格した年に生じた。彼女が二ヵ月間のイタリア旅行に出かけたあとだ。母親は娘の不在にひどく落胆し、フラウケが旅行から帰ってからは、ひと言も口をきかなくなり、その状態がずっとつづいていた。

フラウケは深呼吸してからノックし、ドアの把手《とって》を下に押した。病室に人の気配はなく、母親は浴室にもいなかった。ドアの内側を見ると、その週の計画表が掛けてあった。献立はパスタにチーズをかけて天火で焼いたものとルッコラのサラダとなっていた。土曜日の欄には大文字でSと記され円で囲まれている。

フラウケは母が今、どこにいるのかがわかった。サウナだ。

ドアの狭い窓のカーテンを引き開けると、母親がベンチにすわっているのが見えた。裸で一人だった。フラウケは窓ガラスをノックしたが、母親は何の反応も示さなかった。フラウケはドアを開けてなかに入った。サウナの熱気が顔を打った。

「ママ?」

母親は驚いて目を上げた。医師たちは突然の訪問を喜ばず、患者は人に会うための準備が必要だと考えていた。〝わたしは彼女にとって存在していないのだ。連絡しておかなかったから〟フラウケはそう思い、ほほ笑もうとした。

「こんなに早く来るとは思っていなかったわ」母親は言った。「ビルギットはサウナのあと、マッサージするつもりで……」

「ママに話があるの」フラウケはさえぎり、戸口で立ち止まった。肺が蒸し暑い空気を吸い込むのを拒否しているようだった。母親はベンチを軽くたたいた。

「それなら、ここにおすわり」

「こちらに出てきて……」

「ドアを閉めて、ここで話をするの」母親は厳しい口調で言い、娘のために席を詰めた。フラウケはドアを閉めてすわった。神経がたかぶり、タバコが吸いたくなったが、そもそも、サウナでそれが可能なのかどうか、わからなかった。

「来るだろうと思っていたわ」母親は言った。「勘がはたらいたのよ」

母親は左の胸を上げ、また下ろした。

〝きれいな身振り〟フラウケは母親がこれから言うことを正確に知っているかのようにうなずいた。全身、汗びっしょりだったがコートを脱ごうとは思わなかった。〝これはどうしても欠かせない鎧《よろい》なのだ〟母親は娘の膝に手を置いた。フラウケはびくっとして身を引いた。

「落ち着いて」母親は言った。

「落ち着いてるわ」

母親はフラウケの膝を軽くさすった。

「彼が来たのよ。わたしと話をしていったわ。彼はおまえが好きみたいね。だから、わたしを訪ねてきたのよ。おまえのことをもっと知りたがっていた。おまえがひどく悩んでいるのはどうしてかと訊いたわ。わたしがどんなにびっくりしたか、わかるかしら？　おまえが悩んでいるなんて知らなかった。だから、おまえと話がしたかったの。おまえには何の罪もないことを知ってほしかったの。わかるかしら？」

フラウケは何かの反応を示そうとした。〝秩序がほしい。このカオスに秩序が〟彼女は咳払いすると、目から汗を拭《ぬぐ》った。

「ママ、誰が来たの？」

「悪魔に決まってるじゃない」

「悪魔だと、どうしてわかるの？」

「枕元に立っていたのに、悪魔だと気づかないと思う？」

母親は笑った。フラウケをバカにして笑ったのだ。フラウケは母親の顔をたたいた。自分にそんなことができるとは思ってもみなかった。

「わたしは二十九歳よ」フラウケはくり返して言った。「二十九歳よ。もう十五歳じゃないわ。厄介事を山ほど抱えているのに、そんなバカ話をするのはやめてちょうだい。わかる？　これで話はおしまいよ」

母娘は互いに見つめ合った。母親の目にあるのは理解の色なんだろうか？　フラウケは母親の眼差しに、どこかとまどいを覚えた。タニヤは手を上げて娘の頬にそっと触れた。まるで殴られたのは自分ではなく、フラウケであるかのように。

「泣かないで。どんなにおまえが苦労しているか、よくわかってますよ」

「ママは何もわかっていないわ」

「わかってますとも。もしおまえが、わたしの知っていることをみんな知っていたら、きっといっしょにここに閉じこもるでしょうね。わたしたち頭のおかしい人間は、ともかく、知りすぎているのよ」

母親はほほ笑んだ。冗談のつもりなのだ。フラウケは出ていきたかった。自分がサウナから駆け出し、重い息を吐きながら廊下の壁にもたれかかってタバコを一服味わい、道路に出て車で立ち去るのを想像した。

「悪魔に何を話したの？」フラウケは小声で訊いた。声が嗄《しわが》れていた。自分が何をしているのか痛いほどわかった。母親の世界に巻き込まれているのだ。〝今度もまた〟

タニヤ・レヴィンは頻繁《ひんぱん》に悪魔に出会うので、見違えることはなかった。悪魔は彼女のために歌をうたい、詩を暗唱した。悪魔は彼女の心臓をわしづかみにし、彼女が自分のものだとわからせた。タニヤは悪魔のにおいも知っている。悪魔が何が好きで何が嫌いかも。一度、彼は子どもの姿で現われた。病院じゅうをこっそり歩きまわり、彼女の枕元に立って、迷子になったと言った。タニヤは彼を嘲《あざけ》った。別のとき、悪魔は彼女に生き写しの姿で現われた。彼女は叫んだ。あらんかぎりの声を上げて。

何年間か悪魔は現われなかったが、五日前、タニヤのもとにふたたび戻ってきた。厚手のジャケットにブーツ、毛糸の帽子といういでたちだった。若くて親しみやすかった。

「悪魔は寒がらないんじゃなかったの？」タニヤは挨《あい》拶《さつ》代わりにそう言った。

「目立ちたくなかったのでね」悪魔は言うと、椅子を引き寄せた。悪魔は指輪をはめていなかった。目は茶色で、髭《ひげ》はきれいに剃《そ》られていた。

「あなたがここへ来たことを、みんなは知っているの？」

「もちろんだよ。みんなはぼくをなかに入れてくれた。空気も生命も。ほら、ぼくの持ってきたものを見てごらん」

悪魔は写真機を高く掲げた。

「わたしの魂を盗むつもり？」

「あんたを思い出すためだよ」

悪魔はほほ笑んでほしいと頼んだ。彼は一枚撮り、さらにもう一枚撮った。

「娘さんの話をしてくれ」彼は言った。

「話すものですか」タニヤは言うと、不安げに笑った。昼も夜も悪魔の到来を待っていたとはいえ、彼が自分に恐怖心を起こさせないかといえば、そうではなかった。

悪魔はかぶりを振ると、意外だと言った。彼は両手を合わせた。どうやら時間はたっぷりあるようだ。悪魔とタニヤは見つめ合った。長いあいだ見つめ合った。悪魔の沈黙は彼女にとってつらいものだった。なんとなく室内からエネルギーが奪われていくように思えた。

「何が聞きたいの？」しばらくしてタニヤは訊いた。

「あんたが彼女に何をしたかを聞きたい」悪魔はそう話した。

タニヤは叫ぼうとした。ベッドから跳び上がり、爪で彼の顔を引っかいてやりたかった。悪魔はそこまではやらせなかった。彼は片手でタニヤをベッドに押しつけ、もう片方の手で彼女の口をふさいだ。

「何もかも」彼は言うと、彼女に覆《おお》いかぶさった。「何もかも話すんだ」

タニヤは彼の拳《こぶし》を嚙《か》んだ。強い恐怖心が彼女に勇気を与えたのだ。悪魔は彼女の口をふさいだままだった。彼は一瞬、目を閉じた。傷口から血がタニヤの口に流れ込んだので、彼女は飲み込んで息を詰まらせた。悪魔はひるまなかった。その目は問いかけていた。

〝ぜんぶ話すんだろうな？〟

タニヤはうなずいた。悪魔は彼女の口から手を離した。彼女は床に血を吐き出した。息が詰まり、吐きそうになっていた。悪魔は彼女にナイトテーブルからティッシュペーパーを取って渡した。血が彼の手から床に滴《したた》り落ちる音が、タニヤには聞こえた。

「あんたのおかげで出血した」彼は言うと、ほほ笑んだ。

タニヤは泣きだした。あとになってフラウケに説明したことだが、彼女は恐怖から泣いたのではなく、悪魔が怒っていなかったことに安堵《あんど》したから泣いたのだった。彼は理解のあるところを示した。傷ついていないほうの手で彼女の額を撫《な》で、気持ちを鎮めるようにと言った。今すぐ。

彼女の気持ちは鎮まった。

悪魔はこちらを見るようにと言った。今すぐ。

彼女は悪魔を見つめた。彼は何もかも話してくれと、あらためて頼んだ。

タニヤはかぶりを振った。

「彼に何も話さなかったの？」フラウケは驚いて言った。

「何も。ひと言も」

「彼はそれで満足したの？」

「満足したわ。悪魔は紳士だった。だからこそ、おまえと話をする必要があったのよ。わたしは彼を信用してないわ。彼はおまえを好きだと言ったけど、でも、用心なさい。悪魔は嘘つきよ。嘘ばかりついている。好きだと言っても本当は嫌っていて、その嫌いな気持ちを愛だと言っているのよ。だからわたしは何も打ち明けなかったの。おまえがどんな人なのか彼は知ってはいけないのよ。おまえはわたしの娘。それ以上のことを彼は知る必要はないわ。言いたいことはこれでおしまい。ねえ、疲れるって、どんなことか、わかって？」

タニヤは答えを待たず、フラウケの膝枕で横になった。父親みたいに。まるで彼が娘のところでどう振舞っているのか知っているかのようだ。フラウケは熱気のなかで鳥肌が立った。

「一日でいいから眠らせてほしいの」母親は言った。「それとも一週間。ね？」

彼女は目を閉じた。片手はそのままフラウケの膝に置き、片手は拳に丸めて口にあてた。タニヤはそうやって眠った。フラウケはそこにすわったまま、汗びっしょりになっていたが、あえて母親を起こそうとはしなかった。

〝母はわたしを守ってくれた〟

その思いは暑さのなかの氷のように感じられた。

フラウケは二十分間、我慢したあと、母親の頭をそっと持ち上げてタオルの上に寝かせた。サウナの外の空気は、いまだかつて味わったことがないほど素晴らしかった。安堵のあまり彼女はすすり泣いた。廊下の椅子にぐったりと身を沈めて、むさぼるように息を吸った。

〝彼はここに来た。わたしのことをもっと知りたがった〟

戸外に出ていく途中で、フラウケは介護人の一人に、母親に最近、訪問客があったかどうかを訊いたが、誰も知っているとは言わなかった。「お母さまは監禁されていらっしゃるわけではありませんからね」と彼らは弁明した。

〝彼は、よりによってわたしの何を知りたかったのだろう？〟

雪にはほっとさせられた。どこもかしこも白くて冷たくて静かだった。フラウケは自分の車まで歩いていき、震える手で箱から出したタバコをトントンとたたこうとしていた。そのとき、携帯電話が鳴った。

画面にタマラの番号が出た。

「はい？」

そのあと静寂がつづき、フラウケはすべてを覚悟していた。非難と質問。もしタマラがふざけたことを言っても、意外には思わなかっただろう。

〝まだわたしのことを、覚えている？〟

「ちょっと来てくれないかしら？」タマラは言った。「あなたのお父さんが、ヴィラの戸口に倒れているの」


フラウケはぎょっとした。どれくらいのあいだ茫然《ぼうぜん》と目の前を見つめていたのか覚えていない。〝なんて不注意なんだろう〟凍った道路に砂を撒《ま》いていく冬季サービスの車が通過していく音に、やっとわれに返った。〝マイバッハはわたしがみんなに対して負い目を感じていることを、どうして知っているのだろう？どこで知ったのだろう？〟右手が痛かった。握る手をゆるめて、じっとナイフを見た。十時二十分過ぎだ。自分は本当に人を殺せるのだろうか？

以前は、丘を猛スピードで駆け登っていけば、頂上に着いたとき、その勢いで飛んでいけるものと信じていた。重要なのは助走なのだ。

〝殺人だって同じだろう。きちんとした助走が必要だ。そして、信じること。そうすればひとりでにうまくいく〟

フラウケはその後の人生を想像してみた。仕事に復帰し、アラブ料理店で食事し、書店で本探しをする。または、男とどうやって会う約束を取り付けるか、セックスするもしないも自分しだいだとクリスと率直に話し合うか、あるいはヴォルフとおしゃべりする。タマラがぎゅっと抱きしめてくれる。すべては順調で、彼女はほかならぬ彼女なのだ。一人の人間を殺したあとでも。

〝いったいあなたは、どこにいるの？〟彼女はつぶやき、冬季サービスの車が遠ざかっていく音に耳を澄まし、もう一度、ヴィラに引き返したくなった。

フラウケは通常、ポツダムの病院からヴィラまで帰りつくのに十分とかからなかった。でも、前日は雪に妨げられて三十分もかかった。ヴィラの前まで来ても、敷地内に入っていく勇気がなかったので、他人行儀に歩道に駐車した。

〝もし、みんなが入れてくれなかったら、どうしよう？〟

フラウケはバックミラーで自分の顔を点検した。真ん中でわけた黒髪。目のまわりのメークが濃すぎるかもしれない。髪を後ろにかき上げてから車を降りた。

父親はベランダで毛布にくるまって、すわっていた。両手でカップを持っている姿は、一度、展覧会で見たことのある白黒写真を思い起こさせた。彼女がやってくるのを見て、父親はあわてて毛布を肩からはずした。

〝弱った年寄りに見られたくないのだ〟

「誰もいないと思って」彼は挨拶代わりに言うと、親指で後ろを指した。「だから、外で待っていたんだ」

「凍死したかもしれないのに」フラウケは言うと、台所の窓をちらっと見たが、誰も見えなかった。

「わたしのような人間はそうやすやすと凍死なんかしないよ」父親は答えると、左手で胸をたたいた。「鋼鉄製だ。わかるか？」

彼は毛布をたたんでベンチに置いた。

「これは冗談」

彼女はフラウケを抱こうとしたが、彼女は後ずさりした。今日はすでに片親から充分すぎるほどの愛情を示されたばかりなのだ。

「冗談なのは、わかってるわ」彼女は言った。「どうして電話してくれなかったの？」

父親は聞こえなかったふりをした。

「わたしが横になっているのを見て、タマラはきっと心臓が止まるほど驚いたんだろうな。ああ、彼女の顔を見せたかったよ。わたしが死んでいると思ったにちがいない。ここの空気はわたしを疲れさせる」

「パパ、どうして電話してくれなかったの？」

「おまえの車はなかったが、きっと、すぐに戻ってくるだろうと思っていた。待つのには慣れているんだ。タマラがコーヒーを淹《い》れてくれた。でも、わたしはなかには入らなかった。空気が重いのでな」

彼は最後のひと口を飲みおえ、残りを雪のなかに空けて、カップをベンチに置いた。純白のなかに醜い茶色の染みが残った。

「いったい何があったんだ？　おまえたちのあいだで何か不愉快なことでもあったのか？　わたしに遠慮なく話して……」

「パパには関係のないことよ」

彼は拒否するように両手を上げた。

「まあ、いいだろう。そのためにここへ来たんじゃないから。母さんから電話があったんだ。おまえと話がしたいと言って」

「わかってるわ。たった今、病院に行ってきたばかりよ」

「でも、どうしてわかったんだ……」

父親は黙り込んで顔をさすった。彼はいつも疲労し、目が血走っている。

「おまえたち二人は、わたしには謎だ」彼は言った。

「理解できない。今日の昼、おまえの母さんは電話をよこした。休憩室にある公衆電話からかけてきたんだ。おまえを見つけて、伝えてほしいと言った。彼女は……」

彼はまたも途中で話をやめた。涙を流している。どれほど妻を愛しているのだろう？　長い歳月が経っているのに。他人をこれほど愛するなんて誰にもできないことだ。

「母さんはおまえに何の話をしたのかね？」彼は知りたがった。

フラウケは話した。母親から聞いたことを何もかも。そして、父親の喜びが悲しみに変わっていくのを見た。

妻に頭の明晰《めいせき》な瞬間があったことと彼に電話をしてくれたことへの喜び。そして、悪魔のことを歓迎すべき客のように話したことへの悲しみ。

「さあ、出ましょう」

ヴィラの敷地前の道路で、フラウケは父親の腕を放して車に乗り込んだ。運転席のドアを閉め、エンジンを始動させ、暖房のスイッチを入れて深呼吸した。道路の縁に佇《たたず》んでこちらを見守っている父親には目をやりたくなかった。最良の日々とは言いがたかった。まず、友人たちの前に警察を引っぱってきた。そのあと、母親の世界に巻き込まれ、今はこのありさまだ。〝もしかしたら、父はこのまま姿を消し、わたしのことを忘れ、二度とふたたび会えなくなるかもしれない〟助手席のドアが開き、父親がため息をつきながら座席にへたり込んだ。「あとは眠りたいだけだ」彼は言った。「今夜は、わたしのところに泊まっていくか？」

「車はどうするの？」

「また今度、取りにくる」

彼の手が、彼女の膝を押した。

「お願いだ、フラウケ。お願いだから」

フラウケは父の家に行って彼の新しいガールフレンドに会いたくはなかった。こんな自分を誰にも見られたくなかった。父親はその気持ちは理解できると言った。そこで、彼らはモムゼン通りにある小さいホテルに泊まった。部屋に入るが早いか、父親はベッドの片側に横になり、何分も経たないうちに寝入ってしまった。フラウケは開いた窓辺にすわってタバコを吸っていた。彼女の思いは堂々めぐりしていた。獲物の不注意な動きを見張っている猛禽《もうきん》みたいに。

〝マイバッハはどうやって知ったのだろう？〟

真夜中、風呂に入ったあと、ピッツァを届けさせた。疑念は去ろうとしなかった。疑問には答えが要る。マイバッハは決定的な失策を犯した。彼はあまりにもフラウケに近づきすぎた。彼女の母親の前に現われるべきではなかったのだ。今では事件が個人的な色を帯びてきた。それがフラウケにはどうしても理解できない点だった。

〝いったい、マイバッハはどうやって知ったのだろう？　さあ、答えて〟

彼女はしばし、眠っている父親を眺めていた。彼は人生のすべてを受け身で通し、いつの日か、妻が健康を取り戻すことを漠然と願いつつ生きている。その規則正しい息の音を聞きながら、自分はぜったいにこのようになってはいけないと思った　受け身ではいけない。漠然とした希望もいけない。彼女はまっしぐらに目標に向かって進む決心をした。神経質にあちこち跳ねまわるのも、もうやめにしなくては。待つことに終止符を打たなければならない。無気力であってはならないのだ。

彼女はピッツァを食べ、別の考え方があるかもしれないと待っていた。でも、時間が経つにつれて確信が強まっていった。ただひとつ問題なのは、彼女があまり早い時間には行きたくないと思っていることだ。ばかげた考えだった。わが家を訪れるのに、いい時間、悪い時間の区別などあるはずもないのに。

〝現場を押さえられたいなら、話は別だが〟

彼女は冷水で顔を洗い、鏡に映る自分を見つめた。

〝今をおいて、そのときはない〟

彼女は父親にメモを残し、コートをはおって雪のなかに出ていった。

三十分後、フラウケはヴィラの入口の鍵を開けた。しんとしている。快く、なじみ深い暗闇が屋内に充満し、空気中には暖房に使った薪《まき》のにおいが漂っていた。フラウケはブーツを脱いでドアの前に置いた。〝跡がついてはいけない〟廊下の暖房装置に手をあてると、まだ温もりが残っていた。早朝になればそれも消えるだろう。朝起きたとき、ヴィラが凍りつくように寒いのを彼女は知っている。贅沢《ぜいたく》にシャワーを浴び、暖房用ボイラーを作動させると、家じゅうが暖かくなり新しい一日が始まるのだ。

〝わたし抜きで〟

フラウケは入口のドアを細目に開けておき、なかに入った。

〝お願い。いつもの場所にあるように。お願い〟

彼女はコート掛けの前に佇み、上着を探った。

〝何もない〟

コートに手を伸ばした。

〝やはり、何もない〟

〝さあ、これからどうするの？　二階に上がっていって、クリスにちょっと助けてくれとは言えない〟

フラウケは熟慮の末、携帯電話を取り出して暗闇でクリスの番号を打ち込んだ。

〝どうか、お願い……〟

電話は台所で鳴っていた。すぐに電話を切ると音はやんだ。彼女は靴下のまま忍び足で廊下を進んでいった。足音はほとんどしなかったが、台所では床がかすかにきしんだ。

クリスの携帯電話は積み重ねた雑誌の上に置かれていた。彼女はそれを自分のコートのポケットに押し込み、ふたたび忍び足で台所から出ていった。廊下で、突然、自分自身に対面したときはショックのあまり心臓が一時停止した。そのあと、視線を鏡に映る自分からそらし、外に出てブーツをはき、ドアをそっと閉じて門の入口まで階段を下りていった。雪にきしむ靴音はぎょっとするほど大きかった。彼女は一度も振り向かなかった。誰も後ろから見ていないとわかっていたからだ。自分が今、姿を消せば、足跡もあと何時間かで消えるだろうという確信があった。

父親はさっきの場所から微動もしていなかった。

〝死んでいるのかもしれない〟フラウケは思い、彼の背中に手をあてた。温もりと呼吸のリズムが伝わってきた。フラウケは浴室に閉じこもった。目当ての番号はあっというまに見つけた。クリスは名前ではなく、記号で整理していた。♯。

フラウケはボタンを押した。

四度鳴ったあと、マイバッハは出た。

「きみたちがいつ連絡してくるのかと考えていた。録音を送ってくれてありがとう。いい仕事をしてくれた」

「あんたは、とんでもない変態よ」フラウケは歯と歯をこすり合わせながら言った。

静寂。

「もしもし?」

フラウケは画面を見た。電話は切れていた。彼女はもう一度かけた。彼はさんざん待たせ、十一回鳴ったあとで、ようやく出た。

「もう一度、最初からやり直そう」彼は言った。フラウケは深呼吸した。

「今のほうがいい。きみはさっきよりリラックスしている」

「どうして、わざわざ母のところに行ったの?」

「ああ、きみか、フラウケ・レヴィン。きみの声が聞けてよかった。きっと気づいていると思うが、おれは何と言うか、きみにぞっこん惚《ほ》れ込んでいるんだ。最初の日から、おれたちは互いにとくべつなつながりがあると思っていた」

「つながりなんてないわよ。わたしが知りたいのは、どうしてあつかましく母を訪ねていったりしたのかということよ」

「彼女は興味深い人だ。他人の過去にはそんなに関心はないが、きみのお母さんはとくべつだ」

「もし、あんたがもう一度、母のところに行ったりしたら……」

「おい、おい、フラウケ、きみのお母さんのことが問題なんじゃないんだ」

彼は黙り込んだ。聞き返すのは嫌だったが、フラウケは聞き返した。

「じゃあ、何が問題なの？」

「罪のことだ、もちろん。ほかに何があるというんだ？ その背後にある皮肉に気づかないか？ きみたちは他人に代わって謝罪する業者だ。が、自分たちのことで謝罪できていないことが山ほどあるじゃないか」

「わたしたちの何を知っているというの？ 知り合いでもないし。あんたは、わたしたちのことなんか何も知らないわよ」

「正直言って、多くを知っているわけじゃない。だが、きみたちはいったい罪について何を知っている？ 謝罪というものをどう理解しているんだ？」

フラウケは混乱した。彼が何の話をしているのか、さっぱりわからなかった。

「仕事をしているのよ」彼女は言った。

「たぶん、それが問題なんだ。きみたちは仕事しかしていない。まあ、それはそうとしておこう。きみたちは仕事をする。こちらとしては、きみたちに謝罪を代行してもらえばいい。それで互いに貸し借りなし。仕事は終了というわけだ」

「貸し借りなし？ それってどういう意味？」フラウケはやっと、そう言った。「誰も、これ以上あんたのために謝罪などしないわよ、この変態……」

先方はふたたび切った。フラウケは自分の怒鳴り声で父親が目を覚ますのではないかと恐れた。彼女は画面をにらみながら、浴室を数回、行ったり来たりした。道路からマイバッハに電話してもよかったのだが、父親のそばにいたかった。彼に守られているかのようだった。

今度は、十七回鳴ったあとに彼は出た。

「理解できるかどうか、問題はそれだ」マイバッハは応答した。

「わたしに理解しろと言っても無駄よ。あんたは殺人犯よ。殺人犯は理解に値しないわ。それに、あんたが誰なのか、わたしが知らないと思ったら大間違いよ。母があんたの様子を詳しく話してくれたわ。警察に知らせるわよ」

「フラウケ、おれを侮辱する気か？　おれはきみの行動はぜんぶつかんでいる。だから、はったりを言うのはよしたほうがいい。それに、十四年間も閉鎖的な精神病院で過ごし、ときどき悪魔の訪問を受ける女性の話に耳を傾ける者なんて誰もいない。いや、肝心なのはそれでもない。おれの外見なら話してもいいが、きみは知っているはずだ。でも、それを詳しく述べて何になるんだ？　おれを探し出そうとでもいうのか？」

　フラウケにはわけがわからなかった。彼女は激怒し、頭に重しがかかってバラバラに壊れてしまいそうだった。

〝彼はわたしをバカにしている。この変態は、わたしをバカにしている〟

「あんたに会いたいと思ってるの」彼女はこわばった声で言った。

「もう一度、言ってくれ」

「わたしはこの一件を内密に解決したいと思っているの。あんたにどういう計画があるかは知らないけれど、もしあんたが、わたしの友だちを巻き込まないでくれたら、話し合いに応じてもいいわ」

「話し合いと言っても、おれが何を必要としているか、どうしてわかるんだ？」

〝わたしに解決させて〟自分のなかで声が叫んでいる。〝わたしに、友だちみんなの重荷を取り去らせて。とにかく、そうさせてほしい〟

　彼女はできるだけ冷静に話した。

「磔《はりつけ》にされたあの女性が何をしたのかは知らない

けれど、でも、あれがまぎれもない復讐だということは、〝わたしにもわかるわ」

反応はなかった。マイバッハの息の音が聞こえてくる。彼は肯定も否定もしなかった。フラウケはつづけた。

「あんたを助けてもいいわ。あんたの探しているものをあげてもいいのよ」

「それは何？」

「罪の許し」

彼がほほ笑んでいるのが、フラウケにはわかった。

「やはり、きみと会ったほうがいいようだ」彼は言った。

フラウケは声を平静に保とうとしたが、言葉が口をついて出た。

「いつ、どこで？」

マイバッハは笑った。

「きみは切羽詰《せっぱつ》まっているらしいな？」

今度は電話を切りたいのは、フラウケのほうだった。

〝わたしは友だちを裏切った。もう帰る家はない。それなのに、切羽詰まっているのかと、このバカは訊いている！〟

「もしかしたらおれが、きみに罪の許しを与えてやれるかもしれないな」マイバッハは話をつづけた。

「ええ、あるいはね」フラウケは嘘をついた。

そのあと、マイバッハは会う場所を教え、その直後に電話を切った。フラウケは驚いて、一瞬、画面を凝視してから、それにキスをした。

〝もう逃がさない。今度こそ、もう逃がさない〟彼女は思った。

こうして、その六時間後、彼女はクルンメ・ランケ湖の岸で木の切り株にすわり、寒さに凍えていた。散歩する者もジョギングする者も一人も見かけなかった。ただ鴉だけが木から木へと飛び移っているだけだった。

彼らも辛抱しきれないのだろう。

十時半を三分過ぎていた。マイバッハは十時に会おうと約束した。フラウケは周囲を見まわした。背後には暗い森が壁のように立ちはだかっている。マイバッハがそっちの方角から来るとは思えなかった。雪のなかを数歩進んでくれば、すぐに姿が見えるはずだ。

〝彼は砂を撒《ま》いた道を通ってくるだろう。そして、わたしはすべての償《つぐな》いをし……〟

コートのポケットでクリスの携帯電話が鳴った。取り出すと、画面に♯の記号が出た。「二人とも着いたようだな」マイバッハはそう挨拶した。

「ええ、わたしはここよ。あんたはどこにいるの？」

「正直なところ、きみを信用するのはいささか困難だった。きみがあらためて警官たちを連れてこないとは言い切れないからな」

「そんなことは、ぜったいに……」

「きみなら、やりかねない。だが、どうやらきみは警察の神経を少し疲れさせてしまったようだ。そうだろう？」

フラウケは背後に目をやった。

「あんたは、わたしたちを観察していたの？」

「おれはいつでも、あんたたちを見張っている。きみがかつてのボーイフレンドである刑事を訪ねていったのは、じつに勇敢な行為だった」

フラウケは汗をかきはじめた。

「みんな、わたしの一存でやったことよ」彼女は早口で言った。「わたしは……わたしは頭がおかしかったのよ。ほかの人たちとは何の関係もないわ。わたしは償いをするつもりよ」

「それはどうかな」

「わたしたち、会う約束でしょう？」

「もう会ってるよ」マイバッハは言った。つぎの瞬間、口笛が聞こえた。鴉たちは枝から飛び立っていった。フラウケの目に、向こう岸に立っている男が見えた。

百メートル先だ。あるいは、それより短いかもしれない。

「こんなの、フェアじゃないわ」

「何がフェアじゃないって？　きみはおれと握手でもしたかったのか？」

〝いや、違う。あんたの喉《のど》を掻《か》き切りたいだけだ〟フラウケはそう答えたくてたまらなかった。フラウケは目を薄く開けて男を見た。ジーンズに黒い上着。縁なし帽をかぶり、右の耳に携帯電話をあてている。

フラウケはクルンメ・ランケ湖の岸によりいっそう近づいた。マイバッハをもっとよく見ようと集中したので目が痛かった。でも、どれほど努めても、彼の姿は蜃気楼《しんきろう》のようにぼやけていて、今にも消えてしまいそうに思えた。

「どうして、きみたちは死体を森に埋めなかったんだ？」

「良心の呵責《かしやく》。そして、死者への敬意よ。彼女をどこかに埋めるなんて、したくなかった。どんな人だって、まともな埋葬をしてもらって当然よ」

「だから、ヴィラの庭に埋めたというわけか？」

フラウケは黙っていた。

「すべての人間が埋葬に値するわけじゃない、フラウケ。ただ埋めるだけでいい人間も大勢いる」

「だからあんたは、ヴィラの庭から彼女を掘り出して運んでいったの？」

対岸の人影は微動もしなかった。

「おれが運んでいったと、誰が言った？」長い沈黙のあとでマイバッハは言った。

フラウケは不機嫌そうに歯を鳴らしながら、息を吸った。

「何をする気だ？」相手は訊いた。フラウケは驚いて見下ろした。彼女は凍ったクルンメ・ランケ湖に足を踏み出していた。

「バカな真似はよせ。氷は持ちこたえられないぞ。持ちこたえられるようなら、おれはこんなところに、むざむざと立ってはいない。そうは思わないか？」

フラウケは答えなかった。右手はコートのポケットのなかでナイフの柄を握りしめていた。寒さのなかで、彼女の背中は汗びっしょりになっていた。〝きのうサウナにいたときと同じだ。すべてはくり返される〟

「きみは本気で思っているのか？　おれがわざわざヴィラの庭から死体を運び出したと？　きみはもっと利口《りこう》だと思っていたのに。いずれにせよ、きみにはもう頼らない。しょせん、きみはもうゲームから下りたんだから」

「わたしが下りたって、誰が言ったの？」

マイバッハは笑った。この笑いのためにだけでも彼を殺したいとフラウケは思った。「友だちはきみを許して再会を喜ぶだろうか？　警察を家に引っぱってきたきみを？　きみとおれは別の機会に知り合っていればよかったと思うよ。互いによく理解し合えただろうな。きみはあの代行社とどう関わっているのかは知らないが、あそこには向いていないようだ。きみは自分自身を許したほうがいい、フラウケ。それが第一歩だ。ほかに誰がきみのために……」

「よくも図々《ずうずう》しく、わたしの人生に干渉できたものね！」

フラウケの声が氷上にこだました。彼女は携帯電話に向かって話したのではない。身を乗り出し、マイバッハに向かって大声で叫んだのだ。ふたたび携帯電話を耳に押しあてると、マイバッハは穏やかに言った。

「どうやら、痛いところをついたようだな」

フラウケはもう彼を見ていられなくなった。これ以上は無理だった。〝わたしは降参するわけにはいかない〟彼女は携帯電話を畳《たた》み、コートのポケットにしまうと、マイバッハのほうに目をやった。スタートの合図を待つかのように。それから駆け出した。

おまえ

おまえが心底、魅せられたのはフラウケ・レヴィンただ一人だった。代行社を近くから観察していたとき、すぐに彼女に気がついた。彼女の持つ何かに惹《ひ》きつけられた。タマラ・ベルガーとは違った印象を受けた。タマラは繊細で不安げで、まともな人生を送るには弱すぎるように感じられた。見たところ不器用で角のあるクリスとも違っている。その弟のヴォルフとはまるで異質だ。彼は一見、予測がつきそうでいて、それが錯覚であることが、おまえにはわかる。彼やおまえのような疚《やま》しいところのある人間にかぎって、予測がつかないものなのだ。

おまえの関心はフラウケ・レヴィンにのみ向けられた。二日間も近くにいたのに、彼女がそれに気づかなかったことには内心、驚いている。近くにもいたし、

電話連絡もしたのに……おまえにとってはいまだに不可解だ。ただ、もっと彼女について知りたいという気持ちに嘘はなかった。

彼女の父親は一目見たときから好きになれなかった。でも母親には惹きつけられた。彼女の病歴、入院以前と以後の人生、フラウケと彼女との関係。フラウケの心の負担の由来も知った。そして、母親を訪ねていこうと決心した。あさはかな考えだった。無責任で危険だった。結果として母親はおまえを拒否し、何も語ってくれなかった。それでも訪問した甲斐《かい》はあった。フラウケに一歩、近づけたばかりか、フラウケのほうから電話で会いたいと言ってきた。そして、おまえと彼女を隔てているのがクルンメ・ランケ湖だけになった今、こんな問題が生じたことをおまえは悔やんでいる。おまえは普通の人生で彼女に出会いたかった。彼女が落ち着いて、熟慮してくれたらよかったのに。もっと頭を冷やして。そうすれば、おまえを理解してくれた

ことだろう。でも、そうは……

「きみは、あそこには向いていないようだ」おまえは言うと、遠くにいる彼女の顔の表情を読み取ろうとした。「きみは自分自身を許したほうがいい、フラウケ。それが第一歩だ。ほかに誰がきみのために……」

「よくも図々《ずうずう》しく、わたしの人生に干渉できたものね！」彼女の声が氷上でこだました。おまえは一瞬、あっけにとられたが、そのあと、用心深く言った。

「どうやら、痛いところをついたようだな」

まずいことを言った。話し合いはこれで終わった。フラウケは携帯電話をしまうと、身をかがめ、突然、おまえのほうへと駆け出した。〝どうしたら、こんなに勇敢になれるのだろう？〟十メートル走ったところで、彼女の毛糸の帽子が吹っ飛び、氷の上に落ちた。コートが黒い花のように開いた。彼女は決然たる顔つきで、足のリズムに合わせて両腕を振っている。手のなかで何か金属的なものが鈍く光っている。

〝おれを襲うつもりなんだ〟おまえには信じられなかった。〝本気でおれを襲うつもりだ〟彼女がそばまで来たら、どうするのかという大きな疑問が生まれた。彼女と戦うのか？　あの顔を見ろ。彼女は復讐の女神フリアだ。逃げたほうがいい。でも……

〝おれは恥をかきたくない〟

フラウケは湖の中ほどを越えた。ためらう気色もなく目標しか眼中になかった。一メートルまた一メートルと接近してくる。足音が氷の面に鈍くこだまする。大きい息の音が聞こえてくるように思えた。その瞬間、バリッという破裂音が響いた。フラウケの足元で氷が割れた。手からナイフが落ち、氷上をおまえのほうへと滑っていきそうになった。フラウケは割れた氷の端で身を支えようとしたが、その端も割れ、穴から音をたてて水が溢れ出てきた。そして積もった雪をいったん灰色に染めたのち、透明に変えていった。おまえはその場に立ちつくし、見守っていた。ほっとしたことは否めない。同情に似た気持ちと失望に似た気持ちが同時に沸き上がってきた。どうして彼女はこんなに愚かだったのだろうと、おまえは自問していた。

〝愚かではなく、勇敢だったのだ〟

どう思おうと、おまえの勝手だ。でも、ほとんどの場合、勇者のほうが先に死ぬ。そのことをおまえが知っているならいいが。

フラウケ

水の冷たさにショックを受けただけではない。失敗したというショックのほうがより大きかった。

〝やってのける自信は充分あったのに〟

フラウケは無意識のうちに氷上に頭を出していた。でないと死んでしまう。氷の縁をつかんだが、指のあいだで壊れてしまった。両足で蹴った。胸は鉄の輪で締めつけられているかのようで、呼吸が断ち切られそうだった。

〝落ち着いて。落ち着いていればここから抜け出せる。それから……〟

一瞬、彼女は水を蹴っていることを忘れた。マイバッハが岸に立っているのが鮮明に見えたのだ。彼は退却しなかった。逃げ出そうともしなかった。蜃気楼《しんきろう》には顔があった。

〝わたしは……わたしは彼を知っている。わたしは……〟

フラウケは水中に沈み、また浮かび上がった。指の爪で氷の表面を引っかき、うまい具合に左腕をついた。

〝疲れた〟。あまりの冷たさに疲労が激しくなってきた。うなじは熊の罠にかかったみたいで、痺《しび》れるような痛みが脊椎《せきつい》を伝って流れ落ちていく。体じゅうどこもかしこも疲れている。彼女は動きをゆるめて痛みを遠ざける一方で、水をたっぷり吸い込んだコートを下に引っぱった。今度は右腕も水から出し、氷の縁にすがって身を支えた。

氷は持ちこたえた。

〝休んで。少し休んで……〟

そのとき、マイバッハが向きを変えるのが見えた。

「ねえ、どこへ行くつもり?」

彼は答えなかった。彼女の言葉を聞かずに、斜面をどんどん上がっていく。

「ここにいてよ。あんたは……もしかして不安になったの?　あんたは……」

氷の縁が割れた。フラウケは一瞬、注意を怠《おこた》り、全身の重みを氷にかけたのだ。頭が水中に沈み、鼻がふさがった。咳をし、あえぎながらふたたび浮き上がった。頭のなかに何かしら鋭い動きがあり、神経を真っ二つに切断した。すべてに無感覚になり、何もかも平気になった。水は彼女の顔の上で凍った。まわりに手をやると、そこにはもう氷の縁はなかった。手があたると水しぶきが上がった。鴉《からす》が騒ぎだした。湖はこれるように彼女を引き寄せ、下へ下へと引っぱっていく。全身に疲労が拡がっていく。重く冷たく。さらにその上を無感覚が覆《おお》っている。体ばかりでなく彼女の存在そのものを包み込む繭《まゆ》のように。

〝憩《いこ》い。ここには憩いがある〟

もう誰も岸に立っていなかった。氷上を行く足音もしない。ただ太陽だけが雲間から顔をのぞかせ、氷をきらめかせていた。希望のように。

〝もうすぐ……〟

顔が暖かくなってきた。両手は空《くう》をつかんだが、その動きも緩慢《かんまん》になってきた。

〝もうすぐ……〟

雲の壁が太陽を覆い、風が戻ってきた。鴉は沈黙している。静かだった。しんとしている。氷の穴はゆっくりと閉じていった。

第五部

以後に起きたこと

ハノーヴァーをあとにし、わたしは進路をオスナブリュックに向けた。車のトランクは静まり返っている。わたしは悪臭を放っていた。孤独だった。タイヤがパンクし、車が横転して、すべてが終わってしまえばいいのに。わたしは孤独で、臆病でもあった。本当はここで何をすればいいのか、わからなかった。わたししだいだ。すべてはわたししだいなのだ。責任が重すぎ、決定すべきことが多すぎる。わたしはこんなに遠乗りせず、道端で処理してしまえばよかったのだ。彼の鼻を押さえてもよかった。ガソリンを彼にぶっかけるか、彼の首を絞めるか、ジャッキを彼の頭に何度も振り下ろすだけでもよかった。彼がもう動かなくなるまで。頭のなかではすでに、これらのことを全部試みた。彼を車から引きずり降ろし、アウトバーンに押しやるか、橋から突き落とすか、車の前に横たえる。そうやって彼を消してしまえばよかった。

でも今、わたしは話すことを彼に許している。義務はないとは思いながらも聞こうとしている。彼は話し、わたしは耳を傾ける。もう聞き飽きたと思ったら彼の口に粘着テープを貼り、車を走らせる。わたしには嘘がわかる。そう思っていたが、はたしてそうか？　これまでに彼は四つの話をした。彼は絶対者であったり、虫けらであったりする。彼は不安のなかで新たに話をでっち上げる。カチッと音がして彼の嘘が見抜ける瞬間が来るのをわたしは待っている。これまでに起きたことがすべて大きい偶然に見えるのはいやだった。わたしは偶然が嫌いだ。でも彼の話を聞いていると、まさに偶然であるように思えてくる。大きく呪わしい偶然だ。友だちみんなの人生がひとつの偶然に支配されていたとは思いたくなかった。それくらいなら、ひと握りの神々を殺したほうがましだと思う。ただ一人の神でもいい。その神があえてわたしと対決しようとするなら。

以前に起きたこと

タマラ

　葬式は四日後の木曜日の朝にとりおこなわれた。鳥たちは木々でさえずり、大地から立ちのぼるにおいは、その生気を恥じ入っているかのようだ。急速に全土を覆《おお》った冬は、また急速に去っていった。雪は跡形もなくなり、氷も融けた。春が勝利をおさめたのだ。きらきら輝きながら鼓動する円盤のような太陽を見て、タマラは目を伏せた。

〝どうして雨が降らないのだろう？〟

　タマラは気分がすぐれなかった。空気は新鮮でありすぎ、光は明るすぎた。一度、クリスが言ったことがある。日が照っているときには誰も人と別れるべきではないと。

〝誰も〟

　タマラは自分はそうではないと思っていた。彼女はグラウンドの縁に立って試合終了のホイッスルが鳴るのを待っている気分だ。この感覚は、ある夏の午後を思い出させた。フラウケと運動場で待ち合わせたときのことだ。十四歳だった二人は、ジュニア選手団の練習を見物していた。彼女の人生でもっとも退屈な時間だったが、すべてはただ、フラウケと自分がそこにいることを少年たちに見せつけるためでしかなかった。

〝フラウケ、どこに行ったの？〟

　一瞬でいいからこの思いを断ちたかった。大地が震え、彼女が親友を失ったことを世界中に知ってほしかった。〝いさかいをしたあとで。あんなくだらないいさかいを〟タマラは今はじめて、エリンがトイレの個室で死んでいるのを見つけたときのヴォルフの気持ちを理解した。釈明もできず、会話も謝罪もあとの祭りなのだ。

〝終わってしまった〟

タマラには前に進む勇気がなかった。両手を柩《ひつぎ》に置いて積もる話をしたかった。でも、その場に留まって背筋をまっすぐに伸ばした。

警察に匿名《とくめい》の通報があり、女性が一人クルンメ・ランケ湖で、割れた氷から落ちたと伝えてきたのだった。二十分以内に、捜索犬を連れた警察の救助隊がその場所に到着し、作業を開始した。クルンメ・ランケ湖は、通常なら水深十五メートルまで捜索は可能だった。でも低い水温と氷が捜索を困難にした。犬にも痕跡を嗅《か》ぎつけるチャンスはなかった。そこで救助隊は、流れの方角に向かって二カ所で氷を割った。二人のダイヴァーが送り込まれ、流れに沿って捜索した。フラウケは橋の手前の、流出口で見つかった。三時間、水に沈んでいたのだ。

同日午後になって、フラウケの遺体を確認した父親からヴィラに連絡があった。ヴォルフが電話に出た。じっと耳を澄まし、何も質問せずに切った。父親は自分の話がわかったのかとヴォルフに聞こうとしていた。ヴォルフはそのあと数分間、廊下に佇《たたず》み、じっと電話器を見つめていた。それから二階のタマラのところに行った。彼女は机の前にすわっていた。

「おいで、タマラ」

タマラはすわったままだった。ヴォルフが戸口に立ってこちらを見つめている様子が気になった。

「どうしたの？」

「さあ、こっちへおいで、タマラ」

タマラは立ち上がり、彼のほうへ行った。ヴォルフは彼女を固く抱きしめた。それから電話のことを話した。すべてを話しおえたあと、彼は目を閉じ、タマラの爪が背中に食い込むのをこらえていた。でも彼はタマラを離さなかった。彼女も同じだった。ヴォルフは彼女をしっかり支えていた。

〝あのとき彼が支えてくれてよかった〟タマラは思い、ヴォルフの手をつかもうとした。そのとき、背後でささやき声が聞こえた。誰かが鼻をすすった。一羽の鴉《からす》が真正面の霊廟《れいびょう》に舞い降りた。タマラとヴォルフは、フラウケの学友たちと研究仲間のあいだに立っていた。何人かはタマラにも見覚えがあったが、残りは知らない顔ぶれだった。〝みんなはフラウケをどういうことで思い出すのだろう？〟鴉は霊廟の壁にくちばしをこすりつけ、ふたたび飛び立って墓地の上空に消えていった。遠くのほうからオンケル－トム通りを行く車の騒音が響いてくる。人生に休みはなく、それを留めるものは何もない。

〝このあとも、一度とぎれた生活を、あの同じ場所でつづけていくのだ〟

タマラは地震が起きてくれたらいいのにと思った。

フラウケの父親は電話で事故だと言っていた。警察も書類に事故だと記した。だが翌日、ゲラルトがヴィラにやってきて、フラウケに自殺の可能性はなかったかと尋ねた。

「これまで、彼女がそういう話をしたことがあるかな？　もしかしたら彼女には罪の意識があって……」

彼はすべてを包み込むしぐさをした——ヴィラ、友情、庭に埋まっていたという死体を。「フラウケは自殺など、ぜったいにするはずがない」クリスは言うと、挑むようにゲラルトを見つめた。〝さあ、反論してみろ〟とその目は語っていた。フラウケの死を知ったとき、クリスは泣いた。タマラは彼が泣くのをはじめて見た。涙は長くはつづかず、彼はふたたび鎧《よろい》をまとった。でも、涙を流したのは事実だ。タマラは確かにそれを見た。だがそのあと、彼がまた元のクリスに戻ったのを見てほっとした。冷静な思考力を持つ者が一人はいないと困るのだ。彼らが何をすべきかを教えてくれる者が。

「それに、自殺するにしてはあまりにも愚かな方法だ」クリスはつけ加えた。

「では、事故というしか……」

「事故に決まっている」ヴォルフが言った。「フラウケは氷の上を走っていくほどバカじゃないよ」

ゲラルトはほかにもっと納得のいく説明があるかと待っていた。ヴォルフにはその意思はなく、タマラから何か聞けるとは毛頭思っていなかった。彼女はソファで毛布にくるまり、近寄りがたい印象があった。ゲラルトはもう一度、クリスのほうを向いた。

「あんたたちに持ってきたものがある。彼女のコートのポケットに入っていた」

ゲラルトは透明なビニール袋をテーブルに置いた。家の鍵、財布、二台の携帯電話、そのほか、こまごました物。ビニール袋は内側が湿気で曇っていた。まるでフラウケの持ち物が息をしているかのようだった。

タマラは毛布をどけて、やってきた。ヴォルフはテーブルに身をかがめた。

「そして、これが氷の上に落ちていた」ゲラルトは言うと、ふたつ目のビニール袋を並べて置いた。「このナイフに見覚えがあるかな？」

クリスはかぶりを振り、ヴォルフは袋を手に取った。「いや、見たことはない」彼は言った。

「タマラは？」

タマラもやはり、かぶりを振った。彼女は最初の袋に入っていた二台の携帯電話から目が離せなかった。

「このナイフはわたしたちのものではないわ」彼女は言った。

「これは氷の割れ目のそばに落ちていた。握り手と刃にフラウケの指紋があった。彼女のナイフではないとしても、少なくとも彼女がこれに触《さわ》ったことは事実だ」

ゲラルトは彼らを順ぐりに見つめた。「もし、何か言いたいことがあったら、どうか今、言ってほしい」

彼は言葉を切った。沈黙が拡がった。

「あんたたち、脅迫されていたのか？」

「誰も脅迫なんかされていない」クリスが答えた。

「死体のことは、どうなんだ？」

「どの死体？」クリスは問い返した。

「あんたたちに謝罪を代行してほしいと言ってきた殺人犯は誰なんだ？」

ゲラルトは譲らなかった。

「本当に何もかもフラウケの空想の産物なのか？」

クリスは首をかしげた。タマラはゲラルトに質問されなかったことを喜んでいた。

「フラウケが死んだ今になって、彼女の言葉を信じるのか？」クリスは言った。

ゲラルトはクリスに目をやっただけだった。彼は視線を落とし、話題を変えた。

「どうしてフラウケは携帯電話を二台も持っていたんだろう？」

「ひとつは私用。もうひとつは仕事用だ。おれたちはみんな二台持っている」クリスは言った「なるほど」

ゲラルトは立ち上がった。彼には言いたいことがもっとあるようだとタマラは思った。でもゲラルトは考えを変え、挨拶《あいさつ》もせずヴィラから立ち去った。〝いい兆候ではない〟とタマラは思った。入口のドアがガチャンと閉まった。ヴォルフは二台の携帯電話をビニール袋から取り出した。

「彼女はあの夜、ここに来ていたにちがいない」彼は言った。「そっと忍び込んで、兄さんの携帯電話を持っていったんだ」

ヴォルフはその青い携帯電話をクリスに渡した。それは濡れていて、クリスが開くと、水がテーブルの上に滴《したた》り落ちた。

「なぜ、彼女はそんなことをしたんだろう?」クリスは言った。

「言うに言われぬ復讐なのかもしれない」ヴォルフは推測した。「ぼくには聞かないでくれよ。女性は常に謎だから」

「あなたにとっては、どんな女性も謎なのよ」タマラは言った。

彼らは少しのあいだ、互いに見つめ合った。そこにはすべてがこめられていた。痛みもあり、過去もあり、絶望もあった。

〝間違いなく本当のことなの?〟

〝間違いなく本当のことなのか?〟

クリスは携帯電話の電源を入れようとしたができなかった。彼はそれをテーブルに置き、両手で顔をさすった。

「フラウケは復讐なんかしないだろう。彼女らしくない」

「凍った湖を駆けていって溺死《できし》したというのも、同じくらい彼女らしくないわ」タマラは補った。「これは事故なんかじゃないわ。わたしはそう思ってる」

彼女はヴォルフを見つめた。

「あなたも、さっき言ったじゃない。フラウケはぜったいに、そんなバカな真似はしないって」

「そう。でも、警察に密告した点では、彼女は充分バカだった」ヴォルフは反論した。

タマラはヴォルフの肩を押した。

「言わないで。そんなこと。フラウケはバカなんかじゃなかったわ」

「よくわからない。なぜ彼女が携帯電話を盗んだのか」クリスは言い、その問いに答えてくれるかのように携帯電話を軽くたたいた。「おれには、さっぱりわからない」

タマラはニスの塗られた黒い柩《ひつぎ》の蓋《ふた》に、輝かしい青空が映っているのを見た。もし今ぐっと身を乗り出して柩を見下ろしたら、メルヘンの世界にいるように自分ではなくフラウケがこちらを見返し、二人は何事もなかったかのように互いにおしゃべりができるかもしれない。

フラウケの父親は柩の上端に立っていた。隣には母親がいた。葬式に出席するため病院の許可を得て出てきたのだ。タマラは挨拶《あいさつ》の握手をした。〝わたしはフラウケのことを、あなたよりもよく知っている〟そう言いたいところだった。

フラウケの母親は彼女を無視した。誰とも目を合わさないようにしていた。誰かの肩越しに露骨に向こうを見るか、あるいは、亡くなった娘を透視できるかのように、じっと柩を凝視しているかのいずれかだった。

〝こんなことをするのは間違いだ〟タマラは思った。〝クリスの言うとおりだ〟

十代の頃、彼らは互いに誓い合った。地中に行き着くのだけはやめようと。彼らは自分たちの遺灰をリーツェン湖に撒《ま》いてもらいたいと願っていた。そうすれば死後もいっしょにいられるからだ。でも、フラウケの父親は聞く耳を持たなかった。彼は娘の遺体は、ツェーレンドルフ地区にあるベルリン市立墓地に埋葬するのだと言い張った。クリスと口論になると、フラウケの父親は言った。

「わたしには娘が確かにここにいるのだという場所、いつでも訪ねていける場所が必要なんだ。そのことがわからないのかね？」

タマラには彼の気持ちが理解できた。父娘のあいだのつながりがどのようなものであったにせよ、そう簡単に彼が娘と別れられるとは思えなかった。クリスはどうしても理解しようとしなかった。彼は式に出席するのを拒み、朝食のあと、納屋に引っ込んだ。彼は何束もの薪《まき》を居間に運び入れ、暖炉のそばに積み上げた。

ヴォルフはもうそんなに寒くはならないだろうと言ったが、クリスはタマラとヴォルフが葬式に出ているあいだじゅう、火を燃やしつづけるのだと答えた。

〝もしかしたら、それがいちばんいい告別のしかたかもしれない〟タマラは思いながら、ヴォルフの手にしっかりと握られた自分の手を見下ろした。ヴォルフはそばにいる。彼にもクリスにもいてほしかった。そして、フラウケにも。この瞬間、彼女はかつて自分の近くにいた人全員をそばに引き止めておきたい気持ちだった。ヴィラのクリスのそばにも留まっていたかった。多くのことを願ったけれど、何も起きなかった。誰も話さず、誰も墓地を去ろうとしなかった。時はゆっくりと過ぎていく。ただひとつの願いすら叶えられなかった。タマラは泣きだした。もう一滴も涙は残っていないと思っていたのに。ヴォルフは彼女の肩を抱いた。誰かがハンカチを渡してくれた。長い午前になりそうだった。

クリス

クリスがフラウケの死を知ったのは、ジョギングから帰ってきたときだった。ヴィラのなかに足を踏み入れ、あまりの静かさに驚かされた。まず台所を、つぎに居間を覗《のぞ》いた。二階に上がっていく途中、泣き声が聞こえてきた。

タマラとヴォルフは廊下の床にいた。ヴォルフはすわり、タマラはヴォルフの膝枕で、球のように丸まっていた。クリスはひと言も発しなかった。彼の足元で廊下がきしんだ。ヴォルフは目を上げて兄を見つめた。

〝何も言うな〟クリスは願った。〝何が言いたいのかは知らないが、自分の胸にしまっておけ〟

「彼女は死んだ」ヴォルフは言った。

クリスは向きを変えて立ち去ろうとしたが、その場に立ちすくんだ。ヴォルフは途方に暮れたように肩をすくめ、もう一度くり返した。

「彼女は死んだ、クリス。死んでしまったんだよ」

タマラの泣き声は、昆虫がガラスの容器に捕らえられ、出口を探しているかのように聞こえた。


そして今、クリスは半ズボンで暖炉の前にすわり、炎を絶やさぬようにしていた。自分の人生はそれひとつにかかっているかのように。髪は頭にへばりつき、汗は絨毯に滴《したた》り落ちて黒ずんだ染みをつくっていた。背中も濡れていた。彼の右には水の入った瓶が置かれ、その内側には雫《しずく》ができていた。水は生ぬるかった。

クリスは葬式には出ないと言ったことに満足していた。あんなものは見せかけにすぎないと思っていたからだ。

何分間かに一度、彼は身を乗り出して薪《まき》を追加した。火はおおかたは静かに燃え、時折、ポキッと音をたてて白い火の粉が飛び上がるのみだった。〝何事も、絶やさぬように燃やしさえすればいい炎のように単純だったら、みんなで暖炉のまわりにすわって至福のときを過ごしただろうに〟クリスはそう思いながら、瓶からひと口飲んだ。

彼は自分がここで何をしているのか、わかっていた。子どもの頃、彼とヴォルフはバイエルン州南部のシュタルンベルク湖のほとりに住む祖父母のもとで夏休みを過ごした。クリスが八歳、ヴォルフが六歳のとき、祖父は自動車事故で亡くなった。二人が死に遭遇したのはそれが最初だった。祖母の悲しみを身をもって知り、両親が涙を流し、何日かあと墓地で、ほかの葬儀参列者たちのかたわらに茫然《ぼうぜん》と立ちつくし、どう振舞っていいのかわからない様子をしていたのを見ていた。クリスはそのとき、もう二度と葬式には出ないと心に誓った。

その同じ夜、クリスとヴォルフのいる部屋に、祖母がやってきた。彼女は二本の蠟燭《ろうそく》を手にし、死者にも導きの光が要るのだと説明した。

「この光を見れば、お祖父《じい》さんは怖がらないでしょうし、自分がどれほどみんなから愛されていたかがわかるのよ」

兄弟は祖母がめいめいに一本ずつ蠟燭を渡し、それに火をつけるのを目をまん丸くして見つめていた。そのあと祖母はまた部屋から出ていった。

何年かあとで、兄弟はこの夜のことを笑ったが、そのときは途方に暮れ、手に蠟燭を持ったままベッドに腰かけ、身じろぎもしなかった。このあと、どうやって眠ったらいいのだろう? もし蠟燭の火が消えたらどうしよう? お祖父さんは暗闇で迷ってしまうだろうか?

祖母は悲しみに沈みきっていたため、二人に燭台を渡すのを忘れていたのだ。そのため二人は壁にもたれ、蠟燭をじっと見つめながら夜を明かした。しばらくは祖父のことを話していたが、しまいには疲れてしまった。ヴォルフはうつらうつらしていたが、熱い蠟が手に流れ落ちてきたので目を覚ました。一方、クリスは瞬《まばた》きひとつせず、じっと蠟燭の火を見つめていた。それが祖父の命の光であるかのように。彼はもし夜通し炎の命を守っていれば、お祖父さんは朝食の席に姿を現わすかもしれないと思っていた。

三時近くなってヴォルフはあきらめ、蠟燭の火を消してベッドにもぐった。

クリスはがんばり通した。朝、まだ暗いうちに祖母が起きる音がした。目覚めた鳥たちの声、近くにある鉄道の駅から始発列車が出発する音、それから、自分の耳のなかで血がざわめいている音が聞こえた。手のなかの蠟燭がちっぽけな燃えさしとなり、彼の指が火傷《やけど》しそうになった頃、祖母は二人を呼んだ。朝食の準備ができたから起きるようにと。

はっと眠りから覚めたヴォルフは、クリスがちらちら揺れる蠟燭の燃えさしを掌《てのひら》に載せて、ベッドにすわっているのを見た。クリスは今もよく覚えている。弟がナイトテーブルに載っている消した蠟燭をじっと見つめ、急いでもう一度、火をつけるべきではないかと思案していた姿を。まさにその瞬間、祖母が部屋に入ってきたのだ。

ヴォルフはすすり泣きながら、ごめんなさいと謝り、自分はどうしても目を覚ましていることができなかったと打ち明けた。祖母は彼をなだめ、そんなことをさせるつもりはなかったのだと言った。祖母がさらに何か言おうとしたとき、クリスが叫んだ。それは痛みの叫びでもあり、同時に、安堵《あんど》の叫びでもあった。彼の手のなかの蠟燭は燃えつき、芯《しん》が真っ赤に焼けた針のように彼の掌に載っていた。クリスは最後までがんばりとおしたのだ。

朝食の席に祖父は現われなかったが、クリスは誇らしく思っていた。自分が守り手になった気分だった。だからこの木曜日にも、彼は汗をかきながら暖炉の前にすわっていた。蠟燭一本では足りないと思った。フラウケは唸《うな》りを上げて燃えさかる火とともに旅立たせてやりたかった。だから彼は火を消さないように守っていた。フラウケが今、どこにあろうと、彼女とともにあり、彼女を守ってやりたかったのだ。

葬式の前の何日かは真空状態だった。壁に磔《はりつけ》にされて死んでいた女性を見つけたときから、彼らはすべての依頼を先延ばしにしてきた。誰も仕事の再開について考えなかった。彼らは高い塀《へい》を築き、自分のうちに閉じこもっていた。フラウケの死後、ヴォルフはメランコリーに沈んでいたが、クリスは弟が悼《いた》んでいるのはフラウケなのか、それとも彼自身なのか、あるいは、影のように彼につきまとっている過去なのか、確信が持てなかった。

タマラは危機の際の彼女がいつもするように、ソファを拠点にして、つぎからつぎへと小説を読んでいた。

あたかも外界は、黒い活字と白い紙の世界に簡約されてしまったかのように。

彼らはほとんど話をせず、他人同士のようによそよそしく暮らしていた。

唯一、クリスだけが前向きに活動を開始した。フラウケが死の前夜、ヴィラに来て、彼の携帯電話を持っていったことが彼を悩ませていた。携帯電話はもう機能しなくなっていたので、翌日、彼はシャルロッテンブルク地区にある彼のプロバイダーのセンターへ行った。通話記録を詳細に調べるために。

シャルロッテンブルク地区に来てみて彼は落胆した。五年前、まだ〈キーペルト〉書店が一角を占めていた頃は、エルンスト・ロイター広場は活気溢れる場所だった。今、その同じ場所はヤッピーとのらくら者の遊び場と化していた。彼らは氷で冷やしたカプッチーノやチョコチップ・クッキーだけでなく、法外に値段の高い贈り物まで大急ぎで買っている。まるで第二次大戦前に作られたかのような不細工な品物を。

プロバイダーのオフィスは最上階にあった。社員はクリスを十分間待たせたあと、自分のパソコンの前にすわり、最近三十日以内にクリスの携帯電話にかかってきた通話と、こちらからかけた通話をすべて一覧表にしてプリントアウトしたあと、ほかに何か要望はないかと訊いた。

「ちょっとしたことなんですが」クリスは言ったが、要望は聞き入れられなかった。社員はマイバッハの住所の追跡については頑として拒否した。

「申しわけありませんが、それは禁じられています。そんなことをしたら、わたしは刑務所行きです。それに彼のプロバイダーは別のところです」

クリスは一覧表の礼を言って立ち去った。彼の疑いは証明された。フラウケが彼の携帯電話を持っていったのは、マイバッハの番号にかけるためだった。フラウケはクリスの執務室から書類を持ち去ることもできただろうが、妨害される危険性が大きいと判断したのだろう。

〝話し合いをしてもよかったのに〟

フラウケのしたことは、まさにクリスがとっくに実行していなければならなかったことだった。彼女は攻撃に転じたのだ。彼女はマイバッハに土曜日の夜十一時四十五分に電話し、翌日の日曜日の午前十時二十三分に、彼から電話を受けている。それからまもなく、彼女は溺死した。でもクリスにとって、それだけでは情報として不充分だった。

グナイゼナウ通りに来ると、クリスは新聞社のかつての上司のオフィスに直行した。社員たちの注意を無視して。

「何の用かね？」ベルント・ヨスト－デーゲンは挨拶《あいさつ》代わりに言った。

「話があります」クリスは言うと、後ろ手にドアを閉めた。かつての上司が抗議するいとまもなくクリスは言った。

「あなたは広報担当の友人と話すのに五分とかからないでしょう。その友人が警察の担当者と話すのに三分。そして、その担当者がこの電話番号が誰の名前で登録されているのかを探り出すのに一分とかからないはずです」

クリスは番号の書かれたメモをベルントの机の上に置いた。

「ベルント、わたしは住所が知りたい。あなたにはそれを探り出すコネがあるはずです。あなたがコネを利用したのは、今に始まったことではないでしょう。お願いします。わたしのために、やっていただきたい」

ベルントはクリスの願いを叶えた。クリスが感じのいい男だからでもなく、半年前まで彼の部下だったからでもない。ベルント・ヨスト－デーゲンのような男を納得させるには、もっと別の理由が必要だ。この場合、その理由とは言うに言われぬ微妙なものだった。クリスが何かしら危険なものを発散させており、それが気にかかったからだ。ベルント・ヨスト－デーゲンはクリスの身に何が起きているのかは知らなかった。わかっているのはただ、かつての部下がこの情報を欲しがっている――何が何でも――ということのみだった。ベルントはいまだかつて肉体的暴力を振るわれた経験はないが、クリスが拳《こぶし》を丸めているところから見て、一発見舞われる可能性があるのを察知した。

クリスの拳の関節が白く浮き出ているのが見えた。

ベルントは八分を必要とした。

そのあとクリスは息切れしそうになり、ザヴィグニー広場に面したカフェにすわって、表のガラス越しに通りを見つめていた。ズボンのポケットにはラルス・マイバッハの住所を記したメモが入っている。今は火曜日の正午。そして、フラウケの葬式は木曜日と決まっていた。クリスはつぎに打つべき手を考えた。最初はゲラルトと話をすることを考慮したが、その考えをふたたび退けた。ゲラルトはマイバッハがフラウケの死の直前に彼女と電話で話したという事実に飛びつくとは思えなかったからだ。それだけではどうにもならない。確実な証拠は存在しない。彼女の証言、そしてもちろん死体はある。でも、その証言自体、もう消えてしまったのだ。ゲラルトは嘲笑《あざわら》うだろう。

つづく二時間に、クリスはたった一度だけ電話して待っていた。ブラウニーを三個食べたが、一個食べるごとにミルクコーヒーを一杯飲んだ。糖分を過剰に摂取したためか腹がゴロゴロ鳴った。三時五分前、彼は自分の車でノルレンドルフ広場まで行った。

彼の名前はマルコ・Mという。高校時代からマルコ・Mと名乗っており、教師からマルコと呼ばれると、マルコ・Mだと言って抗議した。マルコ・Mはコンピューター・フリークの一人で、当時はコンピューターを得るためなら押し込み、万引きなど何でもやった。手荒なことはしなかった。現金を得るために、より簡単な方法を選んだのだ。そのスタイルは時とともに変わり、今では押し込みをやめ、彼の手はきれいなままだった。彼はほかのことで問題を解決していた。

クリスが大学卒業を間近に控えていた頃、しばらくのあいだマルコ・Mが彼のところに出入りしていた。クリスはマルコ・Mからマリファナや覚醒剤を購入していたのだ。二人は夜ごとにテレビの前で割れがねのような声を張り上げ、くだらぬおしゃべりに興じていた。大学卒業後は互いに疎遠になった。マルコ・Mがいかがわしい界隈《かいわい》でヤクを売りさばくことを思いつかなかったからだ。彼は密告され、二年間刑務所で過ごし、出所して一週間後にクリスのもとに現われた。彼は首の傷痕を見せ、足首に彫った刺青《いれずみ》を見せびらかし、クリスに、かつての界隈では今、誰がヤクを売っているのか知らないかと訊いた。クリスは知っていることを教えた。マルコ・Mはその問題を自分で引き受けた。それ以来、彼はふたたびノルレンドルフ広場界隈で仕事をするようになった。クリスはまさにその場所で、マルコ・Mと会う約束をしたのだ。

マルコ・Mは放尿もできないくせに道の角ごとに脚を上げる犬を思い起こさせた。彼を見て、ピットブル犬やボクサー犬を想像するのは不可能だ。マルコ・Mはグレーハウンド犬の優雅さと注意深さを併《あわ》せ持っていた。トレーニングウエアを着て金のネックレスをつけたグレーハウンド犬を思い描くのは難しいかもしれないが。マルコ・Mは毎日、同じ時刻に自分のテリトリーをうろついていた。彼はそれを点検と呼んでいた。彼は何が起きているのかを知りたがり、また、人に見られたがっていた。

この日、マルコ・Mは漫画本を売る店の前で、背の高いスツールにすわっていた。コーラのグラスが前に置かれ、右手で健身球《けんしんきゅう》を二個、まわしていた。

「新手の趣味か？」クリスは訊き、そのそばに立っていた。

「くつろぐときに役に立つ。試したことはあるか？」

マルコ・Mは玉をクリスに渡した。温かかった。クリスはそれをまわした。いい気持ちだった。

「悪くない」

「ケースもある」マルコ・Mは言うと、ビロードを張った小箱を開けた。クリスは玉をそれに入れた。マルコ・Mは小箱をスツールに置いたまま立ち上がった。

「マルコ・Mのものは、誰も盗まない」彼は言うと、クリスの肩に手をまわした。

「ひとまわりしてこよう」

彼らはモッツ通りを下っていき、ヴィンターフェルト広場を一巡した。クリスはマルコ・Mを〈ファラファイン〉に案内し、その軽食堂の前のベンチにすわってローラースケーターたちを眺めていた。彼らはその界隈のことや、クリスが秋に引っ越してから、シェーネベルクがどれほど変わってしまったかを話した。フラウケのことは話題にしなかった。マルコ・Mにお悔やみを言われたくなかったからだ。クリスはなるべくフラウケのことは考えないようにしていた。もちろん、それは愚かなことではあった。彼がヴィンターフェルト広場にすわっているのも、フラウケのためだったからだ。十分後、マルコ・Mの携帯電話が鳴った。

「いつもなら、食事中に邪魔したりしないんだが」マルコ・Mは言いわけしながら電話に応じた。彼はちょっと聞いただけで、切った。

「じゃあ、これで」マルコ・Mは言い、彼らは握手した。

クリスは彼をベンチに残し、マウセン通りを上り、いくつものカフェのそばを通り過ぎていった。人々は戸外の椅子で法外に高いラッテ・マッキアートを飲んでいた。彼らは健康そうには見えず、青白い顔で日が照るのを切望し、今現在、どんな流行に従えばいいのかも知らずにいる。彼らの一人でなくてよかったとクリスは思った。

クリスは車をポツダマー通りの方角へ走らせていった。彼は冷静で、たびたびバックミラーを覗《のぞ》くこともなかった。最初の信号で停まったとき、物入れからCDを取り出した。『ハード・キャンディー』だ。音楽はその日の彼に、少しだけ光をもたらしてくれた。クリスはヴィラまで車を走らせた。

ヴィラの前に車を停めたあと、緊張がゆっくりとほぐれていくのがわかった。彼はバックミラーにちらっと目をやり、開いたままの門を見た。ヴィラを見やったが、誰もいないようだった。

クリスは運転席の下に手を入れて、ふたつの小さい包みを引っぱり出した。オートマティックには掻《か》き疵《きず》やすり疵があったが、手にはよくおさまった。クリスはフラウケのガス銃のことを思った。一度、それを持ってみたことはあるが、オートマティックとは重さが違う。このほうがより生々《なまなま》しかった。クリスはふたつ目の小包を開けた。マルコ・Mの説明では、本来の音が聞こえるのは、最初の六発を撃ったあとだという。

「おれは二発しかいらない」クリスはそう答えた。

サイレンサーは拳銃の銃身にぴったりだった。クリスはふたたびそれをはずし、安全装置を点検したあと、拳銃とサイレンサーをもう一度、運転席の下に隠して車を降りた。

その晩、三人はいっしょに食事をした。クリスはタマラからパンを受け取りながら、登録された携帯電話を使うとは、マイバッハもあさはかなことをするものだと思っていた。ヴォルフは葬式のあと数日間、どこかに引っ込みたいと言った。詳しいことはわからないが田舎《いなか》か海辺がいいと。クリスはうなずきながら、もしマイバッハと対決することになったらどうすべきか自問していた。〝おれにできるか？　やるだろうか？〟彼は英雄的な行為をあまり評価していなかったが、もし自分が何もしなければ、何も起きないのだという気持ちを抱いていた。これは目に見えない掟《おきて》のようなものだった。

〝おれはマイバッハの頭に銃を突きつけ、すべてを終わらせることができるのか？〟

だが、これこそは、クリスが考えたくない唯一の解答だった。

その朝、タマラとヴォルフが葬式に行ったあと、クリスは暖炉の火を燃え上がらせた。三時間後も、彼はまだその前にすわっていた。自分が決断を先延ばしにしていることはわかっていた。彼は怖かった。自分自身が怖かった。彼はあの頭のおかしい男が壁に女性を釘で磔《はりつけ》にする以前に、ヴィラで四人が送っていた生活のことを思い浮かべていた。

クリスはここに長時間すわっていれば、すべての不安を汗とともに流し去ることができるだろうと思っていた。目が痛む。肺は酸素をやっとの思いで取り込んでいる。一瞬、彼はまどろみ、はっとして目を覚ました。自分が見えた。手に拳銃を握った自分が。クリスは夢のなかでも拳銃を払いのけられなかった。拳銃が手にぴったりと張りついているかのようだった。

クリスは立ち上がった。自分には気骨がないと思った。拳銃とクリスの組み合わせはこっけいだった。自分は英雄ではない。今さら言うまでもないことではないのか？

〝おまえは出かけていって拳銃を買った。これからどうするのだ？〟

クリスは背筋を伸ばし、残り火に唾《つば》を吐いたあと、ぱっと窓を開けた。ひんやりとした空気があまりにも心地よかったので、しばらくは、そのまま風に吹かれ、冷気を楽しんでいた。春と小鳥のさえずりも。〝人に拳銃を突きつけるなんて、どうしてそんなことが自分にできると思ったのだろう？〟彼は窓を開けたまま、これからシャワーを浴びに行こうとしていた。そのとき、廊下から電話の呼び出し音が聞こえ、彼は立ち止まって受話器を取った。マイバッハからだった。お邪魔でなければいいがと言ったあと、マイバッハはもうひとつだけ依頼したい仕事があると言った。

おまえ

二羽の鳩が気どった足取りで道路の真ん中まで歩いてきて、信号が変わるのを待っていた。車が動きだすと、鳩たちは飛び立って窓の敷居のひとつに止まった。信号が赤に変わると道路の縁石に飛び下り、ふたたび気どった足取りで道路の真ん中に出てきて、この遊びを最初からくり返した。おまえは信号が四度変わるあいだ、鳩たちを眺めていたが、鳩たちにはユーモアのセンスがあるのかと自問していた。

おまえがパン屋に入ると呼び鈴が鳴った。焼きたてのパンと淹《い》れたてのコーヒーの香りに、腹がゴロゴロ鳴った。おまえはおはようと言い、陳列棚のものを吟味するふりをした。奥のほうでラジオが鳴っている。ベルリンのどこかで、信じられないほどの安値でマットレスが売られているとか。おまえは持ち帰り用にチーズ入りのバゲットとコーヒーを注文した。売り子はバゲットを包み、コーヒーにプラスチックの蓋《ふた》をした。おまえは端数を切り上げて売り子に三十五セントのチップを与えて外に出た。

信号は赤だったが、鳩の姿は消えていた。おまえは道路を渡り、自分の車のなかにすわった。両手でコーヒーの容器を支え、プラスチックの蓋は膝の上に置いた。自分がこれほど落ち着いているとは意外だった。容器のなかのコーヒーは少しも揺れていなかった。

彼の名前はカール・フィヒトナー。ベルリン北部に四軒のパン屋を所有している。そのうちの一軒であるこの店だけを朝五時から七時まで手伝い、そのあとはほかの三軒のためにパンの配達にたずさわっていた。彼の仕事は午後二時には終了する。今日が最後の仕事日になろうとは知る由《よし》もなかった。

おまえは彼が昼食をとるレストランで待っていた。彼が決まって使うテーブルについたが、彼の定席にはすわらなかった。おまえはミネラルウォーターを飲みながら、窓越しに彼を見ていた。彼はウエイターと握手したあと、まず、おまえを見た。おまえは軽く会釈した。彼はためらったが、おまえはほほ笑んだ。ほほ笑みの達人なのだ。

フィヒトナーは言うべきことをよく考えたあとで口を開くタイプだった。自分の言葉を撤回するのを嫌った。彼はおまえの横にすわって上着を開き、テーブルに両腕をつきながら、おまえを見つめた。両手を組み合わせたとき、前腕に小さい刺青《いれずみ》が見えた。エーデルワイスの花だった。

おまえは黙っていた。待つことを学んだのだ。しばらくしてフィヒトナーは咳払いし、これまでに会ったことがあるかと訊いた。彼は疲れて見えた。でも毎朝五時にパンを窯《かま》に押し込む仕事をしていたら、たぶん誰でも疲れるだろう。おまえはフィヒトナーが一週間前にファンニが発したのとまったく同じ質問をしたことが気に入った。

「昔の知り合いだ」おまえは答え、彼のほうに写真を押しやった。

フィヒトナーはそれを手に取った。瞬《まばた》きひとつしなかった。息が止まったかに見えた。ウエイターがやってきたが、フィヒトナーが無視したので引き下がっていった。フィヒトナーは光にかざそうと、写真を少し斜めにし、それからテーブルに戻した。

「ずいぶん前のことだな」

「遙《はる》か昔だ」おまえは同意した。

彼はおまえの目をじっと見つめているようだった。そんな感じがした。目でおまえに触れていると言ってもいい。頬の傷痕《きずあと》が白く浮き出ている。

「おまえはまだ子どもだった」フィヒトナーは言った。

「おまえは……」

彼は顎《あご》を胸に沈め、きまりが悪いほどひどく泣きだした。顔に手をあてるでもなく、体面もかなぐり捨てて憑《つ》かれたようにむせび泣き、涙を流した。おまえは見まわした。このバツの悪い瞬間、客たちが大勢そこに居合わせてくれればよかったのに。

このところ、おまえはしきりにブッチとサンダンスのことを思うようになっていたが、今も、彼らならどうしただろうと自問していた。〝どうなるだろう、もし？〟でも、それは無意味なゲームでしかなかった。ブッチもサンダンスも、もういないのだ。彼らは時の移ろいとともに消えていった。おまえが自分を許せないのは、この喪失のためだった。自分も社会も許せなかった。どこかに存在しているかもしれない神も、ぜったいに許すことができなかった。でも、おまえがどうこじつけても、世の中にはどんな許しにも値しないような人間がいるという認識に、われわれは否応なくたどり着く。かつておまえが出会ったような人間たちがいるということに。

そのうちの一人は死んだ。もう一人はおまえの真正面にすわって泣いている。

ひょっとして恥ずかしさから泣いているのか？　あるいは喪失を泣いているのか？

取り返しのつかなくなった無垢《むく》の喪失を。ブッチとサンダンスは二度目にカールとファンニに出会ったあの日に消えたのだ。最初のときは傷ついて逃げ出すだけですんだ。でも二度目には二人の友だちは突きとばされて目に見えぬ壁を越え、支えを失って無へ、暗黒へ、虚無へと消えていった。世界史のなかの取るに足りない一日だった。そして、誰もおまえのためにこの日を取り戻してはくれない。

カールとファンニが二度目にブッチを連れにきたあと、二人の友だちは引きつづき学校でも道でもスーパーマーケットでも出会った。でも〝出会う〟以上のことは起きなかった。目を見交わしながらも、二人はもはや元の二人ではなかった。

サンダンスには、そんなことが起きるとは信じられなかった。あのとき、彼は誰かの助言を仰いだり、誰かに話をしていればよかった。でも、両親がブッチのことを訊いても、サンダンスは話題を変えた。彼は無力感を抱きつつ、ますます親友から遠ざかっていった。

一方、ブッチはあれもこれも忘れようとし、サンダンスのことも、どうでもよくなっていた。彼は十代のほとんどを孤独で過ごし、人生という画面から後退しながら姿を消し、かつて彼という人間がいたことさえ忘れられてしまった。両親からも、友人たちからも、とりわけ自分自身からも。このようにしてブッチとサンダンスの友情は壊れていった。少年期の友情がしばしば壊れるように——言葉も意味もなく。

二人は優に十二年間、縁が切れたままだった。

想像してみるがいい。おまえを乗せた列車が、飛ぶように過ぎ去る日々から成る路線を走っていくのを。列車は停まらない。轟音を上げて過ぎていく月々。唸《うな》りを上げながら去っていく年々。頭には余韻《よいん》が残る。顔はひきつれ、速さのせいで動くのも難しくなる。時は注目を求めている。常に、注意を払われたがっている。サンダンスはごく早い時期から気づいていた。ある人がそばにいなくなると、ほんの短いあいだでも惨《みじ》めに感じられることを。〝彼はあそこにいた。彼はあの家に住んでいた〟サンダンスには新しい友人もできたが、彼の記憶のなかには常にブッチと自分だけのための部屋があった。その部屋にも埃《ほこり》が積もり、もう明かりも見えなくなっていた。

ブッチはギムナジウムを卒業すると、シャルロッテンブルク地区に引っ越していった。サンダンスのほうはツェーレンドルフ地区に留まり、引きつづき両親といっしょに暮らしていた。その後は一度も、二人が偶然出会うことはなかった。互いの消息は聞いていたが、それ以上のことは起きなかった。あの土曜日の夕方までは。そのとき二人は思いがけず、ベルリン市内の、これまで一度も行ったことのないケーペニック地区に来ていた。

二人ともあるマンションで開かれたパーティに出席していた。ブッチはガールフレンドにそこへ連れていくと約束していた。サンダンスは親切心から、ある友人を迎えに来ていたのだ。この日は種々のすれ違いがあったにもかかわらず、ブッチとサンダンスはふたたび遭遇することになった。おそらくそれは、われわれをうろたえさせる、人生の計り知れない決まりのひとつなのだろう。

それは玄関ホールでのことだった。奥のほうで音楽が鳴り響き、スリッパをはいた隣人が静かにしてくれと頼んでいた。数人の若い女が踊るような足取りで、順ぐりに仮装用の鬘《かつら》を手渡し、若い男たちはなすこともなく階段にすわり、若い女たちに向かってみっともないと叫んでいた。この混乱のさなか、サンダンスは階段を上っていき、ブッチは階段を下りてきた。二人はすぐに相手が誰なのかわかった。まるで十二年間は、ひとまたぎで越えられる距離であったかのように。

ブッチは痩《や》せて身長が伸び、サンダンスより何センチか背が高くなっていた。サンダンスはこのときのブッチの顔を二度と忘れることはないだろうと思った。ブッチは睡眠不足のように見えた。反対にサンダンスのほうはいつもと変わらなかった——少なくともサンダンス自身はそう思っていた。でもブッチは親友の変わりようにひと目で気がついた。子どもの頃、ブッチにもサンダンスにもあった無邪気さが跡形もなく消え失せていた。サンダンスは何かの目的に向かってひたむきに努力しているように見えた。人生から何かを求めているようだった。

「やあ」ブッチは言った。

そして、サンダンスは笑いだした。

その晩は最終的にシェーネベルクのバーで過ごした。二人はカクテルを飲み、この偶然を信じられずにいた。彼らはカールとファンニに出会う前の出来事についてすべてを話した。話は建設用地で過ごしたあの日の追憶で終わった。その後は空白のときしかなかった。それは別のブッチ、別のサンダンスに属していた。学校を卒業したあと車の免許を取ったことも話した。二人は兵役に代わる社会奉仕活動がつらかったことを嘆きながら、あの人この人が今、元気にしているだろうかと思いめぐらせていた。

ファンニとカールのことはひと言も話さなかった。

この取りつくろいが崩れたのは、明け方になってからだった。ブッチはもうこれ以上は飲めない、膀胱《ぼうこう》が破裂しそうだと言ってトイレに行った。サンダンスは心地よく酔い、一人でテーブルに向かっていた。少し身をかがめると、正面の窓から早朝の空がよく見えた。そうやってノスタルジーに浸りながら新しい日の訪れを見守っているうちに、突然、変だと思った。それは時を選ばず起きる予感のひとつだった——ふたつの歌のあいだの静寂、ウエイターが咳払いしたとき、椅子の脚が床をこすったとき、あるいは、誰かがタバコに火をつけ煙を吐き出したあとの沈黙のさなかにも起きるものだ。

　サンダンスはトイレに向かった。ブッチはもういないのではないかと思った。窓か裏口から逃げていったのだろう。永久に。

「まだ、いるのか？」

　静寂。その静寂を通して、換気装置の振動音、バーからの咳が聞こえたあと、トイレから小声が聞こえてきた。

「すぐに行くから」

「大丈夫か？」

「おれは……」

　ブッチは黙り込んだ。サンダンスが個室のドアの下を覗《のぞ》くと、ブッチの靴が見えた。彼はブッチがつづきを話すまで待っていた。

「……おれは、もうダメだ」しまいにブッチはそう言った。

「おそろしく長い時が経った……そして、おまえが……おまえがいなくて、どれほど寂しかったか……でも、おれは……でも、おれはもう、おまえをまともに見つめることができない……」

　サンダンスは急に空虚な思いに打たれた。目の前に現実が姿を見せた。旗を振り、がなりたてる軍隊を引き連れて現実が押し寄せてきた。ほかの日とどこひとつ変わらぬその日、ベルリンの真ん中にあるバーのトイレへ彼を取り戻しにやってきたのだ。サンダンスは個室のドアにもたれて、しゃがみ込んだ。つかのま二人は何もしゃべらなかった。そのあとサンダンスは長いあいだ心に重くのしかかっていたことを尋ねた。

「あのあと、何があったんだ？　どうして、おれたちは離れ離れになってしまったんだろう？」すると、ブッチは語りはじめた。姿は見せず、サンダンスとドアを隔てたままで。


　ファンニとカールは月に一度、ブッチを連れにきた。

つまり一年に十二回だ。

「初めの頃、彼らは道路でおれを拾った。どこへ行けばいいのかわからない者を、どこへ行けばいいのかわかっている者が連れていく。おれはそのつど、そう思った」

ブッチはベルリンを車が走っていく様子を話した。時が経つにつれて、どこにどんな交差点があり、信号があるか熟知するようになった。彼は秒を読み、通行人を数え、自分の呼吸まで数えた。ファンニもカールも一度も彼と話さなかった。車は市内を通り抜けて、クイロイツベルク地区まで行き、中古の賃貸マンションの前で停まった。真向かいに公園がある。何という公園なのかブッチは聞いたことがない。建物の裏庭を通っていった。日は射さず、陰ばかりで、ゴミ容器が並んでいた。隣人たちはカーテンの奥にひそみ、猫はさっと逃げていく。四階まで階段を上がるとその住居のドアがあった。表札もなく呼び鈴もない。玄関、台所、浴室。どこも荒れて汚れていたが、ひとつの部屋だけは違っていた。床はよく拭かれ、窓ガラスもよく磨《みが》かれて建物の正面が見える。その部屋へ、彼らはブッチを連れ込んだ。

「……いつも、こうだった。それから彼らはドアを後ろ手に閉めて、互いに話をした。おれがそこにいないみたいに。おれが幽霊か何かみたいに」

ブッチは住居のなかに漂うにおいを覚えていた。炒《いた》めたタマネギと肉のにおい、それに混じって化学製品である洗剤のにおい、変質したタバコの煙のにおい。まるでこの建物の息が入口から四階のこのひとつの部屋に送り込まれてきているようだった。ブッチは風景写真の壁紙のことも覚えていた。森と湖を写した秋景色だ。湖岸には一匹の鹿が立っている。ブッチがこの壁紙を初めて見たとき、女は彼の頭を撫《な》でた。

「……もしおれがいい子で、体や手足を伸ばしたら、きっと天国に行けると女は言った。壁からは掛け釘が突き出ていた。彼らはおれの服を脱がせて上半身を裸にし、それからおれの両手を縛り、それを天まで伸ばせと言った。そうやって彼らはおれを掛け釘からぶら下げた。おれは爪先立ちになるしかなく、足はかろうじて床に触れていた。彼らはどうやっておれの身長を知ったのだろう？　おれはそう思った。今でもそのことは覚えている。彼らはおれの写真を撮った。『初めと終わりに』と言いながら、そして、ぶら下がっているおれから衣類を残らず引きはがした。彼らは『おまえの両親から悪く思われたくない』と言った。彼らがたびたび口にする冗談のひとつだった。おれの身に何が起きているのか両親は知っていると言わんばかりだった。彼らは裸のおれを洗った。清潔でなければならないからだ。初めと終わりに洗った。沸かした湯を使い、洗いながらおれの体じゅうをもてあそんだ。そして、それを見ていろと言った。そうするものだというのだ。でもおれは目をそらすようにしていた……」

部屋の天井の化粧漆喰《しっくい》は何度も塗りなおされて形が崩れていた。それは色あせ白っぽく固まった腫《は》れ物を思わせた。ブッチはどの裂け目も、雨漏りするどの箇所もみんな知っていた。床の、魚の骨のような模様もひとつひとつ数えた。

「……おれが泣くまで肩のあたりを殴った。男にとっては、おれが泣くことが重要だった。『おれは涙を見て、初めて悔やむ気になるんだ』と言った。どういう意味なのか、わからなかった。おれはそのために泣いたのかもしれない。でも男は殴りながら目に涙を浮かべていた。まるで殴ったのはおれのほうだったみたいに……」

冬は暖房装置がフル回転し、部屋のなかは蒸し暑かった。逆に、夏はおしなべて涼しかった。建物に日があたらないからだ。ブッチはどれくらいの時間、自分が留め置かれていたのか見当もつかなかった。彼はにおいに慣れ、光に慣れ、すべてに慣れた。部屋に入るやいなや時間の感覚を失った。それでよかったのだと、あとになって思った。もし時間の範囲を決めたりしたら、時刻表みたいに現実性を帯びてくる。ブッチは現実性を避けたかったのだ。

「……男は外に出ていき、女とおれだけにした。女はおれの口や尻に指を突っ込んだ。女は指をおれの鼻に突っ込み口をふさいだので、おれは息が止まりそうになった。女は自分の裸体を見たいかと訊いた。おれは〝いいえ〟と言うことを許されなかった。これは重要な点だった。おれは〝はい〟と言うしかなかった。最初のとき、おれは〝いいえ〟と答えたために首を押さえつけられ、しまいに枯れ枝が折れるみたいなポキッという音がした。だから、おれはいつも〝はい〟と言った。それから女はおれの足を取って自分の性器にこすりつけながら、濡れているのがわかるかと訊いた。その際、女はおれの顔を見つめ、おれはほほ笑まなければならなかった。楽しんでいるふりをしなければならなかった。難しかった。おそろしいほど難しかった。というのも、おれの顔は……」

トイレのドアがぱっと開いて、酔っぱらいがよろけながら入ってきたが、床にすわっているサンダンスを見て後ずさりした。サンダンスはトイレは壊れているので出ていったほうがいいと言った。酔っぱらいはブツブツと詫《わ》びながら立ち去った。サンダンスは立ち上がり、トイレのドアに内側から閂《かんぬき》をかけた。

「まだそこにいるのか？」ブッチが訊いた。

「ああ、まだいる」

サンダンスはすわり直して待っていた。ブッチは屈辱感と憤怒と、そして、耐え抜こうという希望のことを話した。耐え抜きさえすれば、すべては元どおりよくなるだろうし、両親には危害が及ばず、この悪夢にもいつか終わりが来るだろうと思っていた。

「……男は戻ってきた。女はこれから何をするか男と相談した。女は椅子にすわって言った。『後ろ向きにさせてセックスするのよ。この子が気を失うまで』男はおれを後ろ向きにさせた。おれは壁紙を見つめていた。森のなかを。潤滑剤は冷たく、男は両手をおれの肩にかけ、おれの腕を引きちぎらんばかりに下に引っぱった……」

ブッチは壁紙の世界に浸り込んだ。湖岸の鹿のかたわらに立ち、鹿が水を飲むのを聞いていた。すする音、水が岸辺を打つ音、森のつぶやきを。湖越しに緑を見ながら、自分がその世界からほど遠いクロイツベルクの一室で壁に向かって立っているのに気づいた。男が自分に何をしているかが見えた。でも、動揺しなかった。彼には男の顔すら説明できなかった。顔を見ろと求められたときも、ブッチの視線は彼らの顔を素通りしていった。彼らが誰なのかブッチは忘れたかった。ブッチの全存在はたったひとつのちっぽけな瞬間にまで縮んでいた。彼がこの部屋を出て、まぎれもない自分の人生に戻っていく瞬間だ。ブッチは自分の見たかったものを見た。でも、見たいものはわずかしかなく、目が見えなくてもよかったほどだった。

「……ふたたびわれに返った。彼らはおれを掛け釘からはずし、体を洗い、服を着せた。いつもこの順序だった。ときどき彼らは言った。『おまえが叫ばずに、じっと静かにしていたら、今回はおまえをすぐに帰し、もう二度と会わないようにするのだが』おれはそれを信じた。本気で信じたんだ。だからおれは叫ばないように努力した。でも、もしおまえが足の裏にタバコの火を押しつけられたら、叫ばずにいられるか？ もしおまえの脚が引き裂けそうに拡げられたら、おまえは黙っていられるか？ それは無理なことだ。どれほど歯を食いしばっても、できない相談だ。おれは口に手を押しあてることすらできなかった。両手は縛られ、掛け釘からぶら下げられているからだ。だからおれは叫んだ。そして女はおれの口に……」

月に一度、年に十二回。そのあいだの時期をブッチは時計のように動いていた。彼は決して怒りをぶちまけなかった。見たところ、彼は不満などない少年のようだった。月に一度、ブッチは噴水の向かい側の道路で車を待っていた。あとになって彼は不思議に思った。ツェーレンドルフの真ん中にある交差点で、彼が何度も車に乗り込むのを誰も見ていなかったことを。何年も、そのやり方は変わらなかったのに。場所がら、多くのことが同時に起きていたからかもしれない。あるいは彼自身が恥ずかしくて、見られたくないと思っていたからかもしれない。

ほかの誰もが明るいところにいるときに闇のなかにいる。無力で無防備で、怒り狂いながらもそれを表に見せないでいる。世間での孤独。常に空腹で喉《のど》が渇き、疲れ、消耗しきっている。周囲に生活を感じつつも、それに触れることができない。月に一度の日を考えずにいても、意識下ではその日のことばかり考えている。遠く離れた足跡をたどっている。目に見えない遠くの足跡を。

ブッチは彼らがいつか自分に飽きるときが来るだろうと思っていた。そう期待していた。彼は十三歳になり、十四歳になった。ときどき、彼らが自分を掛け釘からぶら下げたままにしておいてくれたらいいのにと願った。三十日のあいだ。そうすれば、彼らが戻ってきたとき、ブッチは飢えと渇きで死んでいて、すべては終わるのだ。だが、どんな望みを抱いたにせよ、心の奥ではいつかきっと過ぎ去るにちがいないと確信していた。彼にはわかっていた。はっきりとわかっていた。そして、十五歳になり、十六歳になった。

「……そして、彼らは姿を消した」

ブッチは十七歳になっていた。道路脇に佇《たたず》んでいたが女も男も来なかった。不安になり、その月は毎日その交差点まで行った。でも、赤いフォードは姿を見せなかった。ブッチは自分が彼らにとって、もはや若いとは言えない歳になっていたことに思い至らなかった。

少年ブッチはもう少年ではなかったのだ。十七歳の誕生日は彼を大人にし、彼らにとっては意味のない存在となっていた。

ブッチはその後、何カ月も同じように交差点まで行った。夜になると窓から外を眺め、彼らが連れにくるのを待っていた。自分は何かへまをやらかしたのだと思い、両親の身に災いが起きないかと恐れていた。来る月も来る月も。そして、彼自身も、もう交差点まで行かなくなった。

「夜は、つらいものになっていた。おれの望んだことだったのに、あれが過ぎ去ったことが信じられなかった。七年間も悪夢につきまとわれていても、ときには目覚めていることもあった。すべてが信じられなかった。悪夢そのものが現実だった。どうしてその現実が消えてしまったんだろう？」

ブッチは黙り込んだ。にわかに物音が戻ってきた。バーからの音楽。水音。蛍光灯がかすかに唸る音。ブッチは長いあいだ黙ったままだった。サンダンスは時計を見た。疲労と寒けを感じていた。

「出るか？」サンダンスは訊いた。

「いや、できない」

「ドアを開ければいいんだ」

「言っただろう、できないって！」

ブッチの声には悲壮感がこもっていた。サンダンスは隣の個室に入り、便器の蓋《ふた》の上に立って隔壁越しに覗《のぞ》いた。ブッチは脚を体に引き寄せ、それを両腕で包み込んでいた。便器の蓋にすわり、膝のあいだに顔を伏せ、体を前後に揺すっている。

サンダンスは隔壁を乗り越えた。隔壁は揺れたが倒れはしなかった。サンダンスはブッチのいる個室に下り、ブッチを抱きしめた。石を抱いているかと思った。十分ほどそうしているうちに、ブッチは緊張をゆるめた。二人はバーから立ち去り、この日を境に、ふたたび無二の親友同士に戻った。

ヴォルフ

「ここから消えましょう」タマラは言った。

ヴォルフはぎくっとした。自分の思考と感情の内に閉じこもっていたので、周囲の物音はあまり聞こえなくなっていたのだ。葬式のあいだ、彼は誰とも話さなかった。タマラのそばを離れず、彼女の支えとなっていたが、それ以上のことはできなかった。今、タマラは彼の腕を引っぱっている。彼らは弔問客たちから離れたが、ヴォルフの願いとは逆に、墓地の出口には向かわなかった。その代わりにタマラは柩《ひつぎ》の前に身をかがめた。ふたたび身を起こしたとき、その手には一本の赤い薔薇《ばら》が握られていた。

「みんなが見ていたと思うよ」ヴォルフは言った。

「かまわないわ」

二人は腕を組み、誰にも別れの挨拶《あいさつ》をせずそのまま立ち去った。ヴォルフの車まで来ると、タマラは運転席の側に立った。ヴォルフは何も言わず彼女にキーを投げて、乗り込んだ。

「もう長いあいだ、ここには来ていないな」

ウィークデイだったので、途中で乳母車を引いた二、三人の母親に出会った。二人の老人が赤ワインの入った四角い紙パックを挟んで、ベンチにすわっていた。ヴォルフはこの公園が少年のころから少しも変わっていないと感じていた。

彼らは子どもの遊び場と売店のかたわらを通り過ぎ、戦没者記念碑のほうに向かっていったが、その少し手前で水辺に下りていく脇道へと折れた。

「あの向こうよ」

タマラの指さす先には、柳の根元に灌木《かんぼく》がびっしりと生い茂っていた。ヴォルフは身をかがめ、枝のからみ合った茂みに潜り込んだ。茂みの向こうには狭い草地があった。水際のそこは、ちょうど二人がすわれるほどの広さがあった。茂みに隠されたその草地は道からはさえぎられていた。向かい側の岸辺には古いマンションとホテルが立ち並んでいるのが見えた。

タマラは柩にかがみ込んだのと同じように岸辺にかがみ込み、水に薔薇を浮かべた。薔薇は一瞬、ひっそりと波にもまれ、湖の真ん中へと漂っていった。ヴォルフはタマラのかたわらにかがみ込んだ。

「いい考えだね」

「ありがとう」

一羽のアヒルが薔薇に向かって泳いできた。くちばしで一度突ついたあと、先へと泳ぎ去った。ヴォルフとタマラは同時に立ち上がったのでぶつかり、危うく湖に転落しそうになった。ヴォルフはタマラを片手で支えた。タマラが彼に体を押しつけてきたのは意外だった。彼のうなじにタマラの息がかかり、いつもの謎めいた香りがした。〝どうして彼女は、こんなにいい香りがするのだろう？〟その香りに包まれながら、ヴォルフは今日も悲しみと疲れと、そして怒りを感じていた。彼はタマラを引き寄せ、彼女の髪に顔を埋めた。一瞬、彼女ははっと身を引いた。耳に彼の息がかかった。〝求めている。彼は求めている〟ヴォルフは下半身を彼女に押しつけてきたが、タマラは拒まなかった。彼のたかぶりが感じられたときも、そのまま寄り添っていた。タマラの唇はヴォルフのうなじをさまよい、ヴォルフの手はタマラの髪を撫《な》で、彼女に自分を見つめさせようと、その頭を引き離した。二人ともあえいでいた。二人ともつぎの一歩を待っていた。

「ここで？」

「ここで」

彼は湿った草の上に横たわった。リーツェン湖に足を向けて。誰かが向こう岸の家から見物していてもかまわなかった。ホテルが見物のためにチケットを売ったとしてもかまわなかった。彼は自分の上で体を動かし、自分を見下ろしているタマラしか眼中になかった。まるで二人は毎日こうしてきたかのように感じられた。この状況は馴染《なじ》みのないものとは思えなかった。彼らはもう絶望してはいなかった。悲しみは薔薇のようにリーツェン湖の面を漂い、彼らからますます遠ざかっていった。これは混じり気なしの欲望だった。彼女は両手を彼の胸にあてて目を閉じていた。彼女に見つめられるたびに、ヴォルフはほほ笑んだ。彼女はふたたび目を閉じた。この瞬間をできるだけ長く留めておこうと。

「さあ、いつでもいいわよ」

彼はそのことを考えなかった。彼もまた、この瞬間を留めておきたいと思っていた。フラウケが見ていればいいのに。〝きみのためだ〟彼は言いたかった。〝ぼくたちがどんな間違いをしでかしたにせよ、今、やっていることは正しいことなんだ。きみに理解してほしい。本当にそう思っている〟タマラの動きが激しくなった。ヴォルフはじっとしていようと努めた。左手でタマラのうなじを抱き、右手を彼女の腰にまわしていた。どこかで誰かが口笛を吹いた。タマラは笑った。二人は唇と唇を合わせた。彼女のうめきは彼の口のなかに、彼のうめきは彼女の口のなかにあった。彼女は動きを止めた。〝深くで〟彼はタマラの奥深いところにいた。もう進みも退きもいらなかった。これで終わった。ヴォルフは正しい場所にいると感じた。

〝到達した〟二人は見つめ合った。タマラは筋肉を緊張させてほほ笑んだ。〝彼女はぼくが誰で、なぜここにいるのか正確に知っているかのようだ〟ヴォルフはこのほほ笑みにわれを忘れた。二人は共に到達した。

おまえ

「その後、どうしていたのかね？」

カール・フィヒトナーは落ち着きを取り戻していた。ウエイターにビールを注文し、それを飲み干したあとでのことだ。おまえに向かって質問する様子から考えて、おまえが本当は誰なのかわかっていないようだった。彼は写真を見た。おまえは真正面にすわっている。それなのに、おまえが誰なのかわかっていなかった。ファンニのときとまったく同じだった。なぜこの二人は、自分たちが破滅させた子どもたちと真剣に話し合うこともなく、こうも機械的で冷酷な態度が取れるのか、おまえには謎だった。

「あまり、うまくいっていない」おまえは言う。

フィヒトナーは理解したかのようにうなずき、おまえが変わっていないと言った。

「身長は伸びたが、しかし……」

フィヒトナーは黙り込んだ。顎が震えている。

「すまない……わたしは……わたしにはわからんのだ。何が……」

ふたたび拡がった静寂を破るものは皿のガチャガチャいう音や、入り乱れるつぶやきの声だけだった。おまえの腹はゴロゴロ鳴り、両手はじっとりと汗ばみ、ズボンにこすりつけて拭き取るしかなかった。何かが狂っている。こんなふうになるはずではなかった。

〝後悔しているのか？〟おまえはこの男がくずおれるのを見たくなかった。彼から同情されるのはまっぴらだった。すべてはまやかしでしかないのだから。

フィヒトナーは、急いでトイレに行ってくると言った。

「こんな自分を見てほしくないのだ」彼は疲れた微笑を浮かべながら、自分の目を指さした。おまえは同情しようとは思わなかった。トイレまで彼についていきたい気持ちでいっぱいだった。

フィヒトナーは何分かして戻ってくると、どこかほかへ行こうと提案した。おまえの思いを読んだようでもあったが、もしそうであれば、今すぐ、逃げ出すはずだった。

支払いはおまえが済ませた。フィヒトナーはレストランの外で待っていた。

「車はあるのか?」

おまえはかぶりを振った。事が簡単に運んでほっとした。何日もかけて調べ上げたことが報われた。もっと以前にフィヒトナーに会いに行ってもよかったのだが、正確を期したかったのだ。素人《しろうと》くさいことだけは、どうしてもしたくなかった。

おまえたちはフィヒトナーの車の前に立っていた。車種は変わっていた。色も赤ではなかった。おまえたちは乗り込み、安全ベルトを締めた。フィヒトナーは車を走らせた。どこへ向かっていくのかも言わずに。

かつての友情の名残から、新たな親密さが生まれていた。年末にブッチの住むマンションの下の階に空き部屋ができたのを機に、サンダンスはシャルロッテンブルク地区に引っ越した。彼らは学業を終え、一ヵ月かけてアジアを旅行し、それにつづく何年間か、共にいっそうの成長を遂げた。ほとんど完璧と言ってもよかった。

二人の人間の人生を手短に述べるのは難しい。重要なのは歳月ではない。すべては出来事にかかっている。悪い日々もあれば良い日々もあった。今、ブッチとサンダンスの人生を振り返ったとき、二人が共に過ごした歳月こそが最良のものであったと確言できる。隔りのない素晴らしい形の親密さが、そこにはあった。

もちろん危機に陥ったこともある。口論し、互いの感情を害した。でもそれは表面的な争いで、一日以上はつづかなかったし、解決法も見出した。当時のサンダンスに尋ねても、ブッチと彼とのあいだに何が生まれたのかは言い表わすことができなかっただろう。友情から兄弟愛が生まれていた。二人のあいだに秘密はなかった。少なくともそう見えた。だからこそサンダンスには心の準備ができていなかった。

ある朝、ブッチが自分のオフィスから電話をかけてきた。重要書類が見あたらないが、今、会議中なので、取りに帰ることができないという。

「おまえが仕事の合間に住居の近くまで行くことがあったら……」

サンダンスは昼食時にその書類を届けに行くと約束した。一時間後、サンダンスは上の階のブッチの住居のドアを開け、親友の住居に一人で入るのは初めてだと気づいて少しためらった。部屋を見まわしても、サンダンスは少しも驚かなかった。すべてがふだんと変わりなく見えたからだ。ブッチは過度なまでに几帳面《きちょうめん》だった。靴下は種類別に引き出しに入れられ、スタンド式の洋服掛けから、納まりきれずに突き出ている服もなかった。浴室でも化粧品類は整然と並べられていた。

今、そのときのことを思い返すと、その後に起きたことはすべて好奇心のなせる業《わざ》だったとサンダンスは思っている。そして、タイミングが悪かったこともまた重要な要素であることは忘れていた。もしその日、サンダンスに時間がなかったら……もしブッチが電話してもサンダンスが出られなかったら……もしブッチが書類を忘れたりしなかったら……書類は居間のテーブルに置かれていたが、サンダンスはそのとき、テレビの前が乱雑になっているのに気づいた。ワイングラスが倒れて絨毯《じゅうたん》に赤い染みを残し、そばには、くしゃくしゃに丸めたティッシュペーパーがいくつも転がっていた。戸棚の引き出しのひとつは半ばまで引き開けられていた。引き出しを全開してみると、なかにはDVDがびっしりと並べられていた。背を表にして整理されていたが、タイトルはついていなかった。サンダンスはそのひとつをケースから取り出したが、DVD本体にもタイトルはなかった。

〝さあ、もう行こう〟彼は思った。〝ポルノに決まっているが、親友のそんなコレクションなど見たくない〟

そう思いながらも、ケースからDVDを取り出してプレーヤーに押し込むと、テレビのスイッチを入れた。気が咎《とが》めていたし嫌悪感もあった。でも、強い好奇心に突き動かされていた。

ブッチは広告代理店で働きはじめたばかりだったので、自分の能力を示すために遅くまで働き、仕事を終えるのは早くて八時だった。この日も例外ではなかったが、ブッチはうろたえていた。サンダンスは書類を届けてくれなかったばかりか、何度も電話をかけたのに、向こうからはかけ直してこなかったのだ。ブッチは心配になった。サンダンスの職場に訊いても、彼がどこにいるのか誰も知らなかった。

八時十分過ぎにブッチはオフィスを出て、エレベーターで地下駐車場に向かった。車に乗り、駐車場から出ていこうとしたそのとき、助手席のドアがパッと開けられ、サンダンスが乗り込んだ。ブッチはブレーキを踏んだが、サンダンスは走らせろと言った。ブッチはブレーキから足をはずし、車をさらに先へと走らせていった。最初の信号まで来たとき、ブッチはサンダンスを見つめた。親友はひどく凍えていた。雨の日だったので、髪がヘルメットのように頭にへばりつき、口角には唾《つば》がパンケーキの屑《くず》のように白く乾いていた。苦みのある酸《す》っぱいにおいをさせているのにもブッチは気づいた。

「いったい、おまえは……」

ブッチはそれ以上、つづけることができなかった。サンダンスに髪をつかまれ、後頭部に爪を立てられたからだ。

「おい、待ってくれ、何を……」

「黙れ」サンダンスは言った。「とにかく黙っていろ。わかったか？」

　ブッチがうなずいたのでサンダンスは手を離した。残りの道はほとんど無言だった。サンダンスは両足で床をトントンたたき、道路をにらみつけ、何か重い負担を感じているように見えた。区裁判所の駐車場に空きを見つけたとき、ブッチは一瞬、そこから逃げ出そうかと思った。でも、親友から逃げおおせることなどできようか？

「おれのところへ来い」サンダンスは言った。

　二人は自分たちの借りているマンションに入り、階段を上ってサンダンスの住居まで行った。ブッチは台所の椅子にすわった。

「もう、話してもいいか？」ブッチは訊いた。

「ああ、いいとも」

「いったいぜんたい、どういうことなんだ？」

　サンダンスはテーブルの下から、ビニール袋を取り出した。

「開けてみろ」

　ブッチは袋のなかを覗き、目を閉じた。

　夜は長かった。いくつものDVDが二人のあいだのテーブルに、あたかも生贄《いけにえ》のように置かれ、ブッチは自分の病的欲求について語った。何度もくり返し語った。彼はそのつど、それを病的欲求だと呼んだ。サンダンスはブッチがその言葉を口にするたびに、胸くそが悪くなった。まるでそれは誰にでも移ったり罹《かか》ったりする病気であるかのように聞こえた。ブッチはそこから逃れられなかったと断言した。いろいろ試してみたが、欲求は去らなかった、と。

「おれは、それを求めている。それなしでは、おれの人生は虚《むな》しい。それがなくては、おれはきちんと機能しないのだ」

「だが、子どもたちだぞ」サンダンスは言った。

「わかってる。子どもたちだということは、でも、おれは……」

「子どもたちだぞ！」サンダンスは突然、大声で怒鳴りつけた。「おまえは、それがわかっていないのか？」

ブッチは大声を上げて泣きだした。惨《みじ》めだった。サンダンスはいまだかつて、これほどの悲しみを味わったことがなかった。でも、彼にはどうすることもできなかった。わめいたりテーブルをたたいたりすることはできても、それでは何物をも生まないのだ。

ブッチは立てつづけに約束した。自分を変え、事の本質をはっきり見きわめると。彼はこれまでずっと不安を抱きつづけてきたが、どうしても逃れることができなかったと告白した。彼はただ病的欲求に駆られ、求め、そして……。

サンダンスはブッチがどこでそのフィルムを手に入れたのか知りたがった。

「偶然、行きあたったんだ。インターネットで。本気で調べたら、こういった物は至るところで見つかるんだ」

「いつからだ？」

「一、二年前から」

「いつから？」サンダンスはもう一度、聞き返した。

「三年前からだ。嘘じゃない。三年前から。いや、四年前かもしれない。はっきりしたことはもう記憶にない」

「はっきりしたことはもう記憶にない？　なぜ、おれに嘘をつく？　それに、偶然、行きあたったというのは、どういうことだ？　もしおまえが本気で児童ポルノを探していたのなら、偶然、行きあたったことにはならないじゃないか！　どこで、こんなものを手に入れたのかおれは知りたい。住所を教えろ。正確な住所だ！」

ブッチは頭《こうべ》を垂れた。彼は恥じていた。サンダンスはその姿を見るにしのびなかった。彼はDVDを床に払い落とした。もうちょっとでテーブルを引っくり返すところだった。だが、何をしようと、脳裏には映像が焼きついていて消えようとしなかった。

サンダンスはDVDのうち二本を見たのだ。ぜんぶで三十四本のDVDがあった。短篇で、子どもを扱っていた。子どもとのセックスを。セックスしている大人、それを見ている子ども、大人とのセックスに参加させられている子ども。サンダンスは自分がどうすればいいのか、わからなかった。なすべきことはわかっていても、自分にはできなかった。そしてブッチは当然、それについて質問した。

「おれのことを通報するんじゃないだろうな?」

「よくも、そんなことが訊けるもんだな?」

「ただ、そう思ったんだ。もし、おまえが通報したら、そのときは……」

ブッチは黙り込んだ。彼は胃痛を抱えているかのようにに身をかがめた。サンダンスはブッチの肩に手を置き、慰めてやりたいという思いに駆られたが、同時に、それに逆らう気持ちもあった。弱腰であったり譲歩しすぎたりするのはぜったいに避けたかった。許したくもなかった。そうする心の準備ができていなかった。

〝この件は解明しなければならない〟彼は思った。

〝簡単に許していいものではない〟

「おまえは、これを見ながらオナニーをしていたんだ」サンダンスは言い切った。

ブッチは目を上げた。顔は蒼白で、額には玉のような汗が浮かんでいた。唇には血の気がなかった。

「もちろんだ。興奮したからな」

「じゃあ、あの血は何なんだ?」

サンダンスはDVDを見たあと、床からティッシュペーパーを拾い上げた。たぶん精液が付着しているだろうと予想していた。だが、精液だけではなかった。

「あの血は何なんだ？」サンダンスは追及した。

ブッチは立ち上がった。膝が震えている。ブッチはジーンズを下ろした。太股の内側に切り傷があった。傷のうちふたつはまだ新しかった。

「これもそれに含まれる」ブッチは言うと、ズボンを下ろしたまま哀れっぽく佇《たたず》んでいた。これもそれに含まれていたのだ。

おまえはたびたび自問してきた。あの時点で、事の流れを変えるチャンスはなかったのだろうかと。子どもの頃、おまえは庭で、雨水を一定の方向に流そうとよく試みたものだ。おまえはたくさんの溝を掘り、雨水の流れを変えようとしたが、何分間かおまえが注意を怠《おこた》っている隙に雨水は本来の経路をたどっていった。もしあの日、サンダンスがもっと断固たる処置を取っていたら、どうなったかはわからない。もしサンダンスがブッチのことを通報していたら、どうなっただろう？　すべては変わっていただろうか？　サンダンスはブッチの嘗《な》めてきた苦しみを知っている。もし彼がブッチの置かれた状況に何の理解も示さなかったとしたら、サンダンスは人でなしだ。彼にはブッチのことを通報することができなかった。その代わりに彼はブッチを監督することにした。

こうやって信頼と治療と浄化のときが始まった。サンダンスは親友のために奮闘した。二度と彼を失いたくなかった。子どもの頃、サンダンスは彼をファンニとカールから守ることができなかった。今、ブッチを守ろうとする試みは少なくとも根拠のあることだった。ブッチは病気なのだという認識で二人は一致していた。サンダンスはこのテーマの本を読みあさった。親友の心理を理解したかったからだ。

新しい年は順調に始まった。春が去り夏が来ても調子はよかった。二人は休暇を取り、五週間かけてスウェーデンに旅行した。昔の学友を訪ねるために。ブッチは大はしゃぎだった。医師から処方された抗鬱薬もあり、彼の不安はやわらぎ、自分自身に満足しているかに見えた。そして秋になった。秋はすべての明かりを消す影のようだった。まぎれもない闇の季節だった。

フィヒトナーは車を賃貸マンションの前で停めた。ハンドルに手を置き、何か見るべきものがあるかのように前方をじっと見つめていた。

「あそこまで上がっていけるかどうか、おれにはわからん。もうずいぶん昔のことなんで」彼は言った。

フィヒトナーはここへ来る車のなかで、あの部屋の鍵が捨てられなかったと話し、おまえにはあそこをもう一度見たい気持ちがあるのかと訊いた。それを聞いた瞬間、自分がどんな顔をしていたか、おまえは見たかっただろう。おまえの顔には、あからさまな欲求が浮かんでいたのだ。フィヒトナーが運転に専念していたのは幸いだった。おまえは誰が家賃を払っているのかと訊くと、フィヒトナーは知らないと答えたが、それは嘘だった。おまえは前もって調べておいた。家賃は毎月、フィヒトナーの銀行口座から引き落とされていたのだ。

「ぜひ、もう一度、見てみたい」おまえは言い、少し間を置いてからつけ加えた。「幽霊を追い払うために」

フィヒトナーが幽霊とは何のことかと訊くのをおまえは予期していたが、フィヒトナーは無言だった。マンションの前に駐車させたあともフィヒトナーは相変わらず前方を見つめたままだったので、おまえは決心して車から下りた。

フィヒトナーには、半時間前にレストランに入ってきて、おまえを軽蔑するように見つめた男の面影《おもかげ》はなかった。打ちひしがれたとまでは言わないが、その姿は、スーパーマーケットの棚の前にいつまでも佇んでいる年金生活者か何かのように見えた。おまえと彼はいっしょにマンションに入っていった。裏の建物、階段、ドア、鍵、閂《かんぬき》。

フィヒトナーは先に入り、おまえのためにドアを押さえていた。おまえは彼の脇を通っていった。背後でドアがバタンという音をたてて閉まったあと、おまえはうなじを殴られ、前に飛ばされた。壁で身を支えようとしたが、フィヒトナーはおまえの脚を蹴り、髪をつかんだ。

「この卑しい野郎が！」フィヒトナーは歯をこすり合わせながら言った。そして、おまえの顔を寄せ木細工の床に打ちつけようとした。おまえはうまく片腕を顔の前にかざしたので、鼻先のみが軽く床をかすめた。

「ここで何をするつもりなんだ？　おれたちはおまえを家族の一員みたいに扱ってきた。おまえを受け入れ、おまえにどれほど値打ちがあるかを教えてやった。それなのに、卑しいセックス好きのドブネズミのおまえが、おれたちの追跡を始めたというのか？」

フィヒトナーはおまえの顔を床に押しつけてつぶそうとしていた。腕は支えにならなかった。あわやという瞬間に、おまえは首をまわした。耳が床にたたきつけられた。一回、二回。彼はおまえの腰を膝で押さえつけた。おまえは下敷きになり、逃れることも身動きすることもできなかった。

フィヒトナーはおまえのうなじに息を吹きかけた。

「おれたちは、おまえのくそ両親よりも、おまえによくしてやった。それなのに、これがそれへのお返しか？　ひとつだけ答えろ。いったいおまえはファンニに何をしたんだ？」

おまえの背中でフィヒトナーがすすり上げるのが聞こえた。おまえはバカだった。すべては茶番だったのだ――後悔、罪の意識、涙。今になって彼は悔いてみせている。嘆き悲しむふりをしている。よくも騙《だま》されたものだ。自分はなんという意気地《いくじ》なしなんだ？　これまでの長い年月、おまえは何も学んでこなかったのか！

　おまえの足は壁に当たった。憤怒がおまえを活気づけた。憎悪が力を与えてくれた。おまえは彼を払いのけた。フィヒトナーはバランスを失っておまえの背中の上に倒れ、おまえの髪から指を離した。彼は立ち上がろうとしたが、急にのけぞったおまえの後頭部が彼の鼻にぶつかった。折れるような音がした。おまえの背中かから重みが消え、フィヒトナーは床を転げ、そのまま横たわっていた。片方の手を顔にあて、もう片方の手を拒否するように上げたのは、おまえの攻撃を阻止しようとするためか？

　おまえは立ち上がった。急に身が軽くなったみたいだった。フィヒトナーの前に立つと、彼はつかみかかろうとしたが、おまえは彼の上げた腕を一気にへし折った。彼に叫ぶいとまも与えず、その鼻骨に拳《こぶし》を振り下ろした。うめきが聞こえただけだった。彼の口は血で溢れた。もはや力はなく、仰向けに床に倒れて震え、傷んでいないほうの腕を頼りなげに動かして床を撫《な》でている。おまえは彼の上着の襟《えり》をつかみ、彼を部屋のなかほどに引きずっていった。

　終わったあとには落ち着きが、そのあとには静寂が戻ってきた。

　おまえはフィヒトナーの向かい側の床にすわって彼を見上げていた。彼の目はおまえの上の壁に向けられている。もはや息をしていなかった。おまえは心地よい満足感に浸されていた。払うべきものを払ったのだ。上着のポケットから携帯電話を取り出したおまえは、代行社の番号にかけた。

「もしもし？」

「こちらはマイバッハだ。お邪魔でなければいいが？」

　沈黙。今度はクリス・マルラーの声が聞こえてきた。脅すような小声だった。

「彼女は死んだ。知っているのか？」

つかのま、クリスが誰のことを話しているのか、わからなかった。〝もちろん、彼女は死んだ〟と、おまえは答えるつもりだった。もしそうしていたら、ファンニのことではないのが、はっきりしただろう。

「おまえに代わって汚れ仕事をするのは楽しくも何ともない。それでもなんとか耐えてこられた。だが、フラウケの死だけは耐えられない」

「あれは事故だったんだ」

「というと？」

おまえは何が起きたかを話した。電話で消防車を呼んだこと、そして、残念に思っていること、彼女と会う約束をすべきではなかったのかもしれないが、そうするよりしかたがなかったのだとも。

そこで黙り込んだ。しゃべりすぎたような気がしたからだ。そもそもなぜ弁明などするのか？　何分間か前には瞑想《めいそう》的な静寂に浸されていたのに。かえってそのために今は饒舌《じょうぜつ》になったのだろうか？

クリス・マルラーは沈黙していた。おまえは激怒と驚愕を予期していた。だが、クリスは違った。おまえはクリスの考えが読めたように思った。好ましい考えではなかった。タイミングもよくなかった。クリスが女友だちのことを話す相手として、おまえは不適切だった。

おまえには電話をかけた理由があった。それを済ませてしまいたかった。

おまえはクリスに今回が最後の依頼になると伝えた。前回と同じやり方を望んでいると。フラウケの葬式と同じ日であることは申しわけないが、どうしようもなかったとも話した。おまえはそれを二度くり返した。どうしようもなかった、と。クリス・マルラーはおまえのユーモアはいつも、そのように異常なのかと訊いた。クリスはまた、おまえがフラウケの死に責任がないとどうして言えるのかとも訊いた。もううんざりだった。おまえは電話を切ると、フィヒトナーの死体をじっと見た。今回はファンニのときのように死体を拭き清めようとは思わなかった。こちらがどこまでやれるかを、あの連中に見せつけてやりたい。そうすれば、多少とも敬意を払うにちがいない。クリス・マルラーの口調は、気に入らなかった。

　しばらくすると、おまえは立ち上がり、浴室で顔を洗った。左耳が腫《は》れ上がっている。顔には髪の毛ほどの細い裂傷ができていた。おまえはセーターとTシャツを脱ぎ、Tシャツをタオル代わりに使った。それを済ますと、気分がよくなった。

　さあ、これからだ。

　おまえは目を上げた。神経がたかぶり、熱っぽいほどだった。一瞬、目の端がピクピク痙攣《けいれん》した。おまえの視線は自分の目をとらえた。再統一みたいなものだった。おまえはふたたび自分に戻っていた。〝ありがたい〟いい気分だった。わくわくするほどだった。自分に会えなくて寂しい思いをしていたのだ。〝ありがたい〟おまえはどのような形で自分を見出していいのか、わからなかったのだ。〝この方法でよかったのだ〟涙さえもが、おまえを喜ばせた。それは安堵《あんど》の涙だった。何分間か、おまえは洗面台に寄りかかり、自分が泣くのを見つめていた。喜びの涙だった。〝ありがたい〟そのあと、おまえはドアを閉めずに住居から出ていった。これで終わった。これでもう関わりはなくなった。橋は爆破された。罪は消えたのだ。終わった。

第六部

以後に起きたこと

もう終わったとみんなが思った。今でもそのことを覚えている。あのとき、わたしたちがどれほど安堵したか、正確に記憶している。あれだけの怒りと無力感を味わったあとでもなお、善を信じようとする気持ちが残っていたのだ。わたしたちは本当にあさはかだった。とんでもないお人好しだった。

今、車はルール地方をあとにし、ザールブリュッケンを過ぎてジンゲンに向かっている。何年か前、わたしたちはボーデン湖まで旅行した。大きいパーティが催されると聞き、フラウケの友人が別荘を借りると約束したのだ。ところが行ってみると、パーティはなく、別荘というのはトイレのない掘っ立て小屋だった。それでも、わたしたちはそこに十日も滞在し、生活共同体のまねごとをして、いっしょに素晴らしい夏を過ごした。あの掘っ立て小屋は今でも見つかるかもしれない。黴臭《かび》いマットレスに身を横たえて睡眠不足を取り戻せるかもしれない。

四日目の朝になっていた。すでにわたしの捜索が始まっているのだろうか？　決まりを守って駐車している車が、警察の目に留まるのはいつのことか？　わたしは何もかも考えておいた。書類もあり、説明もできる。もし誰かが彼を見ようとしたときのために、応急処置に必要なものを入れた箱を後部座席に用意した。誰もトランクを見ようとはしなかった。ばかげて聞こえるかもしれないが、わたしは安全だと確信している。ぜったいに安全だと。守りの手がわたしの頭上でふわふわと動いているかのようだ。正義の手が。守るだけでなく、進路を指し示してくれるといいのだが。

トイレのある休憩所で、わたしは脇の下と上半身と腕を洗った。車内ではいくつかのストレッチ運動をした。うなじと背中がもっとも疲れていた。ベッドが欲しかった。死を悼《いた》むこともできない。長い休憩も不足している。いつになったら、それらが得られるのだろう？　怒りと絶望が他の感情を圧している。わたしは誰にも連絡しない。今おこなっていることは、わたしに与えられた使命なのだ。人との接触はガソリンスタンドのレジ係とだけだ。トランクに横たわっているのは人間ではない。この世界に、彼といるのはわたし一人だ。もし哀悼の感情が突き上げてきて、それが優勢になったら、わたしは彼を殺すつもりだ。きっと、そうすると思う。あっさりと彼を殺すだろう。

以前に起きたこと

タマラ

タマラとヴォルフが見たのは、居間でショーツ一枚になってすわり、瓶からミネラルウォーターを飲んでいる汗びっしょりのクリスの姿だった。窓は大きく開かれているのに、一階全体が燃えるように熱かった。クリスは葬式の様子を訊かなかった。もう帰ってきたのは意外だと言わんばかりに二人を見つめた。

「邪魔だった?」ヴォルフは訊いた。

「どうして邪魔なんだ?」クリスは問い返した。

ヴォルフは着替えのために二階に上がっていった。

彼が居間から出ていくと、クリスはドアのほうへ顎をしゃくった。

「ちょっと閉めて」

タマラはドアを閉め、それにもたれかかった。〝彼はわたしたちがセックスをしたことに気づいている〟彼女は思った。〝顔つきから読み取ったのだ。たぶん彼はヴォルフとわたしとのあいだで何かが起きるだろうと、以前から予測していたのだ〟

「きみの助けが要る」クリスは言った。「ヴォルフには知らせないほうがいい」

「でも……」

「タマラ、お願いだ。二人だけになったら説明する。それまでは黙っていてほしい。みんなで夕食を取ろう。普通に振る舞うんだ。そのあとで電話がかかってくる。父から」

「どうして、あなたのお父さんから……」

「おれが父に電話してほしいと頼んだからだ。父は数時間、立ち寄っていってくれないかとヴォルフに頼む。

ヴォルフは嫌だとは言わない。彼は父のところへ行く」

「それから？」

「それから、おれたち二人は車で出かける」

「そして、どこへ行くのかヒントもくれないんでしょう？」

「どこへ行くのかは、言わない」

電話は九時ぴったりにかかってきた。タマラは受話器をヴォルフに渡した。ヴォルフは驚き、父親に、本当に異常はないのかと何度も訊いた。それから父親に会うために出ていった。

五分後、クリスとタマラは車に乗った。

「それで？」

「まだ、言えない」

「どうして、まだ言えないの？ ヴォルフは行ってしまって、わたしたち二人なのに」


クリスは彼女に目をやらず、門を通り抜けてその前で車を停めた。

「門を閉めてくれないか？」

「まず、答えを聞いてからよ」

タマラは期待するようにクリスを見つめた。クリスはため息をつき、安全ベルトをはずして車から降りた。門を閉めると車に戻り、ふたたび安全ベルトを締めた。

「なぜ言わないのか、わかってるわ。言えば、わたしがいっしょに来ないからよ、当たってる？」

「当たってる。これで満足したか？」

「クリス、何を企んでいるの？」

「信じてほしい。きみならわかってくれる」

「確かなのね？」

「間違いない」

クリスは車を走らせた。高速鉄道のヴァン湖駅前交差点の信号灯の前で停まり、バックミラーを覗いてから、ふたたび前方に目をやった。タマラは片時も、彼から目を離さなかった。

「おれを見つめるのを、やめてくれないか？」

「見つめてなんか、いないわ」

「タマラ、頼むから」

「見つめてなんか、いないわ」タマラはくり返したあと、クリスを見つめるのをやめた。

十分後、クリスは訊いた。

「どんな具合だった？」

「あなたがいなくて、寂しかった」

クリスは何の反応も示さなかった。

「フラウケはあなたにいてほしかったと思うわ」

「タマラ、彼女は火葬されてリーツェン湖に遺灰を撒《ま》いてほしいと言っていた。それが彼女の願いだった。だから、きみが本当に言いたかったことを、言ってほしい」

「あなたが、いてくれたらよかったのにと思っていたわ」

「ありがとう」

二人は黙り込んだ。夕暮れは漆黒の夜にその座を譲った。ベルリンを照らす明かりには持続する稲妻のような印象があった。タマラは何かの本で読んだのだが、かつてはアーヴス自動車道路（一九二一年にベルリンにできたドイツ最初の高速道路）全体が照らし出され、そこでカーレースがおこなわれていたという。街灯は今も立っているが、二十年来、もはや点灯されていない。観覧席はさびれ、老朽化した家屋の持つ悲哀を想起させる。観覧席の背後には放送塔がそびえ立ち、きらめく線を暗闇に引いたように見える。塔の尖端は釣り鐘型のスモッグで覆われ、灯台の尖端《せんたん》を思わせた。タマラは座席に深々と腰かけたが、疲労困憊《こんぱい》していた。十時間前にはフラウケの墓前に立っていた。そのあと、リーツェン湖畔でヴォルフとセックスをし、今はクリスの車にすわり、どこに向かっていくのかもわからない。ヴォルフがそばにいてくれたらいいのにと、タマラは思った。

「あと、どれくらい？」彼女は訊いた。

「十五分」

車はアーヴス自動車道路から、市内高速自動車道へと曲がった。

タマラは目を閉じた。

「タマラ、起きて」

彼女はぱっと上半身を起こした。一瞬、位置感覚を失っていたが、今、どこにいるのか、もっとよく見えるようにと薄目を開けた。

「眼鏡《めがね》を買ったほうがよさそうだな」

「眼鏡なら持ってるわ。読書用だけど、それで充分ね」

タマラは背後に目をやった。塀《へい》があり、樹木が見える。

「ここはどこ？」

二人は車から下りた。クリスがどこへ連れていこうとしているのかタマラは見破った。「まさか、冗談じゃないでしょうね？」

「上まで行こう」

「クリス、こんなところで時間を無駄に使う理由を教えてくれないかぎり、わたしは一歩も動かないわ」

「お願いだ。いっしょに上へ行ってくれたら、そのときに……」

「さあ、話して。耳が聞こえないの？」タマラはさえぎり、自分の時計に目をやった。「あと二分待っても説明してくれないなら、高速鉄道に乗って帰るから」

クリスはタマラを見つめただけだった。タマラを不安にさせる目つきだ。彼が何を考えているのか、そもそも、考えているのかどうかもタマラにはわからなかった。頑固で近づきがたい水族館の魚のことが脳裏に浮かんだ。〝わたしはあなたの弟と寝たのよ！〟と彼に大声で言ってやりたかった。クリスは何かを決断したかのように、一度ごくわずかにうなずくと、車のトランクのほうへ行った。彼はタマラが来るまで待っていた。タマラはぞっとするようなその一瞬、あの女性の死体がまだここに横たわっているのだろうと確信した。〝こんなふうに行ったり来たりさせて申しわけない。だが、あらためて彼女を壁からぶら下げなければならない〟とクリスが言うのではないかと思った。

トランクには毛布が入っていた。毛布の下にはペンチと懐中電灯、そして、あの死体を運ぶのに使った汚れた寝袋のほか、納屋にあった二本のシャベルが入っていた。クリスの声が遠い彼方からのように、彼女の耳に届いた。

「マイバッハから電話があった。新たな依頼をしてきたんだ」

それは彼女の四本目のタバコだった。残りはもう一本もない。タマラはその場にへたり込み、アスファルトを撫《な》でた。

「わたしはフラウケからすすめられたときだけ、タバコを吸うと思っていた?」

「みんなそう思っていたよ」

〝そう。みんなそう思っていた〟

彼女は足元に転がっている吸殻を見つめた。灰とタバコ。踏みにじられてぺちゃんこになったフィルター。タマラは助手席のドアにもたれ、クリスは向かい側の家の入口の階段にすわっていた。

「彼女のことを愛していたわ。知っていた?」

クリスはうなずいた。彼は知っていた。タマラは口を開いたことを後悔した。〝わたしたちみんな彼女を愛していた〟タマラは思い、クリスがそう言ってくれたらいいのにと思った。一度でいいから。ここ何日か、彼の顔にはっきりと刻印されている苦悩を、彼女は見逃さなかった。頬骨は不自然なまでに突き出ており、短い髪は灯火に照らされて、頭皮ギリギリまで刈り込まれているかに見えた。

「おれたちはみんな、彼女を愛していた」クリスは言った。「でも今、ここでは関係のないことだ、タマラ」

「どうしてフラウケの話をしようとしないの？」

「何を話すというんだ？ 彼女は死んでしまった。その事実を変えることはできない。もちろん、おれは悲しい。大声で泣きたい。でも、ここの上のことは……」

彼は家を指した。

「もっと重要だ。あとでフラウケの話をしたい。だが、ここのことは早く終わらせてしまいたい。どこに、どうやって死体を埋めるかについて、また倫理上の問題を議論したりせずに。だから、きみに来てもらった。ヴォルフじゃなく。おまけに、ふたつ目の死体を見て、ヴォルフがどんな反応を示すか、おれは不安なんだ」

「わたしがどんな反応を示すかだって、わからないじゃない」

「きみはヴォルフより強い。乗り越える力がある」

タマラは笑った。

「それって、一種のお世辞ね」

「どういたしまして」

クリスは立ち上がり、腰から汚れを払い落とした。彼は車のまわりをまわって、トランクから寝袋を取り出し、ペンチを上着にしまい、トランクの蓋《ふた》を閉めた。

「きみの気持ちしだいだ。どっちでもいい」クリスは言った。「おれはこれから上がっていく」

タマラは手を伸ばした。クリスは寝袋を渡した。彼らは並んで道を横切り、賃貸マンションに入っていった。

住居のドアは開いていた。空気中にはまだ洗浄剤のにおいが残っていた。台所と浴室を一瞥《いちべつ》したあと、彼らは居間に入っていった。男が壁からぶら下がっていた。足は床から数センチ上に浮かんでおり、顔はむごたらしく殴打されていた。

「落ち着いて」クリスは言った。

「そうしてるわ」

「ちがうな。きみはおれの腕を折りそうになっている」

タマラは見下ろした。片手でクリスの前腕をぎゅっとつかんでいる。彼女は手を離し、眠りを覚ますかのように、指を振り動かした。

〝お願い、クリス。今は何も言わないで〟

クリスは死体に近づき、男の上着のポケットから紙切れを引っぱりだした。彼は死者の顔を見た。額の傷口から血が流れているだけではなかった。鼻はへし折られ、下唇はぱっくり開いている。クリスは紙切れを開いた。文章は女性のときのと同じだった。

「また、この壁紙ね」タマラは言うと、まだ湿っている壁を触《さわ》った。

「さあ、始めよう」クリスは言った。「この死体を下まで運んでいく。そして……」

彼は黙り込んだ。

「どうしたの？」

「奇妙だとは思わないか？　彼の目は開いている。女性のときもまったく同じだった。覚えてるか？」

タマラは記憶していた。不気味だったのは、彼らがホームセンターから戻ってくると、最初開いていた女性の目が閉じられていたことだ。そのとき、自分がどう考えたかも覚えている。〝わたしたちの帰りを待っているうちに、くたびれたのかもしれない〟

クリスは死体の真ん前に立ち、どの角度で観察するのがいちばんいいかを探るように、首をかしげていた。「額に釘を打ち込まれるとなったら、目はぎゅっと閉じているはずだ。賭けてもいい」

クリスは死者の顔に、さらに近づいた。

「よく見るといい」

「クリス、わたしは……」

「さあ、タマラ、よく見ろよ」

タマラはクリスの横に並んだ。乾いた血が肌の皺《しわ》を伝って流れ、何カ所かではげ落ちているのが見える。死者のまつげに付着した埃《ほこり》、開いた目の細かい血管、そして、虚無へと消えていくその眼差《まなざ》しも見えた。クリスは言った。

「初めてマイバッハと話をしたとき、彼は死者をよく見たかと訊いた。どこを探すのも勝手だが、答えはつねに目に隠されているとも言った」

「つまり、〝目は心の窓〟というあれ？」

「まあ、そんなところだ」

タマラは尻込みした。

「残念だけど、わたしには何も見えないわ」

「見えなくて当然だ。これは死者なんだ。彼の魂がどこに消えたとしても、彼の目は何も教えてはくれない……」

クリスは黙り込むと、誰かに肩をたたかれたみたいに振り向いた。彼は壁というものをいまだかつて見たことがないかのように向かい側の壁をじっと見つめた。タマラも今度はいっしょに見た。壁紙のちょうど目の高さの位置に、小さい写真がピンで留めてあった。二人の少年が写っている。互いの肩に腕をまわしながら自転車の上でバランスをとっている。足は道路に届いていなかった。

クリスは部屋を横切り、壁からピンをはずすと、写真を指先でつまんだ。汚したくないというように。

「どうしてこれに気づかなかったのかしら？」タマラは訊いた。

「おれたちには、ほかに問題があったから」

クリスは死者の頭を指さした。

「高さを見るといい。一直線だ。マイバッハは彼が殺した者たちに、死んでもなお、この写真を見つづけさせたかったんだ」

クリスは写真を遠くにかざした。そのほうが写真の少年たちをよく見ることができるかのように。そして、言った。

「おまえたちは誰なんだ？　いったいここで何を失ったんだ？」

クリスは写真を札入れにしまい込むと、ペンチを上着から取り出した。タマラは背を向けた。

「外で待っているわ」

「おい、どうするんだ？」

「言ったでしょう、わたしは……」

「行かないでくれよ。おれ一人では無理だ。一人でできるものなら、きみを連れてはこなかった。誰かが彼を支えていなくては。そうすることで釘から……」

クリスはペンチで自分の額を軽くたたいた。

「……重さが取れるんだ」

「彼に触《さわ》れというの？」

タマラは自分が金切り声を上げているように感じた。

「もしよければ、きみが釘を抜いてくれてもいっこうにかまわない」

「クリス、やめて」

「さあ、タマラ、あっというまに終わる。釘は二本だけだ。お願いだ。いつまでも、宙ぶらりんにさせないでくれよ」

「冗談なんか言っている場合じゃないわ」

「冗談なんか言っていない」

「わたしには無理よ」

「じゃあ、彼の腰を抱いて、少し持ち上げてくれないか。あとはおれが片づけるから」

タマラは死者の前に歩み寄った。両手を彼の腰にまわし、腹部に触れた。より強く支えると脂肪の位置がずれてゴボゴボという音がした。

「しっかり支えて」クリスは言った。

タマラは今にも吐きそうになっていた。

「頭がおかしくなりそう」

クリスが死者の目を閉じるのが見えた。

「もうちょっと上にあげてくれないか?」

タマラは死体を支えるのに肩も使った。

「そう、それでよくなった」

クリスはペンチをあてがって罵《ののし》った。釘が深々と突き刺さっていて、釘の頭が見つからない。クリスはペンチで額を押しつづけたが、血が出てこないのでホッとした。ペンチは何か硬いものにぶつかった。釘の頭をつかんだのだ。

「よし、見つかった」

吸い込むような音がした。そのあと、死体はガクンと揺れて少しずり落ちた。タマラはあわてて死者の腰を抱いたが、彼のズボンが濡れているのに気づいた。クリスは空いたほうの手で死体を支えた。

「ちょっとずり落ちたが、今度はおれが支えて……」

「バカなことを言わないで、終わりまでやってよ」

クリスは釘を床に落とし、爪先立ちになった。組み合わされた両手のほうに取りかかるためだ。タマラは風景写真の壁紙の一点を見つめながら、その世界に逃げていた。一九七〇年代の小市民の夢だ。鹿のいる森、山に囲まれた湖。〝犯人は何を思って、こんなに俗悪な壁紙を選んだのか? それに、クリスはいつまでモタモタしているのだろう? お願い、早く終わらせて。お願い〟

タマラは台所の窓辺に立つと、貪るように夜の空気を吸った。死体は寝袋に入れられて廊下に横たわっている。居間からクリスの声が聞こえてくる。タマラの目に浮かぶのは、まだ見たことがなく、また、見ようとも思わない姿だ——身をかがめたクリスがMDレコーダーを口もとにあて、死者に謝罪している姿。自分がこんなに落ち着いているとは驚きだった。クリスの判断は正しかった。彼女は強いのだ。寝袋のファスナーを最後まで閉じるときも、今回は躊躇《ちゅうちょ》しなかった。

〝わたしは鈍感になっていく。どちらの側にもついている。わたしは……〟

クリスが窓辺に並んだ。二人とも暗い裏庭を眺めていた。ふたつの住居にだけ明かりがともっている。

「寒い？」

「少し」

クリスは彼女の肩を抱いた。温かくはならなかったが、心地よかった。

「車を取ってきてくれる？」

一週間前と同じだった。タマラは階段を下り、門扉を全開し、車をバックで裏庭に入れた。〝一週間前とそっくり同じだ。ただ、ヴォルフがそばにいないことと、フラウケが死んでしまったこと、そしてわたしが、以前の自分ではなくなっていることが違いだ〟彼女は車から下りて正面からマンションを見上げた。暗いなかでクリスの顔が白い点のように見える。二人は四階を挟んで互いに見つめ合った。死者の面倒を見ている男と女。

二人ともバカではなかった。森のなかの同じ場所を選んだ。墓穴は縁の一部がくずれ落ち、底には少し水が溜まっていた。以前と同じ二メートルの深さまで掘るのに、三十分かかった。

死体はそっと墓穴へ滑り落ちていき、鈍い衝撃音とともに底に達した。そのあとは静かになった。クリスとタマラはちらっと見つめ合い、それからシャベルで穴を埋める作業に取りかかった。ひと言もしゃべらず、この寝袋を二度と見たくないと願っていた。森の空き地から出たときには、一度もこの場所に来たことがないような気がしていた。

ヴォルフ

家は彼を古い友だちのように迎え入れた。いつ訪問しても、それは過去への旅だった。ドアを開けるや、ヴォルフは木と林檎《りんご》の香りに包まれた。食料貯蔵室に誰も林檎をストックしなくなってから十年以上も経っているのに。香りだけではない。音も聞こえてきた。部屋によってそれぞれ別の音がしているようだった。廊下のきしむ音、暖房機のパチパチ鳴る音、あるいは、ドアが閉まり、落ち着きが戻ってきたときの余韻《よいん》を引く静寂。香り、光、空間。そして、人が生まれ育ってきた場所に何年もかかって残された痕跡。ヴォルフは訪問のたびに、それらの痕跡を意識的に探した。彼はそれをノスタルジーと呼んでいたが、クリスは欲求不満だと言った。彼によれば、ヴォルフはいまだに母親が去っていった事実を処理しきれていないのだという。

「正直なところ、おまえはいつかお母さんが戻ってきて、朝食ができたから下りていらっしゃいと呼んでくれるのを待っているんだ」

ヴォルフは兄の言うとおりだと思っていたが、口に出して認めたことは一度もない。とくにルトゥガーの前では。母親が去ってから、父親は自分をルトゥガーという名で呼べと息子たちに強く求めた。お父さんというのは堅苦しいというのだ。

両親の離婚が成立したあと、クリスとヴォルフが最後に母親から受け取ったのは、色鮮やかな絵はがきによる別れの挨拶《あいさつ》だった。彼女はみんなが元気に暮らすように望んでいた。絵はがきにはエディーという署名もあった。クリスとヴォルフが、エディーとは誰なのかと訊くと、ルトゥガーは話題を変えた。

あれから十六年。もう誰も母親の話をしなくなった。それでもなおヴォルフは、言葉にこそ出さないが、家じゅうに母親が幽霊のように生きつづけているのを感じた。父親を訪ねるたびに、彼は母親の動きを感じ、浴室で歌を口ずさんでいる声、夕方、母親が一階の各部屋のカーテンを閉める際のさらさらという音、あるいは、コーヒーをフィルターで漉《こ》しきってしまうまで、もどかしげに指先でテーブルをコツコツたたいている音が聞こえてくるように思った。ヴォルフが子ども時代を過ごした家を好んで訪ねていくのは、ひとつには母親が引きつづきそこにいるという思いがあるからだった。

「おう。おまえが来てくれて嬉しいよ」

ルトゥガーはヴォルフに会うのは久しぶりだと言わんばかりだったが、実際は、その朝、フラウケの葬式で、二メートルと離れていないところに彼は立っていたのだ。ヴォルフには父親がどう考えているのかわかっていた。〝フラウケの死によって、離れ離れになり、今また、それによって再会することになった〟父子は抱き合い、互いを強く抱きしめた。台所から焼きたてのパンとチリソースのにおいが漂ってきた。

「腹がへっているんだろう?」

二人は台所に入っていった。ルトゥガーはオーブンを指さした。ヴォルフがかがみ込むと、オーブンのなかに二個のパンが見えた。

「これを思い止《と》まるわけにいかなかった。チリソースを用意しているときに、パン用の練り粉を作ろうと思いついた。最後には、突然、パスタまで作りたくなった。できたての生《なま》パスタだ。じつに美味《おい》しいものだが、まだ覚えているか? それで、何を食べたいんだ?」

「チリを食べたい」

「そうか、ではチリにしよう」

ヴォルフはテーブルクロスを掛け、食器を並べた。ルトゥガーは料理を敷皿の上に置きながら、のべつまくなしにしゃべっていた。いつもその調子だった。母親の不在を言葉で補おうとしているかのようだ。ヴォルフは一度ならず自問した。家を去ったのが母親でなくて、ルトゥガーだったら、どうなっていただろうと。〝そのとき、ぼくはどこにいるだろう? どんな人間になっていただろう？〟

食後、ヴォルフは二階の、かつての自分の部屋に行った。写真を探すためだった。タマラから依頼されたのだ。一九九〇年代の中頃、彼は毎日、記録写真を撮っていた時期があった。自分で現像し、数えきれないほどのアルバムに整理した。ルトゥガーはそれらを戸棚のひとつに保存していた。

自分がこの部屋で成長したことを思い出させるものは何も残っていなかった。壁からはポスターが消え、ドアの内側に貼ってあったステッカーさえも、はがし取られていた。当時使っていた家具はひとつもなく、壁の色も違うものになっていた。誰のものとも言えない無個性な部屋になっていた。

戸棚のひとつに、彼の物をいろいろ入れた段ボール箱が入っていた。本、漫画、カセット。戸棚の下二段にアルバム。その上に縁まで溢れるほど缶入りフィルムを詰め込んだ段ボール箱が置かれていた。ヴォルフは二年間、写真に凝っていたが、そのあと暗室を売り払い、二度とカメラを手に取ることはなかった。この時期に撮ったもので、未現像のフィルムが三十本ほど残っている。保存期間がどれくらいなのか、ヴォルフは知らなかった。この段ボール箱はとっくに捨てておくべきだった。

アルバムの年度は、銀色のペンで記されていた。グループの写真、学校時代の写真、そのほか、一人の少女のヌード写真も少しあった。彼女はその直後、アメリカに旅立っていったが、彼に忘れないでほしいと言っていた。

ヴォルフはアルバムを年代順に積み上げたが、ためらいが生じ、ふたたび戸棚に戻した。自分が何をする気だったのかはわからなかった。ただ、今しばらくは懐古にふけりたくなかった。

ルトゥガーは息子が客用の部屋のベッドに横になり、枕に顔を埋めているのを見た。彼はベッドの端に腰を下ろし、少し待ってから言った。

「枕から顔を上げないと、息が詰まって死んでしまうぞ。それじゃ形なしじゃないか？」ヴォルフはしかたなく笑った。頭を上げると、暗いなかに父親の顔が青白い染みのように浮き上がって見えた。

「いい父親だね」

「そうとも」

ヴォルフは仰向《あおむ》けになった。泣き叫びたい気持ちだった。エリンが死んでからは涙をこぼしたことがない。どれほどフラウケのために泣きたいと思っても涙は出てこなかった。「葬式のあとでタマラと寝た。でも、ぜんぜん後悔はしていない」彼は言った。

ルトゥガーはつかのま黙っていたが、はっきりと言った。

「それはよかった。これまでずっと、おまえたちは、姉と弟みたいだったが、そういう愛にも、やはり刺激はあるんだろう」

「ルトゥガー、これは冗談ではないんだ。ぼくはもう十年以上もタマラとは友だちだったけど、こういうことが起こりうるとは夢にも思っていなかった。でも、突然、フラウケが死んでしまって、タマラとぼくは……これに何か意味があるんだろうか？　ぼくにはわからない。でもいいんだ。間違いではないと思っている。だから、意味なんてわからなくてもいいんだ」

「ヴォルフ、わかったよ。大丈夫だ」

「もちろん、大丈夫さ」

ヴォルフは口をつぐんだが、しばらくしてつけ加えた。

「間違いなく大丈夫だよね？」

「いったい何を心配しているんだ？」

「べつに」

「いいから、ぜんぶ言ってごらん」

〝ぼくが心配していると、どうしてわかるのだろう？この暗闇のなかで顔が見えないはずなのに。ぼくはそんなに見抜かれやすいんだろうか？〟ヴォルフは一週間前に自分たち四人の人生に襲いかかってきた悪夢のことを父親にかいつまんで話そうかと思った。〝おまけに殺人犯はあなたの写真まで撮ったんだ、ルトゥガー、何か言いたいことはない？〟

「何もかも消えていくような気がするんだ」ヴォルフは代わりにそう言いながら、自分にとっては死体の始末をつけるよう依頼してきた狂人のことより、消えていくということのほうが、はるかに気がかりなのだと、わかってきた。

「みんなは消えていくのに、ぼくはあとに残った」彼は言った。

ルトゥガーは肩をすくめた。

「おまえの母さんは去っていったが、わたしはあとに残った。クリスにとっても同じことだ。おまえの話は少し大げさだ。それに、フラウケもエリンもただ消えてしまったわけじゃない。誰もおまえを苦しめようとして、そうしたわけじゃない」

ヴォルフは部屋の天井に目を凝らし、暗闇にいてよかったと思った。もちろん、誰も彼を苦しめようとして消えていったわけではない。それでもなお、何かしら目に見えない重圧が加えられたような、誰かがその重荷を彼に負わせたように感じられた。喪失。またしても喪失という言葉が浮かんだ。愚か者が悲嘆に暮れているように聞こえるだろうし、言うつもりもなかったのに、やはり口に出して言った。

「どうやら、みんなにとってはたいしたことではないのかもしれないけれど、みんなは強いんだ。以前と変わりなく生きつづけていけるだろうけど、ぼくを見てよ」

「おまえは悲嘆に暮れている」

「そう。悲嘆に暮れている」

「だが、わたしたちも以前と変わりなく生きつづけているわけではない。ただ、ごまかしが巧みなだけなんだ。それは信じてほしい」

ルトゥガーは立ち上がった。

「さあ、下におりていこう。去年、おまえたちが贈ってくれたあの高価なワインを開けよう。フラウケを褒《ほ》めたたえるために。フラウケとタマラのために」

「それだけのために？」

「そう。それだけのために。そして、おまえが会いに来てくれて嬉しいからでもある。クリスの言うとおりだ。そろそろ、おまえとまた、ゆっくり話をしてもいい時期だ。おまえが来なくて家が寂しがっていた。わたしにはそう感じられる。よかったら、今夜、泊まっていっても……」

「〝クリスの言うとおり〟って、どういう意味？」ヴォルフはさえぎった。

「彼がああいう人間なのはわかっているだろう。おまえを食事に招待してほしいと彼が頼んでよこした。そうすれば、互いに多少ともゆっくり話ができるだろうからと」

ヴォルフはナイトテーブルの明かりを手さぐりでつけた。父と子は眩《まぶ》しさに目を細くした。

「クリスはいつ頼んでよこしたの？」ヴォルフは知りたがった。

「葬式の直後だ。クリスは電話をかけてきて、おまえには休息が必要だと言って……おい、どこへ行く気だ？」

「戻らなきゃならない」

「しかし……」

「また、埋め合わせをするから」

ルトゥガーは一人、部屋に取り残された。表のドアが閉まる音がしたが、彼は何が起きているのだろうと訝《いぶか》っていた。

ヴィラを出発してから二時間と五十六分後に、ヴォルフの車はふたたび、ヴィラの車寄せに入っていった。台所欠けていたのが自分の車だけなのは意外だった。台所に入っていって、それ以上に驚いた。真夜中を過ぎているのに、タマラとクリスはテーブルに向かい、紅茶を飲んでいたのだ。ヴォルフのためのカップも用意されていた。

「いったい、どうしたの？」ヴォルフは訊いた。

「まあ、すわれよ」クリスが言った。

「どうしてルトゥガーに呼び出させたの？」

「さあ、ヴォルフ、すわってくれないか」

ヴォルフは席についた。タマラが紅茶を注ごうとすると、彼はカップの上に手をかざした。

「話があるの。だからその手をのけて、いっしょに紅茶を飲んでちょうだい」

ヴォルフは手を引っ込めた。タマラは紅茶を注ぎ、兄弟は目を見交わした。

「おまえには、いてほしくなかったんだ」クリスは話しはじめた。

「要点はわかった。説明を聞かせてほしい」

こうしてヴォルフは、マイバッハの最後の依頼と、クリスとタマラが何をしたかを聞かされた。

「おまえがいたら、きっと妨害しただろう」クリスは言った。

ヴォルフはこの報せに、まず気持ちを整理してから、言った。

「つまり、これで終わったということ？」

ヴォルフとタマラは同時に、クリスを見つめた。いつ終わるのかを決めるのは彼であるかのように。

「これで終わった」クリスは言い切った。「マイバッハにはすでに謝罪の録音を送った。もう二度と彼から電話はかかってこない。約束する」

タマラはうなずいた。ヴォルフは目に見えないほどかすかに首をかしげた。まるで、クリスを別の角度から見る必要があるかのように。それは短いが苦い一瞬だった。兄が嘘をついていることは明々白々だった。

「どうしたんだ？」クリスは訊いた。

「べつに」ヴォルフは答えた。「終わったことを喜んでいるだけだ。それ以上のことはない」

タマラ

十分、十五分。タマラはベッドにすわっていたが、何も起きなかった。フラウケの部屋に変化はなかった。タマラが入ってきたときのままだった。人けがなく空虚だった。タマラは自分が何を期待していたのか、わからなかった。彼女は地下室から段ボール箱を運んできた。フラウケの書棚の整理に取りかかり、段ボール箱に本を詰めていった。

「何をしてるの？」

ヴォルフが戸口に立っていた。

「整理よ」

二人は互いに見交わした。

「大丈夫、異常はないわ」タマラは彼をなだめた。本気で。

ヴォルフはうなずいたが、近づいてはこなかった。近づきたがっていることは一目でわかったが。〝そろそろクリスに話をしなければ〟タマラは思った。

「明日の晩、三人で食事しに行きましょうよ。二、三時間、ヴィラから離れて、そして……」彼女は言葉に詰まった。外で何をしようとしているのか、自分でもわからなかった。〝どこに行ってもフラウケがいる〟

「……フラウケを褒《ほ》めたたえる」ヴォルフは彼女に代わって、つづけた。

「そのとおり」タマラは言うと、ほほ笑んだ。「フラウケを褒めたたえるの」

〝そして、クリスに話す〟タマラは思ったが、口に出すことはできなかった。

〝何を恐れているの？　二人は兄弟で、ライバルじゃないのに〟

〝でも、わたしたちは長いあいだの友だち同士で星座のようなものだ。星座を変えたら混乱が起きる〟

ヴォルフはおやすみと言ってドアを後ろ手に閉めた。なかに入るようにと言わなかったことを彼女は後悔した。突然、彼女はまた一人になった。フラウケの残していった空虚とともに。

タマラは書き物机の整理を始め、紙類を片づけていった。それから、コンピューターのプラグをはずし、電気コードを束ねた。壁からは絵やポスターをはがした。彼女は慎重だった。こうしたものをフラウケの父親が受け取るかどうかは不明だった。正直なところ、彼女もあまり興味はなかった。これはフラウケとの別れのつもりだった。

片方の壁際には段ボール箱を、もう片方の壁際には衣類を置いた。三時間かかったが、片づけは完了した。ただ、ベッドだけは触れずに、そのままにしておいた。

タマラは疲れ切ってベッドに倒れ込んだ。敷布と毛布のあいだにフラウケを感じてほっとしながらフラウケのにおいを吸い込んだ。彼女は枕に顔を埋めて、眠りながら泣いた。全世界の重荷を背負っている子どものように。

タマラは目覚めたが、位置感覚を喪失していた。午前七時だった。窓を開けたが、そうすることでフラウケのにおいを解き放ったように感じた。彼女は部屋じゅうを見まわし、満足だった。あとで段ボール箱を地下室に運んでいくようにクリスとヴォルフに頼もうと思った。今夜はいいレストランを探し、真夜中になる前に、フラウケの死を悲しむのをやめようと決心した。

タマラは自分の朝食をトレーに載せ、バランスを取りながら屋内庭園のテーブルに置いた。庭に出てみたが、ベルツェン家は相変わらず人けのない印象を与えた。夫妻はどこに行ったのだろうとタマラは訝《いぶか》しく思った。

〝家族に緊急の事態が生じたのだろうか、あるいは旅行に出かけたのかもしれない〟

〝たぶんそうだろう。でも、なぜ知らせてくれなかったのだろう？〟

タマラが立っているあいだに、ベルツェン夫妻の家は昇りくる太陽の光に浸された。テラスの窓の奥に人の動きが見えた。タマラはまだ湿っている芝生を踏みながら、湖岸まで下りていった。裸足に朝露がひんやりと心地よい。彼女は低い岸壁の前に佇《たたず》み、ベルツェン家の居間で、男が一人、肘掛け椅子にすわって眠っているのを見た。一瞬、ヨアヒム・ベルツェンかと思った。見守っているうちに男は目を覚まし、彼女に気づいた。だが、男は微動だにしなかった。ずっと眠っているつもりだったのだろうか？　驚く様子もまったくなかった。

〝ヨアヒムじゃないわ〟

タマラはどう反応していいのか、わからなかった。ほほ笑みを浮かべようとし、片手を上げた。男は立ち上がり、つかのま彼女の視界から消えた。そのあとテラスのドアが滑るように開き、男は庭に出てきた。岸壁の前に立ち止まった男は、彼女に向かって呼びかけた。

「素晴らしい朝ですね。あなたはヴィラのかたですね？」

「正解です」タマラは答えた。

「ヘレーナとヨアヒムから、あなた方のことは聞いていました」

男は胸に手をあてた。

「ザムエルと申します」

「タマラです」

に立っているヴォルフが目に入ったが、前日、フラウケの部屋に立っていた姿を思い起こさせた。〝まだいるのね。何か心配している〟ヴォルフはショーツしか身につけていなかった。片手にはタマラのコーヒーカップを持っている。

「ベルツェン氏は変わったね」彼は言った。

「朝の勃起をなんとかして」

ヴォルフは下を見た。

「これは勃起じゃないよ。いつもこうなんだ」

「夢想家ね」

ヴォルフは彼女にコーヒーカップを渡した。

「彼の名はザムエル」タマラは言った。「家の番をしているんですって。ベルツェン夫妻がバルト海に出かけているあいだ」

ヴォルフはにやにや笑った。

「昨日から、やたらに、にやにやしているけど、どうして?」タマラは言った。

ザムエルは親指で自分の後ろを指した。

「家の番をしているのです。二羽のキジバトが仲良くバルト海へ出かけたあと」

「ご夫妻がどこへ行かれたのかと、ずっと気になっていました」タマラはほっとしながら言った。

ザムエルは両手をズボンのポケットに突っ込んだまま、片足で湖水を指した。

「ここに橋がないのは不思議ですね。ほとんど手が触れそうに近いのに」

タマラは五十メートルという距離は、手が触れそうに近いとは思わなかった。それでも、うなずき、彼女も同じように不思議がっているかのように、湖水に目をやった。

「では、また」

ザムエルは手を振って別れを告げ、家に入るとテラスのドアを後ろ手に閉めた。タマラは向きを変え、朝食をとりに戻ろうとした。そのとき、屋内庭園の戸口ヴォルフに答えるいとまも与えず、タマラは彼にキスした。そのあと、彼のそばをすり抜けて、テーブルについた。ヴォルフは戸口に立ったまま、下を見た。

「今のこれが朝の勃起だ」

「そんなこと、誰も知りたがってなんかいないわよ」

タマラはパンを切りながら言った。

クリス

〝まさか〟

クリスは目を閉じ、また開けた。

〝間違いない〟

その名前はまぎれもなく表札に記されていた。信じられなかった。あの男はこの住所にはいないだろうと確信していたのだが。

〝ここはシャルロッテンブルク地区の真ん中だ。二、三軒向こうにはエコ・ショップがあり、角には子どもの遊び場がある。そして表札にはことともなげにマイバッハの名前が記されている。そんなバカな！〟

マンションのドアは開いていた。玄関ホールには三台の自転車が立てかけられている。マイバッハは表側の建物に住んでいる。四階だ。階段にはサイザル麻の絨毯《じゅうたん》が敷かれ、足音はほとんどしなかった。クリスはその住居の前に立ち、呼び鈴のボタンに指をあてた。何て言えばいいのだろう？　でも、マイバッハに会えばすぐにわかる。目の前にいるのが殺人犯かそうでないのか、見ればわかる。その目が教えてくれるだろう。

上着のなかの拳銃はずっしりと重い。彼がそこに何を隠しているのか、誰もが知っているような気がした。ショーウインドーに映る自分を見たが、あまりにも地味で目立たず、きまりが悪くなるほどだった。両手を上着のポケットに突っ込んだ痩《や》せて背の高い男。それ以上の特徴はなかった。

二度目に呼び鈴を押したときには、少しほっとした。〝出てくるはずがないではないか？〟クリスはマイバッハがドアの内側に耳を押しあてて聞いているのを想像した。〝おれはなぜ、ここに来たのだろう？〟彼は階段を下りて、車で走り去ろうかと思った。知る必要のないことなのだ。求められもしないのに自分を英雄に仕立てあげ、今また、求められもしないのに尻尾《しっぽ》を巻こうとしている。

〝二度目の依頼のあとなのだ。その前なら、どんなことでもできただろうが、今となっては……〟

クリスは二度目の依頼が来てからは、マイバッハがこれで殺人をやめるとは、もう思えなくなっていた。

〝この狂った男は血の味を覚えたのだ。おれが食い止めなかったら誰がやるのだ？〟

「こんにちは、誰かいますか？」クリスは呼び鈴のボタンに指を置いたまま、呼びかけた。そのとき、いい考えが浮かび、新しい携帯電話を取り出した。あっという間に電話はつながった。住居のなかで答えの呼び出し音が鳴っている。

〝やっぱりそうか！〟

クリスはドアをノックして耳を澄ました。住居から聞こえてくる呼び出し音は、くどくどしい答えに似ていた。〝おまえの待っているおれはここにいる。おれを連れていけ〟電話は鳴りつづける。クリスはドアをたたきはじめた。そのとき、下から声が聞こえ、彼はぎくりとした。

「彼はここにはいませんよ」

クリスは電話を切って手すりから乗り出した。一階下の住居の入口のドアが開いており、男がクリスを見上げていた。

「こんにちは」クリスは言った。

「こんにちは」男は返した。「ラルスにご用ですか？」

「そうです」

「彼はここにはいません」

「ということは？」

男は首をかしげた。

「お会いしたことが、ありましたっけ？」

クリスはかぶりを振った。説明が要りそうだった。

「込み入ったことなんです」クリスは言った。「ラルス・マイバッハはわたしどもの会社に依頼してこられたのですが、少々、問題がありまして、緊急に話をする必要が生じたのです」

「携帯電話にかけてみましたか？」

クリスは自分の携帯電話をかざして見せた。男は笑った。

「どういう会社なんですか？」

「パートナー紹介業です」

「ラルスらしいな」男は言った。今度はクリスが笑った。何を笑っているのかもわからずに。

「彼がいつ帰ってくるか、何かご存じですか？」

「仕事に出ているのです。携帯電話に用件を話しておかれたら、彼のほうからあなたに……どうかされましたか？」

クリスは親指で肩越しにマイバッハの住居のドアを指した。

「住居のなかで、彼の携帯電話が鳴っているんですよ」

「ああ」男は言った。「ちょっと待っていてください」

男は階段から姿を消したが、一分後には上がってきた。

「ラルスは携帯電話を住居のなかに置きっぱなしにするようなタイプじゃないんですが」そう言いながら男はクリスに手を差しのべた。「ヨナス・クロナウアーです」

「クリスです。クリス・マルラー」

クロナウアーは合鍵を持っていた。「ちょっと覗《のぞ》いても、マイバッハに異存はないと思います」

「ラルス？」

クロナウアーはドアの敷居に立ち止まり、首だけを住居のなかに突っ込んだ。

「おい、ラルス、いるのか？」

彼らは耳を澄ました。それから互いに見交わした。クロナウアーは言った。

「入りましょうか？」

「そうですね」クリスは言い、住居のなかに足を踏み入れた。

クリスは何を予想していたのか自分でもわからなかった。ごく普通の住居だった。きちんと整頓された変哲もない住居でしかなかった。アフターシェーブの香りが漂い、椅子にはセーターが掛けてある。台所にはミルクコーヒーを半ばまで満たしたカップと、その横には新聞が開いて置かれていた。

「どうして鏡に覆《おお》いが掛けてあるのですか？」

クロナウアーは覆いの端を持ち上げた。

「わかりません。ユダヤ教では誰かが亡くなると、家の鏡に覆いをするようです」

「どなたか亡くなったのですか？」

クロナウアーはかぶりを振った。

「わたしの知るかぎり、そんなことはありません。それに、ラルスはユダヤ人ではありませんし」

携帯電話は浴室の棚に載っていた。洗面台の上の鏡にも覆いが掛けてあった。

「どうやら彼は携帯電話を置き忘れたようです」クロナウアーは言った。

「彼の職場をご存じでしょうか？」

「紙に書きましょう」

それはアレクサンダー広場にある広告代理店だった。クリスは礼を述べ、クロナウアーとともにマイバッハの住居を出た。一階下で、彼らは握手して別れた。クリスは自分の幸運が信じられなかった。

　マンションから出てくると、ヴォルフが彼の車の運転席にもたれ、胸の前で腕を組んでいた。〝これが幸運の正体か〟クリスは思い、道を横切って弟に近づきながら、ショックを表に出すまいと努めていた。頭を必死にはたらかせ、言いわけを探していた。

「ぼくをバカにする気か？　それとも何？」ヴォルフは言った。

「どういう意味だ？」

「あんたを知らないと思ってるのか？　ぼくはヴォルフだよ。あんたの弟じゃないか」

　二人連れが振り向いて、彼らのほうを見た。

「気にしないでください」ヴォルフは二人連れに向かって言った。

「おれを尾《つ》けてきたんだな」クリスは方向を変えようとした。

「もちろん尾けてきた。タマラがあんたの芝居に引っかかったからといって、ぼくまで引っかかると思ったら大間違いだ」

「どういう芝居だ？　何の話か、さっぱりわからない」

「今までどこにいたの？」

「依頼人のところに行っていた」

　ヴォルフは笑った。

「依頼人の一人がここに住んでいるというわけ？」

「そのとおり」

　ヴォルフはたった今、クリスが出てきた賃貸マンションを指さした。

「つまり、あそこ？　マイバッハという表札があったのは、大いなる偶然かな？」

　クリスは顔を赤らめた。

「もしかして、その依頼人とマイバッハは同一人物じゃないだろうね？」

「くそっ」クリスは言った。

「まったくだ」ヴォルフは言った。「くそっ」

二人は〈レオンハルト〉の片隅にすわっていた。気分は最悪だった。クリスが単独で行動しようとしたわけを、ヴォルフは知りたがった。

「自分を誰だと思ってるの？　ダーティー・クリスとか？」

「この件は、おれの担当だと言ったじゃないか」

「担当するって、こういうこと？　あんなやつの家まで行くなんて完全にいかれてるんじゃないの？　フラウケが溺死《できし》しただけでは足りないの？」

クリスは黙っていた。

「いったい、彼の住所をどうやって知ったの？」

クリスはフラウケが死の前夜、こっそりヴィラに忍び込んだ理由がわかったのだと話した。

「マイバッハの電話番号はおれの携帯電話に入っていた。それでフラウケは二度、マイバッハに電話をかけた。土曜日の夜と、日曜日の朝、溺死する少し前だ。おれのかつての上司がコネに物言わせてくれたおかげで、おれはマイバッハの住所を突き止めた」

「で、何をするつもりだったの？」

「彼と話をするつもりだった」

「独りで？　何人も壁に磔《はりつけ》にしたようなやつを訪ねるつもりだったの？　完全にいかれてるんじゃないの？　やつは殺人犯だよ！」

クリスは見まわしたが、誰も聞き耳を立ててはいなかった。

「そんなことは承知の上だ」クリスは小声で言い、思わず上着のなかの拳銃に触れた。

ヴォルフは疑わしげにクリスを見つめた。兄の話したことは充分に練り上げた計画のようには聞こえなかった。クリスがそんな杜撰《ずさん》な計画を実行に移すとは思えなかった。

「それで？」

「それでって、何が？」

「マイバッハは在宅していたのか、していなかったのか？」

「仕事に出かけていた」

ヴォルフは首をかしげた。

「訊かれる前に言っておこう。このマイバッハと、おれたちの関わっているマイバッハは同一人物だ」

クリスはマイバッハの携帯電話のことを話した。

「彼の住居に入ったってわけ？」

ヴォルフは笑った。

「からかうのはよしてくれよ。かりにこの住所に住んでいるやつが、ぼくたちと関わりのあるマイバッハだとしたら、そいつはよほどの間抜けだ」

「あるいは、恐れを知らぬ男だ」

ヴォルフは笑うのをやめた。

「本当に恐れを知らぬ男かもしれない」クリスは話しつづけた。「もしかしたら、おれたちに見つけられたがっているのかもしれない。そんなふうに考えてみたことはあるか？」

ヴォルフは考えたことはないように見えた。クリスは冷えたコーヒーを飲んだ。彼は自分の言葉が効果を発揮するのを待っていた。どうやったら今、弟を帰すことができるだろうかとクリスは自問していた。〝おれは兄として弟を守らなければならない。これまでもずっと、そうしてきたのだ〟

「ぼくを帰そうなんて、思っていないだろうね？」ヴォルフは警戒するように言った。

「誰も、思っちゃいないさ」

「じゃあ、信じてくれ。ぼくを除け者にしないでほしい」

クリスはためらったあと、ズボンのポケットから紙切れを取り出して言った。

「もしマイバッハが見つけられたがっているのなら、

やつを喜ばせてやろうじゃないか」

「それは何？」ヴォルフは知りたがった。

クリスは住所を記した紙切れをテーブルに置き、ヴォルフのほうに押しやった。

「マイバッハの職場に行こう」

「残念ですが」受付の女性はモニターから目を離さずに言った。「マイバッハはもうここにはおりません。三カ月前に退職しました。ほかに何か、お手伝いできることがありますでしょうか？」

「確かなんですか？」クリスは訊いた。

「間違いありません。お母さんが病気になられ、マイバッハは看病する決心をしたのです。最初はひと月だけでしたけれど、そのあと、完全に仕事から離れたのです」

女性は初めて目を上げ、不意にほほ笑んだ。クリスがここしばらく見たこともないような作り笑い。純然たる愛想笑いだった。

「どういうご用件なのですか？」

クリスは答えに窮した。ヴォルフは兄を脇に押しやり、代わりに答えた。

「ぼくたち、彼の級友なんです。しばらくぶりでベルリンに来たものですから、彼を驚かせてやるつもりでした。でも、家にはいないので、ここなら会えるかと思ったんです。このあとどうすればいいか、何か妙案はありませんか？」

効果満点。女性はそそのかされた。自分の助けが必要とされているのを知ったのだ。よくあるタイプだ。これという仕事もなく気楽に過ごし、ほとんど死んだみたいでありながら、いざ必要とされるや、大張りきりで事にあたるのだ。

「携帯電話にかけてみました？」

「ええ。でも、出ないんです」

「そうですか。ちょっと待ってください」女性は下唇を噛《か》んで、椅子の後ろにもたれかかった。彼女はもはや二十代半ばの受付係ではなく、むしろなぞなぞを解こうとしているティーンエイジャーに見えた。

「ご両親のところに行ってみられては、いかがですか？」

彼女はふたたびキーボードのほうに体を滑らせ、キーをたたいた。両親はダーレム地区に住んでいることがわかった。彼女は住所を書き記し、二人が頭の悪い人間であるかのように通りの名に二度も下線を引いた。彼らに紙切れを渡そうとしたとき、電話がかかってきた。彼女は受話器に手を伸ばし、部屋じゅうに目を走らせ、彼らには目もくれなかった。彼女にとって二人はもはや存在していなかった。

「たぶん、ああいう女性を実験室で培養しているんだね」戸外へ出ていく途中、ヴォルフは言った。

「ともかく、彼女は力を貸してくれた」

ヴォルフは紙切れに目をやった。

「正確に言うと、彼の両親から何を期待しているの？」

「何でもいい」クリスは言った。「テーブルの上のパン屑でも」

「ずいぶん詩的だね」

呼び鈴を鳴らしても誰もドアを開けなかった。でも、家のなかから音楽が聞こえてくる。ヴォルフは窓のひとつに近づき、目を覆いながらなかを窺《うかが》った。数秒後、彼は窓ガラスを軽くたたいた。クリスのそばに戻ってきたとき音楽が鳴りやみ、表のドアが開いた。女性は五十代半ばで、手に鋏《はさみ》と櫛《くし》を持っている。

「はい、何でしょうか？」

「マイバッハさんですか？」クリスが訊いた。「ラルス・マイバッハのお母さんですか？」

彼女はきゅっと口を結んでうなずいた。ヴォルフは広告代理店の受付係に話したのと寸分違わぬ話をし、行方のわからぬ友人を探しにきたと言った。母親はなかに入るようにと促《うなが》した。居間の椅子にはプードルがすわっており、床には刈られた毛が落ちていた。兄弟が入ってくるのを見ると、犬は椅子から飛び下りようとしたが、飼い主は厳しく叱りつけた。

「おすわり！」

犬は身をかがめ、そのままじっとしていた。

「毛を刈られるのが嫌なんですよ」彼女は弁明しながら、ソファを指し示した。

二人はすわったが、プードルは彼らから目を離さなかった。マイバッハの母親は犬の頭を軽くさすった。彼女は無言だった。兄弟にはちらっと目をやっただけだったが、そのあと誰も話をしないことに今ようやく気づいたかのように咳払いし、口を開いた。こんなことを聞かせるのはとても残念だがと、母親は切り出した。息子は三カ月前に死亡し、家族にとっては今なお重い心の負担になっているのだと。

クリスとヴォルフはふたたび道路に戻った。何が何だかさっぱりわからなかった。二人は茫然《ぼうぜん》として車にすわっていたが、どうしても合点がいかなかった。ヴォルフはこの話に何らかの筋道を見つけようとしていた。でも、納得のいくような考えは浮かばなかった。

「彼と電話で話した。彼の住所を見つけた。彼の住居にも入った。そうだろう？　だけど、彼が死んだかどうか、隣人なら知っていてもよさそうなのに」

「もしかしたら、別のラルス・マイバッハだったのかもしれない」クリスは言った。

「まさか、クリス。ありえないよ、そんなこと。彼の住居で鳴っていたのは彼の携帯電話だ。それを自分の目で見たんだろう？」

午後四時になっていた。ラッシュアワーの車列が、金属製の潰瘍《かいよう》みたいに赤く輝いて見える。二人はもう一度マイバッハの住居まで行き、あの隣人から話を聞こうと決めた。ヴォルフはアウトバーンを避けたほうがいいと言ったが、クリスはアウトバーンのほうが速いという考えだった。つづく三十分、車は渋滞に巻き込まれた。クワフュルステンダムでアウトバーンを離れて脇道を通り、五分でシュトゥットガルター広場に着くことができた。

ヨナス・クロナウアーは当然、もういなかった。二人はあらためてマイバッハの住居の呼び鈴を押した。ヴォルフはドアをこじ開けようと提案したが、その結果、どういうことになるのかクリスには予想できなかった。彼はもう一度、広告代理店まで行ってみてはどうかと言った。

ラルス・マイバッハは母親の話によれば、睡眠薬の飲みすぎで入浴中に溺死《できし》し、彼の親友であり隣人でもあるヨナスによって発見されたとのことだった。母親は詳細をささやくような声で話したので、兄弟はひとつひとつの言葉を聞き取るためにソファの縁から身を乗り出さなければならなかった。母親によれば、ラルスは鬱状態にあったので、彼の自殺を聞いても誰もそれほど驚かなかったという。

「彼が死んだことは家族以外の誰にも知らせていないのです。屈辱感を味わいたくありませんから。他人がどんな噂をするか、おわかりでしょう？　ラルスは家族全員の面汚《つら》しでした。彼が死んでほっとしています。でも、どうぞ、このことについて夫の意見を求めたりしないでください。わたしたち、これからも生きていかなければなりませんから」

受付係の女性は、二人の話をひと言も信じなかった。「ラルスは死んでなんかいません。そんなのでたらめです」彼女は言うと、甘すぎるシャンパンを思わせる、玉を転がすような声で笑った。「彼とは定期的に連絡を取り合ってきました。最近の通信は……」

彼女はメールの記録をすばやく調べた。

「……二月十六日にありました。アンドレの誕生日を祝って。アンドレというのは、わたくしどもの上司です。彼はラルスが仕事に復帰してくれるのをいまだに願っているのです。彼が死んだなんて誰が話したのですか？」

「彼のお母さんのところに行ってきたのです」クリスは言った。

「ああ、そう。母親たちの話すことときたら……」彼女は哀れむようにほほ笑んだ。

兄弟はアレクサンダー広場に佇み、いまだに混乱していた。

「どうして母親は嘘をついたんだろう？」ヴォルフは訊いた。「あの人は頭がおかしいという印象を与えなかった？」

「これまでにフラウケのお母さんを、頭がおかしいと感じたことはあるか？」クリスは訊き返した。

ヴォルフが答えようとしていると彼の携帯電話が鳴った。彼はちょっとだけ聞いたあと、クリスに渡した。

「こちらはマイバッハだ。答えろ。いったい何を嗅《か》ぎまわっているんだ？」

おまえ

彼らに住居を見つけられたことは、べつに意外ではなかった。計算ずみだったし、むしろ望むところだった。しかし、彼らが現実におまえの前に現われようとは思っていなかった。それがクリス・マルラーだったのは嬉しかった。彼が何を考え、何を感じているのかは、おまえにとってずっと謎だった。彼のためにもっと多くの時間を割《さ》けなかったのは残念だ。彼の訪問によって、おまえの人生はより現実味を帯びたものとなった。クリスはおまえの住居に入り、部屋を歩きまわった。彼はおまえが生きていることを知っている。〝彼は知っている〟だが、その喜びを電話で気づかれてはならない。おまえは間抜けではないのだ。この際、表わすべきは怒りだった。

「いったい何の真似だ？」ヴォルフ・マルラーが携帯電話を兄に渡したあと、おまえはあらためて訊いた。「おれたちは仕事の取り決めはしたと思うが、おまえたちは、おれの住居にまでやってきたというじゃないか！」

一瞬の静寂のあと、クリス・マルラーは答えた。「われわれの取り決めには、問題を相談するために依頼人を訪ねてはいけないとは、書かれていなかった」

おまえは笑った。

「こいつは面白い、マルラー。じつに面白い。いったい、どんな問題があるというんだ？」

「噂が流れている。おまえが睡眠薬を飲みすぎて、浴槽のなかで溺《おぼ》れ死んだという」

楽しさもここまでだった。

〝どうして彼はそれを……〟

どうしてこんなことになったのか、おまえにはまるで見当がつかなかった。

〝そこまでやるとは……〟

長く、手ごわい一瞬、おまえの目は真っ赤な帳《とばり》で覆《おお》われた。部屋は消え、建物は消滅し、すべては幻覚にすぎなかったかのように現実との境界がぼやけてきた。おまえの人生もこの世界も。おまえは瞬《まばた》きした。帳はふたたび消え、おまえは小声で訊いた。

「おれが死んでいるように聞こえるか？」

「いいや」クリス・マルラーは答えた。「しかし……」

「おれが死んでいるように聞こえるか？」突然、おまえはクリスを怒鳴りつけた。

沈黙のあと、相手は用心深く答えた。

「おれは、いいやと言ったはずだが」

「ありがとう」おまえは感情を抑え、息を整えようとした。おまえは生きているのだ。

〝そのとおり〟

万事問題なし。

〝わかっている〟

反復しよう。

〝おれは生きている。万事問題なし〟

気分はよくなったか？

〝よくなった〟

「なぜお母さんは、おまえが死んだと思ったんだろう？」クリスは知ろうとした。

おまえは沈むようにふたたび腰を下ろした。悪化する一方ではないか。掌《てのひら》が汗で湿っている、誰かが毛穴を全開したかのようだ。じっとりしている。おまえは歯と歯の隙間から声を出した。

「おまえたちは、母のところまで行ったのか？」

「広告代理店で……」

「どうして母のところまで行ったりしたんだ？　おまえたち、そこまでいかれているのか？」

おまえはもう、じっとすわっていることができなくなった。事実というものの皮肉さがわかった。フラウケがまったく同じ非難をしていた。どうして、こうもバカだったのか。まさか二人して広告代理店まで行くとは思ってもみなかった。それについては自信があった。自分はなんて愚かだったんだろう！　一瞬の喜びのあとで、今、おまえは怯《おび》えきっているではないか。

元気を出せ。

おまえは立ち上がり、執務室のドアを閉めた。

つぎにどんな手を打てばいいのか、わからなかった。

思考が停止していた。

「どうして母のところまで行ったりしたんだ？」おまえはくり返すと、また椅子にすわり込んだ。

クリス・マルラーは答えなかった。そのあとガサガサという音がし、また弟が電話に出た。

「いいか、よく聞け。いったいおまえは誰と話していると思っているんだ？」ヴォルフ・マルラーは言った。

「喜べ。われわれはおまえを見つけてはいない。もし、おまえを見つけていたら……」

「ヴォルフ、おれに電話をよこせ」クリスが言った。

「おれは彼がフラウケに何を……」

「ヴォルフ、おれによこせったら！」

ガサガサという音、罵《ののし》り声のあと、ふたたびクリス・マルラーが出た。

「マイバッハ、まだそこにいるか？　悪かった。フラウケが死んでから、おれたちは少々、疲れ気味なんだ」

「もう終わったんだ。それがわからないのか？」おまえは言った。

「わかっているとも。だが、おれたちは……」

「おれを信じていないんだな。おまえは、おれがそのへんをほっつき歩いてつぎつぎに殺人を犯す変質者だと思っている。それはおまえたちの問題であって、おれの問題ではない。おまえたちは何を求めているんだ？　おれはこのあと姿を消す。そして、おまえたちもだ。おまえたちはこれ以上、ラルス・マイバッハのことは考えないでいい。お互いにもう存在していないのだ」

静寂。

「ずいぶん簡単だな」

「そうだ、簡単なことだ。おまえたちはおれのために働いてくれた。おれはそれに対する報酬も支払った。もう依頼はしない。だから、これを限りに穏やかに別れよう。もしおまえたちが、今後もおれを探したり両親に近づいたりしたら、おまえたちの家族が痛い目に遭うだろう。おれは本気で言っている。おれがこれまでやってきたことは、おまえたちとは何の関係もない。関わりなどないことを、おまえたちは願っている。言ってみろ」

「関わりなどないことを願っている」

「今度は弟のほうを出してくれ」

ガサガサという音。息を深く吸う音。

「何だ？」

「おまえの兄に言ったとおりのことを、おまえにも言いたい。おれはおまえのガールフレンドの死には何の関係もない。あれは事故だったんだ」

「なぜぼくが、おまえのような狂った人間の言葉を信じなければならないんだ？」

「もしおれが狂った人間だったら、おまえたちは誰一人もう生きてはいないだろう。おれは善人の一人なんだ。それを覚えておけ。それから兄に言ってくれ、おれは謝罪の録音が送られてくるのを、まだ待っていると」

おまえは電話を切り、自分の言葉に大いに満足していた。〝おれは善人の一人なんだ〟おまえはいまだに、あの兄弟がしでかしたことが理解できなかった。〝どうして、そんなことが起こりえたのか？〟

ドアをノックする音が聞こえ、おまえの同僚が首を突っ込んだ。

「大丈夫か？」同僚は訊いた。

「大丈夫だ」おまえは言うと、親指を上げた。本当は額に汗が滲《にじ》み、息を切らしていたのだが。

同じ日の夕方、メールに添付されて録音データが届いたが、おまえは聞きもしないで消去した。これで完全に終わった。パソコンを閉じる前にメールアカウントも消去し、周囲を見まわした。住居は変貌を遂げていた。独自の生活を送ってきたかのように。鏡からは覆《おお》いがはずされ、暗闇は光に席を譲っていた。おまえは自由になったかのように部屋じゅうを歩きまわった。明日になったら住居を解約し、すべてのつながりを切る。おまえは償《つぐな》いを果たしたのだ。あの兄弟が大半をぶち壊したとしても、おまえは自分に忠実だった。そして今、すべては終わった。もう誰も、おまえから求めることはできないのだ。

第七部

以後に起きたこと

彼は愛について語った。比類ない真実の愛について。また、苦しみについても語った。だが、何を語ったにしても、それは自分の過去とは無関係だという。彼が愛に出会ったのは子どもの頃だった。ある男が彼を迎え入れ、育成してくれたのだという。彼はほほ笑みを浮かべながらそう言った。今起きていることが過去とは無関係だと言ったことを、忘れているのだ。

ボーデン湖は底なしの鏡のようだった。わたしは後部車輪にもたれかかって彼の話を聞いていた。彼があっさり死んでくれたらいいのにと願っていた。飢えによって衰弱死すればいい。でも彼はしぶとかった。死ぬことなど考えていなかった。すべてが過ぎたあとの未来について計画を立てていた。

彼は苦痛と親密、そして、飢えと欲望について語った。それらのない人生など生きているとは言えないと。彼はわたしの反応を期待していた。でも、わたしは黙ってすわっていた。できるものなら彼の口に手を突っ込み、心臓に届くまで、喉《のど》の奥深くに手を伸ばしたかった。

掘っ立て小屋は見つからなかった。わたしたちが六年あまり前に森へと曲がっていった分岐点にはキャンピング場ができていた。わたしはもう我慢できなかった。涙が浮かんできた。過去のものが何ひとつ残っていないショックは大きかった。

掘っ立て小屋もなく、思い出もない。すべてが色あせてしまった。

彼は謝罪する理由などないと言う。何に対して謝罪するのかわからない。すべての基本は本能だ。悪は善の影である。だが、誰も善は悪の影かもしれないとは思わないと語った。彼は咳をし、水を欲しがった。かすかに霧雨が降りはじめた。わたしは空を見上げた。鷗《かもめ》が一羽、岩の上に止まった。考えているのだろうか？　鷗は何か考えているのだろうか？　鷗になりたかった。何も考えず、ただ鷗でさえあれば、どんなに嬉しいだろう。

以前に起きたこと

現場にいなかった男

彼を取り巻く空間は白と黒に鈍く輝いている。影同士、どの場所に属するのか合意ができていないかのようだ。何分かが経過し、ようやく輝きは弱まり、物音が浸透してきた。彼は初めて自分がどこにいるのかに気づいた。

〝なんてバカな、なんてバカな、なんて……〟

予感があったのに、彼はそれを無視したのだ。ファンニを掘り返してボートで運んでいくあいだも、胸にはたえまなく圧迫感があった。彼はそれを単なる高揚感だとして片づけた。休息は充分に取ったと思い込んでいた。無知だった。自分の体に対する、たとえようもない無知だった。幸いにも意識を喪失したのは、ベルツェン家の窓から対岸のヴィラの庭で警察が空っぽの墓穴を掘り返すのを見たあとだった。そこにラルス・マイバッハが立っているのを見たときには、極度に興奮した。四年間で二度目の心筋梗塞《こうそく》だ。しかも今回は心停止だった。二分あまり、彼は肘掛け椅子に死んだようにすわっていた。目を大きく見開き、口は息をしない裂け目のようになっていた。

二分四十三秒のあいだ。

彼はため息とともに、ふたたびよみがえった。色、光、空気、空気、また空気。彼は一時間、椅子にすわったまま、貪るように酸素を吸い込んでいた。そのあと、やっとの思いで体を引きずりながら車まで行った。すぐにもかかりつけの医師に電話をかけ、その場で安静にしている必要があった。だが、ベルツェン家からなんとしても距離を置かなければならなかった。車は敷地から二筋目の道路に停めてある。一足踏み出すごとに、どの内臓も正常に機能していないのが感じられた。動き方ひとつで命取りになる。皮膚は透明なラップのように薄く、右の瞼《まぶた》はピクピクと震えつづけている。知らぬ間に失禁したりしないように注意を集中しなければならなかった。ようやく車にたどり着くと、携帯電話でかかりつけの医師に連絡したあと、幸いにも意識不明の状態を保ちつづけていた。

今、彼は病院のベッドに横たわり、すべてをまとめようとするかのように両手を胸に押しあてていた。ベッドの足元に医師が立っていて、具合はどうかと尋ねたあとで言った。

「いくつか検査をした上で、様子を見なければなりません。どれくらいのあいだ呼吸が止まっていたのか不明ですから、リスクは避けたいと思います。それ以上のことは、一、二日、安静にされてからお話ししましょう」

二日を過ぎ、六日目となった。でも彼は安静にしていた。さまざまな検査を受け、部屋の天井を凝視していた。その奥にドアがあり、そこから逃げ出せるかのように。彼はベルツェン家のことばかり考えていた。どれくらい痕跡を残してきただろうか？　彼は消耗しきって孤独だった。最近数年間、こういう状態には慣れていた。でも、これを当然のこととして甘受する気にはなれなかった。あきらめは彼には不似合いだった。

誰も彼の再入院を知らなかった。知られたくもなかった。〝プライドというものがある〟彼はエスキモーの古い儀式が理解できるように思った。それは古老たちを氷塊にすわらせて海に押し出すというものだった。もしそんな歳になったら、彼は跡形もなく消え失せたいと願っていた。

カールが電話してきたのは、六日目だった。

「どこにいるんだ?」

「レストランのトイレ。彼が……彼が来たんだよ。同じテーブルで待っている。父さんの言うとおりだ。彼はおれを見つけた」

「落ち着け、カール」

「あの豚野郎を片づけてやる。いいね? 彼がファニにしたとおりのことを……」

「落ち着けと言っただろう」彼はさえぎった。

カールは深々と息を吸い、声をたてて息を吐いた。

「おれは落ち着いているよ」

「気を鎮めて用心するんだ。おまえが彼に何をしようとしているかは知らないが、わたしは彼に会いたい。何を考えているのか、じかに聞きたい」

「いつ……」

カールはまた黙り込んだ。自分を抑えようと努力していた。つづきを口にしたとき、その声は変わっていた。

「いつ会おうか?」

小声だった。十歳の無邪気な子どもを思わせるような小声だった。〝いつ?〟彼はためらった。こんな自分を誰にも見られたくなかった。

「おまえはマイバッハのことに専念しろ」彼は言った。「そのあとで連絡をくれ。それから、よく考えてみよう」

カールはため息をついた。彼は顔をしかめた。ため息に耳が痛んだ。ホームシックだった。痛みが心臓に達しないうちに電話を切った。耳を澄まし、体内の様子を窺《うかが》った。何らかの反応があるかと待っていた。危険な予兆が。でも、何も返ってはこなかった。興奮は脈打つ電流のように足にまで達し、それから、しだいに鎮まっていった。弱くはあったが生きていた。

彼は待っていた。

夕方まで待っていた。カールからの電話を待っていた。それから、服に着替えて病院から立ち去った。

彼は読んだことがある。すべての人間は互いにつながり合っていると。精神的にか遺伝的にか、それはもう覚えていない。ただ、いわれのない嫌悪感、あるいは共感が生じるのは、そのせいだということだけは、わかっていた。人間は誰しも、生まれたときから過去を持ち、生涯、それを引きずっていく。場所がどこであろうと、どういう人間であろうと同じことだ。そして、人間同士がつながり合っているように、出来事もまた互いにつながり合っている。意味もなく起きることは皆無なのだ、と。

彼にはそれがとんでもない見当違いだという自覚があった。誰かが起こすから、何かが起きる。だからこの長い年月、彼の身には何も起きなかったのだ。彼はあまりにも長いあいだ不在だった。閉じられたタンクのなかで生きてきたみたいだった。無のなかで生きていた。不在だったのだ。見当違いだと片づけても、彼のなかに不穏な疑いが生まれていた。〝ラルス・マイバッハとヴィラに住んでいるあの連中とには、どんなつながりがあるのだろう？　なぜ彼らはヴィラの敷地にファンニを埋めたのだろう？　彼らは何を知っているのだろう？〟

ベルツェン家に戻ってみると、あまりの腐敗臭に、彼はよろめいた。後ろ手に入口のドアを閉め、玄関の間にしばらく佇《たたず》んでいた。吐き気をもよおしたので、浅く息をするように努めた。一階のトイレまでなんとかもちこたえ、そこで嘔吐《おうと》した。

一週間ぶりにここへ来たが、その前に、暖房の温度を下げておくのを忘れていた。二十五度という気温が維持されていたために、思ったより速く、腐敗が進んだのだ。

胃袋が空っぽになったところで、彼は一階の窓を少し開け、テラスへのドアを大きく開けた。風通しをよくするためだ。二階の浴室にガラス容器に入った香油があったので、それを鼻の下に薄く塗り、それから庭に出て、夜の空気を深々と吸い込んだ。対岸のヴィラには明かりがひとつだけともっていた。彼は両手を調べたが、震えてはいなかった。もう一度、携帯電話を見た。カールの沈黙が何を意味しているのか認めたくなかった。カールはぜったいに待たさないはずだ。

〝カールは待たさない〟

ベルツェン夫妻は二階で横たわっていた。彼がその状態で放置しておいたのだ。彼は部屋のドアを粘着テープで封印した。これだけでは悪臭を長くは防ぎきれない。だが、この家に三日以上留まるつもりはなかった。三日あれば充分だろう。

彼はファンニのそばには長いあいだいた。彼女のにおいは気にならなかった。違うにおいがした。もっと甘くて重かった。彼はベッドに腰かけ、家族の死を悼《いた》んだ。カールはもう連絡してこないだろう。何が起きたにせよ、カールはもう連絡してこないだろう。

彼は真実を受け入れ、悲しみに沈んでいた。

この部屋の封印も終えると、彼は階下に下りていき、窓辺にすわった。動くたびに用心した。手が何度も胸に行き、心臓を探りあてようとした。〝用心がすぎる〟でも彼は無意識のこの動作をやめることができなかった。〝おまえは生きるのだ〟と彼は心のなかでつぶやいた。〝だから、それに適《かな》った行動をするのだ〟

彼は双眼鏡を目にあて、ヴィラのほうを見た。そろそろ、子どもたちの失敗を埋め合わせする潮時が来たようだ。

地下室は理想的な場所だった。彼はベルツェン家の居間で見つけた携帯用のCDプレーヤーを下に運んだ。クラシック音楽のCDをかけ、オーケストラが総奏《そうそう》する箇所を選んで、音量をいっぱいに上げた。一階の玄関の間でも音楽はよく聞こえた。彼は家を離れた。地下室には窓がふたつある。ひとつは道路に面し、もうひとつは隣家の敷地に面していた。彼は身をかがめたが、音楽はまだ聞こえていた。

彼はその日のうちに地下室の防音に取りかかった。そのためにナイロンテープと音響を遮断するための材料を買い求めた。花屋の前を通りかかったときには、思わず白百合を買った。彼は窓を黒っぽいカーテン生地で覆《おお》った。実際的なことをするのは楽しかった。彼はこの仕事に大いに満足していた。夕方、ふたたび大音量で音楽をかけ、地下室のドアを閉めた。無音だ。何も聞こえてこなかった。外に出て身をかがめ、耳を窓に近づけた。

何も聞こえなかった。

同じ夜、彼はヴィラの連中が出かけるのを見た。彼は二時間待ち、窓の向こうの暗闇を見守っていた。彼は着替え、ボートの覆いをはずし、芝生の上を引きずって桟橋まで運んでいった。今まさにボートを水に浮かべようとしたとき、ヴィラの車寄せに一台の車が入ってきた。ライトに木々があかあかと照らし出された。彼は罵《ののし》り声を上げた。ためらいが長すぎたのだ。

彼はボートを元の場所に置いて覆いをかけ、それからベルツェン家に戻り、窓辺にすわっていた。

ヴィラの明かりが消えたのは早朝の四時十四分だった。彼はつかのま目を閉じていた。ソファに横になったほうがいいのは、わかっていた。体が休息を欲していることもわかっていた。窓辺にすわりつづけていたのは、あるいは頑固なためだったかもしれない。あとになって、そのことを彼は考えるだろう。自分の頑固さを呪うことになるだろう。

彼は眠り込んだ……


……そして、目覚めた。陽射しに脚が温もっている。彼はいまだに肘掛け椅子にすわっていた。横倒しにならなかったのは奇跡だった。体が硬くなっているのが感じられた。だが、目覚めたのは太陽のせいでもなく、手足が硬くなっていたせいでもなかった。目を開けると、対岸に一人の女性が立っているのが見えた。クライナー・ヴァン湖の水を挟んでいながら、こんなにも近くに見えることに驚いた。朝になって距離が縮んだかのようだった。

夜のあいだ、彼は部屋の暗さに安心感を抱いていた。今はすべてがくっきりと鮮明に見える。

〝カーテンを閉めておくべきだった。なぜこうも簡単に眠り込んでしまったのだろう?〟彼は立ち上がり、外に出ていった。それしか方法はなかった。栈橋まで下りていき、女性と話をした。ふたたびベルツェン家に戻ってくると、自分が緊張しているのがわかった。体が震えていた。彼は壁にもたれて激しくあえいだ。

ヴォルフ

彼らは十五分遅刻し、入口で、歓迎の品物を差し出している女に引き止められた。

「いったい、何の真似ですか?」クリスは訊いた。

「ソンブレロの夕べなんです」女は言った。

「今日がどんな日であろうと、わたしには関係ない」クリスは言った。「こういうものは、かぶりません」

ヴォルフはソンブレロを一個取って、手のなかでまわした。

「紙でできているんだ」

「紙のソンブレロしか配ってはいけないことになったのです」女は説明した。「この前のときは、本物のソンブレロがほとんど盗まれてしまったので。ソンブレロの夕べはとても人気があります」

ヴォルフはソンブレロをかぶってポーズを取った。

クリスは断わった。扮装などというバカなことをする気はさらさらなかった。彼は女の脇を通ってなかに入ろうとした。

「申しわけありませんが、ソンブレロの夕べですから」女はくり返した。ヴォルフは女が客と口論になるのは、これが初めてではないらしいと感じた。

「わたしを何歳だと思ってるんですか？」クリスは訊いた。「六歳に見えますか？」

「申しわけありませんが、ソンブレロをかぶらない方はお通しできません」女はくり返した。

クリスはヴォルフを指さした。

「弟が見えるでしょう？」

女はうなずいた。

「こんなものをかぶって、頭がおかしくなったように見えるでしょう？　なぜ、わたしが、頭がおかしくなったように見えなきゃならないのか、そのわけを言ってください」

「そうしなければ、なかに入れないからです」女は小声で答えたが、まるで質問しているように聞こえた。

ヴォルフは笑いだした。クリスは驚いたように彼を見つめた。

「どうして笑うんだ？」

「ソンブレロの夕べなんだ」彼は帽子の縁を軽く指でたたいた。将軍に挨拶《あいさつ》するみたいに。「忘れろ」クリスは言うと、レストランから立ち去ろうとしたが、ヴォルフに押し止《とど》められた。

「ほら、タマラも来ているじゃないか」

クリスは爪先立ちになった。彼にもタマラが見えた。

「一分だけ、待ってください」ヴォルフは女に言うと、クリスを脇に引っぱっていった。「いいじゃないか。タマラのためなんだから。彼女にとって大事な夜なんだ。彼女とフラウケのためなんだ」

「フラウケとどんな関係があるんだ？」

「今夜は彼女を褒《ほ》めたたえるんだ」

「彼女は死んだんだぞ」

「もちろん、フラウケが死んだことはわかってるよ。それでも、やはり、祝うことはできるんだ。兄貴が死んでも、やはり褒めたたえるだろうね」

クリスは口をゆがめた。

「おれはメキシコ料理なんて嫌いだ」

「わかってるよ」

「どうして彼女はイタリア料理店を選ばなかったんだろう？　あるいはインド料理店でもいい。ベルリンには四百以上もインド料理店があるのに。彼女はどうしてもメキシコ料理店がいいと言うのか？」

「うちのパスタは最高ですよ」女は口をはさむと、クリスにソンブレロを差し出した。「どうぞお受け取りください。あとでカラオケに行かないでもすむと、お約束します」

タマラの前にはカクテルが置かれていた。グラスには細かく砕いた氷が縁いっぱいに盛られ、そのなかで薄く切ったライムが光っていた。テーブルの中央にはカクテルグラスがもう一個置かれていた。タマラは赤い紙のソンブレロをかぶっていた。タマラは見るからに居心地が悪そうだった。クリスとヴォルフが入ってくるのを見ると、彼女は椅子からぱっと立ち上がった。

「おれたち三人、バカみたいに見えるだろう？」クリスは挨拶代わりに言った。

「そうね」タマラは言うと、メニューを指さした。「〈メタクサ〉がメキシコ料理店だなんて思ってもみなかったわ。どう解釈する？　〈メタクサ〉というのはギリシャ産のブランデーの名よ。メキシコの村の名じゃないわ」

「もしかしたら、ここは以前、ギリシャ料理店だったのかもしれない。新しいオーナーはネオンサインを変えたくなかったんだろう」クリスは言った。

「そうね。たぶん」タマラは同意した。「でもわたしはメキシコ料理店じゃなく、ギリシャ料理店に行きたかったわ」

「これはぼくのため?」ヴォルフはテーブルの中央に置かれているカクテルを指した。

「指をどけてよ。これはフラウケのためよ」

　クリスとヴォルフは彼女を見つめた。

「フラウケなら何を飲みたがるか、わたしにはわかるの。ここに来たのはフラウケを祝うためよ。だから、きちんと彼女を褒めたたえましょう」

「異議なし」ヴォルフは言うと、椅子にすわった。クリスは少しためらってから席についた。彼のソンブレロは黄色、ヴォルフのは青だった。

「どうして、こんなに遅刻したの?」タマラは訊いた。「もう六時半よ。六時という約束だったのに」

　兄弟はここへ来る途中、タマラに何と話せばいいか長々と議論していた。でも最終的には何も話さないことに決めたのだ。

「予期せぬことが起きたもので」ヴォルフは言うと、すばやくメニューを読んだ。

「けっこうなお詫《わ》びね」タマラは言った。

　クリスはヴォルフを指さした。

「彼のせいなんだ。そんな目でおれを見つめないでくれよ」

　ウエイトレスは彼らのテーブルのそばに立っていたが、注文を取るのをあきらめた。彼女が行ってしまうと、クリスは彼女がソンブレロをかぶっていなかったと言った。

「だから?」タマラは訊いた。

　クリスは自分のソンブレロを脱ぎ、くしゃくしゃに丸めて床に落とし、今度は身を乗り出して、二人のソンブレロも同じようにしようとした。

「待って。自分のは取っておきたいんだ」ヴォルフは文句をつけた。

「欲しければ入口でもう一個、取ってくればいい。ともかく、こんなものを、おまえたちがかぶっていると、真面目に話をする気になれないんだ」

　料理が来るのを待つあいだ、彼らはフラウケの話をした。ここで、われわれは彼らから目をそらし、話を聞かないようにしよう。プライベートな集まりだからだ。ヴォルフがグラスを上げ、三人がフラウケのために乾杯する。そして料理が運ばれ、フラウケのためにエンチラーダが一人前テーブルの中央に置かれるのを待つだけだ。素晴らしいお別れの会だ。それ以上のことは知らないでもいいだろう。


　三時間後、彼らはヴィラですわっていた。そして、新規の依頼が二十六件、保留分が十七件、処理されるのを待っているのを知った。彼らは真夜中まで一ヵ所にかたまり、カレンダーを横に置いて、誰がどの顧客を担当するかを決めた。そのあいだにクリスは二階に上がり、マイバッハに謝罪の録音を送った。

　自分たちがあっというまに、いつもの手慣れた仕事に戻っていることにヴォルフは驚いた。〝フラウケだって、そう望んだだろう〟どの部屋にも彼女の存在が感じられた。ヴォルフは葬式のあいだに心を決めていた。フラウケが彼の人生から早々と消えてしまわないように、あらゆる手を尽くそうと。エリンのときのようではなく。あれは二週間だけつづいたパーティ。二週間だけつづいた幸福だった。そして全幅の信頼。信じられないほどの信頼があった。

　〝どうしたら彼女はあんなに信頼することができたのだろう？〟

　エリンの死後、ヴォルフは彼女についての有益な情報をまったく探り出すことができなかった。彼女の両親はヴォルフに会おうとはしなかった。二人の女友だちは彼といっしょにコーヒーを飲みはしたが、ここ一年ほどエリンの消息は何も聞いていないと言った。彼女たちは何枚かのスナップ写真を彼のほうに押しやった。写真のエリンにはどこにもエリンらしさがなかった。彼は写真を受け取らず、テーブルに置いたままだった。エリンがほかの女たちの姿を借りて彼を悩ませるようになっても、エリンは彼の人生に二週間だけ客人として登場したあと、花火のようにはかなく消えていった未知の女だった。彼はそんなことを二度と起こさせたくなかった。

「ヴォルフ、もう整理はついたのね？」

「何が？」

「段ボール箱のことよ」

ヴォルフは瞬《まばた》きし、タマラを見つめた。クリスはどこへ行ったのだろう？　つい今しがたまで三人は居間のテーブルを囲んですわっていたのに、突然、彼はタマラと二人っきりになった。〝彼女に話さなければ〟ヴォルフはそう思いながらも、彼女の反応が少し怖かった。タマラは知っている。エリンは死後も、ほかの女たちの姿を借りて、落ち着きのない幽霊のように彼の前に現われることを。カフェでも道路でも。だがヴォルフがタマラとリーツェン湖の岸辺で愛し合ったときから、エリンは跡形もなく消え去ったことをタマラは知らなかった。

ヴォルフはエリンを探していた。エリンが現われないかと目で探していた。大いなる愛の記憶を誰かに盗まれたような感じも多分にあった。思い違いであることはわかっていた。でも、しばらくのあいだは胸のときめく思い違いだった。彼がどんなに探しても、エリンは跡形もなく消えてしまった。ヴォルフはそのことを、どのようにタマラに話したものかと、あれこれ考えていた。

〝おまえは彼女の霊を追い払ってしまった。それが真実の愛だと言えるのか？〟

「どこにいたの、ヴォルフ？」

「何だって？」

「頭のなかで、どこにいたの？」

「あちらこちらに」ヴォルフは答え、顔をさすった。

タマラはテーブルをまわって、後ろから彼の胸に腕をまわし、体を彼の背中に押しつけた。温もりと安心が感じられた。

「クリスにはいつ話すの？」タマラは彼の耳元でささやいた。

「きみはそんなことを訊かないと思っていた」ヴォルフはささやき返した。彼女の息がすぐそばに迫って聞こえ、まるで頭のなかにタマラがすわっているかのようだった。

「明日の朝は？」

「明日の朝はいいね」

「あなたから、それとも、わたしから？」

「ぼくから話す。でも、どうして、ぼくたちささやき合っているのかな？」

「そのほうがセクシーだから。それに、わたしが耳元でささやくと、あなたはじっとすわっていられなくなるからよ」

ヴォルフは目を閉じ、肩越しに彼女の頬を撫《な》でた。二人はそのまま、しばらくすわっていた。時は彼らのためにのみあるかのように——触れ合っている男と女。

現場にいなかった男

彼はあの若い女には興味がなかった。若い女には馴《な》染《じ》みがなかった。これまでも常にそうだった。ただ、ファンニだけは例外だった。若い男のほうがずっと親しみが持てた。息子のようなものだった。

彼は後ろ手にドアを閉め、暗闇のなかに立っていた。初めてカールに出会ったときのことが思い出された。手でカールの頭に触れたときの感触を。しっかりとしていながらも、脆《もろ》い感じがした。そしてまた、カールが首をかしげて彼を見るときの、あの愛情に満ちたしぐさも。歳を重ねるにつれて、思い出と憧れが人生で唯一の味わいとなった。家族のことを考えすぎだとの自覚はあった。彼は過去にのみ生きている老人には決してなりたくなかった。にもかかわらず、過ぎ去った時を求める気持ちは日々募るばかりで、自分の饒舌《じょうぜつ》な思考を黙らせるために、拳で目を押さえなければならないほどだった。

暗闇に慣れてきたので靴を脱ぎ、ドアの脇に置いた。台所を覗き込み、もの珍しげにその空気を吸い込んだ。彼は冷蔵庫を開けてなかを見てから、また閉めた。つかのま手をテーブルに置いて耳を澄ました。冷蔵庫の隣の壁に掲示板が掛けられていた。紙切れ、ステッカー、モットー、メモが留めてある。彼は紙切れの一枚を取り、何も書かれていない裏面にメモを記し、ピンで掲示板に留めたが、これでは誰も気づかないだろうと思った。流し台の上にコンサートのポスターが二枚留められていた。左側のはロイド・コール&ザ・コモーションズの、右側のはマドルガータのものだった。彼はその二枚のあいだの隙間に紙切れを留めた。一歩退いて見たが、なかなかよかった。淡い月光に照らされて、彼の記した紙切れはポスターのあいだにぴったり収まっていた。

彼は玄関の間に戻り、階段を上っていこうとした。そのとき、鏡に自分の姿が映っているのが見えた。彼は人さし指を軽く唇にあてて上っていった。階段はきしまず、ドアの蝶《ちょうつがい》番には油が差されていた。

〝まるで彼らは、わたしが来るのを待っていたみたいだ〟

あの若い女が横向きになって眠っていた。片手を頭の横に、もう片方の手を顎《あご》のあたりに置いて。彼は女の顔を見守っていた。息をするたびに唇が動いている。〝簡単だ〟彼は目をそらした。自信が湧き上がってきた。彼はほかならぬ彼なのだ。負の側に立っている。

つづくふたつの部屋は執務室で、その向こうは整えていないベッドのあるガランとした部屋だった。棚は空っぽで、ひとつの壁際にスーツケース、バッグ、段ボール箱が置かれ、四人のうちの一人が、まもなく引っ越していってしまうかのように見えた。

三階まで来て、彼はしばらく年上のほうの若い男のそばにいて、その脆く弱々しげな眠りに感嘆した。廊下の突きあたりに最後の部屋があった。彼はドアを後ろ手に閉めて、ベッドのそばにしゃがみ込んだ。何もかもがこうも簡単に運んだことに驚いていた。まるで何度もここを訪れたことがあるかのようだった。彼の心臓はリズミカルに鼓動し、筋肉はしなやかだった。すべてが安定している。今、この姿を医師に見せたかった。今夜はどんなことにも自信が持てた。

若い男の瞼《まぶた》の下の瞳孔は、さまようように動いていた。彼は若い男の額に手をあてた。悲しみに満ちているのが感じられた。瞳孔が動きを止めた。〝人は眠っているときでさえ、何も隠すことができない〟彼は思い、なだめるようにささやきかけた。

「さあ、来たぞ」

クリス

翌朝、ヴォルフがいなくなっていた。

「いなくなったって、どういう意味だ？」

タマラは階段の上を指さした。

「自分の目で見てみたら？」

クリスは二階に上がっていった。部屋のドアは閉まっていなかった。毛布ははねのけられていたが、ベッドは整えられていた。ヴォルフはベッドを整えたことなど一度もなかったのに。前日着ていた服は椅子の背もたれに掛けられ、携帯電話と腕時計は、その横のナイトテーブルに載っていた。クリスはふたたび下りていった。玄関の間にヴォルフの靴が置かれている。上着は洋服掛けに掛かっている。そのポケットをクリスが探ると、車のキーが見つかった。

クリスは表のドアを開けた。ヴォルフの車は前日、彼が駐車させたのと同じ場所に停まっている。

「わたしが何を思っているか、わかる？」背後でタマラが言った。

クリスは振り向かなかった。タマラが何を思っているかは明らかだった。

ヴォルフは消えたのだ。

可能性はいくらでもあった。ヴォルフはほかの靴をはいていった。戸外は寒くなかったのでヴォルフは上着なしで出ていった。ヴォルフはここにいるのに飽きて、世界旅行に出かけた。ヴォルフはすべてを忘れた。ヴォルフはすべてを忘れた。可能性はいくらでもあった。

〝だがヴォルフに限って、そうやすやすと消えてしまうことはない。ヴォルフはそんな男ではない〟

「もっと話し合っておけばよかった」クリスは言うと、まだ閉まったままの門を揺り動かした。

タマラは見上げた。

「ここを登っていったと思う？」

「たぶんね。あるいは塀《へい》を乗り越えていったか。十歳の子どもでも、それほど苦労しないでできるだろう」

「でも、彼はどうして？」

「そこが問題なんだ」

タマラはかぶりを振った。

「ヴォルフはどんな鍵も忘れたことなど一度もないのに」

二人はヴィラに引き返し、隅々《すみずみ》までくまなく探した。

だが、何をしたところで、ヴォルフは消えたままだった。

彼らは正午まで待ってから、ルゥトガーに電話したのを皮切りに、ヴォルフの住所録に記されている人々に連絡した。彼のカレンダーを覗《のぞ》き、つぎの仕事の予定日は二日後で、場所はデュイスブルクだとわかった。彼らはデュイスブルクに電話をかけ、なおも待っていた。四時になるとクリスはトイレに閉じこもった。携帯電話でマイバッハにかけようとした。タマラに知られてはならなかった。だが、マイバッハは出なかった。メールも届かず、連絡不能だった。マイバッハの言葉が頭のなかで響いていた。〝おれはこのあと姿を消す。互いにもう存在していないのだ〟クリスは自分を抑えるしかなかった。これからシャルロッテンブルク地区まで出かけ、マイバッハの住居の前で野宿するわけにもいかない。クリスはパニックに陥った。どうすればいいのかまるで見当がつかなかった。

「どこへ行くつもり？」

「ちょっと外の空気を吸ってくる。もしかしたら途中でヴォルフに出会うかもしれない」

へたな言いわけにしか聞こえないだろう。〝もう単独行動はやめよう〟彼は思い直し、タマラにいっしょに来ないかと訊いた。

彼らは高速鉄道の駅まで行った。今にもヴォルフが列車から降りてくるのではないかと、しばらくプラットホームに立っていた。細かい霧雨が降りはじめたが、心を決めかねるかのように風に流されていく。彼らは互いに何を話せばいいのか、わからなかった。ヴィラへの帰り道、クリスは自分の疑問を話そうかと思った。〝人を壁に磔《はりつけ》にするような人間が、取り決めを守るだろうか？〟だが、クリスは話さずにおいた。タマラはクリスとヴォルフがマイバッハを訪ねていったことを、まったく知らないからだ。

彼は拳銃のことを思いついた。彼のタンスの奥深く、ソックスの後ろに置いてある。少なくとも前日の夕方、そこに置いたことは間違いない。

「どうしたの？」タマラは訊いた。

「何でもない。おれは……」

クリスは走っていきたかった。タマラを残してヴィラまで駆けていきたかった。拳銃があそこにあるかどうかを調べるために。もし拳銃がなければ、何が起きたのか疑問の余地はない。拳銃があることを願う一方で、ヴォルフがそれを見つけ、マイバッハのところに行ったのだと思いたかった。

〝頼むぞ〟

拳銃は依然として、ソックスの後ろに置かれたままだった。

クリスは落ち着きなくヴィラじゅうを歩きまわり、引きつづき何らかの痕跡を見つけようとした。自分が捜索犬であればいいのにと思った。ヴォルフはいないのに、いるかのような錯覚に陥ることもあった。〝おまえはいったい、どこへ行ったんだ？〟一瞬、クリスは壁に耳をあてて物音を聞き取ろうとした。勇気を奮い起こさなければならないと思った。

「もしヴォルフが明日の朝までに帰ってこなかったら、ゲラルトのところへ行こう」夕方、彼はそう決めた。「ゲラルトのところへ行って何もかも話そう。結果はともかく、ヴォルフを探すことが先決だから」

この夕方、必要のない電話には応じなかった。彼らは待ちつづけた。土曜が日曜になり、彼らは深夜の一時まで待ち、二時まで待った。だが、それ以上は無理だった。力尽きたのだ。張りつめていた神経に緩みが生じ、疲労困憊《こんぱい》してベッドに倒れ込んだ。胸をえぐるような不安に苛《さいな》まれていた。クリスはベッドで輾転反《てんてんはん》側《そく》しながら森の夢を見ていた。彼らは男を埋めようとしていたが、突然、男が死んでいないことがわかった。男は寝袋に入ったままの状態でしゃべりだし、生き埋めにされるのはまっぴらだと言ったのだ。

〝くそっ、おれを出してくれ！〟

クリスは荒い息をしながら目を覚まし、明かりをつけた。四時十分前だった。彼は部屋の天井をにらみつけた。天井もこちらをにらみ返した。彼の頭は空っぽだった。立ち上がって仕事部屋からテレビを運んできて、ベッドの前に置いた。うつらうつらしたり、目を覚ましてテレビを見たりしていた。曙光《しょこう》が部屋を青く染めはじめると、彼はテレビを切り、それからシャワーを浴びて歯を磨《みが》き、鏡に映る自分を見た。階下に下りていくとすでにタマラは起きていたが、彼は意外には思わなかった。彼女は本を片手にソファに横になり、サイドテーブルには紅茶のポットとカップが置かれていた。

「いつから？」クリスは訊いた。

「四時からよ」

青い曙光は消えて、日光がよろけるように射し込んできた。前夜の酔いがまだ残っているかのようだ。空中で埃《ほこり》がキラキラ光りながら舞っている。タマラとクリスは台所のテーブルで朝食をとった。屋内庭園には行きたくなかった。二日前の朝にはまだ三人でそこにすわっていた。当然いるべき者がそこにいないのだ。二人は物思いにふけっていたので、二枚のポスターのあいだの紙切れにさえ、気づかなかった。

重苦しい静寂が拡がっていた。〝親しい者のそばにいながら、その静寂に耐えられないのは悲しいことだ〟クリスは思い、立ち上がった。

「音楽を流そう」

彼は居間のプレーヤーの前にしゃがみ込み、何枚かのCDを取り出したが、かけたのはアイアン&ワインのものだった。ギターの音と声が流れてきた。クリスはふたたび身を起こして戸外に目をやった。明らかに、弟の不在を嘆くには向かない天候だった。三日前、女友だちの一人が地中に埋葬された折も、やはりそれには不向きな天候だった。春の急激な訪れがあちらにもこちらにも感じられた。彼はゲラルトに電話しようかと思っていることや、この天候が神経に障ることや、ヴォルフの失踪について頭のなかで答えを探すのにはもううんざりしたことを、タマラに話しに行こうとした。そのとき、地面に何かしらほのかに輝くものがあるのに気づいた。デジャヴか？　彼はぎょっとして足を見下ろした。泥土を踏んでいるかと思った。右のほうを見たが、そばにヴォルフはいなかった。タマラは今も台所の椅子にすわっている。クリスは一人で居間に佇《たたず》んでいた。アイアン&ワインは輪になって走ろうというようなことを歌っている。そして庭では白百合の花が、またしてもほのかに輝き、そこへ来るように誘っていた。

現場にいなかった男

ヴィラに生気がよみがえったのは、彼が二杯目のコーヒーを飲んでいるときだった。まず二階に、つぎに一階に明かりがともった。クリスとタマラだ。今ではあの若い女や兄弟について知りたかったことは、すべてつかんでいる。二人はあの若い男が消えたことに気づくまで、二時間もかかった。あの男を求めて周辺を探しまわっていた。彼はすべてを見守っていた。二人が夜遅くまで起きていたことも。ヴォルフという若い男は、名前で呼べとしつこく言い張ったが、彼はそれには乗らなかった。彼はコーヒーを少しずつ飲みながら、ふたたび双眼鏡を目にあてた。彼は辛抱強かった。庭に置いてきた百合の花を二人が見つけるのも時間の問題だろう。

前日の昼、彼はあの若い女が栗の木の下にすわって、苛立たしげにタバコを吸いながらベルツェン家のほうを眺めているのに気づいた。彼に不安はなかった。こちらが見えていないのは明らかだからだ。彼は双眼鏡の焦点を定めた。若い女は目の前に迫り、顔の細部まで見て取れた。恐怖と不安の色が浮かんでいるのを見て、彼は満足だった。

〝わたしには、おまえに見えないものが見えるのだ〟

若い女はふたたびヴィラに戻った。彼は兄弟の兄のほうが出てくるかと待っていたが、その望みは叶えられなかった。さらに五分待ってから彼は窓を離れ、地下室へ下りていった。物音をたてないように用心しながら。

最初に下りていったのは午前九時だった。若い男を縛り、頭から枕カバーをかぶせた。男は自分がどこにいるのか、まったく見当がつかない様子だった。男は体調がよくないようだった。心拍が不規則で息をするのがつらそうだ。こうなったのも麻酔薬のせいだと彼は思っていた。かかりつけの医師はイソフルランには副作用があると説明したが、理論と実際とのあいだには大きい隔たりがあった。

彼は枕カバーを上にずらし、若い男の口元に水の入った瓶をあてがった。男は吐き出し、飲む気はないと罵《ののし》った。そのあと彼はまた一階に上がり、引きつづきヴィラを観察していた。

二度目に下りていくと、三メートルほど接近したところで男はこちらを向いたが、もう罵ることもなくなり、ただ、耳を澄ましているだけだった。

〝わたしが来たことも、本当はわかっていないのだろう〟

彼は若くて困窮して無力だった頃の自分の気持ちを思い出そうとしていた。難しいことだった。彼は今なお困窮し、肉体は困窮のために衰弱していた。以前は困窮している者は強いとされていたが、きょうび、困窮している者は無力で弱い。この世の正義は偽りにすぎなかった。

若い男は裸で椅子にすわっている。筋肉、腱《けん》、血管の黒ずんだ流れ。両脚のあいだのもじゃもじゃしたものは影にすぎなかった。汗が胸を覆っている。地下室の気温はひどく高かった。彼は身じろぎもせず若い男の前に立ち、その肉体を惚《ほ》れ惚《ぼ》れと眺めていた。このような肌になれるものなら、その代わりに今朝は多くのものを与えてもいい。

〝たった一日、いや、一時間でもいい〟

彼はため息をついたので、そこにいることがわかってしまった。若い男は首をのけぞらせ、助けを求めて叫んだ。呼吸が前よりも整ってきている。肌の灰色も消えていた。手足の関節は擦《す》れて血が滲《にじ》み出ていた。ナイロンの紐《ひも》が皮膚に深く食い込んでいた。痛かったにちがいない。

彼は助けを求める叫びを一分間だけ我慢して聞いていた。そのあと一階に上がって両手を洗った。ほかにはどうすることもできなかった。どうしてもこの若い男に触れたかったのだ。震えている太股《ふともも》にも柔らかい陰毛にも。

〝ほかには、どうすることもできない〟

彼は水を捨てて耳を澄ました。不安はなかった。家は男の叫びを飲み込んだ。不意に降ってきた雨を乾いた地面が飲み込むように。彼は時計を見上げた。若い男が気を鎮めるまで二、三時間与えよう。そのあとで、また様子を見に行けばいい。

ヴォルフ

ヴォルフは思い出そうと努めていた。暗闇のなかにすわり、まるで手術を受けたあとのような気分だった。

踏みつけにされ、脅かされ、半死半生の状態だった。何かが頭にかぶさって視界をさえぎっている。腕をぴんと張ったが、手は後ろにまわされ、足は動けなくされている。立ち上がろうとしたが衝撃とともに気管が締め上げられた。彼は椅子にどさっとすわり込んであえいだ。〝ここはどこだろう？〟どうしてここへ来るはめになったのか、その経緯をあらためて思い出そうとした。

〝タマラ？〟

夜、タマラは彼のもとに忍んできた。最初はドアのカチャリという音がし、つぎの瞬間タマラは彼のかたわらに横たわった。彼女は裸だった。彼は親しみと隔《へだ》たりを同時に感じた。

彼の声。

「ぼくたち、いつまでこんなことをやっているの？」

彼女の声。

「そう長くはないわ。明日、クリスに話しましょう」

二人は愛し合った。そのことをヴォルフはまだはっきりと覚えている。そのあと二人は暗闇のなかで横たわっていた。自分が内側から輝いているように感じた。二人は満足していた。そのうちタマラは起き上がり、出ていこうとした。ふたたび彼の声。

「ここにいてよ」

それはベッドの彼のそばにいてほしいという意味だけではなかった。〝ぼくのそばにいてほしい。できるかぎり〟いや、〝いつまでも〟というのが真意だった。

タマラは彼にキスしたが、クリスに偶然見つかることは避けたいと思っていた。彼女は二人でクリスに話をするのを望んでいた。だから、彼はタマラを帰した。最後のキス。足音。ドアの閉まる音。

瞼《まぶた》が閉じた。満足感と疲労のために。横になったままでタマラが今もそばにいる感覚を味わっていた。マットレスの上の窪《くぼ》み、温もり。そのあと彼は眠り込み、エリンの夢を見ていた。ようやくまた彼女は現われた。

そのことも細部まで記憶している。安堵《あんど》の思いを味わったことも。

彼は丘の上に横たわっていた。町も道路も見えず、木々の梢《こずえ》がゆるやかに撓《しな》うさまだけが見えた。そばにエリンがいた。風が彼らを撫《な》でていく。二人とも風景の一部になったかのようだ。一羽の鳥がもう一羽の鳥を呼んでいる。そのあいだにもエリンの息づかいがはっきりと感じられた。〝ぼくと話をして〟彼は思った。するとエリンは話しはじめた。ぴったりと彼に寄り添って。彼女のキスが彼のうなじを覆《おお》い、それから頬へとさまよい、しまいに唇が重なり合うのを感じた。ようやく彼女が見えた。〝ようやく〟彼女の目、髪、世界に彼女と彼以外には何も存在していないかのように、こちらを見守っているさまが。彼は満足して目を閉じた。彼女にタマラのことは話せない。このまま彼女を去らせてはならない。彼女がブラウスを脱ぐときのささやくような音が聞こえた。あの静寂。そして、彼女の肌にあたる陽射しがすべてを沈黙へと導いていった。

〝目を覚まして〟エリンは言った。彼はほほ笑んだが目を閉じたままだった。〝さあ、目を覚まして〟彼はほほ笑むのをやめた。その口調にどこか馴染みのないものがあったからだ。〝聞こえたか、目を覚ませ〟彼はぱっと目を覚ました。丘もエリンも消えていた。風景は夢の世界とはほど遠いヴィラの一室だった。老人が彼の胸にまたがっているのが見えた。老人はヴォルフの目覚めに満足したかのように、うなずいた。老人が身をかがめると、ヴォルフはふたたび暗闇のなかに落ちていった。

現場にいなかった男

「さあ、気分がよくなったようだから、話をしようじゃないか」彼はそう言うと、若者の頭から枕カバーをはずした。若者は目を薄く開けた。天井の明かりがまぶしいのだ。この反応は正常だ。彼らは互いに見つめ合った。若者の目にむき出しの怒りが浮かぶのを彼はまじまじと見ていたが、べつに驚きはしなかった。

〝おとなしく怒っていろ〟若者は自分の体を見下ろし、怒りがパニックに変わった。裸で椅子にすわり、両足が椅子の脚に固く縛りつけられているのだ。見えないのは後ろで縛られている両手だ。彼はナイロンの紐《ひも》で縛ったあと、紐を壁のフックに通し、輪にして若者の首にまわした。念には念を入れたのだ。彼は若者にそう言った。教育は人生の基本的な要素だとも話した。男児にとっても女児にとっても。

「ぼくは男の子じゃない！」若者は言った。「ぼくの名前はヴォルフ・マルラー。二十七歳だ。いったい、これは何の真似だ？」

質問また質問。若者には質問が山ほどあった。その目は逃げ道を探っている。この部屋のことを知ろうとしている。自分がどこにいるのか、まるでわかっていないのだ。

「ここはどこなんだ？」

「なぜ、裸なんだ？」

「あんたは誰なんだ？」

質問は多々あった。そして今度は、

「あんたはマイバッハか？　あんたがあの糞野郎なのか？　もう終わったものと思っていたのに。姿を消すと言ったじゃないか？　いったい、われわれがあんたに何をしたというのだ？」

洪水のように質問が押し寄せてくる。彼は若者が黙り込むまで待っていた。それから咳払いをして言った。

「どこであろうが同じことだ。わたしが誰であろうと同じことだ。ルールはごく簡単だ。わたしがおまえに質問する。そして、おまえはわたしに答えるのだ。答えが気に入らなかったときはまた出ていく。そして、おまえを待たせておく。一日がかりでもできる。一週間でも持ちこたえられる。おまえさえよければ二度と来ない。だがおまえは、わたしがまた来ることを望んでいる。もう一度、来てくれと懇願するだろう。いつもそうだった。おまえたちはみな同じだ。おまえたちはここが自由でありたいと願っている」

彼は若者の額を軽くたたいた。そっと。若者はビクッとして身を引いた。彼らは互いに見つめ合った。男であって、男児ではありたくないと思っている若者。そして現場にいなかった男。彼は最初の質問をした。

「どうしてなんだ?」

「何のことだ?」

「さあ、言え、どうしてなんだ?」

「何が、どうしてなんだ?」

「どうしておまえたちは、彼女を殺したのだ?」

若者は殴られたみたいに怯《ひる》んだ。答えのように見えた。彼はそれを明白な答えだと受け取った。

〝有罪だ〟

「誰の話をしているのかわからない」

「よし」彼は言った。「もう一度、最初からやり直そう」男は若者を見つめて待っていた。それから、くり返した。

「どうしておまえたちは、彼女を殺したのだ?」

若者は下を見て唾《つば》を吐いた。彼は絨毯《じゅうたん》の上の唾を見ていた。突然、若者は立ち上がろうとした。彼はすわったまま、まったく怯まなかった。ナイロン紐の輪が若者の首に食い込み、椅子に引きずり下ろした。若者は椅子にすわり直した。顔を真っ赤にし、荒い息をしながら。「おまえが緊張を解けば、圧迫はしだいに弱まる」彼は言った。若者は緊張をほぐそうと試みた。

「哀れな男の子だ」

「ぼくは……男の子なんかじゃない」こわばった声が返ってきた。

「哀れな、哀れな男の子」

「言っただろう、ぼくは……」

彼は手を伸ばし、若者の頬から涙を拭き取った。若者は顔をそむけようとしたが、紐のせいで顔をしかめた。

「ファンニだ」

「何だって？」

「彼女の名はファンニだ」

「ぼくはファンニなんて知らない」

「わたしの娘だった。おまえたちはまず、彼女の死体を森に運んでいった。だが、そのあと何かが起きた。争いになった。そうだろう？　おまえたちは考えを変えて、彼女をヴィラの庭に埋めた。いったいなぜなんだ？」

若者は答えようとしたが、彼は手を上げた。

「嘘をつこうとしても無駄だ。わたしは何もかも観察していた。いいか、何もかも見ていたのだ。彼女の名はファンニ。わたしの娘だ。今、彼女はここの二階に横たわっている」若者は地下室の天井を見上げようとした。ふたたび目を下ろすと、彼は両手を差しのべた。

「わたしは自分の手でファンニを掘り返さなければならなかった。おまえたちは、わたしの娘にとてつもなく下劣なことをした。よくも、壁に釘で打ちつけたりできたものだな？　どうしてあんなことをしたのだ？さあ、話してくれ、いったい、なぜなんだ？」

若者は頭《こうべ》を垂れた。その声はつぶやきでしかなかった。

「……なんてことだ。くそっ、なんてことだ。わかっていたんだ。無事に切り抜けられるものじゃないと。わかっていた、わかっていた、わかっていたんだ。ぼくは……」

彼は若者に話させた。彼は辛抱強かった。これまで多くの若者を育ててきて、いつくずおれるか、いつまた立ち直るかを感じ取ってきた。この若者も例外ではない。彼は待っていた。ひと言もしゃべらずに。そのあと若者は話しはじめた。

それは昨日のことだった。今日は日曜日。新たな日の始まりだ。朝の九時二十一分。若い女と、兄のほうが外に駆け出した。裸足だった。起きたばかりらしい。二人のいずれかが窓から外を見て地面に置かれた百合の花に気づいたのだ。今、二人は駆けてくる。彼は彼らの顔の表情をもっとはっきりと見極めたかった。この瞬間を停止させ、彼らをためつすがめつ眺めたかった。時を凍結させることができるなら、ボートを浮かべて向こう岸まで漕いでいき、彼らと並んで立ちたかった。彼らの恐怖を嗅《か》ぎたかった。においは多くのことを露呈する。どちらに双眼鏡を向けていいのかわからなかったので、同時に二人を目に収めようと努めた。二人が地面にしゃがみ込み、百合を脇に押しやって地面を掘りはじめるさまを。彼らは両手を使っている。納屋のシャベルのことは念頭にないらしい。〝今はまだ〟彼は彼らを見つめていた。口が動いている。若い女が跳び上がって納屋まで走っていった。

〝賢い女の子だ〟彼は思った。

彼はもう一度、前日の土曜日のことを思い返していた。若者は少しずつ真相を打ち明けたが、彼はその話の意味を知って奇異の念に打たれた。もう一人の若い女も死んだと聞かされたときは意外さに驚いた。フラウケという女だ。自分が入院していた短いあいだに、こうもいろいろのことが起きていたとは！

「謝罪代行業？」

「兄のアイディアなんだ」

「頭のいい兄さんなんだな」

「さあ、知っていることはみんな話した。もうこれで終わりにしないか？」

若者は地下室のドアのほうを見た。

「もう行ってもいいだろう？　これ以上のことは知ら

ないんだ」

彼は首をかしげた。若者は早口でつづけた。

「あんたの娘さんに起きたことは本当に気の毒だったと思っている。でも、われわれがやったのではない。彼女には何も……」

「それで、おまえたちは一度もマイバッハに会ったことはないんだな？」彼はさえぎった。

「マイバッハには一度も会っていない。何度言えばわかるんだ？」

「では、もし今マイバッハが階段を下りてきて、それとは正反対のことを言ったとしたら、どうする？」

「もしそうなら、彼は嘘つきだ」

「もう一度、彼の住所を教えてくれ」

若者はくり返した。彼はうなずいた。満足したのだ。

「では、カールのほうは？」彼は訊いた。

「カールって誰なんだ？」

彼はほほ笑んだ。

「誰のことか、当然、知っているだろう」

彼は若者がカールのことを知っていると、その顔から読み取った。だが、それ以上のことも読み取った。カールはもう生きていないということを。

彼は立ち上がり、明かりを消して階段を上っていった。若者の叫びも懇願も聞かぬふりをしていた。彼は思った。〝カール〟そして〝ファンニ〟そして、しばらく居間にすわっていた。子どもたちのことしか考えられなかった。


何時間かして、彼はまた地下室に下りていった。今度は立ったままだった。

「おまえの話を信じていいのだな？」

「嘘をつく理由などないじゃないか？」

「わたしには責任がある。わたしに向かって嘘をつくのはよくないことだ」

「どういう責任だ？」

「おまえの人生に対する責任。おまえの友人たちの人生に対する責任だ。そのことにどういう意味があるかわかるか？　重荷だ。わたしは老人だ。以前のように多くの重荷を背負うことはできなくなった。以前は何の問題もなかったのだが、今のわたしは心臓が弱っている。寒けがし、疲れている。わかるかな？」

若者にはわけがわからなかった。

彼は、そんなことは本当はそれほど重要ではないと言った。膝に両手をあてて身を乗り出す。五歳児に話しかけるみたいに。彼は静かな声で言った。

「最初からやり直したほうがよさそうだ。どうしておまえたちは、わたしの子どもたちを殺したのだ？」

若者は泣きだした。

「おまえたちはカールに何をしたんだ？　彼はどこにいる？　おまえたちはファンニに何をした？　なぜなんだ？　話してくれ、若いの。話してくれ」

若者は目を閉じて言った。すでにすべてを話したと。

若者は何度もくり返した。

「もう、すべて話した。誓ってもいい」

彼はほほ笑んだだけだった。

すると、若者は大声を張り上げた。

「われわれは代行業者なんだ。いいか？　自分で謝る根性のない連中になりかわって謝罪する。それのどこが問題なんだ？　ぼくはそのためにここへ来ているのか？　あんたは狂信的な信者か何かか？　教会から派遣されてきたのか？」

「ファンニのために、ここにいる」彼は落ち着いていた。「カールのために、ここにいる。誰にも派遣されてはいない」

若者はささやき声になった。怒りは消え、あきらめがそれに取って代わった。

「もうすべて話した。マイバッハは普通の依頼のように、われわれに信じ込ませた。ぼくがあの住居まで行ってみると、そこには女性の死体が……」

「ファンニだ」

「そうだな、くそっ。ファンニ！　われわれはマイバッハから依頼されたとおりのことをやったまでだ。彼は脅しをかけたんだ。われわれ全員に。おまけに、彼女はすでに死んでいたんだ」

「わかっている。わたしもあの住居まで行って、彼女を見た」

若者はかぶりを振った。

「いや、ほかには誰もいなかったが」

彼はふたたびほほ笑んだ。

「ぼくに罪はない」若者は言った。「われわれの誰にも罪はない」

「いいや、わたしの見方は違う」そう言うと、彼はふたたび上体を起こした。「もしおまえに罪がないのなら、ここには来ていない。わたしは罰を与える役だ。わかるか？　わからないのか？　しごく簡単なことだ。人生にはそれなりのバランスというものがある。もう一度よく考えてみろ。もしおまえに罪がないのなら、どうしておまえをここまで運んでくることができたのか？　バランスがすべてだ。人は何かを与え、何かを取る。取るだけではいけない。おまえはバランスを信じないのか？　おまえは善と悪について考えたことがないのか？　わたしは今、善だ。それはわかっているが、おまえがどちらなのか、わたしには確信が持てない。おまえは悪なのか？」

若者は立ち上がろうとした。ナイロンの紐が彼の首に食い込む。手首はますます強く引っぱられる。若者はそれにはかまわず言った。その言葉には毒があった。

「善に決まっている。この変態のじじいめ。おまえが、ぼくをここに縛りつけた。おまえが、ここまで引きずってきて縛りつけたのだ。われわれが見つけたとき、彼らはすでに死んでいたんだ。それがわからないのか？　おまえの娘と息子はすでに死んでいたんだ」

若者はふたたび椅子にへたり込んだ。顔に黒ずんだ赤みが拡がり、苦しげに息をしている。彼はこのままではもう長くはもたないと思った。彼は自分の考えを話した。いつもそうだった。

「今の言葉はどう響いたと思う？　わたしに投げつけた言葉は、善とは聞こえなかった。善であれば歌に聞こえる。メロディーがある。だが、おまえの言葉は歌ではなかった。メロディーは聞こえなかった。さあ、言ってみろ、おまえは罪があると感じているのだろう？」

若者は弱々しい小声で言った。

「そうだ。もちろん、罪があると感じている」

「それなら、このまま放置しておいてもいいな？」

「お願いだ。気の毒に思っていると言ったじゃないか――」

「このままにしておいてもいいかと訊いているのだ」

若者はうなずいた。その目には希望の光があった。

彼は作業台まで行って枕カバーを取ってきた。

「そんなものはいらない」若者は早口で言うと、顔をそむけた。

「これはどうしても必要なものだ。わたしの所在を知られたくないからだ。わたしをそんな愚か者だと思っているのか？」

彼は若者の頭に枕カバーをかぶせ、その肩に手を置いた。彼は万事うまくいくと言った。何の心配もいらないとも言った。

「じっとしていればいい」彼はそう言うと、若者の上膊《じょうはく》にイソフルランを注射した。

あの若い女と、兄のほうがヴィラから駆け出してきてから二分と経っていなかった。彼は時間を制御しているように感じた。息を止めるたびに、外ではすべてが硬直し、息を吐き出すと、すべては元どおりに動きだすのだ。

兄は地面に膝をつき、たゆまず掘り返している。若い女がシャベルを持たずに納屋から戻ってきても、兄は無視して掘りつづけた。若い女が何を言ったのか彼にはわかった。唇の動きから読み取ったのだ。〝シャベルがなくなっている〟どこへ行けばシャベルが見つかるか、あの女に向かって叫んでやりたい気持ちだったが、彼らがやすやすとシャベルを手に入れないように気をつけたのだ。彼らが原点に立ち返るのを彼は望んでいた。彼らが膝をついて運命と戦うのを見ていたかった。彼らが最大の疑問を経験するのを望んでいた。彼らが掘っているのを見守りながら、彼は思った。

〝泥のなかに膝をつかなければならなくなったのは、罪のせいではなく、おまえたちが愚かだったからだ〟

この思いに彼は満足していた。これですべては矛盾なくつながる。彼は彼らに向かって合図するかのように、手を窓ガラスにあてたが、指が汚れているのを見て、また手を下ろした。彼は目を閉じ、自分の苦痛と彼らの苦痛を結びつけたらどうなるだろうと自問していた。

それはもっとも純粋な形の感情になるだろう。それは愛だった。

タマラ

タマラはシャベルが消えていることを信じたくなかった。どの壁にもたせかけておいたかも、よく覚えている。彼女は納屋じゅうを駆けまわり、手押し車をひっくり返し、パニックのあまり、納屋が震えているように感じた。隈《くま》なく見てまわり、自転車の後ろもよく調べたあと、外に駆け出した。

「シャベルがなくなってる！」

クリスは答えず、両手で土をすくっては脇に積み上げていた。汗が目に滴《したた》り落ち、息はシューシューと音をたてている。タマラが納屋へ走っていったことすら気づいていないようだ。タマラは彼のそばにしゃがんで掘りつづけた。

腕は動かすたびに、ますます重くなってくる。これ以上は無理だった。指からは血が滲《にじ》み出し、膝も痛くなってきた。それに反してクリスは機械のように掘りつづけている。土をすくっては後ろに投げ、また泥土のなかに手を突っ込み、できあがった穴のなかに根気強くしゃがみ込んでいる。彼を眺めているうちに、タマラはこの状況の何かが間違っているように思った。心臓の鼓動が一瞬、停止し、笑いがこみ上げてくるのを感じた。まぎれもないヒステリー症状だ。

「彼はここにはいないわ」タマラはクリスの腕をつかんだ。

「クリス、彼はここにはいないわ」彼女はわざとくり返した。「これは質《たち》の悪い冗談よ」

クリスは彼女を見つめた。〝やっと、こちらを見てくれた〟とタマラは思いながらも、一方では彼が掘りつづけてくれるよう願っていた。何かが彼の目のなかにあった。きらきら輝き、厳しくよそよそしい何かが。

「手を離してくれ」

「ヴォルフはここにはいないわ。マイバッハはわたしたちとゲームをしているのよ。ばかげてるわ。よく考えてみて。なぜ彼が……」

「タマラ、離してくれ。でなきゃ、きみの腕を折る！」

タマラは怯《ひる》み、手を離した。クリスはなおも掘りつづけた。もう彼女には目もくれなかった。彼の発した言葉にタマラは傷ついた。

「もうできないのなら、ヴィラに戻ってろよ」

タマラはためらった。彼女は質の悪い冗談だと思いたかった。その望みをクリスに断ち切られたくなかった。門から入ってきて、そこで何をしているのだと訊くヴォルフ。窓から首を出して何をしているのかと呼びかけるヴォルフ。〝お願い、ここへ来て〟すべてはここ何週間かにふたつの死体を埋めさせるように仕向けたあの狂人の不気味な冗談なのだ。〝それ以上のものではない〟

タマラは地面に指で穴をうがち、さらに掘りつづけた。

「クリス?」

「何?」

「クリス、わたし……」

その肌はゴムのようだった。冷たくて、この世のものとは思えなかった。タマラは右腕を見つけたのだ。手にはテープが巻かれていた。馴染《なじ》みのない、本物とは思えない感触だった。骨という骨が砕けているみたいにぐんにゃりし、手首には紐が食い込んでいた形跡があった。タマラはすぐにも傷の手当てにかかりたかった。きれいに洗って包帯を巻きたかった。クリスは手をつかもうとし、タマラは大急ぎでそのまわりの土を掻《か》きわけた。彼女は目を上げたくなかった。でも目を上げた。クリスは弟の手を自分の顔に押しあてていた。土と汚れ、そして二本の指が彼の口に触れていた。タマラは叫びたかった。息を吸い込もうとしたが咳き込んだ。彼女は下を見つめながら掘りつづけた。裸の肩があらわになった。彼女は顔を探した。クリスはそばでしくしく泣いていた。言葉もなく、ただ、しくしくと泣いていた。

ヴォルフの頭は枕カバーで包まれていた。土のせいで布地は湿り、洗いざらしの緑色に百合の花の刺繍《ししゅう》がほどこされている。クリスはヴォルフの頭から布をはぎ取ろうとしたが、うまくいかなかった。タマラは身をかがめ、布を嚙《か》み切って穴を開けた。洗剤と土の味がする。クリスは穴を拡げ、甲高《かんだか》い音とともに布を引き裂いた。そしてヴォルフの顔が現われた。まるで眠っているかのようだ。土汚れは皆無で、青白く、ほとんど透けて見えそうだった。〝現実にはいなかった人みたい〟タマラは思い、顔をそむけ、汚れた手を顔に押しあてて泣きくずれた。そして、穴のなかで身をよじるようにして倒れた。クリスはいまだかつてないほどの大声で泣いていた。自分の子が殺されるのを脇から眺めているしかない手負いの獣のようだった。

　クリスは弟をヴィラのなかに運び入れ、二階の浴室の浴槽のなかで洗い、よく拭いたあとふたたび一階まで運び下ろしてソファに横たえ、毛布を掛けた。クリスは振り向いてタマラを見つめた。ただ、ちらっと見つめただけだった。

「クリス?」タマラは言った。「クリス?」

「ここにいる。聞こえてるよ」クリスは言った。

　二人はソファの前の床にすわり、互いにすがりついていた。その日は始まったばかりで、あたりは薄暗かった。このままの状態が永久につづくのではないかとタマラはつかのま思った。クリスと自分が抱き合ったまま何時間も何日も何週間も。〝何年でもかまわない〟何センチも離れていないソファにはヴォルフがいる。そして外では、彼らの身に起きたことにはまるで無頓着《むとんちゃく》な世界がぐるぐるまわっている。

　タマラは台所から聞こえてくる物音に目を覚ました。彼女は一人で床に横たわっていた。戸外は明るくなっていた。起き上がってソファに目をやると、ヴォルフは首まで毛布で覆われ、目を閉じてじっとしていた。タマラは毛布の下に手を差し入れ、彼の裸の胸に手をあてたが、その奥には何の動きも感じられなかった。

　クリスは台所でエスプレッソマシーンの前に立っていた。それをバラバラに分解していたのだ。棚の上にはネジやパッキンが散乱している。

「クリス？」

彼は振り向いた。目の下に青い隈《くま》ができている。眠ったようには見えなかった。

「何をしているの？」

クリスはマシーンを見た。両手が何をしているのか見極めようとしているみたいに。

「これをきれいにしたかったんだが、やっているうちに止まらなくなった。ピカピカになるまで磨きたかった。どの部分も。わかるか？」

タマラは彼の横に並んだ。

「これは何？」タマラはパッキンのひとつを手に取った。

「わからない」クリスは言うと、ネジまわしをそばに置いた。

二人は紅茶を飲んだ。台所のテーブルに向かって紅茶を飲み、黙りこくっていた。タマラは訊きたくなかったが、どうしても訊かずにはいられなくなった。彼女は五分待った。さらに五分待ってから口を開いた。

「このあと、どうするの？」

クリスは居間のほうを見やった。

「クリス、わたしたち何かしなくては。ゲラルトのところに行かなくては」

「わかってる」

「彼に何もかも話さなきゃならないわ」

クリスは彼女を見つめた。

「おれが、わかっていないと思ってるのか？」

二人は時計の刻む音を聞いていた。

「いつ？」

「いつって、何が？」

「いつゲラルトに話をするの？」

クリスはまたも、タマラを無視した。

「どうしたら彼には、あんなことができたんだろう？」

タマラは一瞬、クリスがヴォルフのことを言っているのかと思った。それから肩をすくめた。どう答えたらいいのだろう？　答えられる者がいるだろうか？

「わからないわ」彼女は言った。

「おれたちは彼の意に反したことをしたわけでもないのに、彼は約束を破って……」

クリスは黙り込んだ。紅茶のカップを手で包んでいたが、親指でカップの縁をこすっていた。

「ヴォルフと二人っきりにしてあげましょうか？」タマラは訊いた。

「どうして？」

「ただ、そう思っただけ。あなたは……」

彼女は黙り込み、自分の気持ちを投影していることに気づいた。フラウケが死んだあと、二人っきりの時間には恵まれなかった。あっというまに過ぎてしまったからだ。もう一度フラウケに会いたいと言い張ればよかったのだ。二人だけで。

「遠慮なく、行けばいい」クリスは言った。

タマラはヴォルフのところまで行き、しばらくそばに留まっていた。

あとで二階に上がっていくと、クリスは自分の仕事部屋の窓から外を見ていた。タマラはドア枠をノックした。

「お邪魔かしら？」

「いや、入ってくれ」クリスは振り向かずに言った。

「たった今、ゲラルトと電話で話した。四時に彼の執務室で会うことになった」

「よかったわね」

「ああ」

二人は黙っていた。

「クリス、お願いだからこっちを見て」

クリスは振り向いた。

「あなたさえよければ、わたしはヴォルフのそばにいたいと思うの。どうか、そう言ってちょうだい」

「頼む」クリスは言った。「ヴォルフのそばにいてやってほしい。おれたちのどちらかが、彼を見守っていなくては」

タマラはうなずき、ふたたび階下に下りていった。台所で紅茶用の水をやかんに入れて火にかけたが、そのときエスプレッソマシーンの部品が目に入った。彼女は自分に賭けた。〝クリスが帰ってくるまでにこのマシーンを組み立て終えたら、すべては元どおりによくなる〟彼女は湯が沸くまで待ちながら、部品をひとつひとつ調べた。紅茶を淹《い》れていると、クリスが階段を下りてくる足音が聞こえた。彼は遅くとも六時までには帰ると言った。

「途中で電話するよ」

タマラはドアの上の時計を見た。三時だった。彼女が紅茶の葉に湯をすっかり注ぎ終えたとき、クリスの車が出ていく音が聞こえた。彼女は紅茶を注いだカップとエスプレッソマシーンの部品をトレーに載せて居間に運んでいった。そして、ソファのヴォルフがよく見える位置に肘掛け椅子を移した。そのあと、じっくり腰をすえて部品を組み立てにかかった。

クリス

五時になるまでクリスは車で町じゅうを走りまわり、頭を冷やそうとしていた。二日前にヴォルフといっしょにマイバッハに近づいたことをタマラに知られていなくてよかったと思っていた。五時少し過ぎ、彼は公園のベンチからタマラに電話をかけ、これまでのところ、ゲラルトとの話し合いはうまくいっていると伝えた。嘘をつくのは簡単だった。失うものが何もないとき、人は簡単に嘘をつくようになる。

「彼は明日、ヴィラまで来るそうだ」

「それで、ヴォルフは……」

「それから、ヴォルフの面倒も見る」クリスは話しつづけた。

タマラはいつ戻ってくるのかと訊いた。

「あともう少し時間がかかる。きみのほうは何も異常はないね？」

「エスプレッソマシーンはまた動くようになったわ」

「それはよかった」

「クリス？」

「何？」

「なるべく早く帰ってきて」

「わかった。約束する」

クリスは電話を切った。この日二番目の大嘘も難なくこなした。彼は携帯電話の電源を切った。これで完了だ。誰も彼に連絡できなくなった。

夜の九時。どのレストランも客で溢れ、春を騙《かた》る夏のようだった。クリスの関心は一点に集中していた。

彼はマイバッハの住居の向かい側に車を停め、その賃貸マンションを監視していた。賑《にぎ》やかなレオナルト通りでも、三時間待つうちに駐車スペースは見つかった。マイバッハの住居の窓は暗かった。八時にはマイバッハのあの隣人が帰宅した。クリスは彼の名前を覚えていなかった。トーマスそれともテオだっただろうか？彼に話しかけてみようかと思ったが、現状では、誰にも会わないほうがいいだろうと考え直した。拳銃は膝の上にあり、でしゃばりな勃起のように見えた。なぜ拳銃をしっかり握っているのか、自分でもわからなかった。もしマイバッハに面と向き合って対峙《たいじ》したら、何をするのかわからなかった。

九時十分過ぎ、マンションの入口のドアが開き、マイバッハの隣人が出てきた。トレーニングウエアを着ている。マンションの前で少しストレッチ体操をしたあと公園のほうへ走っていった。今、ここにヴォルフがいたら、きっとこう言っただろう。〝何をするつもり？　何か計画があるんだろう？〟クリスはハンドルに額をあてて、目を閉じた。それから気を取りなおし、拳銃を取り上げて上着のなかに隠した。彼には計画があった。

マンションの入口のドアは閉まっていなかった。クリスは階段を上がってマイバッハの住居まで行き、呼び鈴を押した。マイバッハが不在なのはわかっていたが、もう一度、呼び鈴を押した。念には念を入れよだ。五分後、彼は階段に腰を下ろし、鍵の救急サービスに電話した。番号はあらかじめ書き留めておいた。店はカント通りの角にあった。係の男は十分でうかがいますと言った。クリスは入口のドアは開いているので、そのまま上がってくればいいと言った。

「何階ですか？」

「四階のマイバッハです」

男は七分後にやってきた。人に罪を犯させることになり、クリスは気が滅入った。男は錠をじっくり見たあと、錠には傷をつけたくないかと訊いた。

「その分、費用はよけいにかかりますが」男は言った。

「かまいません」

男は五分と経たぬうちに安全錠をはずしてドアを開けた。

「鍵は最初のうち、金くずや何かのせいで少し引っかかるかもしれません。でも、それはまた直るでしょう。もしうまくいかなかったらお電話ください。なんとかしますから。領収書は要りますか？」

「なくてもいいです」

クリスは現金で支払い、さらに二十ユーロを足した。

「残りわずかですが、よい日曜日を」鍵の救急サービスの男は言った。彼の足音が階段にこだました。クリスはしばらく戸口に佇《たたず》んでからなかに入り、後ろ手にドアを閉めた。

〝このあと何が起きようと、マイバッハはおれの手中にある〟

だが、マイバッハは来なかった。

クリスは待ちぼうけをくわされただけだった。


クリスは暗闇にすわっていた。居間をよく調べ、引き出しから懐中電灯を取り出そうとして、マイバッハの写真を見つけた。そして今、すべてを理解した。タマラに電話をかけようと二度試みた。彼女をなだめ、何が本当に起きたのかを話そうと思った。

だが彼はかけなかった。

入口のドアがすぐ目に入る場所に椅子を置いた。まるで推理小説の世界だ。男が家に帰ってくると殺し屋がそこにすわっている。少し言葉を交わしたあと殺し屋はそこまでだと言う。カメラは窓のひとつに移動する。画面の外で銃声が轟く。まぎれもなく事件発生だ。遠くでサウンドトラックから主人公の内的独白が聞こえてくる。同じ三つの文章を何度もくり返す。

〝おれは殺し屋ではない〟

〝でも、おれにはできる〟

〝ヴォルフがこの場にいてくれたらよかったのに〟

第八部

以後に起きたこと

そして、何度も何度も同じ疑問が湧き上がってくる。自分たちはどこで失敗したのだろう？　わたしにはわからない。どうしても思いつかない。わからないために疲労困憊《こんぱい》し、その苦しみが体を突き抜ける。自分たちは何らかのへまをやらかしたにちがいないのだ。何らかの。

わたしは今しがた目を覚ましたばかりだ。息も絶え絶えで。眠りのなかで深い悲しみに襲われた。車のなかには苦みのある鋭いにおいが充満している。わたしの顔は涙で濡れている。わたしはヴォルフのことを思った。フラウケのことを思った。拳《こぶし》を丸めてハンドルを強く打った。何度も何度も。

今日は五日目、それとも六日目だろうか？　もうわたしにはわからない。まるで霧のなかを漂っているかのようだ。方向感覚もなければ思考力もない。外には夜明けが訪れていた。休憩所にはたくさんの車が駐車している。わたしが注意を怠《おこた》りがちになっているのは疲労のせいだ。いつも同じことばかり考え、それに飽きていた。〝何が失敗だったのか、教えてほしい。そうすればあきらめるから〟でもそれは嘘だった。あきらめる気はなかった。何かをしなければならない。この話を終わらせなければならない。でないと、わたしのほうが終わらせられてしまう。

わたしは車を発進させ、休憩所をあとにした。

二時間後、アウトバーンを離れて森のなかに入っていった。シャベル、そして拳銃があればよかったのに。あるいは斧《おの》が。トランクを開けたが、彼は目覚めていなかった。わたしの声も聞こえないだろう。でも、彼に触《さわ》りたくなかった。わたしはその場に立ちつくし、彼に触れることができずにいた。彼はもう人間ではない。目も口も粘着テープでふさがれた一個の物体と化している。ただ、ふさがれていない鼻は膨《ふく》らんでいた。彼は呼吸している。今なお呼吸している。そして、わたしは彼に触れることができない。終わらせることができない。頭上では木々の梢《こずえ》が揺れ動いている。常にひとつの方向へ。これこそは道しるべだ。〝あそこに向かおう〟わたしは草にすわり、草に身を横たえた。これからどこに向かっていけばいいのかがわかった。理解した。納得した。知ることですっかり気が楽になった。わたしは目を閉じて、眠り込んだ。

〝あそこに向かおう〟

〝そうだ〟

以前に起きたこと

おまえ

長いあいだ、おまえの動静については何も聞かなかったので、存在を忘れかけていた。もう何日経つだろう？　三日、それともすでに四日になるだろうか？　おまえは数々の混乱を引き起こしたことを自覚していながら、そっと自分の人生に舞い戻り、人とのつながりを断ち切れると本気で思っていたのか？　あっさり身を隠しおおせれば、万々歳だったかもしれない。

〝許しと休息と別れ〟。だが、そうは問屋が卸《おろ》さない。彼らが突然、おまえの前に姿を見せたとき、おまえは霊魂に哀願することも、目をそらすこともできなかった。

彼らのやることは失敗だらけだった。まったく、何もかもが間違っていた。些細《ささい》な点でも手順も決定も。一方、おまえの失敗はもう終わったと思い込んだことにあった。あの兄弟はいまだかつてないほどおまえに接近した。おまえの人生が新たな段階にさしかかっていたときだ。自由を獲得した段階に。一瞬一瞬がこれまでとは違って感じられるのは、自由というものの持つ極上の味わいのせいだった。おまえ自身であるという自由。おまえとして存在している自由。

でも先走りは禁物だ。まず、おまえの土曜日を、そして、土曜日が日曜日へと移行していくさまを眺めたい。その後、ふたたび、おまえに挨拶《あいさつ》したいと思う。

土曜日、おまえは書類を用意し、もろもろの契約を解約した。仕事は山積みだったが、おまえはすべて片づけ、自分の痕跡を消し去るために細心の注意を払った。夜になってバーに行き、ナターシャという女と親しくなった。これまでの生活に別れを告げようとする自分への贈り物だった。彼女を連れて住居に戻り、セックスしたあと、いっしょにテレビを見た。悪くないフィナーレだった。

日曜日、おまえは先週の仕事の遅れを取り戻すために執務室に行った。夜八時になって、スポーツ用品を忘れてきたことに気づいた。仕事のあとで新しくできたフィットネス・センターに行くつもりだったのだ。でも、こうなった以上、家に戻るしかなかった。おまえは自分の住居で部屋という部屋を落ち着きなく歩きまわり、気分がすぐれなかった。でも別れは別れだ。まるで麻薬常習者が一日だけ注射を断念し、無意味なことで気晴らししようとしているみたいだった。そのとき、心を決めた。ジョギングに行こうと。〝動けば気分が爽快になるだろう〟と思った。むしろ悲しみに浸っていたほうが賢明だったかもしれない。囚われの時が終わったことへの悲しみだ。自分に正直であったなら、留まって悲しみに浸っていただろう。でも、おまえは真っ正直とは言えなかった。自分に正直でないおまえを助けることは誰にもできないのだ。

遅い時刻だった。公園にはもうジョギングする者は一人もいなかった。たった一人で暗闇のなかを走っているとなんとなく心が落ち着いた。エネルギーを使うことで安らぎが得られた。呼吸とテンポがすべてで、頭はスッキリと解放されたように感じられた。おまえはフラウケのことを思い出した。彼女がときどきヴァン湖の湖岸を走っていた様子を。落ち着きはらっていた。おまえは遠くから彼女を見守っていた。一度、もうちょっとで並んで走りそうになったことがある。

〝邪魔かな？〟結局、勇気がなく、おまえは彼女の走りを見るのもやめてしまった。

二周したあと、今日はもうこのへんで切り上げようと思った。ガード下の通路を通り抜けていくと、頭上からカント通りを行く車の振動が伝わってくる。おまえは公園の端まで走り、今まさにそこを立ち去ろうとしていた。そのとき、男の姿が目に入った。

男は公園のベンチに力なくうずくまっていた。顎《あご》を胸につけ、腕をふところに入れて。おまえは祖父のことを思い出した。どこでも眠れて、その姿のままこの世を去った祖父――窓辺の椅子にすわり、片手を椅子の肘にかけ、もう片方の手を窓敷居に置き、今生《こんじょう》の別れに、もう一度立ち上がって窓から外を見ようとしていたかのようだった。

おまえは男の前で立ち止まった。おまえは中休みが来るたびに落ち着きなく踊りまわる馬みたいに愚かではない。自分以外のジョガーを眺めるのは気恥ずかしくもあった。

「大丈夫ですか?」おまえは訊いた。

老人はびくっとし、それから頭を上げた。六十歳あるいは七十歳くらいだろうか?世間を見尽くしてきたような顔に日焼けのあとが見て取れる。疲れて、びっくりしたような目をしていた。

「何?」

「寝込んでおられましたよ。もう夜ですから家に帰れたほうがいいでしょう」

男は周囲を見まわした。もうびっくりしてはいなかった。彼は愕然《がくぜん》としていた。

「今……今、何時ごろですか?」男は訊きながら唇を舐《な》めた。

おまえは老人の面倒を見たくなった。水を飲ませ、脚を上げさせようと思った。おまえはフード付きジャケットの袖《そで》をたくし上げて腕時計を見た。

「十時少し前です」

「なんてことだ」男は言ったが、動こうとはしなかった。彼は突然、おまえにほほ笑みかけた。ほほ笑みはおまえにも伝染した。

「お会いしたことがありましたっけ?」おまえは言いながら、ほほ笑み返した。

「いいえ、ないと思います」

男はもう一度、考え直すかのようにかぶりを振り、よろよろと、よろめきながら立ち上がろうとした。彼は詫《わ》びるようにおまえを見つめ、手を差しのべた。おまえは前に進み出た。男の指がおまえの手首をぎゅっとつかむ。汗に濡れた手に触《さわ》られて、おまえは一瞬、きまりが悪かった。だがその一瞬は意味を失った。おまえを取り巻く暗闇が一気に爆発し、ぎらぎらした光と化したからだ。おまえは失禁し、同時に目を大きく見開いて男の顔をはっきりと見た。どこか宗教的なところがある。これは啓示だろうか? 神を見ているかのようだった。

「それでいい」男は言ったが、おまえにはもう聞こえなかった。おまえは森の小道で震えている赤ん坊同然だった。神経のはたらきは狂い、シナプスの作用も無益だった。頭の奥まった隅で甲高《かんだか》い声が叫んでいる。大声で警告を発している。だが、おまえにはただのひと言も聞こえなかった。

タマラ

タマラは待っていた。居間の肘掛け椅子にすわって何時間も過ごした。今になって、人々がなぜ通夜をするのかが理解できた。それはつらい別離の時間なのだ。もう後戻りはできない。〝死というのはおそらく、すべてから去っていくことなのだろう。誰かがかたわらにいれば、死者はそれだけ長く生き残れるのだ〟

彼女は読書しようとした。考えようとした。少しのあいだ眠ろうとも試みた。だが、さまざまな思いが浮かんでは消える。何かが彼女を苛《さいな》んでいた。夢の断片のようにおぼろで不明瞭な何かが。彼女はテレビのスイッチを入れ、つぎつぎにチャンネルを切り換えて気をまぎらわそうとした。

夜になってもクリスからは何の連絡もなかった。タマラはヴィラじゅうを歩きまわり、何度か車にも乗ろうとした。〝で、それから？〟どこに向かっていけばいいのかわからなかった。何分間か、窓から車寄せのほうを凝視していた。車が近づいてくると一縷《いちる》の望みを抱いたが、車が走り過ぎていくと、不安はいっそう募るばかりだった。

〝クリスの話を聞きそこなったのだろうか？　彼はしばらく自分のための時間が欲しいと言った。でも、ひと晩じゅうかかるとは言わなかった〟

タマラはテレビを見た。一人の女が野原に百メートルの長さにわたって洗濯物を干している。バカみたいだ。女はハムスターのように働いている。タマラはテレビを切り、熱いシャワーを浴びに二階に上がっていこうとしたが、頭のなかでさまざまなイメージが雷雲のように疾駆していった。

身をかがめてヴォルフの体から土を払いのけようとしているクリス。

ヴォルフの手を自分の頰に押しあてているクリス。

タマラは歯を使って……。

タマラは大急ぎでリモコンを取り、またテレビをつけた。

洗剤の宣伝が終わり、つぎに人間のような目つきをした猫のスポット・コマーシャルが映った。タマラははっとした。記憶がまざまざと目の前に浮かび上がってきたのだ。庭にいるヘレーナ・ベルツェン。ぴんと張られた物干し用ロープ。洗濯物でいっぱいの籠《かご》。ヘレーナが一枚一枚、ロープに干していくときの静寂。

あんなにゆっくりと洗濯物を干すのは、世界でも向こう岸のあの女性以外にはいないだろうというクリスの冗談。ヴォルフはそれにつけ加えて、ヘレーナが最後の一枚を干しおえたときには、最初の一枚はすでに乾いているだろうと言った。

ぎゅっと目を閉じると、タマラにはそれ以上のものが見えた。

ベルツェン家の庭がありありと見えた。物干しロープと風に揺れている濡れた洗濯物。淡い緑色。

彼女は目を開けると、玄関の間の棚から懐中電灯を取ってきた。そして庭に駆け出していった。彼女は泥土のなかに膝をついた。探すのに長くはかからなかった。掘り返された土のなかから枕カバーの尖端《せんたん》が見えてきた。淡い緑色、百合の花の刺繍。タマラは枕カバーを引きずり出した。タマラに向かって、日光で乾いた洗濯物ほどいいものはないと呼びかけるヘレーナの声が聞こえてくる。そのにおいにうっとりしていたヘレーナ。日々、違ったにおいがするかのように。そして、ヘレーナの背後では淡い緑色のシーツや枕カバーが風にはためいている。タマラは枕カバーを垂らしたまま、闇に沈むベルツェン家のほうに目を凝らした。

ベルツェン家の電話の呼び出し音は鳴りつづけた。タマラは台所の窓からベルツェン家を観察していた。クリスはいまなお携帯電話に出なかった。かれこれ夜の九時になろうとしている。やがて十時になるだろう。タマラはなすこともなくすわっている気にはなれなかった。向こうの家はどこか様子がおかしい。目の前にあの老人の顔が浮かび上がってきた。向こう岸に立って彼女と話を交わした老人だ。タマラはそのときの会話を思い出そうとした。多少、違和感は覚えたが、とりたてて言うほどのものではなかった。

〝あれは老人だった。彼に何の関係があるのか?〟

〝でも枕カバーのことは？　あれが偶然と言えるのか？〟

〝またも百合の花。何度もくり返し百合の花が現われる〟

　タマラは何度か、ベルツェン家を訪問したことがある。テラスで食事し、コーヒーを飲んだ。夫妻は百合の花の話などしなかったし、庭にも百合は植えられていなかった。

〝彼らは二週間もの旅行に出かけていったのに、事前に何も話さなかった〟

　タマラは二階に上がり、段ボール箱のひとつに拳銃があるのを見つけた。フラウケは何年か前に、ボーイフレンドから贈り物としてガス銃をもらい、一度も使っていなかった。見た目にはリボルバーそっくりなので、これを見てガス銃だと思う者はいないだろう。タマラはどういう機能がこの銃にあるのか知らなかった。彼女にとっては第一印象が重要だったのだ。


〝クリスが戻ってくるまで待とうか？〟

〝頭から毛布をかぶって、隠れていようか？〟

〝あるいは……〟

〝もういい〟

　タマラは銃の回転弾倉を開けた。弾倉のなかには弾丸が一個、装塡《そうてん》されていた。タマラは段ボール箱のなかを探し、フラウケの持ち物のなかをかきまわしたが、ほかには弾丸は見つからなかった。

「何もないよりはまし」タマラは小声で言うと、ガス銃を持って階下に下りていった。


　タマラの車はグローサー・ヴァン湖とクライナー・ヴァン湖のあいだにまたがる橋を渡り、コンラット通りに曲がった。そして、クライナー・ヴァン湖のほとりの、ベルツェン家の真正面で停まった。十メートル四方を見渡しても、彼女の車しか見あたらなかった。タマラは表の呼び鈴を押しても誰も出てこなかった。タマラは庭を通って家の周囲をまわっていった。ヴィラを対岸から眺めるのは、おかしな気分だった。当初、姉のアストリットを乗せてボートを漕いでいったときは、すべてが新鮮でわくわくさせられた。今ではヴィラも見慣れたものとなっていた。でも距離を置いて見ると、ヴィラの印象があまりにも侘《わび》しく、ひっそりとしているのには愕然とした。

警報機が反応して明かりがともった。タマラは二筋の光線に照らし出されたが、驚かないように努めた。

〝自分はベルツェン夫妻の知り合いなのだ。赤の他人ではないのだから、そのように振る舞えばいい〟

タマラは家を見上げた。三つの窓が少し開き、テラスのドアも細く開いている。タマラはその隙間に手をかけ、ドアを全開したが、ひどい悪臭に後ずさりした。彼女はテラスに佇《たたず》み、貪るように新鮮な空気を吸い込んだ。もう一度なかに入ったときには、ブラウスの袖《そで》で口を覆《おお》っていた。その悪臭はノルデルナイ島（北海に浮かぶ東フリースラント諸島のうちのひとつ）で過ごしたある夏を思い出させた。両親はこの島に別荘を所有し、家族は年に二度、ここで過ごしていた。ある夏、ベッドの下に猫の死骸《しがい》が見つかった。頭に傷を負い、左耳がなくなっていた。屋根伝いに家のなかに入ってきて、そこでひっそりと死んでいったらしい。ベルツェン家のそれは、まるで猫が百匹死んでいるかと思われるほどの悪臭だった。

タマラは懐中電灯をつけた。どこにも異常はないように見えた。ソファは所定の場所に置かれ、椅子も引っくり返ってはいなかった。

〝この悪臭さえなければ……〟

台所の流しにはグラスが一個、置かれていた。冷蔵庫のなかにはチーズ、牛乳、パンひと包みが入っている。〝旅行に行ったのは間違いない〟タマラは思い、悪臭のあとをたどって二階に上がっていった。二部屋のドアは銀色の粘着テープでふさがれていた。誰も部屋から出てこられないように念を入れたかに見える。タマラはひとつのドアの前に佇み、把手《とって》をつかんで押し下げた。鍵はかかっていず、錠の抵抗はなかった。タマラがドアを手前に引くと、粘着テープはそれに抗《あらが》い、ため息のような音をたてて伸びた。

悪臭は耐えがたいまでに強くなり、タマラは懐中電灯を床に置いて両手でドアを引っぱった。ビリッ、バリッという音とともに粘着テープははずれ、タマラは後ろに倒れた。

部屋は暗かった。ブラインドは下までおろされていて、外からの光は入ってこなかった。タマラは懐中電灯で前方を照らした。何かが彼女めがけて飛んできた。彼女は驚いて後ずさりした。それはハエだった。無数のハエが飛んでいて、懐中電灯のガラスにぶつかったのだ。タマラはそのまま光をあてつづけた。そこは寝室だった。ベッドには毛布で覆われた人体らしき形のものが二体横たわり、毛布の下で何かがピクピクとうごめいている。〝ここから逃げよう〟タマラの頭のなかで声が叫んだ。〝そのなかに何が隠されているのか見る必要などない。正体は何なのかはわかっているのに、なぜ、見なければならないのか？　頭がおかしいのではないか？〟

タマラは毛布を開けた。ハエ、ウジ虫、そして、かつてはベルツェン夫妻だったふたつの遺体。

タマラは嘔吐《おうと》したあと洗面台の上に身を乗りだして顔に水をはねかけ、口をすすぎ、せかせかと押しだすように息をした。粘着テープで封印されたふたつ目の部屋に誰がいるのか、とうてい見る気にはなれなかった。それはベルツェン夫妻の旅行中、この家の留守番をしていると言っていたあの老人にちがいないからだ。〝マイバッハ、いかれた頭の男。どうしたらそんなことができるのか？〟

あれもこれも、それで説明がつく。なぜマイバッハは彼らの行動を知っていたのかも、どうしてそこまでこちらの情報をつかんでいたのかも。〝彼はわたしたちを観察していた。ベルツェン夫妻とわたしたちのことを話し、もう必要ないと判断して夫妻を殺した。マイバッハはずっとわたしたちを観察していたのだ。警察が来たときにも、ずっと。彼はわたしたちに、しつこくつきまとうつもりだ〟

薬品入れの戸棚に香油があった。タマラはそれを鼻の下にすり込み、その鋭い香りを深く吸い込んだ。

〝クリスに話さなければ。ゲラルトに電話をかけなければ。もしゲラルトが不在なら、彼の同僚に話そう。わたしが何を見たかを正確に説明しよう。わたしは……〟

一階のドアのひとつが鈍い音をたてて壁にぶつかり、足音が聞こえてきた。ドアはふたたびガチャンと閉まった。静寂。

タマラは浴室で身じろぎもしなかった。天井を見上げると照明がまばゆく輝いている。〝ベルツェン家に誰が入ってきたにせよ、浴室に明かりがともっていることに気づくだろう〟

タマラは明かりを消し、そっとドアに歩み寄った。錠を閉めるためだ。息を止めてドアさながらじっと静止していた。

誰も階段を上がってこなかった。

タマラは慎重に呼吸し、目は閉じていたいと願いつつも大きく見開いていた。一瞬、ベルツェン夫妻がベッドに寝てばかりいるのに飽きて、サンドイッチを作りに階下へ下りていったのだという子どもじみた想像をした。タマラはヒステリックな笑いが起きそうになるのを、じっとこらえていた。

〝しっかりして！〟

どれくらい時間が経っただろう？　顔の汗は乾いていた。ドアを開け閉めする音も、それ以上は聞こえなかった。

くなり、しんと静まり返っている。タマラは秒読みをした。三百まで数えてからドアを開けて浴室から出た。

悪臭は相変わらずだった。鼻の下の香油もほとんど役に立たなかった。口には腐った味がするように感じられ、あらためて、むかつきを抑えた。目は暗闇に慣れてきたが、それでも壁に片手をつきながら、忍び足で階段を下りていった。

〝わたしの思い違いだったのかもしれない〟

〝テラスのドアが自然に閉まった音かもしれない〟

いちばん下の段まで来た。玄関の間へのドアは閉まっていたが、テラスのドアは開いている。向こう岸のヴィラに明かりが見えた。

〝今すぐ駆け出せば十秒で湖岸に着く。そして、何分と経たないうちに対岸に泳ぎ着けるだろう。それから……〟

玄関の間から足音が聞こえてきた。把手《とって》が押し下げられ、居間へのドアが開いた。

おまえ

おまえが今どう感じているのか誰も本気で知りたがってはいない。めいめいが思い思いに想像するまでだ。六十万ボルトがおまえの体に撃ち込まれた。そのあと、車の後部座席に横たえられ、ベルリンを横断して運ばれていった。ふたたび座席から引きずり降ろされ、地下室の階段を引っぱられていったが、最後の踊り場で乱暴に放り出され、下まで転がり落ちていった。しばらくは、ただそこに倒れていただけだった。粗い絨毯《じゅうたん》の模様が顔に痕《あと》を残した。おまえは完全に意識を失っていたので、壁に押しつけられたことすら気づかなかった。何も感じず、何のにおいもせず、何も聞こえなかった。ふたたび意識を回復したその瞬間、組んだ掌《てのひら》に一本の釘が立てつづけに二度打ち込まれた。

与えたものは、早晩、おまえのもとに返ってくる。

おまえは無意識の深みから叫んだ。あと数秒で深みから逃げ出さなければならないダイヴァーのように。叫びは暗闇からおまえを引っぱり出す命綱だった。叫ぶのとほぼ同時に、意識がよみがえった。

おまえは目を開き、ぜいぜいと息をした。両腕は上に伸ばされ指先は天井に触れている。体重は両手に打ち込まれた釘で支えられていた。上から下まで燃えるように熱かった。息を鎮めて見上げると、釘でまとめられた両手が見えた。見下ろすとトレーニングウエア、脚、そしてスニーカーが見えた。スニーカーはかろうじて床に届いていた。

〝おれはジョギングしていた。ジョギングしていて……〟

それ以上の記憶は戻ってこなかった。掌の痛みがどんな思考も不可能にしていた。おまえはじっと壁からぶら下がったまま痛みを感じまいと努めていた。三十秒が過ぎた。一分が過ぎた。すると、生きようという意志が反撃に出た。おまえは動いた。燃えるような痛みが両腕を駆け抜け、死ぬかと思った。一度ならず、二度も三度も。

〝死ぬとはどういうことかが、すでにわかったみたいだ〟

〝すでに〟

〝静かにしろ〟

〝落ち着け〟

〝今だ〟

おまえは力を抜き、ふたたび静かにぶら下がっていた。

「おーい!」

助けを呼ぼうとは思わなかった。懇願《こんがん》もしたくなかった。ただ、気づいてもらいたかった。

「おーい、誰かいるのか？」

　足音が聞こえないかと耳を澄ました。待っているあいだに、目に滴《したた》り落ちてくる汗を瞬《まばた》きして追い払った。やけに暑い場所だ。おまえは気持ちを集中しようとした。そのとき足音が聞こえ、ドアが開いた。一人の男が地下室に入ってきた。どことなく見覚えがあったが、どうしても思い出せない。

「ああ、目を覚ましたのか。それはよかった」

　脳が必死で情報を探る。

〝どこで……どこで知り合ったんだろう？〟

　本当に思い出せないのか？　ジョギング、公園のベンチ、老人……

〝あの老人か？〟

　おまえは探りあてた。

　男はスツールに腰かけて、おまえを見つめた。

「ファンニとカール」彼は言った。「なぜなんだ？」

　おまえは心ならずも笑いだした。

　男は首をかしげた。

　おまえは笑いを止めて言った。

「なぜ？　よくもそんな質問ができたもんだ。おまえもやつらの仲間だな？　くそ質問に答えてやろう。おまえたちがおれに加えたあらゆる苦痛、あらゆる辱《はずかし》めのためだ。だからやった。それがすべてだ」

「あつかましく人を非難するが、おまえはいったい誰なんだ？」男は知りたがった。

「おれが誰なのか、よく知っているじゃないか」

「ラルス坊や」

「そのとおり。ラルス坊やだ」

　男はかぶりを振った。

「ラルス坊やならあんなことは絶対にやらない。絶対に。彼はわたしたちの一員だった。仲間だった。ラルスはわたしにとって息子のようなものだった。本当のところ、おまえは誰なんだ？」

　おまえは唾《つば》を吐き、男の肩を蹴った。彼はじっとおまえを見た。おまえが何を考え、何を感じているかを見通すような目で。おまえは顔をそむけまいとしたが、努力を要した。

「いずれにせよ、おまえはわたしの息子たちの一人ではない」男は言った。「おまえには敬意というものがない。それに名誉心のかけらもない。おまえにはまだわからないのか？　わたしたちが団結したひとつの家族だということが」

怒りがこみ上げてきた。〝家族だって？　よくもそんな図々《ずうずう》しい口がきけたもんだ！　よくもそんな……〟おまえは彼の頭を思いっきり殴ってやりたかった。だが、口から出てきたのは、

「おまえらは外で遊んでいる罪のない子どもたちを捕まえる小児性愛者のグループだ。おまえらは魂の腐った変態だ。それ以上でも以下でもない」

男は怪訝《けげん》な顔をした。〝何を訝《いぶか》るんだ？〟おまえは両手が自由に使いたかった。両脚ともピクピク震えていたが、男を蹴ることで片がつくとは思っていなかった。

「小児性愛者？」男は言った。その言葉が、手でつかむことのできない昆虫か何かのように。「おまえは少し思い違いをしている。わたしたちは子どもたちを育成したのだ。彼らのためになることを教えた。従順であることを。わたしたちは子どもたちを捕まえて苦痛を教えた。この混沌《こんとん》とした世界で、苦痛と従順なしにどうやって生き延びられるのだ？」

男は真剣な顔でおまえから答えを求めた。おまえは唖然《あぜん》とした。そもそもなぜ彼と話をするのだ？　議論の余地があるのか？　〝ない〟。そこから何かを期待しているのか？　〝いない〟。そんなことをする根拠がない。おまえは石に向かってなぜ石なのかと訊くだろうか？　それくらいなら自分自身と話したほうが、よほどましだ。正直なところ、おまえは男が何を考え何を感じているのか、なぜ、このような人間になった

のか、ほとんど興味がない。彼の話を忘れるのだ。根っこに何があるかも忘れるのだ。話も根っこも、今ここで起きていることへの釈明にはならない。より理解しやすくなっただけのことだ。許容限度を超えたものに、弁明は不必要だ。小児性愛は許容限度を超えている。だが、起きたことを起きなかったとして元に戻すことは誰にもできない。できるのはウイルスがそれ以上蔓延《まんえん》しないように阻止するだけなのだ。だから、おまえは今に集中した。釘を打たれ壁からぶら下がっている今のことに。

「……なぜなんだ？」

「何が？」

「なぜファンニとカールを壁に打ちつけたのだ？」

おまえは彼を見つめただけだった。答えようとは思わなかった。

「ラルスが何もかも話したのか？」男は訊いた。「彼らがラルスに同じことをしたと言ったのか？」

男は笑った。

「そしておまえは、ラルスの話を信じたのか？」

おまえはささやくような声で答えた。

「やつらが、おれにどんな仕打ちをしたと思っているんだ？　おれは当の被害者だ。やつらはおれを縛りつけ、獣のように壁からぶら下げた。知っているから、知っているんだ」

男は哀れむように、ほほ笑んだ。

「もちろんラルスはおまえに嘘をついた。おまえに真実を悟られたくないからだ」

おまえは聞く耳を持たなかった。両腕をぴんと張ったが、痛みのあまり震えた。男はおまえを壁に打ちつけはしたが、重要な細部で用心を怠《おこた》っていた。ファンニとカールをあの状況に留めておくためには、もう一本、追加の釘を額に打ち込まなければならなかった。これは非常に重要な細部だった。もしおまえが自分の体重をかけて……

男はおまえの考えを読んだかのように顔を殴りつけた。

「聞いているか？　ラルスなら絶対にあんなことはしない。そのわけがわかったのか？」

おまえには意味不明だった。もし両手が自由なら、数秒以内に男の首をへし折っただろう。男はおまえの胸に手をあてた。それからトレーニングウエアのジッパーを開けてTシャツを引っぱり上げた。男はおまえの裸の胸を冷たい指で触《さわ》った。おまえの肌に彼の息がかかった。おまえは見下ろし、男は見上げた。その手をおまえの胸にあてたまま。

「ここだ」男は言うと、おとなしい犬にするように、おまえを軽くたたいた。「ある物がここにない」

男はおまえのTシャツを元どおりに戻して後ろに下がった。彼はおまえを触った手をじっと見て言った。

「その意味がわからないのなら、おまえはラルスについて本当は何も知らないことになる。もし知っていたら、ラルスはわたしたち家族の一員だとわかっていたはずだ。なぜラルスはおまえに、自分のことをわずかしか話さなかったのだろう？」

男は自分の心臓のあたりを触った。

「わたしたちは彼の胸に焼き印を押した。すべての息子たち、娘たちにはその印が押されている。ほら、ここだ。何の話か、おまえには皆目、見当がつかないだろう？　おまえはラルスのことなら何でも知っているつもりでいる。だが、ラルスの正体をおまえは何も知らない。そもそもわたしが何者なのか知っているのか？　おまえにとって、わたしは謎だ。そうだろう？　さあ、言ってみろ。わたしは誰なんだ？」

おまえは顔をそむけた。どう答えていいのかわからなかった。そこで男は、自分が何者なのかを話した。

ブッチが十四歳になったとき、ファンニとカールは彼らは兄弟になったと教えた。その日、彼らは贈り物を用意し、ブッチの足元に置いた。彼らは姉と兄のように優しかった。ブッチは初めて、彼らの前にいて安心感を覚えた。ファンニは彼に目隠しをし、びっくりさせるものがあると言った。彼らは部屋から出ていき、静かになった。それから何分かが経った。ブッチは動きを感じ、その部屋には自分以外の人間がいるのを知った。ブッチは息をひそめていた。極度に緊張していた。男の声がブッチの耳元で一度だけ言った。ラルス、と。

ブッチは失禁した。不安のあまりそうするしかなかった。一本の手が彼のペニスを包み込んで揉《も》んだ。ブッチは男の手に放尿した。もう何も出てこないのを知ると男は手を引っ込めた。ふたたび静寂が訪れた。何分間かして、ブッチは男が彼のにおいを嗅《か》いでいるのに気づいた。深く息を吸い込み、ため息をつくように息を吐いている。

男はその後、二度と彼に触らなかった。何度も何度もにおいを嗅いだだけだった。体じゅうを。男は長いあいだそこに留まっていた。出ていくとき、男はふたたびブッチの耳元に唇をあて、小声で言った。〝誰に訊かれても、わたしはここにいなかったことにするのだ〟

男はおまえを見上げた。自分の話に満足している。

「ラルスはおまえにファンニとカールの話はしたかもしれないが、わたしのことはひと言も漏らさなかった。なぜだかわかるか？　わたしは彼の秘密だからだ。誰にもわたしのことを話すなと彼に命じた。ラルスは約束した。わたしたちは近づいた。信頼し合っていたのだ。わかるか？」

おまえは彼から目を離さなかった。今、興奮を見せてはならない。男はおまえの痛いところを知っている。

「いったい、おまえは誰なんだ？」彼は訊いた。

「ラルス・マイバッハ」

「確かなんだな?」

「確かだとも」

男は作業台からハンマーを取って、おまえの肋骨《ろっこつ》を砕きはじめた。

終焉《しゅうえん》をもたらしたのは秋だった。冬ではなかった。

秋には光が消えて影が目覚める。変貌の季節だ。おまえにとっても変貌のときであることを、おまえはまだ知らなかった。

おまえはさまざまな香りを覚えている。生きる感覚も。どんなことでも可能だった。サンダンスは希望に溢れ、ブッチの調子も悪くなかった。

共にスウェーデンで過ごした夏休みにサンダンスはくるぶしを捻挫《ねんざ》し、病院で一人の女医と知り合った。彼は初秋に一週間の休みを取って、ストックホルムにいる彼女を訪ねていった。帰りの飛行機が運休となったため、彼は予約を変更して一日早くストックホルムから帰宅した。ブッチには知らせなかった。彼をびっくりさせたかったからだ。

空港から家まで車を走らせていく途中で、サンダンスはスーパーマーケットに立ち寄って買い物をした。食事をこしらえ、ブッチが帰宅したら二人で祝杯を上げようと思ったからだ。

午後三時ごろ、サンダンスの住居の上の階で足音がした。ブッチは早めに仕事から帰ってくることも多かった。サンダンスは急いで料理に取りかかった。テーブルにはクロスを掛けて食器を並べ、オーブンのスイッチを入れた。それから、ストックホルムで買ってきたブッチへの贈り物を携えて、上の階に上がっていった。

呼び鈴を押したが、誰もドアを開けなかった。

サンダンスはもう一度、呼び鈴を押した。合鍵を取ってこようかと迷っていた。足音は確かに聞こえた。思い違いではない。ブッチはトイレにいるのかもしれない。不意に入っていくのは気が咎《とが》めた。彼はブッチを信じており、そのプライベートな領域は尊重すると自分に誓っていた。足音が聞こえ、ドアが開いた。

ブッチ少年が立っていると思った。大人になったサンダンスに自分を見せようと、過去から旅してきたかのようだった。でも、髪の色が違う。目も違う。見れば見るほど、この少年をブッチと見間違えたことがわれながら不思議だった。

「ドアから離れろ」なかからブッチの声が聞こえてきた。

少年はサンダンスをちらっと見て物陰へと後ずさりし、廊下を後退していったが、自分の位置を確認するように指で壁を触《さわ》った。少年は寝室の戸口まで来て、佇《たたず》んでいた。

「誰が来たんだ?」ブッチは訊いた。

「男の人」

「どんな男だ?」

少年は肩をすくめた。

ブッチは少年にこっちを見ろと言った。

少年は彼を見た。

「嘘じゃないだろうな?」

少年はうなずいた。

ブッチは寝室から出てきた。

住居の入口のドアはまだ開いていた。だが、そこに人影はなかった。

ブッチは廊下を眺めた。

「くそ勧誘員のやつだろう」彼は言うと、入口のドアを閉めた。


サンダンスは実行に踏み切るべく、ひとつひとつの手順について熟考した。失敗は許されない。自分の住居に戻ってきたあと彼はオーブンのスイッチを切り、台所のテーブルに向かってすわり、じっくり考えた。薬品入れの戸棚に二種類の睡眠薬があった。彼はワインの瓶を開けた。夜の七時半になると彼はブッチに携帯電話をかけ、たった今、空港に着いたが、これからタクシーに乗って帰ると言った。そして、よかったら九時に自分のところで食事しないかと誘った。

「食べるものはあるのか？」

「あれやこれや寄せ集める」サンダンスは約束して電話を切った。

つぎの三十分間、彼は身じろぎもせず椅子にすわっていた。それから入口のドアをいったん開け、また、バタンと閉じた。

これで帰宅したことがわかるだろう。

二人は抱き合ったあと食事の席についた。サンダンスはブッチへの贈り物を持ってきた。そして、彼の買ったユーモラスな品物を二人して笑った。胸に真っ赤なトナカイ模様が編み込まれたセーターと防寒用の耳《みみ》覆《おお》いのついた帽子だ。彼らはワインを飲み、サンダンスはストックホルムでの日々について話した。ブッチは仕事が多忙で今日も危うく広告代理店から出られないかと思ったほどだと話した。サンダンスは一度、トイレに姿を消した。彼はタオルを手に取って顔に押しあて、そのなかで泣いた。そのあと、顔色が元どおりになるまで待ってから食卓に戻った。

睡眠薬は三杯目のワインで効き目を発揮しはじめた。最初、ブッチは体が熱くなり、つぎにおかしな気分になり集中できなくなってきた。サンダンスは彼を助けてソファに寝かせた。ほどなくブッチは眠り込んだ。

サンダンスは上の階まであがっていき、ブッチの住居のドアを開けた。ブッチを運んでくるためにドアは開けたままにしておいた。彼は花嫁のようにしてブッチを運んだ。寝室のベッドに寝かせたあと、サンダンスは浴室に行き、浴槽に湯を満たした。手袋もはめていた。彼はバカではない。蠟燭《ろうそく》を立てたあとワインの瓶も床に立て、グラスは浴槽の縁に置いた。新しいグラスだった。誰が調べてもグラスのなかのワインから睡眠薬が検出されないようにする必要があった。

寝室でサンダンスはブッチの服を脱がせたが、左胸の乳首の下にごく小さな傷を見つけた。四つの点から成っていてYの字のように見えた。彼はブッチの衣服を椅子の上に置き、親友を浴室まで運んでいった。ブッチは眠りつづけ、熱い湯に浸されても身をすくめることもなかった。すべては計画どおりだった。サンダンスは椅子を引き寄せ、蠟燭の明かりのなかでブッチを見守っていた。湯の面から立ちのぼる熱い蒸気がブッチの首のまわりで揺れているさま、ブッチの胸で心臓が鼓動しているさま、そして、親友から安らぎが伝わってくるさまを。

サンダンスはブッチの頭に手を置き、ゆっくりと湯のなかに押し込んだ。静かだった。ブッチの鼻から気泡が上がってきた。一度だけ咳をし、身を震わせた。サンダンスは手荒な真似はしなかった。ブッチの頭から手をはずしたときも、見た目には何の変化もなかった。ブッチは湯のなかに沈んでおり、熱い蒸気がサンダンスの腕から立ちのぼってきた。一瞬、彼はブッチが目を開けて自分を見てくれないかと願った。自分の気持ちを打ち明けたかった。説明は不要だった。なぜこんなことをしなければならなかったのか、ブッチはきっと理解してくれただろう。それは愛だった。混じりけなしの愛だった。

でも、二人はそのことをただの一度も口に出して言ったことはなかった。

「おまえの名前を言え」

おまえは咳をした。痛みのあまり、すでに二度も嘔《おう》吐《と》した。息をするたびに肋骨が砕けているのを感じた。男は下の肋骨から砕きはじめ、上のほうの肋骨は最後のために取っておくのだと言った。

「でないと、肋骨が心臓に穴を開けるからだ。早々とおまえを死なせるわけにはいかない」

男は汗ばんだ両手をタオルで拭いた。白百合の刺繡《ししゅう》をほどこした緑色のタオル。彼は瓶の水で錠剤を二個飲み下した。彼はすぐに戻ってくると約束した。

おまえは目を閉じ、過去に帰っていった。

翌朝、ブッチの死体を見つけたのはおまえだった。救急車を呼んだのも、警官と話をし、彼らにコーヒーをすすめたのもおまえだった。おまえであってサンダンスではなかった。サンダンスはブッチが死んだその同じ夜に、共に死んだのだ。サンダンスにはもはや存在理由がなかった。ブッチとサンダンスはもういない。命が尽きたのだ。

おまえには多くの仕事が託された。おまえは彼の遺族に一切合切《いっさいがっさい》、自分が面倒を見ると約束した。彼の両親はおまえに全権を委《ゆだ》ねた。住居のことも銀行口座のことも保険のことも。おまえはすべてを処理しなければならなかった。緊急を要する仕事が山ほどあった。でも、それでよかったのだ。すべての面倒を見ることは遺族にはわからないおまえなりの償《つぐな》いの形だったからだ。

「いったいどうして自殺などしたのだろう？」ラルスの父親は訊いた。「両親に対して、なんということをしてくれたのだ」

すべてが自分たちだけを中心にまわっているかのような言いぐさだ。子どもは両親に良い印象を与えるために存在しているというのか？　死んだラルスを遺族が見放したことは無念だった。彼らにはもっと多くを期待していたのに。

葬式の翌日、おまえは仕事に出かけた。おまえの親友の身に何が起きたのか誰も知らなかったし、そのほうがよかった。職業があると同時に私生活というものがあるのだから。この日、おまえは初めての体験をした。トイレで手を洗おうとして洗面台の前に立ち、鏡に映る不精髭《ぶしょうひげ》の生えた顔を見た。頬が少しこけ、目の下に隈《くま》ができている。手を拭《ぬぐ》って乾かそうとしたちょうどそのとき、目がやぶにらみになった。もう一度試してみたが、やはりそうだった。おまえはもう自分の目を見ることができず、ショックのあまり声をたてて笑い、鏡に顔を近づけた。そのとき同僚が入ってきた。

その日、おまえは早めに仕事を切り上げて帰宅した。目の焦点を自分に向けようとしたがうまくいかなかった。目はおまえを避けていた。おまえは二日間の休みを取った。それほどまでに恐怖は大きかった。おまえは自分の住居でこのことの意味を自分に問いかけていた。静かな時間を過ごすうちに悟った。激しい罪の意識のなせる業《わざ》だったのだと。おまえは大声をあげて泣き、酔いつぶれ、ベッドから起き上がることができなかった。でも、どうあがいても、目はおまえを避けていた。

彼が死んでから四日目、おまえはどん底の状態にあった。幽霊がおまえを追いたてた。〝ラルスと話をしていたら、どうなっただろう？　どんなことでも話せただろうに。ほかに解決の道はなかったのか？〟どんなに自問自答をくり返しても、何の助けにもならなかった。この道を取ろうとおまえは決断したのだ。結果は自分が引き受けるしかなかった。

四日目の夜、おまえはまずワインを飲みはじめ、あとでテキーラに切り換えた。九時に、千鳥足で上の階のラルスの住居に行った。おまえは大声で泣いた。ラルスのソファにすわって嘆き悲しみ、泣きわめいた。そこに二人を写した写真があった。二度と返らぬ人生がそこにあった。おまえは彼の持ち物に触れ、衣服のにおいまで嗅《か》いだ。独りぼっちで打ちひしがれていた。浴室でつかのま戸口に立っていたが、そのあと台所から洗剤を取ってきて浴槽のこすり洗いをはじめた。おまえの口はひとりでに動いていた。ありとあらゆる言葉、謝罪の言葉が出てきては、また、おまえに返っていった。聞かせる相手がほかにいないからだ。

最終的にどうやって浴槽に入ったのかは記憶にない。蠟燭《ろうそく》が燃え、泡がブクブクと音をたて、自分が首まで湯につかっていたこと、涙と蒸気で顔がぐっしょり濡れていたことが、つぎからつぎへと思い出された。

湯が冷えてしまうと、おまえは浴槽から出て体を拭いた。脱いだ服を便器の蓋《ふた》の上に置いたまま裸で居間まで行った。何も考えずただ動いていた。ラルスはおまえより少し背が高かったが、目立つほどではなかった。おまえはタンスから彼の服を取り出した。泣きながら彼の物を身につけ、涙が涸《か》れるまでソファにすわっていた。それから夜の町に出ていった。

新しくできたクラブが、クーアフュルステンダム(ベルリンの繁華街)に近いブライプトロイ通りの突きあたりにあった。おまえは誰もいないテーブルを選び、そこでさらに飲みつづけた。そのあとダンスをしながら一人の女に話しかけた。もちろん楽しかった。おまえたちはしばらくバーにいて親しく杯を交わした。その際、女は身をかがめて、おまえの名前を訊いた。そのとき、あることが起きた。おまえは意識的に彼をよみがえらせたのだ。おまえはラルスと名乗った。名だけを告げた。女はべつに気にしてはいなかった。気にする理由もなかった。彼女が何の疑いも抱いていないことに、おまえは恍惚《こうこつ》とした。疑念を抱く理由もなかった。

〝ラルス〟

おまえは女を伴ってラルスの住居まで行き、ラルスのベッドで寝た。そのあと台所のテーブルに向かってラルスのワインを飲んだ。おまえと女は浴室でもう一度セックスをした。女はタイルに、おまえは女の腰に、それぞれ両手をついて。

〝お願い、ラルス、お願い!〟

おまえはすでに何人もの女とセックスをしたが、名前を呼ばれたのは初めてだった。だからおまえは彼女の望みを叶えた。つまりラルスが彼女とセックスをしたのだ。ラルスが彼女とベッドに入り、夢も見ないほどぐっすりと熟睡したのだ。翌朝、目覚めたときには冷静さを取り戻していた。女はそのまま眠らせておいた。おまえは一時的な陶酔に不安を覚えた。これにどういう意味があるのだろう？　おまえは心を病んでいるのか？　頭がおかしくなったのか？　おまえがたどりたかったのはこういう道なのか？　いや、これもラルスへの償《つぐな》いなのだ。どんな友情にも付き物だ。だからおまえは償いをすることに決めたのだ。死んだ親友の浴室の洗面台に身をかがめて顔を洗ったあと、ふたたび顔を上げたが、鏡に映る目は依然としておまえを見ようとしなかった。視線はおまえを避けてピクピクと左にずれた。痙攣《けいれん》しながらずれていった。

〝おれのことがわからないのか？〟おまえは言いたかった。でも、本当に自分なのかも、わからなかった。

最初の反応は笑いだった。〝ああ、おれは神経がまいっている〟そう思って、かぶりを振った。それから鏡に近づいたが、結果は同じだった。ふたつの同じ極が出会ったようだった。視線を自分自身に向けさせようとしたが、うまくいかなかった。

この日から、おまえは着々と償いに取りかかった。おまえは家主と話をつけ、自分の住居に加えてラルスの住居も借りることにした。何の問題もなかった。おまえのような立場の人間と悶着《もんちゃく》を起こす者はいない。おまえはラルスが死んだことを銀行には黙っていた。彼の署名を捏造《ねつぞう》し、生活に神話をよみがえらせた。書類には銀行口座、健康保険、生命保険などありとあらゆる情報が記されていた。おまえは病気の母親の世話をしなければならないからと、彼の職場に退職届を出した。ラルスを視界から消すために必要なことはすべてやった。その上で、誰もが彼を忘れないように、あらゆる手を尽くした。このようにしてラルスは不在でありながら存在している人間となった。失踪したのでも死んだのでもない、生存者だった。

ある朝、電話が鳴った。おまえが機械的に受話器を取ると、それはラルスの友人の一人からだった。なぜ、よりによっておまえに電話してきたのかはわからない。尋ねる暇もなく相手はしゃべりだし、この生暖かい冬にベルリンはどんな様子かと訊いた。それを聞いて初めて、おまえは自分のベッドに寝ていたのではないことに気づいた。〝おれはいつから、上の住居のベッドで寝るようになったのだろう？〟覚えていなかった。ややためらったあと、おまえは彼にきちんと答えた。相手の男は自分と話しているのがラルスであることに何の疑いも抱かなかった。

こんなに償っているのに、状態はいっこうによくならなかった。目はその後もおまえを避けつづけた。おまえは泣きわめき、鏡を打ち砕き、洗面台にガラスの破片が飛び散った。何をしても無駄だった。おまえは自分の住居であるかのごとくラルスの住居に住みつづけた。おまえの私生活は無に帰した。目標はただひとつラルスにふさわしくあること。彼はおまえを通して生きつづけなければならないのだ。彼がおまえを許してくれるときまで。たぶん誰も実感として理解することはできまいが、もう自分の目をまともに見ることができなくなったことは、おまえに深い衝撃を与えた。おまえの償うべき罪は至るところにあった。

〝おれは狂っていくのか？　医師を訪ねたほうがいいだろうか？〟

おまえは鏡に覆いを掛けた。自分の住居でも。女たちはそれを変わった思いつきだと言った。おまえは亡くなったユダヤ人の叔父の話をでっち上げた。女たちはおまえが割礼を施されていないのを不思議に思った。

あとどれくらい調子よくやっていけるのか？　誰にわかるというのだ？　この二重生活をどれくらいのあいだ続けられるのだろう？　一年か？　それ以上か？

ナイトテーブルにB5判のノートを見つけたとき、それはおのずと決まった。名前が記されていた。おびただしい数の名前。そのなかのふたつに下線が引かれていた。おまえの知っているふたつの名前。この瞬間、おまえは理解した。これまでやってきたことは、単なる子どもだましにすぎなかったことを。おまえは激怒した。ラルスに対して激怒した。彼がおまえを解放してくれないことを。ラルスはこれ以上、おまえに何をしてほしがっているのか？　ほかにもまだラルスに償うべきことがあるのだろうか？

その答えは明確な形となって頭に浮かんできた。すべてを正しくやりとげられるかどうかは、おまえしだいだ。バランスをとるためなのだ。

〝おれはおまえにファンニとカールを贈る。代わりに、おまえはおれを解放してくれ〟

男はおまえの顔を殴った。おまえの目はぱっと開いた。どれくらいのあいだ意識を失っていたのだろう？　男は精神を集中しろと言った。何度も同じことを訊いた。くどくどと際限もなく。〝おまえは、誰なんだ？〟と。おまえはかぶりを振った。自分が誰なのか、わからなくなっていた。男はハンマーを取り上げた。腕の影が見える。おまえは顔をそむけて答えた。ささやくように言ったので、男には聞き取れなかった。おまえはまたささやいた。〝小声で話すんだ〟吐いた物が口から流れ出し、おまえは咳き込んだ。男は爪先立ちになった。〝もっと近寄れ〟男の耳はおまえの口のすぐ近くにあった。おまえのささやく一語一語はまるで文章みたいだった。

「おれはおまえを殺す」

「いや、おまえにそんなことはできない」男はささやき返した。「なぜ、おまえにはわたしが殺せないのか、そのわけを言ってやろう。わたしは本当はここにいないはずだからだ」

「いや、おまえはここにいる」おまえは言った。その瞬間、すばやく両脚を振り上げ、男の背中を締めつけた。おまえは叫んだ。男の顔に向かって叫んだ。体は痛みの固まりだった。体重と神経のすべてが釘にかかっていた。両手を貫いているくそいまいましい釘以外には何も存在していないかのようだった。〝遠慮なく叫べ。力を出しきれ。これはたぶん、おまえが助かる唯一のチャンスだ。しくじるなよ。残っている力をすべて出しきれ〟

角度に間違いはない。両腕の筋肉に力をこめると、脊椎《せきつい》が燃えるように熱い針金で削ぎ取られていくように感じられた。腰は壁に押しあてていた。男はおまえの締めつけから逃れようと手あたりしだいにハンマーでたたきまくったがすでに手遅れだった。おまえがぐいっと引っぱったとたんに両手がはずれ、壁には釘だけが残った。まるで串焼きの串から肉がはずれるみたいだった。おまえはついに自由になった。

タマラ

暗い居間に光の条《すじ》が射し込んできた。タマラの耳に重い息の音が聞こえ、つぎに足音が近づいてきてテラスのドアが閉められた。チャラチャラという鍵の音のあと、しばらくは何も起きなかった。何者かが居間に立っているようだ。タマラのほうはソファの後ろにしゃがんでいた。胸を膝に押しあて、息をつめて。結局、足音はまた遠ざかっていった。

静寂。

廊下の明かりが消えた。タマラは表のドアがバタンと閉じられるのを待っていた。でも、何も起きなかった。彼女は暗闇に居残っていた。秒は分に変わった。

〝あと一分、いや二分〟

五分待ってから、思い切ってソファの後ろから出てきた。そっとテラスに忍び寄り、ドアを引き開けようとしたが鍵がかかっていた。タマラは泣きわめきたい気持ちだった。ガラスを壊すには何を使えばいいのだろうと考え、フロアスタンドに手を伸ばした。スタンドを振りかざしたとき、ガス銃がズボンのベルトから滑って床に落ちた。タマラは身をすくめ、ガス銃から居間のドアへと視線を移した。〝誰にも聞こえていない……誰にも〟その瞬間、声が聞こえた。抑えた小声が。つぎに、くぐもった叫びがやや遠くから聞こえてきた。ラジオ放送がかすかに聞こえてきたのか？　タマラは耳を澄ました。耳のなかで血管がささやくように脈打ち、心臓がドキドキしている。気持ちを集中して音の出所を探っていくと、暖房用のラジエーターに行き着いた。身をかがめると声はそこから聞こえてくる。タマラはラジエーターに耳を押しつけたが、驚いて後ずさりした。〝なぜ暖房が入っているの？〟あらためて熱い金属に耳をあてると、うめき声と打擲音が聞こえ、そのあとふたたび静かになった。放送の休止時間か？　そのとき、突然、なぜクリスが連絡をよこさないのか、なぜ、彼女からも連絡が取れないのかがわかった。〝彼はここにいるのだ。マイバッハに捕まったのだ〟誰かが話している。〝クリスか？〟タマラにはひと言も聞き取れない。手でラジエーターの管を触《さわ》っていくと、管は地下へと通じていた。

おまえ

衝撃は大きかった。後頭部が壁をかすめ、おまえは左肩から落下し、すばやく男から離れようとした。男の背中から脚をはずしたのはあまり賢明とは言えなかった。男が自由になったからだ。彼はハンマーを持つ手を飽きもせず振り上げ、振り下ろしている。今のところ、おまえは無事だった。ハンマーはおまえの腕と脚をかすめ、あと数センチで顔をたたくところだった。おまえは這いながら後ろに下がろうとした。足がぶつかった。男は息を切らし、立ち上がるのに苦労していた。胸をさすり、その顔は蒼白だった。おまえは作業台につかまって体を引き上げたが、そのとき、壊れた椅子の脚を見つけた。ハンマーほど強力ではないが、ないよりはましだった。男は今、こちらに向かってくる。「さあ、来い」おまえは言った。

男はためらわなかった。ハンマーは音をたてて空を切った。おまえは避けたが、危うく顎《あご》にあたるところだった。男は前方に身を投げた。両方の肩を使って激しくぶつかってきた。手から椅子の脚が飛び、おまえは後ろに倒れた。

〝どうしたら、こんなに速い動きができるのか？〟

理解できなかった。おまえは男の腎臓のあたりを蹴った。腹を、胸を蹴った。顔を殴ろうとしたが、失敗した。自分が思ったより弱っていることが、しだいにわかってきた。〝こいつのおかげでへとへとだ〟殴打も効果を発揮しなかった。そのとき奇妙な音がした。一瞬後、男が嗄《しわが》れ声で笑っているのだとわかった。彼はおまえの喉《のど》を締めつけ、後頭部を床に押さえつけようとした。ハンマーが思いきり高く振り上げられ、また振り下ろされようとした。そのとき、地下室のドアがバタンという音とともに開いた。男は首をめぐらせた。その瞬間、おまえの拳《こぶし》が彼の喉を打った。拳の下の筋肉がゆるみ、男は喉をゴロゴロ鳴らしながら後ろに倒れた。戸口にはタマラ・ベルガーが立っている。今度はおまえが笑う番だった。さながら質の悪いアクション映画のような光景だったからだ。ただ、そういう映画では、登場してくるヒロインはこんなに怯《おび》えた顔はしていない。

タマラ

「そのまま、動かないで！　聞こえた？　そのまま動かないで！」

トレーニングウエアを着た男はくたくたの状態で、ほとんど身動きできずにいた。彼は床に転がったまま防御するように腕を上げた。掌《てのひら》も口のまわりも血まみれだった。もう一人の男は息苦しそうにあえぎながらその前にすわり、両手で喉を押さえていた。どちらにまず目をやればいいのかタマラは困惑した。ベルツェン家の番をしていた男はすぐにわかった。名前も思い出した。ザムエルだ。彼がまだ生きているのを見てタマラはほっとした。そして、あらためて拳銃をトレーニングウエアの男のほうに向けた。

〝この男も見覚えがある。この顔は、どこで……〟

わかった。一週間前、台所にいたときだ。二人いた警官のうちの一人で、あのとき、タマラにすわってくださいと言ったのだ。

〝あんまり若かったので、彼の言うことをいいかげんに聞き流してしまった〟

「あなたは警官なのね？」タマラは驚いたように言った。

「刑事です」

「ゲラルトといっしょに……来ていたでしょう？」

「そのとおりです。ゲラルトは上司です。わたしの名はヨナスです。ヨナス・クロナウアー」タマラには何が何だかわからなかった。

「何を……ここで何をしているんですか？」

「話せば長くなります」クロナウアーは言うと、立ち上がろうとした。

「動かないで」タマラは言った。

「何ですって？」

「わたしをバカだと思ったら大間違いよ。そのままますわって。まず彼から話を聞きます。ここで何が起きたのか」

警官は彼女の拳銃を見ていた。

「これは玩具《おもちゃ》じゃないですよ」彼女は言った。

「わかってます」クロナウアーは言った。「あなたが玩具の拳銃をわたしに向けるなんて思っていません」

クロナウアーがもっと何か言うかとタマラは待っていたが、彼は黙ってすわっていた。〝よし〟

タマラはザムエルのそばにしゃがみ込んだ。

「大丈夫ですか?」

「わたしは……ほとんど息ができない……彼が喉を……でも、なんとか……」

彼は咳をし、それから咳払いして訊いた。

「もう……ヘレーナとヨアヒムを……見つけましたか?」

タマラはうなずいた。

「やれやれ」ザムエルは言うと、また咳をした。「わたしはてっきり……」

「残念ですけど」タマラはさえぎった。「ヘレーナもヨアヒムも亡くなっていました」

ザムエルは頭《こうべ》を垂れ、信じられないというように、長いあいだかぶりを振っていた。ふたたび顔を上げたとき、その目には涙が光っていた。彼はクロナウアーのほうを見た。

「ここで何が起きたんですか?」タマラは訊いた。

ザムエルはクロナウアーから目を離さずに言った。

「ヘレーナとヨアヒムは二日前に旅行から帰ってきました。その晩、この男が現われたのです。刑事の身分証明書を見せて、警察はヴィラを監視しなければならないと言いました。彼はわたしを取り押さえて地下室に閉じ込めたのです。わたしは二日前からここにいます。彼がヘレーナとヨアヒムに何をしたかも知らずに。さっき下りてきた彼に、わたしは不意打ちをくらわせてやりました」

彼はタマラを見つめた。

「あなたに見つけてもらって幸いでした。ここから生きて出られるとは思っていませんでしたから」

「彼の話は嘘っぱちだ」クロナウアーは言った。「始めから終わりまで嘘ばかりだ」

「起き上がるのを助けてくれませんか？」ザムエルは言うと、タマラに手を伸ばした。タマラはその手をつかみ、彼を立ち上がらせた。

「警察を呼ばなくては」ザムエルは言った。

「わたしが警察だ！」突然、クロナウアーはわめき、ふたたび静かにタマラのほうを向いた。「上司に電話してください。ゲラルトはわたしが誰なのか知っています。この老人はわたしを公園で待ち伏せしていて……」

「笑わせるな」ザムエルは言った。

「……そして、ここまで引きずってきたんです。自分がどこにいるのかさえ、わたしにはわからない。どうかゲラルトに電話してください」

ザムエルは壁にもたれていた。真っ青になって震えている。

「どうぞ、わたしを見てください」彼はタマラに願った。「わたしが人をここまで引きずってこられるように見えますか？」

「彼の言うことなんか聞かないで」クロナウアーは言った。

「すべてが解明されるまで、彼を縛っておかなくては」ザムエルは言った。

「こっちの話を聞いてください。わたしは刑事だ。この男は幼児性愛者で、一瞬も待てないんです。彼は……」

「よくもそんなことが言えるな？」ザムエルは口をはさんだ。「おまえは礼儀をわきまえないのか？」

「静かにして！」

男たちは黙り込んだ。タマラは両方に拳銃を突きつけていたが、平静を失いそうになっていた。彼女は男たちから後退し、壁を背にして立っていた。何ひとつ思うようにならなかった。地下室に突入すればクリスを助けられると確信していたのに。〝クリスは今、どこにいるのだろう？〟できるものなら逆戻りし、自分の決心についてあらためてよく考えたかった。それから警察を呼びたかった。

〝警察を呼ばなければならない。わたしは……〟

遠方から聞こえてくるかのように、声が言った。

「決心はつきましたか？」

タマラはクロナウアーをじっと見た。夢で見たような気がしたが、その記憶はおぼろだった。クロナウアーは首をかしげてタマラの決断を待っていた。〝彼はヴィラに来ていた。彼は警官だ〟ザムエルが咳をした。ラジエーターの管が唸《うな》っている。〝どこか、ほかのところに行っていればよかった〟タマラはそう思いながらも決心した。彼女はクロナウアーにそのまま後ろ向きになるようにと命じた。クロナウアーは罵《ののし》った。ザムエルには彼を縛るようにと言った。ザムエルは棚からナイロン紐《ひも》をひと巻き取ってくると、それでクロナウアーの両手を後ろ手に縛って一歩下がった。

「ありがとう」ザムエルはタマラに言った。

おまえ

ナイロンの紐が手首に食い込んでくる。息をするたびに痛みが走る。まさかこんなことになるとは！　フアンニとカールのことしか考えていなかったのだ。考えが甘かった。

振り向くと、タマラと老人が地下室から出ていくところだった。タマラはバカではない。彼女は老人を先に行かせた。拳銃をあんなに素人《しろうと》くさく持たないでほしいと思った。「ちょっと、タマラ」

彼女は振り向いた。

「あなたは間違っている。それがわからないのですか？」

タマラはためらった。おまえは彼女に警告したかった。自分は彼女を知っており、彼女の身に何か起きなければいいがと思っていると。だが、彼女のほうが早かった。

「わたしの名前をどうして知っているんです？」

おまえは答えられなかった。つかのま、彼女を見つめただけだった。それから、おもむろに反応し、自分は同僚といっしょにヴィラに行ったから、そのときに知ったと答えかけた。

「わたしは一度も自己紹介しなかったわ」タマラはさえぎった。「あなたのほうも。それでは答えにならないでしょう。どこでわたしの名前を知ったのか、知りたいものね」

タマラは向きを変え、老人のあとから一階に上がっていった。ドアを閉めようとさえしなかった。あの不注意さで、あの老人といっしょにいたら、あと五分も生き延びられまいとおまえは思った。

おまえは縛られた両手を後ろから前に引っぱろうと試みた。背中が痛かった。肋骨《ろっこつ》が四本も折れているので、役に立たないどころの騒ぎではなかった。動くたびに息が詰まった。縛《いまし》めを解こうとする一方で、なぜタマラは自分を信じてくれなかったのだろうと疑問に思った。彼女はヴィラでおまえに会った。おまえが警官であることも知っている。それなのに……。

〝それに彼女はどうしてあの男を知っているのだろう？　おれは、どこでしくじったのだろう？　ヘレーナとヨアヒムとは誰のことだ？　いったい、ここはどこなんだ？〟

おまえの手は今、前にある。全身汗びっしょりで、よろめきながら立ち上がった。地下室のドアは軽く閉じられているだけなので上に駆け上がって、それから……

その瞬間、銃声が轟き、おまえはぎくっとした。そして呆然として地下室の天井を見つめた。コンクリートを通して上の部屋が見えるかのように。つぎの銃声を待ったが、一発で事足りたらしいとわかると、手を縛っている紐を机の縁で必死にこすりはじめた。

〝彼はタマラを殺《や》ったのだ。あの下劣な男は彼女を殺った。そして愚かなおれは、いまだに地下のこんな場所で縛られたまま、なすすべもなく突っ立っている〟

手遅れだった。階段に足音が響いた。おまえは手を縛られたままバカみたいに机の前に立ちつくし、何もできずにいた。

現場にいなかった男

簡単すぎるほどだった。心配になるほど簡単だった。

彼はその若い女とともに一階に上がり、台所でグラスに水を満たすと貪るように飲み干した。女は彼の後ろに立ち、気分はよくなったかと訊いた。彼はうなずき、二日前から何も飲み食いしていないと言った。彼はふたたびグラスに水を満たし、自分の役割に満足していた。

「警察を呼ばなくては」女は言った。

彼はあらためてうなずき、女のそばを通って居間まで行った。死体の放つ悪臭は耐えがたかった。彼はフロアスタンドのスイッチをひねり、テラスのドアを開けると、ありがたそうに夜の空気を吸い込んだ。彼はあの女がどこから突然現われたのだろうと訝《いぶか》っていた。どれくらいのあいだこの家のなかにいたのだろう？入口のドアには錠が下りていた。なぜ彼女に気づかなかったのか？　それに、彼女はなぜ、こんなに静かなんだろう？　彼は振り向いた。女は居間の入口に佇《たたず》み、彼をじっと見つめていた。

「なぜ、ヴォルフを？」彼女は訊いた。

意外だった。もっと単純な女だと踏んでいたのに、じつは賢くて注意深かった。彼女なら自分の家族の一員として立派に役割を果たせただろう。そう思うと楽しかった。彼女とファンニを姉妹として想像すると。

「すわってもいいですか?」

彼は女の答えを待たずに肘掛け椅子にすわって脚を組んだ。

「なぜ、ヴォルフを?」女はくり返した。

「あなたには子どもがいないでしょう? あなたは三十歳か、三十代半ばかな? 子どもたち。わたしの話など理解できないかもしれない。子どもたち。それがすべてだ。子どもたちがいなかったら世界は回転を停止してしまう。わたしはただ子どもたちを守ったまでだ。実際に何が起きたのかは、よくわからない。ただ、あなたとその友人たちにすべての罪があることだけは確かだ。正直なところ、あなたも……」

彼は首をかしげた。

「……同罪だ。なぜ、他人に代わって謝罪する会社なんかを? 謝罪は当事者自身に任せればいいものを。何のために教会は存在しているんです?」

「ただのくだらないおしゃべりね」

「ひとつ、いいことを聞かせてあげよう」彼は女の言葉を聞いていなかったかのように、あとをつづけた。「あなたを許してあげたい。あなたはきっと善良な娘さんなんだ。自分でも気づかないうちに、こんなことに巻き込まれてしまったんだろう。だから、それはそのままにしておこう」

彼は立ち上がった。

「すわって!」

彼はすわらなかった。立ち上がった彼の胸に拳銃が向けられた。

「どうして、わたしだとわかったんだ?」彼は訊いたが、本当はあまり興味がなかった。彼女にしゃべらせておきたかった。頭を使わせ、その分、感情的にさせまいとした。

「ベルツェン夫妻は死後二日しか経っていないように は見えなかったわ。それにあなたは誰かに捕まった人 のようではなかった。それだけじゃないわ。地下室の窓から逃げようと思えば逃げられたはずでしょう？」

「縛られていたとしたら？」

「それに、どうしてテラスの鍵を持っているのかしら？」

「この家の番をしていたからだ。それに……」

「わたしはテラスのドアから入ってきたのよ」女はさえぎった。「居間にいたら、あなたはテラスのドアに内側から鍵をかけたわ」

「ああ」彼は言った。賢い娘だ。

　彼が近づくと、女は震えていた。

「あなたはヴォルフに何をしたの？」

「何もしてはいない。彼は眠り込んで二度と目を覚まさなかっただけだ。でも、顔だけは守ってやった。天使の顔だった。眠っているとまだ少年のように見えた。

あの顔に土をかぶせられる者がいるだろうか？　人間にあるまじき行為だ。いや、それだけはできなかった」

　彼は両腕に抱えた若者の重みを思い出した。あの若者には事実、何の危害も加えられなかった。

「彼は苦しまなかった」彼は言った。「眠り込んで、二度と目を覚まさなかったのだ」

　女は泣いていた。彼女は絶対に撃たないだろう。かわいそうに。面と向かって真実を告げられ、自分がすべてに間違っていたと認めるのは、どんなにつらいことだろう。

「もういいんだ。あんたがどんな気持ちでいるのかは、よくわかっている」彼は言った。「何ですって？」

「わたしが言いたかったのは……」

「わかってるわ。よくも、そんなことが言えるわね？」

「自分が体験したからだ。子どもたちの死をどれほど嘆き悲しんでいることか。どんなにつらいことかよくわかっているのだ」

　彼はさらに近づいた。

「やめて」

「あんたは善《よ》い娘さんだ。そして、わたしも善い男なんだ。拳銃抜きでそのことをはっきりさせよう」

「お願いだから」女は一歩、退いた。

「気を楽にしなさい」

　彼は女から拳銃を奪うつもりだった。彼女を抱きしめ、なだめてやりたかった。刑事のほうは後まわしだ。まだしばらくは刑事の始末をつけるつもりはなかった。彼は女と刑事をベルツェン夫妻と並べて寝かせ、それから家に火を放とうと思っていた。火はもっとも純粋な解決法だ。何もかも燃えてしまえば一巻の終わりだ。

「ヴォルフは友だちだったのよ」女は言った。

「ファンニとカールはわたしの子どもだった」彼は応じた。

「黙って」女は腕を上げた。

「まあいい」彼はそのまま佇んでいた。拳銃は彼の顔から二十センチしか離れていない。銃身が震えているのが見える。女は指を引き金にかけた。指は緊張していなかった。ただそこにあてがわれているだけで、何をすべきかわかっていないように見えた。

〝それでいい〟彼は思った。

「わたしに罪はない」

　女は反応しなかった。彼はほほ笑んだ。女は泣いてはいなかった。彼を初めて見るような目で見つめた。

「残念ね」彼女は言った。

「わかってる。わかっているとも」

　彼は拳銃をつかもうとした。女は目を閉じ、引き金をいっぱいに引いた。

　誰かに頭をぐいっと一気に後ろに引っぱられたかのようだった。体のほうはゆっくりとそれにつづいた。

彼は仰向けに倒れた。顔は炎に包まれていた。思考も感情も目に映るものすべてが炎の海と化したかのようだ。酸素は入ってこず、ただ、燃えさかる炎の音がするだけだった。喉からゼイゼイと息の音が漏れてきた。彼は両手で炎をたたこうとした。最後の最後に痛みに襲われ、正気を失って卒倒した。体のほうは一、二度、絨毯《じゅうたん》の上で痙攣《けいれん》したあと、静かに横たわった。腕はだらりと垂れ、手は動かなかった。

銃声が轟いたとき、彼女は跳びすさった。つかのま廊下に佇み、ガスがテラスのドアを通って外に流れ出ていくまで待っていた。彼は何も知らなかった。床に倒れ、半ば焼けた顔を横に向けていた。口からは唾《よだれ》が流れ出し、心臓の鼓動はほとんど感じられないほどだった。女は彼の上にかがみ込んだ。焼けた肉のにおいがした。血を見ても彼女は少しも悔やんでいなかった。

タマラ

彼女は地下室への階段の途中で立ち止まった。ドアの隙間から覗《のぞ》くと、クロナウアーはもう床にすわってはいなかった。彼女は疲れていた。空っぽのガス銃を握り、疲れ果てていた。彼女は階段に腰かけて待っていた。地下室から何の物音も聞こえてこないので、しばらくして、言った。

「ハロー？」

部屋で影が動き、クロナウアーがドアの隙間から顔を覗かせた。両手はもう後ろ手に縛られてはいない。彼は両手を贈り物か何かのように前に差し出した。

「これがわたしの決心よ」タマラは言った。

「理由は？」

彼女は肩をすくめた。泣きわめきたい気持ちだったが、クロナウアーに弱みを見せてはならなかった。

「あの人が好きになれなかったから」

「それで充分」クロナウアーは言うと、ドアの隙間を足で拡げた。

タマラは階段に腰かけたままだった。彼女にとってクロナウアーは危険な存在ではなかった。彼女にとって危険な者はもういなかった。

〝眠れたらどんなにいいだろう。この階段で眠り込めたら〟

「……死んだのか？」

タマラはぎょっとした。一瞬、意識が遠のいていたのだ。

「何？」

「彼は死んだのか？」

タマラはかぶりを振った。

「死んではいないと思うわ」

クロナウアーは縛られた両手をタマラに差し出した。

「ほどいてくれ……」

「このあと彼の身に何が起きるのかしら？」

「それは誘導尋問？」

「いいえ、そうじゃないわ」

「彼は逮捕され、裁判にかけられ、刑務所行きになる」

「一件落着？」

「一件落着」

タマラは立ち上がった。

〝違う。それは間違っている〟

「正しい方法だとは思えないわ」彼女はクロナウアーに銃を向けた。「二歩下がって」

「もうそんな必要はないのに」クロナウアーは言った。

「彼を刑務所送りにしたくないの」

「彼を釈放するわけにはいかない。バカな真似をするな！」

「二歩下がって」タマラは命じた。

クロナウアーは後ずさりした。どういうことなのか理解に苦しんでいた。〝理解されなくてもいい〟とタマラは思い、空いたほうの手で地下室の窓を指し示した。

「窓が見えるでしょう？　あなたなら充分、やってのけられるわ」

それから、地下室のドアを力いっぱい閉めた。鍵をかけ終えると、鍵穴に鍵を差し込んだままにしておいた。そのあと、ふたたび階段に腰かけていた。クロナウアーがドアをたたきまくるとは思えなかった。正直なところ、彼女は警察にそれほど多くを期待していなかった。

〝彼は逮捕され、裁判にかけられ、刑務所行きになる。一件落着〟

タマラは暗闇のなかで階段にすわり、考えにふけっていた。

おまえ

ドアはガチャンと閉まり、鍵がかけられる音がした。おまえはふたたび閉じ込められた。突き放して考えれば、胸に一発くらうよりは、このほうがましだった。

〝あのバカ女が〟

おまえは疲労困憊《こんぱい》していたのでまず床にすわり、そのあとゆっくりと崩れるように後ろに倒れた。しばらくは目を閉じたまま仰向けになっていた。朦朧《もうろう》状態のなかで、おまえはこれ以前とこれ以後のあいだのどこかにたどり着いた。中間地帯だ。そこで何かが起きようとも起きまいとも、すべてはおまえが握っている。

おまえは愕然《がくぜん》として目を覚ました。何も変わっていなかった。地下室も痛みもおまえも。起き上がろうと試みたが失敗だった。横ざまに転がり、壁に手を伸ばした。両手は空気を送り込まれたかのように腫《は》れ上がっている。少なくとも出血だけは止まっていた。おまえは一センチ刻みで、時間をかけて立ち上がった。何年か前、ブルース・ウィリスを主人公とする劣悪な映画を見たことがある。プロットは切れ切れにしか思い出せないが、一人のキャラクターの骨が壊れやすかったことを覚えている。ガラスでできた骨だ。ブルースには今、おまえが見えるかもしれない。おまえの破片だらけの内部が。

縛《いまし》めを解くのに五分かかった。それから十分後には地下室の窓から外へ這い出て、ひんやりとした草の上に倒れた。

おまえはまるで究極のホームレスといった風体だった。トレーニングウエアは二カ所で裂け、ズボンは吐いた物で汚れ、両手は血まみれだった。

家の外壁を支えに立ち上がって右のほうを見たおまえは、嗄《しわが》れ声で笑いだした。対岸にヴィラが見えたのだ。左側にそびえる塔と納屋も。八日前、おまえはゲラルトの緊急の召集に応じ、特別出動班の仲間といっしょにあの門をくぐったのだった。その日まで、おまえは何ひとつ知らなかった。あっというまのできごとだった。突然、おまえの前に彼らが立っていたのだ。フラウケ・レヴィン、タマラ・ベルガー、ヴォルフ・マルラーが。なかの一人が今にもおまえを指さすのではないかと予想した。

〝やあ、わたしはラルス・マイバッハだ。調子はどう？〟

ただ一人クリスだけは、その日、不在だった。ジグソーパズルの全体像を完成させる、最重要な一片を誰かが取り除いたかのようだった。もしこのとき、クリスがその場にいたら、一週間後の、おまえの住居での出会いは破滅的なものとなっていただろう。

おまえは幸運だったのかもしれない。また逆に、運命はおまえだけをもてあそんだのかもしれない。

おまえはヴィラから目を転じ、庭を横切って道路に出た。車が一台通り過ぎていった。おまえは車と同じ方向に行こうと心を決め、あとを追っていった。足取りは初めのうちこそおぼつかなかったが、百メートルも行くうちに、しっかりしてきた。おまえは用心深く腰を伸ばして深呼吸した。体はしだいに歩くことに慣れてきた。

目の前に高速鉄道の駅が現われると、おまえは駐車している車にもたれて休息した。老人がおまえをよりによってクライナー・ヴァン湖まで引きずっていったとは皮肉な話だ。どうしてこのようなことになったのだろう？　おまえには別の計画があった。すべてを制御できると思っていた。だが、制御するとはいかなることか、おまえにはまるでわかっていなかった。

高速鉄道の乗客たちはおまえを避けた。乗車券があるのかと訊かれないように願った。一人のホームレスが車両を移動していったが、おまえには目もくれなかった。

しばらくのあいだ、おまえは座席で傷ついた掌《てのひら》を見つめていた。〝破傷風〟という言葉が思い浮かんだ。〝急いで破傷風の予防注射を受けなければ〟列車は駅ごとに、いつもの二倍も長く停車しているように思われた。目を上げるとニコラス湖畔まで来ていた。

列車はさらに走りつづけた。駅は消え、おまえの顔が窓に映っている。目が見えた。自分の目をふたたびまともに見られるようになって気持ちよかった。一人の人間にとって、自分をまともに見ることが、どれほど重要であるか誰も信じないだろう。死活に関わることなのだ。おまえは自分に目くばせした。両手を丸めようとしたが、あまりの痛みに涙が頬を伝って流れ落ちた。

おまえは殺人者ではない。自分探しをしている破滅者だ。破滅者は自分を探し出すチャンスがあればそれを利用し、なおいっそう破滅していく可能性がある。

そして殺人を犯し不正を糺《ただ》す。それこそが正義だと思っている。

ファンニとカール。

おまえは彼らの人生について何もかも探り出した。B5判のノートにあったほかの名前には一片の関心もなかった。ファンニとカールだけが問題だった。彼らを調べているさなか、たえまない罪と罰の感情に揺さぶられているさなかに、おまえと三人の同僚は上司からシックなレストランでの昼食に誘われた。ちょうど料理の注文をし終えたとき、上司のゲラルトは代行業を始めたガールフレンドの話をした。他人に代わって謝罪する事業を。おまえも同僚たちも笑った。おまえのだけは作り笑いだった。きっと聞き違いだろうと思った。おまえは一割がガソリンで九割が水であるにもかかわらず動いたという車の話を思い出した。架空の作り話だ。でも、どんな作り話にも疑問がただちに湧き上がってくる。〝もし本当だったら、どうだろう？〟という疑問だ。おまえは食事をつづけながら、頭のなかでその情報を整理しようとしていた。ゲラルトはおまえが本気にしていないと見て取り、インターネットで調べてみろと勧めた。すべては、そうやって始まったのだ。


真夜中に高速鉄道のシャルロッテンブルク駅で降りて、家まで三百メートルを何事もなかったかのように歩いていくのは奇妙な感じだった。カフェやレストランにすわっている人々のそばを通り過ぎていった。おまえに怪訝《けげん》な視線を向けはしても、おまえが一人の老人から撲殺《ぼくさつ》されかかったことなど露知らぬ、すべての生ある人々のそばを。

三階の自分の住居の前で立ち止まり、ためらっていた。何もかも変わってしまったのに住居は何の変化もなく元のままだった。おまえは遅まきながら理解した。なぜラルスから解放されるのが、これほどまでにつらいのかを。この夜、おまえは老人に肋骨《ろっこつ》を折られながらも、一度もラルスの名を否定しなかった。どういうことだ？　おまえは彼から自由になれないのか、それとも、なりたくないのか？　〝なれない。なりたくない〟いったいどうしたのだ？　おまえはラルスに最大限の敬意を示し、償《つぐな》いの責務から解き放たれたではないか？　にもかかわらず、おまえは自分に問いかけた。〝あともう少しぐらい、この幻想を保持していてもかまわないのではないか？〟と。自由になることは別離であり、暇乞《いとまご》いであり、終了を意味する。〝でも、ラルスは自分と一体化している〟この一点において、おまえはかならずしも自由を望んでいただけではなかった。ふたつの人生を同時に生きる魅力も当然、存在していたからだ。〝あと一晩だけ〟おまえは独りごちた。

〝もし明日の朝、気持ちが変わっていたら、そのときはすべてを終わりにする〟

そうしてヨナス・クロナウアーは自分の住居のドアをふたたび閉じ、ラルス・マイバッハとして上の階へと階段をのぼっていった。

四階の住居のドアを開けようとしたが、鍵がはさまった。鍵を引き抜き、もう一度、試みた。今度はうまくいった。おまえはドアを開け、明かりのスイッチをつけようと無意識に右に手を伸ばした。スイッチは乾いた音をたてたが明かりはつかなかった。おまえは罵《のの》しりながらなかに入り、ドアを後ろ手に閉めた。今まさにヒューズ・ボックスのほうへ行こうとしたとき、一発目が腹に命中した。はずみで、おまえの体は持ち上がり、一瞬、足が宙に浮いた。二発目はおまえの前腕を粉砕した。おまえは入口のドアに激しくぶつかり、ずるずると滑り落ちていった。おまえは呆然としていた。まだ痛みを感じるまでには至っていなかった。何が何だかわからなかった。床にすわったまま、何が起きたのか理解できずにいた。その瞬間、弾の命中で傷を負ったことを体が感じ取った。同じく神経も。おまえの口からため息が漏れた。痛みの波が押し寄せてきたのだ。

タマラ

男は身じろぎもせずそこに横たわっていた。彼のズボンのポケットを探ったが、空っぽだった。玄関の間でコート掛けにかかっているコートや上着を引っかきまわすと、四着目のが彼の上着だった。彼の名は間違いなくザムエルだ。四つ目のポケットに鍵束があった。免許証は札入れのなかに入っていた。

タマラはそれらを全部、奪い取った。

車のエンブレムが刻印されたキーがあった。彼の車を見つけるのに二分とかからなかった。バックでベルツェン家の車寄せに入れた。トランクには空っぽのミネラルウォーターの瓶の入った木箱が二個と、傘と毛布があった。彼女はそれらを取り出して車の横に置き、トランクは開けたままにして、家の周囲をぐるっとまわっていったが、突然、ザムエルは姿を消したにちがいないとの思いが浮かんだ。

〝もし逃げたのなら、見つけなければ。どうしても……〟

だが、彼は依然として絨毯の上に倒れていた。タマラは彼を抱き上げ、テラスから庭を通って彼の車へと引きずっていった。人に見られていてもかまわなかった。ザムエルの体は蓋《ふた》を支えにしてトランクのなかに入れた。蓋は重々しい音をたてて閉まった。タマラは車に乗り込み、発進した。

最初に停まったのはヴィラの前だった。自分の身分証明書や運転免許証のほかに、粘着テープの大きいひと巻きを取ってきた。衣服はバッグに詰め込んだ。納屋ではクッションと毛布を見つけた。

車に戻ってきてトランクを開けると、彼はまだ意識を失っていた。

〝埋めてもいいのだ。今、この場で埋めてもいい。墓穴はまだ開いたままだ。埋めるのはいたって簡単だ〟

タマラはかぶりを振った。彼には近くにいてもらいたくなかった。

彼女は粘着テープでザムエルを縛った。まず両腕、つぎに両脚を。小包のようだった。最後に口にもテープを貼り、彼のまわりにクッションと毛布をしっかりと押し込んだ。彼の肩をゆすってみたが、微動だにしなかった。

〝荷造りはすんだ〟

タマラは少しためらっていた。クリスにメモを残しておきたかったが、どう書けばいいだろうと考えていた。〝車のトランクに老人を入れました。運が悪ければ、二度とあなたに会えないかもしれません〟彼女は鉛筆を見つけ、紙を探した。そのとき、流し台の上の壁に貼られたメモに目が行った。〝おまえの思考の闇のなかで……〟こんなくだらないことを誰が書いたか知らなかったし、これまで、このメモを見過ごしていたのはなぜなのかも、わからなかった。

タマラはその紙をはぎ取り、メモの言葉を消して新たに書こうとしたが手が震え、まともな字は書けなかった。〝さあ、しっかりするのよ！〟結局は大文字でなぐり書きをすることになった。

心配ご無用。自分のしていることはわかっています。タマラ。

それ以上は必要ないだろう。タマラはその紙切れを台所のテーブルの上に置き、外に出た。車に近づくと、トランクから鈍いノックの音が聞こえてきたが、なかを見ようとは思わなかった。タマラは車に乗り込むと、出発した。

クリス

鍵穴に鍵が差し込まれる音を聞いてクリスはぎくりとした。鍵の救急サービスの男が言ったとおり鍵は引っかかった。罵《ののし》り声が聞こえた。そのあとドアが揺さぶられ、今度は鍵がうまく作動した。ドアがぱっと開き、手が明かりのスイッチを探っているのが見えた。明かりはともらなかった。クリスはこのやり方を映画から学んだのだ。

「えい、くそっ」

マイバッハのシルエットが見えた。ドアが閉じられ、マイバッハはふた足部屋に入ってきて立ち止まった。目が暗闇に慣れるのを待っているのだ。クリスはマイバッハがもう一歩、踏み出すのを待っていた。ヒューズ・ボックスまで行くには彼のそばを通っていかなければならないだろう。

〝何をぐずぐずしているのだろう?〟

つぎの瞬間、マイバッハは一歩、踏み出した。

銃声は大きかった。二度の割れんばかりの音響からして、どうやら消音装置は壊れていたらしい。クリスはマイバッハの下半身を狙った。撃ったあと、自分が冷静なのは意外だった。耳はガンガン鳴っていたが、でも冷静だった。マイバッハはドアを背に滑り落ちていった。最初は静かだったが、つぎにその口からあえぎが漏れてきた。それはどことなくため息に似ていた。

クリスは懐中電灯をマイバッハに向けてスイッチを入れた。

「おまえだったんだな」クリスは言った。

血、トレーニングウエア、スニーカー。マイバッハは目を上げて光のほうを見た。クリスではなく光自身がそこにいて彼に問いを発しているかのように。瞳孔は針の頭ほどの大きさで、口は半ば開いていた。

「そうだ、おれだ」マイバッハはささやくように言うと息を吸い込み、今度は少し声を大きくしてくり返した。

「そうだ、おれだ」

おまえ

間違いなくおまえだ。おまえでありたくないと願ったとしても、間違いなくおまえだった——折れた四本の肋骨《ろっこつ》、ぐじゃぐじゃに潰れた前腕、掌《てのひら》の穴、腹に撃ち込まれた弾。誰がおまえに取って代わりたいと思うだろうか？

おまえとクリスは向き合ってすわっていた。おまえはドアを背に、クリス・マルラーは椅子に腰かけて。

懐中電灯は上向きにして床に置かれていた。光が天井を照らし、照明の不充分な水族館を思わせた。目の前がチラチラし、はっきり見ようとしても光はその役に立たなかった。おまえのまわりには血だまりが拡がっている。腰骨から下はもう無感覚だ。今、脚だけが立ち上がって行ってしまったとしても、おまえは驚かないだろう。

「痛いだろう？　痛いに決まっている」クリス・マルラーは言った。

「まあまあだ」おまえは言い、自分でもそう思った。奥のほうでズキズキと脈打つ痛みに変わってきていた。いや、問題は痛みではない。衰弱していることのほうがはるかにつらかった。眠りたい。おまえは眠ることしか考えていなかった。

「おまえが本当は誰なのか、そんなことはどうでもいい」クリスは話しつづけた。「おまえが三カ月前に死んでいようと、すべてを演じてきただけであろうと、それもどうでもいい。それに、なぜ携帯電話の番号も、住居の表札も変えず簡単に見つかるようにしたのか、そのわけも知りたいとは思わない」おまえは咳をした。口からどろりとした生ぬるい血が溢れ出てきた。無傷なほうの手を上げて顎から血を拭《ぬぐ》い取ろうとしたが、うまくいかなかった。自分では見えないのは幸いだった。

クリス・マルラーはさらに話しつづけた。〝集中しろ〟おまえは話の脈絡を失いかけていた。集中しなければ。

「……誰かにブレーキをかけてもらいたくて自分を危険にさらす病的な男なのか？　それも、どうでもいいことだ。知りたいのはただひとつ。なぜおまえは、おれたちを巻き込んだのだ？」

体じゅうを衝撃が走り抜け、おまえはようやく気を取り直した。これは真実に関わる問題。現実に起きた問題なのだ。だから、彼の問いには答えなければならない。臆せず、洗いざらい真実を語らなければならない。

「それは……それは、おまえたちの思い上がりのせいだ」

「何だと？」

クリス・マルラーはもっとよく聞き取ろうと身を乗り出した。おまえはささやくような声で話していることに気づいていなかった。咳払いをすると、さらに多くの血が流れ出した。吐き出したあと、もっと楽になろうとしたが、結局はあきらめた。

「おまえたちが……おまえたちが立ち上げた仕事のせいだ。人は誰しも罪を抱えて生きている。それによって苦しんでいる。どうすれば……すると、そこへ……おまえらケチな野郎どもが現われ……」

おまえはにやりと笑った。白い歯が血の膜で覆《おお》われている。狼がほほ笑んでいるかのようだった。一瞬、力が戻ってきた。不安定な脈のように。心臓は力強く鼓動している。正しい者に与えられた力だ。

「おれはおまえたちを罰した……罰したのだ。わかるか？　おまえたちの思い上がりを罰したのだ。なぜなら、おれは……罪とはどういうものかを知っているからだ。おれは……罪を抱えている。大きな罪を……」

おまえは自分の涙に気づかなかった。涙は汚れた頬を伝って流れ落ちた。立ち上がりたかった。誇らしく威厳をもって。腹を撃たれた愚か者として哀れっぽく床にすわっているのではなく。

「おれには……何もできなかった。にっちもさっちもいかなかった。何か方法が見つけられないかと思っていた。その矢先……その矢先におまえたちのことを耳にした。おまえたちは罪の許しを与え、他人から罪を取り去ってやるという。いともたやすいことのように。おれを……おれを助けるなんて、おまえたちにできるわけはないと思っていた。助けてもらうつもりもなかった。罪というのは個人的なもの、私的なものなのだ。

誰も死者に向かって謝罪などできない。そうじゃないか？　誰も死者の望みを叶えてやることなどできないのだ……誰も。だから、おれはおまえたちを愚弄《ぐろう》してやった。おまえたちに死者と話をさせたのだ。どんなに……ああ、どんなにか、おまえたちはバカな話だと思っただろうな？　おまえたちが謝罪を代行してくれるのを、おれが願っていただなどと本気で思っていたのか？　そう思っていたんだろう？　違うか？　おまえたちは……」

おまえは笑いだした。その笑いがクリス・マルラーにとって、どれほど手痛いものであったかが見て取れた。あまり大げさなことは言わないほうがいいかもしれない。でないと、笑い終わらぬうちにつぎの弾をくらうことになりかねない。

「言ってみろ。死者の前に立って謝罪文を読み上げるのがどんなにバカらしかったかを。あの文はおまえたちにはおまえたちのために、わざわざ書いたのだ……

何のことか、わからないだろうが……おまえたちには……」

「おれたちを罰したというのか？」クリス・マルラーは疑わしげにさえぎった。「それがすべてか？」

「それがすべてだ」

「からかっているんじゃないだろうな？」

彼はおまえを信じなかった。信じようとしなかった。彼は愚か者だ。愚か者ではあるが、拳銃を手にしている。

「おまえたちの思い上がり。傲慢《ごうまん》さを」おまえはひと言ひと言、吐き出すように言った。「なぜ、からかう必要があるんだ？　おまえたちが悔いと罪の名のもとにおこなったことは、禁じられた領域に属しているのだ。どうしたら、そこまで思い上がることができたんだ？」

「おれたちはただ、助けたかっただけだ。おれたちは……」

「おまえたちは神を演じていたんだ！」突然、おまえは大声になった。もちろん少し度がすぎているとは思った。でも、それ以上の言葉は浮かんでこなかった。彼らが神を演じようとしたのでないことは、わかっている。でも、おまえは腹の虫がおさまらなかった。自分の犯した罪との戦いに苦しんでいるさなかに四人の男女が現われ、おまえの全人格を否定するような行為に料金を支払わせた。そうやすやすと事が運んでいいわけがない。だから、おまえは彼らをつらい目に遭わせたのだ。

「おれは大きい罪を犯し、自分を見失っていた。もう自分の目を見ることができなくなっていた。わかるか？　おまえならどうやって解決する？　おれは解決の道を探っていた。そこで、おれはおまえたちの思い上がりという罪を映す鏡となったのだ」

「その代わりに二人の人間が死んでもか？」

おまえは笑った。クリス・マルラーは知的な人間だと思っていたのに。

「ファンニとカールの二人は、おまえたちが現われなかったとしても、どっちみち罰するつもりだった。たまたま、おまえたちは、おれの予定表にぴったりだったのだ」

「予定表？」

「そうだ。予定表だ」

「では、ヴォルフは？　彼もまた、おまえの予定表にぴったりだったのか？」

「何だって？」

「おれたちは昨日、ヴィラの庭でヴォルフの死体を見つけた。あれによって、おまえは何を言いたかったのだ？　おれの弟を生き埋めにすることで、頭のおかしいおまえは何を言いたかったのだ？」

おまえは気持ちを集中しようとした。おまえはヴォルフ・マルラーの身に何が起きたのか、まったく知らなかった。

「おれは……」

「いいか、正直言って、おまえの答えなど聞きたくもない。くだらん話は聞き飽きた。おまえの罪というのは、これのことか？」

クリスはおまえに写真を突きつけた。自転車に乗っているブッチとサンダンスだ。

「おまえの罪をおれがどう思っているかわかるか？　おまえの罪はおまえだけのものなんだ。その罪を取り去ることは誰にもできない。おまえの罪など、おれにとっては無に等しいのだ」

おまえはじっと写真を見つめた。すべてがこの一瞬に集結した。ふたたび耳鳴りがし、震えと痙攣《けいれん》の現実が始まったが、それは引っかくような音とともに硬直した。おまえはクリス・マルラーの手のなかの写真をしげしげと見つめた。その背後に彼の顔が見えた。深い悲しみと怒りをたたえている。彼はおまえを殺しにここへ来たのだ。それが正しかろうが間違っていようが、彼にはどうでもよかった。クリス・マルラーの念頭にはただひとつのことしかなかった。〝おまえはもう生きているべきではない〟

おまえがレストランで初めて代行業のことを耳にしたあの瞬間を思い出すがいい。あのときも現実は硬直した。そしておまえは、もしあの瞬間に死んだらどうなるだろうと自問していた。おまえはあっさり消えて、二度とふたたび人に見られることはなくなるのだろうか、と。それは今この瞬間への予感だったのだ。もう弾は必要ない。すべてが硬直しつつあった。

周囲は暗闇だ。おまえはクリス・マルラーが話しつづけ、写真を下ろして怒鳴りつづけるのを待っていた。だが何も起きなかった。写真は目の前をひらひらと漂い、クリス・マルラーの口は動かず、暗闇はますます近づいてきた。隅々《すみずみ》から現われて液体のように、黒く生温かい血のように室内を満たしていく。どろどろと緩慢《かんまん》に。暗闇は壁を這い下りてくる。天井から引きはがされ、隅という隅を離れてクリス・マルラーの足を包み、四方八方からおまえに迫ってくる。おまえは二度とふたたび動かぬ音なき世界のなかの、音なき、ちっぽけな一部でしかなかった。暗闇がおまえをすっぽりと包み込んだとき、おまえもまた、音もなく何の痕跡も残さずこの現実から消えていった。

以後に起きたこと

　もう終わったのだ。これ以上時間はない。わたしは日が昇るのを待っていた。日が昇ってきたら、わたしは車から降りよう。それで終わりだ。昨日からトランクは開けていないし、このままにしておこう。二度と開けようとは思わない。ガソリンスタンドでウェットティッシュとガラス磨《みが》きを買った。別のガソリンスタンドでは、車に掃除機をかけた。内部を拭き清めたあと、ずっと座席で日が昇るのを待っていた。

　その光景にはうっとりさせられた。フラウケの気に入るだろう。漲《みなぎ》る光と静寂が一日の初めに町を覆《おお》っている。ヴォルフが何と言うかはわかっている。彼はわたしを抱きしめて温もりを与えてくれるだろう。彼は言うだろう。〝寒いかい？〟わたしがうなずくと、彼は手で体をさすってくれるだろう。わたしを温めようと。

　彼の温もりがなくて寂しい。

　彼の温もりがなくて寂しい。

　空は紫に光っている。紫はゆっくりと溶けて青白く流れ、しまいには艶《つや》のない青に変わった。太陽は液状の水銀を思わせる。わたしは目をそらすことができなかった。目から涙が流れ出すまで、じっと見つめつづけていた。それから目を細くしたが、太陽はわたしが目を閉じたあとも照りつづけていた。

　つぎからつぎへと走り過ぎていく車、バス。ダッダッダッと走っていくオートバイ。さらに多くの車。わたしは信号が青になるのを待ち、バッグを持って車から降りた。朝の空気は新鮮で澄んでいる。フリーデナウまで行けるかもしれない。その気があればできるだろう。きっとできる。イェニーの住まいの窓の下で、彼女の名を呼ぶかもしれない。〝それとも、呼ばないかもしれない〟わたしは車に鍵をかけ、数メートル歩いて橋の上で立ち止まった。眼下にはリーツェン湖が見える。万物はまだ眠っている。ホテルにはいくつか明かりがともっている。木々にはまだ影がない。こんなに早い時刻なのに、湖畔には数人がすわっている。たぶん、ここで眠っていたのだろう。春の夜はもう充分に暖かいので、外で眠ることができるのだ。彼らは毛布の上にすわって脚を伸ばしている。その声はか細く、静かだった。なかの一人は湖岸にしゃがみ込んでタバコを吸っている。一人が目を上げてわたしを見た。ヴォルフ。彼は両腕を上げた。滑走路で飛行機に指令を与えているみたいに。わたしは彼に合図を返した。ほかの人たちも今、目を上げた。あそこにはフラウケがいる。相変わらず黒ずくめで疲れ切っている。でも、笑っている。どちらを向いても日光のように暖かい彼女の笑いが見える。彼女は合図した。心臓にあてた片手を口に押しあて、わたしに投げキスを送る。わたしは歩みつづけなければならない。二人を見放すわけにはいかなかった。あまりにもつらいから。ヴォルフはフラウケの肩に手をまわした。湖岸の男はタバコの吸殻をはじき飛ばし、手足を伸ばした。それから湖面に向かって石を投げた。ほかの人々は何事もなかったかのように話しつづけている。石は湖面で一回、二回、三回はねたあと、深みへと沈んでいった。

謝辞

グレゴールへ。この小説の執筆に際し、わたしは再三再四、きみに新たな苦しみを与えてきた。そのことでわたしが悩んでいるのを知ったきみは、終始、わたしを支え、すべてはうまくいくと励ましてくれた。ありがとう。

ペーターとカトリンへ。きみたちの熱意と批評に感謝する。

ダニエラへ。わたしが迷い、躊躇《ためら》っているときも、きみは一度として迷わなかった。きみは暗さを愛し、わたしがどんなに腹を立てても、許してくれた。

アンナ、クリスティーナ、ヤンナ、そして、マルティーナへ。きみたちは神経過敏なわたしをとことんなだめてくれた。

ウルリケへ。きみは小説の終幕に向けて、車を走らせてくれた。どんな文章のためにも、どんな考えのためにも、きみはわたしに肩入れをしてくれた。

フェリックスへ、きみはわたしだけのための個人的な秘密情報部員だ。常に気分を高揚させ、わたしを援護し、いつもそばにいてくれた。

エファへ。きみの言葉はいつもわたしを感動させてくれた。きみは暗い日々があっても、わたしを信じてくれた。

ウルシュタイン出版へ、あなたたちが感激してくれたおかげで、わたしの傷は癒《いや》された。

アンドリュー・ヴァクス、ジョナサン・ナソー、そして、ジョナサン・キャロルへ。あなたたちは、ありえないようなアイディアをくれた。

ギンズ、タン、アーカイヴ、ムーギーソン、ザ・ナショナルへ。夜を徹して、そのリズムを楽しませてもらった。

コリンナへ。二年におよぶつらい創作の歳月だったが、きみは一度として不平をこぼしたことはなかった。愛している。

訳者あとがき

ドイツの首都ベルリンは森と湖の都である。市内各所に湖が点在し、とりわけ南西部にはグルーネヴァルトという深い森の周囲に、大小さまざまの湖が連なっている。そのなかのひとつであるクライナー・ヴァン湖は対岸まで五十メートルしか離れていないという小さな湖だ。その湖畔に立つ、少し古びてはいるが映画のなかでしかお目にかかれないような美しく豪壮なヴィラ。ある年の冬、四人の若い男女がそこに越してきた。

クリスとその弟ヴォルフ、タマラとその親友のフラウケ。二十代後半の四人は同じギムナジウムで学んだごく親しい仲間たちだ。境遇も個性も異なり、それぞれに悩みや心の傷を抱えているが、何といっても最大の悩みは〝就職難〟だった。新聞社をリストラされたばかりのクリス、アルバイトで食いつないでいるヴォルフ、職業紹介所で職探しをするタマラ、自由業とは名ばかりで収入が不安定な上、親からの仕送りも打ち切られそうになっているフラウケ。だが、落ち込んでばかりもいられない。四人はリーダー格のクリスの発案をもとに、謝罪代行業を立ち上げた。人に代わって謝罪することで金儲《かねもう》けをする。そんなお伽話《とぎばなし》のような話が現実に商売として成り立つのだろうか？　彼ら自身、危惧《きぐ》を抱いていた。

だが蓋《ふた》を開けてみると、このアイディアは大いに受け、ベルリンばかりか、それ以外の各地からも続々と依頼が来るようになった。四人はあっというまに裕福になり、クライナー・ヴァン湖畔の美しいヴィラを、オフィス兼住宅として購入し、共同生活を始めたのだ。しだいに仕事にも慣れ、四人はこの生き方に大いに満足していた。

そんな彼らの運命が暗転したのは、事業を始めて半年後のことだった。

ある日、ラルス・マイバッハという依頼人に指定された住居まで行ってみると、女性が壁に磔《はりつけ》にされた状態で死んでいたのだ。マイバッハにクリスが電話をすると、その死体に謝罪し、それを録音して送れという。謝罪文と録音機も用意されており、謝罪文には、死体の始末もするようにとの指示が付記されていた。もしそれに従わず、警察に通報したりすれば、彼らの家族の身に何が起きるかわからなかった。クリス、ヴォルフ兄弟の父親、タマラの生き別れとなっている幼い娘、フラウケの、心を病んで入院中の母親の写真が紙袋に入っていて、彼らに危害を加えることを暗示していたのだ。

いったいラルス・マイバッハとはどういう男なのか？　殺された女性は誰なのか？　こうまで酷《むご》たらしい殺し方をした理由は何なのか？　死体に向かって謝罪を代行させることにどのような意味があるのか？　マイバッハはどうやって四人の家族のことまで知りえたのだろう？

四人はおぞましい犯罪に巻き込まれようとしていることに衝撃を受けながらも、家族の身を案じ、マイバッハの指示に従おうとした。だが意見は一致せず、フラウケはヴィラから出ていった。残された三人は一つの道を選択した。それはいったいどういうものだったのか？　もはや後戻りできないその道の先に、どのような運命が彼らを待ち受けているのか？

二〇〇九年に発表されるや、ドイツの代表的新聞である《フランクフルター・アルゲマイネ》紙をはじめ各紙がこぞって絶賛したこの作品は、二〇一〇年には、ドイツ語でミステリを書くすべての作家にとって垂涎《すいぜん》の的とも言うべきドイツ推理作家協会賞（グラウザー賞）を受賞した。罪と罰と友情と、そして、人間の無力さを描き出したこのミステリ『謝罪代行社』（原題 *Sorry*）の作者ゾラン・ドヴェンカーは、一九六七年、クロアチアで生まれたが、彼が三歳のとき、一家はドイツのベルリンに移住した。幼い頃から読書に没頭し、ドイツ語で書かれたありとあらゆる本、とくに詩と小説を貪り読んだ。しかし学校の成績は振るわず、ギムナジウムでは二度までも落第し、卒業試験であると同時に大学入学資格試験でもあるアビトゥアにも合格できなかった。その一方で、十三歳からは詩を、十七歳からは短篇小説を書きはじめ、漠然と、物書きになりたいという夢を抱いていたが、二十二歳のときに作家を育成する奨学金を得てからは、本格的に作家への道を歩みはじめた。第二の故国であるドイツの言葉を使って。

ミステリ作品としては本書のほかに *Du bist zu schnell* などがある。ドヴェンカーは一つのジャンルにこだわらず、題材も書き方も心の赴くまま自由に選んでいるとのことで、脚本も手がけ、詩集も発表しているが、とくにヤングアダルト小説と児童書の分野ではすでに数多くの作品を発表し、いずれも高い評価を受けている。日本ではドイツ児童文学賞を受賞した『走れ！　半ズボン隊』などの児童書三作が翻訳出版されている。

人に代わって謝罪することを商売にする！　この意表をついた発想のヒントをドゥヴェンカーは夢のなかで得たという。四人の友人たちが道で会い、そういう事業を始めようと話し合っている夢だ。目を覚ました彼は、忘れないためにあわてて掌《てのひら》に〝Ｓｏｒｒｙ〟と書いたという。書きはじめてから半ばまではすらすらと進んだが、そのあと急に自分の作品に恐怖を感じて筆をおいた。書けないまま二年の歳月が流れたが、今度こそ完成させようと決意を固めた彼は、書き終えるまで髭《ひげ》を剃《そ》らない決心をし、夜を徹して書きつづけ、四ヵ月後に仕上げたとのことだ。そんな苦しい体験の末に生み出された本書は、斬新で風変わりな魅力をたたえている一方で、胸をえぐられるような悲しみと、背筋も凍るような恐怖と意外性が混在した、じつに味わい深い作品に仕上がっている。

読みはじめたときには、まず、その奇妙な構成にとまどいを覚えるかもしれない。過去と現在が、考えられないような順序で入れ代わり立ち代わり現われるからだ。序章の目を覆《おお》いたくなるような殺害シーンを読んでから、その先の展開を予想したとしても、おそらくは徒労に終わるだろう。作者はこちらの予想を裏切るさまざまな仕掛けを用意することで、謎をいっそう深めるという手法をとっているからだ。

構成ばかりではない。視点もまた、常識を超えたものだ。「わたし」という一人称の章があるかと思えば、「おまえ」という二人称の章もある。それ以外の人物による三人称の章も、クリス、ヴォルフ、タマラ、フラウケ、そして、現場にいなかった男、の章に細分化されているのだ。

だが、奇を衒《てら》い、型を崩すことがドヴェンカーの真の目的ではない。こうした独創的な試みは、あくまでも読み手の想像力をかきたて、物語の世界の奥深くへと誘っていくための手だてなのである。

その効果は抜群で、いったん読みはじめると最後まで本を置くことができなくなり、いつのまにか、物語のなかにどっぷりと浸っていることに気づかされる。章を追うごとにますます色濃くなっていく謎と恐怖。そのなかで、なす術《すべ》もなく右往左往する若者たち、重い責任を一人で背負いこみ、ひたすら殺人への道を突き進む犯人。謎の男の出現。それらの織りなす世界は、暗澹《あんたん》たるものでありながらも叙情性に溢れ、一人一人の登場人物の動きや内面を描写する筆致はこの上なく繊細だ。

ベルリンに湖が多いことは冒頭でも触れたが、本書はまさに湖の書と言っても言いすぎではないほど、湖が重要な役割を演じている。クライナー・ヴァン湖はもとより、クルメ・ランケ湖、リーツェン湖がどれほど印象的に描かれていることか！　いかにも、静謐《せいひつ》を愛する作家ドヴェンカーらしい選択だと言えそうだ。なにしろ彼は、街の喧騒《けんそう》を、車やコンピューターと同じくらい嫌っているらしいから。そういうわけで彼は現在、ベルリン郊外の古びた水車小屋に住んで創作に励んでいるということだ。そうした環境のなかで生み出された本書『謝罪代行社』につづき、すでに次作*Du*も発表されている。これは五人の少女をめぐるサイコ・サスペンスのようだが、本書とともに、映画化の話が進んでいるそうだ。ドヴェンカーは現在、その次の作品を執筆中だというが、その内容については、今のところ、いっさい明かされていない。

ドイツ・ミステリ界に新風を吹き込んだドヴェンカーが、このあと、どのような作品で楽しませてくれるのか、大いなる期待をもって見守っていきたい。

二〇一一年七月

本書は、二〇一一年八月にハヤカワ・ミステリ文庫版と同時に刊行されました。

HAYAKAWA POCKET MYSTERY BOOKS No. 1850

小《お》　津《づ》　薫《かおる》

同志社女子大学英米文学科卒,
ミュンヘン大学美術史学科中退,
英米文学翻訳家, 独文学翻訳家
訳書
『ひつじ探偵団』レオニー・スヴァン
(早川書房刊) 他多数

この本の型は, 縦18.4センチ, 横10.6センチのポケット・ブック判です.

〔謝罪代行社《しやざいだいこうしや》〕

2011年8月20日印刷　　2011年8月25日発行

著　者	ゾラン・ドヴェンカー
訳　者	小　津　薫
発行者	早　川　浩
印刷所	星野精版印刷株式会社
表紙印刷	大平舎美術印刷
製本所	株式会社川島製本所

発行所　株式会社　早川書房
東京都千代田区神田多町2－2
電話　03-3252-3111 (大代表)
振替　00160-3-47799
http://www.hayakawa-online.co.jp

(乱丁・落丁本は小社制作部宛お送り下さい
送料小社負担にてお取りかえいたします)

ISBN978-4-15-001850-4 C0297
Printed and bound in Japan

ハヤカワ・ミステリ〈話題作〉

1843
午前零時のフーガ
レジナルド・ヒル
松下祥子訳
〈ダルジール警視シリーズ〉ダルジールの非公式捜査は背後の巨悪に迫る！　二十四時間でスピーディーに展開。本格の巨匠の新傑作

1844
寅《いん》申《しん》の刻
R・V・ヒューリック
和爾桃子訳
〈ディー判事シリーズ〉テナガザルの残した指輪を手掛かりに快刀乱麻の推理を披露する「通臂猿の朝」他一篇収録のシリーズ最終作

1845
二流小説家
デイヴィッド・ゴードン
青木千鶴訳
冴えない中年作家は収監中の殺人鬼より告白本の執筆を依頼される。作家は周囲を見返すため、一発逆転のチャンスに飛びつくが……

1846
黄昏に眠る秋
ヨハン・テオリン
三角和代訳
各紙誌絶賛！　スウェーデン推理作家アカデミー賞最優秀新人賞、英国推理作家協会賞最優秀新人賞ダブル受賞に輝く北欧ミステリ。

1847
逃亡のガルヴェストン
ニック・ピゾラット
東野さやか訳
すべてを失くしたギャングと、すべてを捨てようとした娼婦の危険な逃亡劇。二人の旅路の哀切に満ちた最後とは？　感動のミステリ